Blokzijl helpt Nepal

Rob Visser

Blokzijl helpt Nepal

Roman die zich afspeelt in het nabije verleden

Copyright © Rob Visser

Auteur: Rob Visser

Druk: Ingram Sparks Books / Internationale Editie

Vormgeving en layout: Nils Visser / Cider Brandy Scribblers

ISBN: 978-1-8382427-2-5

De personages in dit boek zijn verzonnen; elke gelijkenis met gebeurtenissen en of levende of overleden personen, berust op louter toeval.

Foto omslag: Kathmandu Traveller/Dreamstime.

Foto's aangeleverd door Lex Kassenberg, Dick Bogaards, Walter de Boeck, en Nena Driehuijzen/Studionunu.
Fotografen die hun werk hebben gedeeld middels Creative Commons worden bij de foto's benoemd.
Fotografen die hun werk hebben aangeleverd bij Dreamstime.com worden bij de foto's benoemd. Licentie Dreamstime onder de naam Ciderbrandyscribblers.

Voor Leny

Foto omslag: Er komen voortdurend hulpverleners aan in Kathmandu, veel, heel veel.

Inhoudsopgave

De hoofdpersonen
(Shrestha, Thapa en Upadhya zijn achternamen)

Angelique van Ederveen. Diplomaat. Werkt in Dar es Salaam in de ontwikkelingssamenwerking. De verloofde van Bram. Vriendin van Toos.

Bart de Jong. Knecht op de boerderij van de ouders van Liesbeth.

Bert van Gemert. Ook Thulo genoemd. Directeur van SNV-Nepal, tevens consul der Nederlanden. Getrouwd met Toos.

Bishnu Karki. Assistent algemene zaken SNV-Nepal.

Bram Roebers. Journalist. Door de burgemeester ingehuurd om in Nepal verhalen te schrijven over de uitgezonden Blokijlse weg- en waterbouwers. Vriend van achtereenvolgens Angelique, Toos en Froukje.

Doos. Oorspronkelijk uitsluitend door haar echtgenoot Bert gebruikt koosnaampje voor Toos.

Egbert Noordman. SNV-er, collega en huisgenoot van Harm.

Frits van Benthum. Eén van de twee naar Nepal gezonden SNV-ers. Linkse activist. Frits denkt verkering te hebben met Froukje.

Froukje van Koningsbrugge. Journalist, vriendin van Frits, wordt vriendin van Tineke en, na haar vertrek naar Nepal, uiteindelijk van Bram.

Gert-jan van Amerongen. Advocaat, vriend van Tette en Koen. Ook GJ genoemd.

Harm de Jong. Eén van de twee SNV-ers uit Blokzijl, vriend van Liesbeth.

Herman Koudstaal. Onderzoeker. Vriend van Bram.

Koen Koper. Assistent van de minister van ontwikkelingssamenwerking. Vriend van Gert-Jan (GJ) en van Tette.

Liesbeth de Vries. Winkelbediende in Steenwijk, vriendin van Harm.

Sangita, Joshi. Assistent-programme-officer SNV-Nepal.

Seppe, de Bock. Kruidendeskundige UN.

Shrestha, Nugah. Programme-officer SNV-Nepal.

Tette van Lugtenburg. Burgemeester van Blokzijl, getrouwd met Tineke.

Tineke van Lugtenburg. Bedrijfskundige, vrouw van de burgemeester van Blokzijl.

Thapa, Dipak. Onderwijzer in Kathmandu, tolk van Bram, werkt later voor Tineke.

Thulo. Bijnaam voor Bert, directeur SNV-Nepal.

Toos van Gemert. Ook Doos genoemd. Echtgenote van Thulo. Assistent consul. Vriendin van Angelique.

Upadhya, Rudrinath. Onderwijzer, werkt voor Tineke.

1. Blokzieligers naar Nepal

Augustus - oktober 1994

1.1 Werken in de bergen

Uit een brief van Harm aan Liesbeth
Pokhara, *augustus 1994*

Je kunt Flipse niet uitleggen dat ik een keer terugkom. Is het beest nog steeds zo onrustig? Gebeurt er nog wat in Blokzijl? Hebben ze gewonnen van Vollenhove? Ligt de haven vol? Stuitert er af en toe nog een boot tegen de kade in de sluis?
Is dat nieuwe volk in het buitenwijkje achter de christelijke school al op hun plaats gezet? Misschien weet je het niet eens; het speelde vlak voor mijn vertrek. Die nieuwe lui willen het Shanti-koor besturen en ze toeteren iets over Blokzijl als muziekstad. Dat maken wij wel uit, toch? Als Blokzijl muziekstad moet worden hebben we daar geen lui van buiten voor nodig.

Twee maanden geleden was ik op zaterdag met Flipse mollen aan het vangen in het grote weiland van je pa. Uren uitwaaien in de polder in het oude land. Wat een uitzicht, tot aan de Weerribben. Waarom schrijf ik dit? Je weet er toch alles van Liesbeth. Ik denk dat het naar boven halen van deze herinnering puur heimwee is.

Na twee weken taaltraining in Kathmandu met Frits naar Pokhara voor een stage. En daar vandaan meteen de bergen in. Dat wist je al. Ik ben nu op de terugweg. Het is een prachtige tocht, ongelooflijk mooi, boeiend, leerzaam. Dagen achtereen door de bergen sjouwen, geweldig. Alsof je in een andere wereld bent beland.
Met Egbert, die hier al een paar jaar werkt. Vriendelijke jongen, heel rustig; hij doet me denken aan onze slager in Blokzijl. Hij heeft net zo'n blozende Hollandse toet. Alleen moet Egbert wel eens naar de kapper en naar één van de vele kleermakers. Kost geen drol hier, kleren laten maken. Tijdens mijn stage in Heerenveen moest ik me een beetje fatsoenlijk kleden. Egbert heeft daar geen stage gelopen.

Hij nam me mee, als een soort introductie op het werk. De streek leren kennen, de mensen eens meemaken en bovendien, wat weet ik van waterleidingen aanleggen in berggebieden? Ik snap de principes wel, maar ik moet het toch met eigen ogen zien voor ik begrijp wat erbij komt kijken. Veel, maar volgens Egbert is hij meer bezig met simpele logistieke problemen dan met weg- en waterbouw. Dragers moeten soms twee of zelfs drie dagen naar de dorpen cement vervoeren op hun rug, pijpen verdwijnen onderweg, opzichters zijn nergens te vinden, arbeiders staan niet klaar op afgesproken tijdstippen, en waar zijn de houwelen gebleven? Bij de bron misschien? Nee, geen gereedschap bij de bron.

En dan zeggen ze twee Nepalese woorden die je hier heel snel oppikt: 'ké garné'. Letterlijk: wat te doen. Maar ook: ik kan er toch niks aan doen? En: zo gaan de zaken nou eenmaal. 'Ké garné' drukt berusting uit, zegt Egbert. Lijkt heel verstandig, veel berusten. Al bouw je daar geen waterleidingen mee.
'Ké garné.'
Zoiets bedenk je niet, zou jullie knecht Bart zeggen.
Doe hem de groeten!

1.2 Een stad met meer

Per boot! Er gaat niets boven Blokzijl binnen varen per boot, via het Zwarte Water of het Giethoornsche Meer. Daar heb je veel tijd voor nodig. Bram komt deze keer per auto; hij is te onrustig voor een boottocht.

Zijn favoriete toegangsweg *over land* naar Blokzijl is de oude, maar nog vitale zeedijk vanuit Vollenhove. Brutaal slingerend, met aan weerszijden zompige, mooi groene, weidse weilanden, doorsneden door sloten, vaarten en weteringen.
De toren komt in beeld, een kilometer of twee, drie voor Blokzijl. Bram is getogen in Blokzijl; het waren mooie jaren - hij komt er vaak. Om herinneringen te vieren.
Een kilometer verder wordt nog een vertrouwd beeld zichtbaar: een wirwar aan daken, gevels en muren van dicht op elkaar gebouwde huizen, met de toren als vanzelfsprekend middelpunt. Veel schakeringen rood, vooral lichtrood, dakpannenrood.
Even stoppen; parkeren op de smalle dijk lukt net. Bram stapt uit en neemt rustig Blokzijl aan de horizon in zich op. Flarden van herinneringen: vechten met de zoon van de bakker, de vriendelijke veldwachter Zielman op de fiets, knikkeren op de markt. Geen van die flarden is compleet, sommigen zoeven voorbij, sommige tegelijkertijd. Herkenning van markante elementen in het landschap: het hoge witte huis van de dominee, de bomen op de rietvink, de masten van grote zeilboten in de kolk. De contouren van het stadje zijn al honderden jaren oud.

Verder.

Tien minuten later loopt Bram op vertrouwd terrein: de Noorderkade. Daar heeft hij goed zicht op het centrum van het stadje aan de overkant van de kolk. En op de toren. Wat heeft die toren toch? Misschien maakt het contrast tussen de stevige onderbouw en de veel luchtiger en sierlijker bovenbouw de toren bijzonder, of het open, met een hek omheinde balkon boven de koepel, het speelterreintje voor jolige kauwen. De toren wijst niet onderdanig en dienend naar boven, naar de hemel, maar is verbonden met het aardse leven in Blokzijl. De toren is een pijler in de identiteit van Blokzijl, een voorbeeld van de eigengereidheid van het stadje, een stevig verankerd baken van stavast. Dat is het ja, een baken van stavast; dat maakt de toren bijzonder!

Warm zomerweer. Hij ruikt de kolk. Langs de Noorderkade en de Bierkade staan oude herenhuizen met klokgevels, halsgevels en trapgevels. Eerst het stadje opsnuiven: na de kade het Verlaat op, langs de doopsgezinde kerk via spannende steegjes naar de Kathoek, even de brug op naar de Rietvink waar de kolenboer woonde en Ria, zijn vriendinnetje van de kleuterschool; verder, naar de Domineeswal, de Wortelmarkt, langs de sluis en de kolk naar café Van Ens.

Wat een stad, Blokzijl. In 1650 bestond de vloot van Blokzijl uit 160 zeegaande schepen. De bewoners van deze oude Zuiderzee-stad zijn al eeuwen een reislustig volkje. In de zeventiende eeuw gingen ze op walvisvaart. De walvisvaarders woonden in de Groenestraat, parallel aan de Noorderkade. En wist U dat de soldaten van het turfschip van Breda uit Blokzijl kwamen? In 1590 werden in opdracht van stadhouder Maurits zeventig soldaten in dat turfschip Breda binnengesmokkeld, allemaal uit Blokzijl. En wie bracht in 1672 het onverslaanbaar geachte leger van Bommen Berend, de Bisschop van Munster de eerste slag toe? Heldhaftige bewoners van Blokzijl, in de Kuinrestraat.

Bram Roebers was tot twee maanden geleden, juni 1994, werkzaam als journalist bij Trouw. Veel in ontwikkelingslanden gewerkt; het mooiste land was Nepal.

Het weerzien met Blokzijl is altijd opwindend, maar nu, in augustus 1994 was het heel bijzonder. Vroeg in de avond wordt hij bij de burgemeester verwacht, niet bij een voorlichter van de gemeente, maar bij de burgervader zelf.

Wat zou de burgemeester straks te vertellen hebben? Sinds wanneer ontvangen burgemeesters journalisten zonder tussenkomst van hun voorlichters? En thuis, niet op het gemeentehuis? Een geheime missie?

Dat zou goed uitkomen, want geheime missies worden vast goed betaald. De stukken die Bram als freelancejournalist schrijft voor de krant worden steeds vaker geweigerd. Dat ligt natuurlijk niet aan hem, maar aan die redacties van kranten en tijdschriften. Hij blijft het herhalen, hij wil het blijven geloven.

Bram moet iets ondernemen, voor de nodige afleiding. Zijn geliefde Angelique is vier weken geleden naar Dar es Salaam vertrokken. Er komt weinig terecht van het voornemen om nu eens wel de schuur op te ruimen, de overbodige verzekeringen op te zeggen en zijn oude tante Jo te bezoeken. Tussen het schrijven van een paar gevraagde en ongevraagde artikelen raakte hij in de klem van het lome leven. De burgemeester gaat dat veranderen. Bij hem thuis, over een uurtje.

1.3 Ké garné

Brief van Harm aan Liesbeth
Ghandrung, *augustus 1994*

Liefste,

Met briefpapier, pen en olielampje om me heen zit ik in de slaapzak in onze kille slaapschuur, het lijkt wel een stal...
Dikke jas aan, in die slaapzak ja. Het kan hier koud zijn, 's avonds. In augustus al? Als je én heel hoog zit én de koude bergwind vat op je krijgt. Over een kwartiertje is het warm in de slaapzak; dan kan de jas uit. Ik herken het luchtje: een stal hier ruikt hetzelfde als een stal bij jullie thuis, als de koeien buiten staan. Je blijft de stront ruiken, maar het stinkt niet.
'Hoe ziet ze eruit?' vraagt Egbert, die naast me ligt, in zijn eigen slaapzak hoor! Hij bekijkt nieuwsgierig je foto.
'Super,' zegt hij. Dat vind ik ook.

Ik heb je nog niet verteld hoe vermoeiend en opwindend het lopen in de bergen is. 'Nooit harder omhoog dan je adem toestaat.' Egbert bleef het zeggen. 'Neem een tempo aan waarvan je zeker weet dat je het heel lang vol kunt houden. Nooit denken dat je boven bent na de volgende bocht.'
Solifluctie nog aan toe. Drinken, drinken en nog eens drinken. Water zuiveren, al lijkt het nog zo schoon, hup, naar chloor smakende witte pilletjes erin.
Oh ja, solifluctie zeggen we hier in plaats van een vloek die dominee IJzerman niet goed zou vinden. Solifluctie betekent het glijden van ijs en sneeuw, als ik

het goed heb begrepen. We spreken het nadrukkelijk en krachtig uit; dan klinkt het als een krachtterm.

Het was opwindend, twee flinke dagmarsen naar je werk, een dag werken, twee dagmarsen terug. We zijn nu halverwege op de terugweg. De reis was voor Egbert teleurstellend, want de pijpen voor de waterleiding waren nog niet aangekomen. Pas als ze die pijpen met eigen ogen zien, kan Egbert uitleggen aan de dorpelingen hoe je de pijpen in moet graven. Diep, veel dieper dan zij willen. Als het laagje grond dun is en ze in de stenen ondergrond gleuven moeten hakken is dat loeizwaar werk. Waar was de voorman, die een beetje opgeleid is?
Niemand wist het.
Ké garné.

Is het mooi onderweg? Fantastisch, vooral de bergen met de door de zon beschenen sneeuw.
Overal mensen die je vragen wat je komt doen, waar je naar toe gaat, waar je vandaan komt, of je Nepal een mooi land vindt en of je hun dochter mee wilt nemen naar jouw rijke land.
Binnenkort komt er een journalist uit Nederland. Ik ben benieuwd.

Ik heb nog spannend nieuws. Misschien mag ik op deze plek blijven, na deze introductie, misschien, misschien. Frits niet, die moet naar het Verre Westen. Het dringt nauwelijks tot hem door. Kan hem niet schelen, zegt hij. Ké garné, dat zegt hij ook al. Ik weet niet of hij Froukje schrijft. Zeg maar dat je niks weet. Het is wel een bikkel hoor, die Frits.
Morgen verder; de olielamp is bijna uit en gaat stinken. Ik ga van je dromen, ook daarvan ja, al word ik er razend opgewonden van en luidruchtig. Het is al donker. Een zaklamp zou de andere slapers storen. Morgen verder. Ik heb nog nooit zo'n lange brief geschreven. En dat in een slaapzak.

1.4 Laten we wel wezen

Het is zover. Bram belt aan. Een joviale ontvangst door de burgemeester. Vrolijke, hartelijke man. Een wat bolle, zongebruinde toet. Opvallend volle blonde kuif, springerig haar; geen scheiding. De iets te nadrukkelijke blik wordt onderbroken door een vriendelijke glimlach. Breed gebouwd. Sober maar correct gekleed. De vrijetijds broek, lichtblauw, is keurig gestreken. Lelijk licht in de vestibule, erg gevulde kapstok.
Onderweg van de vestibule naar de woonkamer komt Bram de vrouw van de burgemeester tegen, die meteen naar boven gaat. 'Zeg-maar-Tineke' heet ze.

Een vluchtige ontmoeting met een wederzijdse blik van verstandhouding. Zou ze ook zo huppelend de trap op gaan als Bram niet zou kijken? Tineke is geen lid van C&A. Een beetje wulps gekleed, mooie kastanjebruine haren met paardenstaart, heeft erg haar best gedaan om jonger te lijken dan ze is. Jonger dan vijfendertig; Tette is vijf jaar ouder, veertig jaar, schat Bram. Koffie, geserveerd door mevrouw, die dus blijkbaar weer naar beneden gehuppeld is. En maar vorsend naar Bram kijken, die Tineke. De huiskamer wordt weinig gebruikt. Als er dagelijks in geleefd zou worden zou niet alles zo keurig op zijn plaats staan. De kamer ruikt naar schoonmaakmiddelen. De gastheer en gastvrouw hebben niet quasi toevallig correcte bladen laten slingeren zoals Vrij Nederland. Geen kinderen, dat zie je meteen aan het interieur.

De burgervader is veel aan het woord. Zo hoort het ook; burgemeesters zijn vast allemaal veel aan het woord. Veel vragen over hoe het was voor Bram om terug te komen in Blokzijl na zijn verblijf in verre landen – hoe weet de burgemeester dat? - , over zijn journalistieke ervaring en zijn freelance status (met dat predicaat poetste Bram zijn werkeloosheid op) en natuurlijk, het vaste nummer, de nodige kritiek en oordelen over Trouw, VK en NRC. 'Tineke is bijna afgestudeerd als bedrijfskundige,' vertelt mijnheer van Lugtenburg, de burgervader, 'maar ze droomt er nog steeds van om journalist te worden.'

De ervaring van Bram met Nepal komt ter sprake.
'Heeft hij een uitgebreid netwerk in Nepal?'
'Dat heb ik zeker,' antwoordt Bram op bescheiden toon, 'ik was zeven jaar bestuurslid van ICIMOD, een Himalaya-onderzoekscentrum, met een hoofdkantoor in Kathmandu.'
'Waar staat ICIMOD ook al weer voor?' Zelfs na zeven jaar actieve bestuurder te zijn geweest moest hij even goed nadenken: 'International Centre for Integrated Mountain Development.'
Waarom zou Tette naar zijn netwerk in Nepal vragen, denkt Bram.
De aap komt uit de mouw, Blokzijl gaat Nepal helpen. Wel ja zeg, Blokzijl gaat Nepal helpen, Bram hoort het goed en houdt net op tijd de vraag voor zich of de burgemeester weet hoe groot Nepal is.

Nepal helpen; om te beginnen heeft de gemeente twee vrijwilligers gestuurd om waterleidingen aan te leggen in de bergen, Frits en Harm. Tineke komt vragen of ze een glaasje wijn willen – het wordt steeds gezelliger. Zonder het antwoord af te wachten mengt ze zich in het gesprek.
'Tette weet van aanpakken. Die twee jongens zijn al in Nepal.' Dat zal mijn Angelique dus nooit doen, denkt Bram, mij in bijzijn van anderen op een

voetstuk zetten. Vindt hij dat erg? Ja, nou, nee, of toch ja, maar hij krijgt geen tijd om daarover te mijmeren, want Tineke wil nog iets kwijt over de jongens. 'Het zijn twee mooie blonde Germanen uit Blokzijl, heel fotogeniek. Flink postuur, frisse blik, soepele tred en de onbevangenheid van de jeugd. Wat zullen ze het goed doen op mooie foto's,' schettert Tineke enthousiast.
Ze schrijdt de kamer uit. Een knap intermezzo van Tineke, het was niet geforceerd of vervelend, maar heel natuurlijk.

Tette neemt de lofzang op de pas uitgezonden jongemannen uit Blokzijl over. 'Net geslaagd voor een opleiding weg- en waterbouw in Zwolle. Een beetje jong, maar wel de juiste opleiding. Een lot uit de loterij, want zoveel goed opgeleide weg- en waterbouwers lopen er niet rond in Blokzijl. Ondanks al het water en de vele waterwerken hier'. Tette vindt waterwerken ook voor Nepal van groot belang.
Bram herkent in de uitleg van Tette een heuse politicus, want hij zegt drie keer hetzelfde in andere bewoordingen over het belang van waterleidingen. Afgewisseld door 'eerlijk gezegd', of 'laten we wel wezen'. Die nikszeggende stoplappen in een betoog hoorde Bram als journalist vaak in Den Haag.

'De uitgezonden weg- en waterbouwers uit Blokzijl zullen actief gevolgd worden door een journalist.' Wie? Zou hij….die mooie gedachte drukt Bram snel weg.
De burgemeester zoekt nog iemand. Zou ik, …het is nauwelijks te bevatten, denkt Bram. Ja hoor, Tette zegt het echt: Bram mag het werk van de Blokzieligers gaan beschrijven in Nepal. Kom er eens om. Het dringt nog niet door.
Hij moet wel slagen voor een proef. Maar Tette praat met me, denkt Bram, alsof hij al besloten heeft. Een sleutelzin in zijn opdracht, gedeclameerd door de burgemeester: 'Het genereren van belangstelling bij de lezers van de regionale kranten is van groter belang dan waarheidsvinding'. Oh jee, dat is even slikken voor een journalist. Die zin wordt door Tette ruim aangekleed.
'Nou ja, kijk, laat me er geen doekjes omwinden, er zijn altijd meerdere perspectieven en je kunt, in die ontwikkelingslanden natuurlijk alles inkleuren zoals je wilt.'
En ja hoor, ook de groteske uitdrukking: 'laten we wel wezen' wordt herhaald.
Meneer de burgemeester werkt een keurig lijstje af: salaris volgens cao, reiskosten, ruime verblijfskosten volgens de richtlijnen van internationale organisaties, dertig dagen tolk.

De gemeente krijgt het eigendom van rapporten met algemene bevindingen en daarnaast moet Bram artikelen schrijven van 2000 woorden in feuilletonachtige vorm voor de regionale kranten onder zijn eigen naam, met het recht op redactie door de staf van de burgervader. Dus, mijmert Bram, ik geef mijn journalistieke onafhankelijkheid op? Tja, althans gedeeltelijk. Onzekerheid; zal hij dat wel kunnen? Nee, eigenlijk niet, maar kom, zorgen over onafhankelijkheid schuift hij graag voor zich uit.

Vervolgens passeren de bekende, vertrouwde ingrediënten van zo'n-mannen-onder-elkaar gesprek, met de gebruikelijke thema's: Tette staat op vertrouwelijke voet met allerlei maatschappelijke en politieke toppers, zelfs met de minister van ontwikkelingssamenwerking; hij doet, zo moet tussen de regels door blijken, belangrijk werk, is voortvarend, doortastend en moedig.
Bram houdt zijn gezicht in de plooi. Dat is niet zo moeilijk, want ondanks het enigszins brallerige verhaal lijkt Tette een aardige man – wij kunnen makkelijk door één deur, verwacht hij. Bram hoort een vleugje ironische zelfspot onder het gebral; het poeha-gehalte stoort hem niet.
De aandacht van Bram wordt weer op Tineke gericht: hoe die lichtvoetig afscheid komt nemen - die kan er wat van.

Op weg naar zijn pension op Het Verlaat hoeft Bram zijn blijdschap niet meer beleefd te onderdrukken. Nooit eerder liep hij dansend door Blokzijl, nu wel! Twee vliegen in één klap en dat zo onverwacht. Hij wilde al lang heel graag eens terug naar Nepal. En de status van werkeloosheid heeft zwaarder op hem gedrukt dan hij toe wilde geven, veel zwaarder!

1.5 Opwarmer of test?

De volgende ochtend in het pension op Het Verlaat, midden in Blokzijl is Bram nog steeds beduusd. Bewust genieten van het ontbijt is er niet bij. Hij staat niet eens stil bij het prachtige uitzicht op de polders aan de andere kant van de waterweg naar Giethoorn. Hij geeft een afgemeten antwoord aan de pensionhoudster, die hij al jaren kent en die graag een praatje vast wil knopen aan de vraag of hij meer koffie wil. 'Waar was je gisteravond?' Bram hoort de vraag niet eens. 'Graag, nog wat koffie.'

Weergaloos; wat een daverende, geweldige verrassing. Als het doorgaat, als hij slaagt voor zijn proef. Geen plan opstellen voor een regiobode, geen *second opinion* over voorlichtingsbeleid, geen folder over toerisme in Blokzijl, nee, het was veel en veel mooier: hij mocht terug naar Nepal! Het mooiste land ter wereld. Met een buitengewone taak, een bijzondere taak, omschreven met veel we-begrijpen-elkaar-gehalte. Daarom wilde de burgervader dit gesprek waarschijnlijk niet overlaten aan zijn ambtenaren van de voorlichting, de normale contactpersonen voor journalisten.

Er is nauwelijks tijd om te mijmeren. Eerst een korte brief naar zijn Angelique in Dar es Salaam. Even het succes bewieroken en zijn aanzien opvijzelen; dat is hard nodig. Daarna snel op weg naar Liesbeth op een gehuurde fiets; bonnetje bewaren.

Liesbeth de Vries, de vriendin van Harm de Jong, één van de geselecteerde hulpverleners voor Nepal, de tweede heet Frits, ook al met een typisch Blokzijlse achternaam: van Benthum.
Op naar een mooie, grote boerderij, langs de dijk naar Blankenham, altijd de wind tegen, zowel heen als terug. Daar woont Liesbeth met haar ouders. Ze werkt in een warenhuis in Steenwijk; zoals veel boerendochters wordt ze ruim in het boerenbedrijf ingezet. Tegen haar zin of vindt ze het leuk? Waarschijnlijk heeft Liesbeth daar nooit over nagedacht. Je kunt dat soort stadse vragen ook *niet* stellen; Bram heeft genoeg Blokzijlse cultuur opgepakt om dat te weten.

De wetenschapsjournalist moet Liesbeth interviewen; en morgen Froukje, de vriendin van de andere uitgezonden Blokzieliger, Frits.
In het gesprek van gisteren werd het een test genoemd.
'Tineke heeft het bedacht,' vertelde de burgemeester – hij noemde het spitsvondig: twee artikelen in de Steenwijker krant met de vriendinnen van de uitgezonden inwoners van Blokzijl. De dames wisten drie maanden geleden nog niet dat ze hun tamelijk verse vrienden een lange tijd zouden moeten missen. Voelen ze zich ín de steek gelaten?
De dames moeten het ervaren, vond Tette, als een offer waar ze trots op zijn. Daar moeten de artikelen van Bram naar toe. Hij voelde zich gisteren niet geroepen om het over vrije nieuwsgaring te hebben. Een reis en verblijf in Nepal zet je niet op het spel voor principes.
Een wetenschapsjournalist, dat was hij tot voor kort, brouwt een volksverhaal voor De Steenwijker. Kom op, gewoon doen, het is weer eens iets anders en schrijven is schrijven.

Liesbeth: Rode koontjes, ietwat bolle, vlezige wangen.
Gedrongen gestalte. Ze heeft dezelfde kapper als moe, dat kan hij zo zien. Die kapper leest geen modebladen en komt ook niet in de stad. Dat kan Bram niet opschrijven, vindt hij.
Toch is Liesbeth ondanks haar wat oubollige kleding een fris ogende jongedame. Wel een beetje zwaar op de hand; ze zit kaarsrecht op haar stoel, een beetje een zenuwachtig, verlegen lachje, maar wat wil je, een journalist

die jou wil spreken, en de burgemeester, die dit vroeg; dat bedenk je niet. Of Moe mee mag luisteren en Bart ook. Bart is de knecht, begrijpt Bram. Pa is aan het werk. Flipse, de hond, een Friese stabij, loopt vrolijk rond. Het interieur kent Bram nog van boerderij-kamers in Blokzijl: donker, knus, een dressoir en een grote koekoeksklok aan de wand, en een centrale plaats voor het televisietoestel. De overheersende kleur: donkerbruin. De overheersende geur: opgedroogde mest van koeien. (Veel minder vies dan mest van varkens of kippen, vindt Bram).

Het tapijt oogt oud; het is vast decennia geleden te koop aangebonden door een marskramer, met een sterke rug of met een paard en wagen. Begin jaren vijftig, toen de weg naar Steenwijk nog niet klaar was werd Blokzijl nog bezocht door marskramers.
De marskramers hebben veel gezinnen in Blokzijl een encyclopedie aangesmeerd, ook dit gezin.

'Hij heeft nou al heimwee' heeft Liesbeth gelezen in de brieven van Harm. Als een volleerd streeknieuws journalist vraagt Bram of ze daar iets meer over kan vertellen.
'Nou,' begint Liesbeth, 'hij heeft het in zijn brieven steeds over Flipse en hij wil weten wat er gebeurt in Blokzijl en wat we hierop de boerderij aan het doen zijn en wat we gegeten hebben in Sluiszicht op de verjaardag van Moe. Hij wist nooit wie wanneer jarig was en het zou hem worst wezen wat we gingen eten in Sluiszicht; hij is nu in Nepal meer met ons en Blokzijl bezig dan toen hij hier woonde. Hij herhaalt steeds weer hoe mooi het hier is, dat hoort bij heimwee, zegt Moe.'
Liesbeth mag niet overal over praten. Als ze zich laat ontvallen dat het niet helemaal lekker loopt tussen de twee avonturiers uit Blokzijl, haar Harm en Frits en dat Frits met kip heeft gegooid in een restaurant, grijpt Moe in: 'meisje, daar moeten we het maar niet over hebben, dat is jouw zaak niet.'
Bart knikt.
'Dat vindt u ook?' vraagt Bram aan Bart.
'Ja, het is zoals het is,' zegt Bart. Mooie zin voor een artikel; dat is natuurlijk zo, het is zoals het is!
'Frits uit Blokzijl gooit met kip in Nepal'; daar zit ook warm streeknieuws in, maar Bram vond het niet kies om door te zeuren. Hij liet de kans lopen; de wetenschapsjournalist is nog geen volleerd streekjournalist.

Het is een lang en gezellig gesprek; stof genoeg voor Brams' artikel. Het zal geen bloedstollend, enerverend verhaal worden; daarvoor was de opdracht van Tette, de regisseur op de achtergrond, te smal.

Terugfietsen over de dijk. Wind tegen. Motorrijders die het een sport vinden vlak langs een fietser te scheuren. Jofie! Dat mag ook al niet in de streekkrant; het is niet positief.

In Nepal heb je nog veel meer motorrijders, maar daar kun je echt niet door de straten jakkeren. Of je moet de zoon van de koning zijn.

1.6 Andere cultuur

Uit een brief van Frits aan Froukje
Pokhara, *augustus 1994*

Weet je nog Frouk dat we werden uitgenodigd voor een glas wijn op dat patserige schip van ene Guus? Het lag in de kolk, zo ongeveer tegenover het huis van dokter Hoenders.

Weet je nog dat Guus zat te pochen over hoe hij dat dure schip bij elkaar had geritseld en dat wij verbaasd waren over dat allerlei rotstreken om je te verrijken in ons land getolereerd worden?

Ik was er zonder er veel over na te denken vanuit gegaan dat het in Nepal anders zou zijn. Wat een teleurstelling. De ongelijkheid is hier schrijnender en harder en veel groter dan in ons land.

Je schreef dat ik niet zo moet kankeren, dus ik ga geen voorbeelden geven. Je schreef dat ik over het indrukwekkend landschap moet schrijven en over wat ik de hele dag aan het doen ben.

Nou daar gaan we. Wat gebeurde er vandaag, onderweg in de bergen?

Om een uur of half zes vanmorgen thee met oude, zachte biscuitjes, die veel te lang onderweg geweest zijn op de ruggen van dragers of ezels. Alles smaakt, want ik moest positief gaan denken. Ook thee met veel melk, gember en suiker. Wil je zwarte thee, dan zeg je 'rang matra'. Dat betekent: alleen kleur. Dat is bijzonder. Ze vragen of je het wel zeker weet. Wie drinkt er nou alleen kleur. Ik!

Zelfs mijn voorkeur voor 'rang matra' levert rare reacties op. Wij moesten van die lui in de voorbereidingscursus accepteren dat zij nou eenmaal anders denken en doen. Dat zou wel van twee kanten moeten komen; dat zeiden ze er niet bij.

Daarna op pad, drie tot vier uur lopen. Pas om tien uur eet je ergens onderweg een steviger ontbijt. Brood? Was het maar waar. Rijst met linzen, veel rijst. Met een veel te scherp rood papje van tomaten, ui en kruiden. En met stukjes aardappel – aardappelen is een groente hier. Het totaal heet 'dalbhat', linzen met rijst. In de ochtend dus... Ook het avondmaal bestaat uit dalbhat met een klein stukjes kip, geit, schaap of varken. Veel te lang gekookt, maar het is echt niet zo dat ik overal moeilijk over doe. Lokale jenever? Ja, na de maaltijd, maar niet veel, want ik wil snel gaan liggen, meteen na deze brief. Moe, moe, moe na een dag sjouwen. En elke keer maar hopen dat er geen vlooien in het matrasje of in de doeken daaromheen zitten. Alles went, zeggen ze. Ik hoop dat ik straks in de plee nog een plekje vind waar je nog net kunt staan. Ook de praktijk van het niet schoon houden van een schijthok wordt goed gepraat onder de noemer andere cultuur.

Het is waar, het landschap is adembenemend mooi. Ik zou het graag beschrijven, maar ik kan de woorden nog niet vinden.

Maak je niet ongerust Frouk, ik red me wel, ik besef dat ik moet wennen en leren dealen met tegenslagen.

Gelukkig heb jij het in jouw brieven nog niet over 'de andere cultuur.'

1.7 Journalist helpt journalist uit de brand

Ook Froukje van Koningsbrugge, vriendin van Frits, woont bij haar ouders. Ze is al een jaar afgestudeerd in de journalistiek en zoekt al een jaar vergeefs werk. Veel meer een jongedame van de wereld dan Liesbeth, veel slordiger gekleed dan Tineke. Geen spetter, wel een aantrekkelijke verschijning. Een boeiend gezicht en een prachtig tamelijk slank postuur, gehuld in te ruim hangende rode blouse, goedkope spijkerbroek en een grijs, lang vest. Prachtig ravenzwart kort haar en aandachtige bruine ogen, die veel bewegen; haar ogen doen mee aan het gesprek. Lief neusje.
Alledaagse woonkamer, met een alledaags bankstel. Een dressoir en een televisie centraal in de kamer (net als bij Liesbeth thuis). Haar ouders zijn niet thuis. De titels van de boeken in een boordevolle boekenkast doen denken aan sociologie en de VPRO. De heer en mevrouw van Koningsbrugge doceren beiden maatschappijleer in Emmeloord en Steenwijk. De twee broers van Froukje wonen al in de 'stink stad Amsterdam', Froukje wil er ook een kamer zoeken, al is ze zich bewust van de neergang van Amsterdam in allerlei opzichten.
Er staat een kan koffie klaar en een schoteltje met Blokzielse brokken. Vast speciaal voor haar bezoek gehaald, want als je in Blokzijl woont, eet je geen Blokzielse brokken. Het is vroeg in de middag, zonnig weer.

'Wat is er veranderd in je leven sinds Frits weg is?,' een voorzichtige opening. Froukje wil Frits blijkbaar nog even buiten beeld laten. Ze begint over Tineke, de vrouw van de burgemeester.

'Die heb ik eergisteren ontmoet,' zegt Bram.

'Ja, dat weet ik,' mompelt Froukje, die zich een vriendin noemt van Tineke.

'Wij zijn samen, Tineke en ik, kritisch over het hele gedoe over Blokzijl en Nepal, maar ook nieuwsgierig en solidair.'

'Gedoe? Kun je dat toelichten?'

'Nou ja, het wordt erg groot gemaakt, een beetje opgeblazen; het lijkt wel alsof de regisseurs op de achtergrond een beetje aan het touwtrekken zijn over wie er waarover de baas is.'

'Wie zijn die regisseurs op de achtergrond?' Opnieuw geeft Froukje geen antwoord op de vraag.

'Tineke en ik willen op afstand blijven maar er toch ook bij betrokken raken.'

Bram stelt nog een paar keer vergeefs een vraag over Frits.

'Tineke heeft mij, ' vertelde Froukje, 'aan een mooie stage geholpen, als assistent voorlichter van Tette. Daar kwam wat gezeur over. Tineke was vaak in Den Haag en ik moest, als assistent voorlichter ook buiten kantooruren bij de burgemeester thuis een vergadering voor de volgende dag voorbereiden.'

Tineke had vooraf geen probleem gezien. Ze had een simpele oplossing: 'dan houden Tette en jij toch de gordijnen open?'

Gordijnen open moeten houden, dat is een aantrekkelijke thema voor streeknieuws. Ogen en oren open, pen klaar.

'Toen waarschuwde Liesbeth me,' zei Froukje: 'er werd over gepraat. Tette en ik schrokken een beetje.'

Bram vraagt naar de bekende weg: 'waarom eigenlijk?'

Ze valt even stil en kijkt hem aan.

'Dit is een heel klein stadje en mijn ouders vinden het maar niks. Zelfs al snappen ze ontiegelijk goed dat deze stage een buitenkans is voor een beginnend journalist.'

Met het noemen van haar ouders zakt het houvast van Bram voor zijn artikel weg. Als het zo'n gevoelig onderwerp is voor haar ouders kan hij er toch niet smeuïg over schrijven? Hij legt dat plompverloren gewoon op tafel. 'Kan ik hier wel over schrijven?' Wat een vraag, Froukje aarzelt even maar lijkt niet verbaasd. Ze vindt dat hij er best over kan schrijven.

'Je vroeg toch wat er veranderd is in mijn leven? Nou, ook dit, als Frits hier nog was, was ik veel vrijer geweest in Blokzijl.'

Ze hebben het dus eindelijk over Frits en Bram steekt snel weer van wal. 'Hoe zit het met Frits en dat smijten van die kip?' Ze wil er wel over praten, maar ze weet niet zo veel.

'Ik heb wel wat gehoord, niet van Frits trouwens, maar van Liesbeth die het weer van Harm heeft. Ik vind het niet zo interessant.'

'Verbaast het verhaal je?'

'Ja,' antwoordt Froukje, 'ik hoorde dat het een 'cultural shock' zou zijn. Maar, misschien hadden de heren teveel gedronken en is dat alles. Frits gaf in een brief wel toe dat hij bokkig, saggerijnig en mega kritisch was op van alles en nog wat. Niks deugt en voor het gezeur over andere cultuur is hij allergisch geworden.'
Bram luistert met één oor, zijn gedachten zijn opnieuw bij de vraag wat hij over het smijten met kip kan opschrijven. Froukje voelt dat aan (solidariteit onder journalisten?) en schiet ongevraagd te hulp.
'Je kunt het toch als een grap beschrijven? Weet je wat de reactie van Tineke was?'
'Ik wou dat Tette eens een bord kip door een restaurant kwakte.' Dat mag Bram niet citeren.
Het wordt steeds gezelliger. Eigenlijk zitten ze gewoon samen dat artikel te schrijven. Dat komt goed uit, want Bram schiet tekort als riooljournalist. Als er gevoelige kwesties op tafel komen kruipt hij in zijn schulp. Froukje haalt hem daar vakkundig uit. Heel even komt bij Bram enige ongerustheid op: zou hij het straks in Nepal zonder hulp van Froukje wel kunnen, smeuïge verhalen schrijven over hulpverleners uit Blokzijl?
'Je bent vast van plan om je vriend Frits te bezoeken in Nepal?' vraagt hij plompverloren. 'Kunnen we daar samen mooie verhalen schrijven.'
'Dat zou ik wel willen' antwoord Froukje, ietwat zwoel, met fonkelende ogen. Ze zal wel naar Frits verlangen, denkt Bram. Hoewel…zoekt ze niet een wederzijdse blik van verstandhouding? Nou nee, het zal wel om Frits gaan, denkt Bram.

Terug in zijn pension zoekt Bram afleiding, even afstand nemen voor hij het vraaggesprek gaat uitwerken. Hij heeft de tijd; het is nog vroeg in de middag. Er staan interessante verhalen in de krant. In België is varkenspest uitgebroken. Daar worden ze hier in de kop van Overijssel ongetwijfeld ook zenuwachtig van.
Er staat niet in de krant dat in Nepal het aloude feodale panchyat systeem weer eens op springen staat. Daar zouden ze in Blokzijl absoluut niet zenuwachtig van worden.
En de Maoïsten roeren zich. Maoïsten? In Nepal? Dat is andere koek dan het smijten met kip. Bram hoorde het eerder deze week telefonisch van een vriend die bij Clingendael werkt. Zouden de uitgezonden Blokzijlse hulpverleners in aanraking komen met Maoïsten? Hoe zou dat verlopen?

De hulp van Froukje bleek hard nodig. Hij gaat haar straks bedanken en een maaltijd in Sluiszicht aanbieden. Of zou hij… er staat veel op het spel, dat is toch wel een diner in Kaatje waard? Vijf keer zo duur… Nee, toch niet. In kringen van sociologen en VPRO-leden is Kaatje wellicht not done?

Gelukkig maar.

1.8 Wat speelt er?

Een dag na zijn tweede interview in Blokzijl was Bram terug in Leiden, in de Merenwijk, in een gehuurde doorzonwoning van vriendin Angelique.
Een bericht van Tineke via het antwoordapparaat. Tineke, de burgemeestersvrouw, of ze elkaar konden ontmoeten de volgende dag in Leiden? Tineke....nu al? Bram belde haar meteen terug: natuurlijk kan dat, de volgende dag al in café De Uil in Leiden. Waarom eigenlijk? Dat kon hij toch wel vragen? Maar voor hij daarover uit gemijmerd was lag de hoorn al op de haak.
Het zal wel weer een cadeautje mee moeten sjouwen; dat wist hij nog van de vele vorige bezoeken aan Nepal, vlak voor vertrek kwamen telefoontjes binnen met verzoeken. Een geschenk afgeven aan het kind dat ze financieel steunen, of aan een Sherpa die hun hart gestolen had of kaas, stroopwafels en hagelslag voor een ontwikkelingswerker.

'Ontwikkelingswerker?' Wat een woord. Bram mijdt meestal het begrip ontwikkelingssamenwerking. Wat er onder die noemer gebeurt lijkt weinig op samenwerking, meer op hulp. Ook het begrip ontwikkeling roept vragen op. Wie moet er zo nodig ontwikkeld worden en wat is een nastrevenswaardige ontwikkeling? Elke keer als Bram door een kille buitenwijk rijdt, vol met pakhuizen en kantoren van adviseurs, financieel adviseurs, hypotheekaanbieders, belastingconsulenten, sales support, verzekeringen, kortom van de firma's in Lucht & Illusies bekruipt hem het gevoel: dit is dus ontwikkeling, willen we dit andere landen ook aan doen? Dit soort ontwikkeling, met deze gewrochten, de puisten van het neoliberalisme?
Bram noemt ontwikkelingssamenwerking kortheidshalve De Hulp. En ontwikkelingswerkers hulpverleners.

Terug naar de Merenwijk. Ook voor Angelique was het huis in de Merenwijk een tijdelijke woning, haar thuishaven was Wageningen, het dorp waar ze gestudeerd heeft en iedereen kent.
Ze had niet haar best gedaan de doorzonwoning gezellig in te richten. Ze wist al dat ze na een half jaar introductiecursus geplaatst zou worden op een buitenlandse post; het werd Dar es Salaam. Bram heeft er na het vertrek van zijn geliefde ook niets aan gedaan om het gezellig te maken. Wel beloofd, nog niet aan toegekomen.

Tineke is erg spraakzaam de volgende dag, in De Uil. Waarom vertelt ze Bram zoveel? Waarom moet dit gesprek op stel en sprong plaatsvinden? Bram moet blijkbaar weten dat haar man, de burgemeester van Blokzijl en Koen Koper, de rechterhand en belangrijkste politiek assistent van de minister van ontwikkelingssamenwerking, heel goede vrienden zijn.

Koen en Tette doorliepen samen een leerschool bij een politieke partij; de één schopte het wat verder dan de ander. Koen heeft veel invloed op de minister van ontwikkelingssamenwerking; hij kent het wereldje goed en is een meester in het mensen aan zich binden in een geraffineerd spel van diensten en wederdiensten.

Koen heeft voor zijn vriend Tette geregeld dat er twee Blokzieligers naar Nepal gestuurd zouden worden door SNV, een organisatie die deskundige vakmensen naar ontwikkelingslanden stuurt. Normaal duren de selectie en voorbereiding minstens een half jaar. Koen is een regelaar; Harm en Frits waren na een maand al op weg naar Nepal.

Nogmaals vraagt Bram zich af: waarom vertelt zij mij dit? Waarom kan dit gesprek niet wat joliger? Tineke praat in een hoog tempo, geconcentreerd, bedachtzaam, maar toch gehaast. Er zit haar iets dwars. Het hoge woord komt eruit. Koen was eergisteren des duivels over de mogelijke benoeming van Bram door Tette. ...Bram kijkt angstig, verbaasd en nieuwsgierig. Nu al? Nee toch, waar gaat dit naar toe? De veronderstelling van Bram over het gebruikelijke verzoek iets mee te nemen klopte niet, dat was al duidelijk. Wat is dan de reden voor dit gesprek?

Gaat mijn reis naar Nepal toch niet door? Dat zal toch niet waar zijn Waarom was Koen zo boos? Tineke licht het toe. 'Koen vond het onvergeeflijk stom dat Tette eergisteren geen consultant maar een journalist, jou dus in dienst heeft genomen.' Bram luisterde goed naar het taalgebruik: in dienst heeft genomen. Alweer een aanwijzing dat zijn benoeming definitief is, dat de reis wel doorgaat?

'Waarom? Wat is er mis met een journalist?' Tineke legt het verschil uit tussen een journalist en een consultant.

'In de ontwikkelingssamenwerking gaat veel mis. Journalisten worden door hun collega's, voor vol aangezien als ze lekker scherp wat zaken bloot leggen. Consultants analyseren nooit scherp. Ze kijken wel uit, ze zullen alles wat niet deugt toedekken.' Tineke ziet Bram verbaasd kijken. 'Nee, dat wist ik niet.' Ze licht het toe.

'Consultants zullen hooguit concluderen dat er beter gecommuniceerd moet worden; altijd waar.

Ze vinden dat er beter gecoördineerd moet worden; ook een schot in de roos. Nog een geweldige vondst: ze vinden dat afspraken duidelijker geformuleerd moeten worden; wat een nieuws.

En dan nog een sleutelzin: het begin van een project was weliswaar lastig, maar er blijft perspectief; het is moeilijk maar de moeite waard.'

Het rolt er soepel uit, alsof zij het uit haar hoofd geleerd had. (Nou ja, ze had uitvoerig bemiddeld tussen Tette en Koen, bleek veel later pas). Tineke herhaalt de essentie: 'voor prettige conclusies als *het is moeilijk maar de moeite waard* moet je een consultant hebben. Dat vindt Koen dus.'

Oh jee, en toen?

'En wat is er besloten?' vraagt Bram met een moeilijk te verhullen ongerustheid.

'Dat raad je nooit,' Tineke geeft zelf antwoord; het komt er triomfantelijk uit: 'Ik ga mee….'.

'Ik-ga-mee….?' Het dringt langzaam tot Bram door. Er gebeurt te veel in vijf dagen: eerst valt het Grote Vooruitzicht, de terugkeer naar Nepal bijna op zijn dak, de tweede dag blijkt hij het onvermoede talent te hebben om een sentimenteel verhaal voor een streekkrant te construeren, de derde dag de boeiende ontmoeting met Froukje, de vierde dag beginnen de voorbereidingen zonder te weten of het door gaat, de vijfde dag gaat een charmante controleur mee naar Nepal. Waar gaat dit heen? Tineke raadt zijn gedachten.

'Nee, ik ga je niet controleren, ik ga meelezen en de teksten met je bespreken voor je ze naar Blokzijl stuurt. Ga er vooral niet moeilijk over doen; ik zal niet veel tijd voor je hebben, want ik ga ook nog iets anders ondernemen in Nepal.' Bram is nog beduusd, voor de zoveelste keer de laatste dagen is hij niet slagvaardig en komt niet toe aan de vraag wat ze nog meer gaat doen. Er was ook een belangrijker conclusie: hij was vast geslaagd voor de test, want anders zou Tineke het toch niet hebben over 'ik ga mee naar Nepal?'

Er komt een tweede fles witte wijn op tafel. Tineke begint weer te oreren: 'Gorkum komt vrij, ' Waarom moet ik dat nou weer weten, denkt Bram, maar het zal hem spoedig duidelijk worden.

'In Gorkum is men heel trots op een stedenband met Masvingo in Tanzania. Dat heeft de nationale pers gehaald. Er is natuurlijk veel meer te doen voor een burgemeester, maar een sollicitant met ervaring in internationaal werk heeft een pluspuntje, niet doorslaggevend, maar wel een puntje dat weinige sollicitanten zullen kunnen inbrengen. Tette moet dus internationale ervaring opdoen; vandaar de uitzending van twee hulpverleners uit Blokzijl naar Nepal.'

Tineke legt ook nog uit dat een burgemeester in Gorkum dichter bij het vuur zit. De fles wijn is al weer half leeg; Bram heeft er ook nog wat van gedronken.

'Een burgemeester van Gorkum reist vaker naar Den Haag en wordt makkelijker uitgenodigd voor commissies in de nationale politiek, je kunt er makkelijker bobo's uit de partij fêteren dan in het verre Blokzijl.

Aanvankelijk was Tineke nerveus, maar nu is Bram gespannen en vooral bezig met de vraag of zijn bezoek naar Nepal nu inderdaad definitief doorgaat.

Hij is niet gechoqueerd. Journalisten weten dat politici en bestuurders soms een ander belang dienen dan zij verkondigen en dit voorbeeld lijkt hem geen ramp. De naar Nepal gezonden hulpverleners uit Blokzijl worden dus gebruikt voor de loopbaan van de burgervader, maar je kunt ze moeilijk gedupeerden noemen. Blijft de vraag hangen in zijn hoofd waarom niet Tette, maar Tineke hem dit allemaal vertelt.

Bram is te laat met zijn aanbod de gepeperde rekening te betalen; Tineke blijkt dat al gedaan te hebben. Ze lopen samen naar het station.

'Heb je er moeite mee dat ik ook naar Nepal ga?' vraagt Tineke.

'Lijkt me gezellig en nuttig.' Dat lijkt Bram het verstandigste antwoord.

'Goed om te weten,' zegt Tineke. Ze logeert in Den Haag, bij vriend Koen, waar ze net over sprak. Ze lijkt opgelucht – Bram zal pas veel later begrijpen waarom. Hij is nog niet opgelucht. Er klopt iets niet. Het blijft toch vreemd dat de burgemeester niet zelf aan hem vertelt over mogelijke beren op de weg. Er speelt iets wat hem (nog) niet verteld kan worden.

Nog een slapeloze nacht in Leiden. Zijn mooie verwachtingen zijn geknot, net als de treurwilgen langs het fietspad door de Merenwijk. Er klopt iets niet!

2. Een bijzonder land

November 1994

2. 1 Aankomst in Kathmandu

Het gebrek aan nachtrust in de Merenwijk duurde maar een paar dagen. Een secretaresse van de gemeente nodigde Bram telefonisch uit voor een afspraak met Tette. Dat maakte een eind aan de onzekerheid. Ze vragen een sollicitant toch niet om van Leiden naar Blokzijl te reizen om te vertellen dat hij niet in het profiel past?
Het werd een lang gesprek; de burgervader had heel wat bedenkingen opgespaard. Bram accepteerde gul extra voorwaarden, incasseerde waarschuwingen en luisterde naar betuttelende adviezen. Tette verwees geen moment naar het gesprek van Tineke met Bram, ... alsof hij daar niets van wist. Bram besloot er niet naar te vragen.

Twee weken later is Bram onderweg naar Kathmandu. De blijheid, de spanning, het gebrek aan nachtrust, de briefwisseling met Angelique in Dar es Salaam, het was een hectische tijd. Het grote geluksgevoel maakte een dag na zijn aanstelling al plaats voor zorgen. Hij werd geleefd door zijn schriftje met zaken die geregeld moesten worden: koffers pakken, afscheid nemen, abonnementen opzeggen en hij mocht dertien-wachtenden-voor-u-telefoontjes plegen met banken, verzekeringskantoren, belasting. Gelukkig bleek zijn paspoort niet verlopen, werd een visum soepel geleverd en leende de bank genoeg zogenoemde *traveler cheques* om het een tijdje uit te zingen, al kon hij nog geen contract met Blokzijl overleggen. Al dat gesjouw vooraf; reizen is niet alleen maar leuk – dat wist Bram al.

Helaas was er geen directe vlucht naar Kathmandu; Bram moest overstappen en overnachten in Delhi. Nabij het vliegveld is geen hotel. Overmoedig stapte hij in een willekeurige taxi. Zonder duidelijke afspraken. Een flinke jongen die een wereldreiziger denkt te kunnen besodemieteren. Toch lukte dat. De taxi haperde onderweg en stopte. Dat is toevallig, net voor een andere taxi. De chauffeur van die andere taxi had een geweldige onderhandelingspositie. De woeste verwensingen van de door de wol geverfde wereldreiziger Bram haalden weinig uit. Natuurlijk vindt hij dat de chauffeur van de zogenaamd kapotte taxi de rest van de rit moest betalen; het ontlokte bij beide chauffeurs hatelijke lachjes. Een poging tot intimidatie, schermen met namen en gewichtige missies in Delhi, was vergeefs. Die jongens dachten waarschijnlijk: als hij zulke belangrijke mensen kent was hij wel opgehaald van het vliegveld.

De kunst is dergelijke tegenslagen laconiek te incasseren; een wereldreiziger maakt meer van dit soort incidenten mee. De negatieve generalisaties over het land en de bevolking liggen op de loer. Daar word je geen gelukkiger en prettiger mens van. Bram weet dat wel, maar gisteren lukte het niet om zijn sluimerende vooroordelen over India te relativeren.

Hij is nu pas weer vrolijk in het Nepalese RNAC-vliegtuig naar Kathmandu, net opgestegen.
Deze keer geen run op stoelen links in het vliegtuig aan een raam. Nieuwe toeristen weten nog niet dat ze links moeten gaan zitten voor een magnifiek uitzicht op de imposante, machtige wereld van de besneeuwde bergen. Groengrijs, met witte vegen, onderbroken door blauwe en lichtrode tinten. De zon speelt met het ijs. Wat je ziet is veel meer dan je kunt bevatten. De verten komen niet dichterbij. Bram kan wel beelden voor de geest halen van wat hij *niet* kan zien vanwege de grote afstand: woeste bergbeken, grillige, wilde, ontoegankelijk rotspartijen. Het bergland lijkt te ruig land voor kikkervisjes, nachtzwaluwen en konijntjes, maar waar leeft dan het sneeuwluipaard van? Karavanen trekken er doorheen, niet al te zwaar belaste schapen, dragers van goederen op blote voeten of tweedehands plastic sandalen, wel zwaar belast; er is een netwerk van voetpaden, er zijn spectaculaire hangbruggetjes. Huisjes van leem zijn gebouwd op plaatsen waarvan je denkt: hoe kunnen hier nog mensen wonen, in deze ruigte van rotsen, tussen ijs en sneeuw? Er zijn mysterieuze kloosters, waarvan de bewoners het een voorrecht vinden om los te staan van de wereld.

Bij aankomst herkent Bram meteen Nepal; nergens anders ter wereld denk je in een taxiënd vliegtuig dat het dwars door de aankomsthal zal klieven.
Hij is in Nepal: niks wachten in de rij voor de douane. Mee met Bishnu, een door SNV gestuurde klusjesman tot aan het bureau van een douanier. Zij lopen opzij van de rij; bij de douane aangekomen zwaait Bishnu met het paspoort van Bram in zijn hand over de schouder van de man die aan de beurt is.
'Stempel zetten' zegt Bishnu tegen de douane ambtenaar. Het klinkt voor ons niet vriendelijk. Maar met dat soort impressies moet je voorzichtig zijn in een andere cultuur. Zegt Bishnu 'dank u wel' als hij het paspoort terug krijgt? Nee, dat zou ongebruikelijk zijn. Ook daar kijken wij van op. Zoals de Nepalezen opkijken als wij overal voor bedanken.
Niemand protesteert tegen het voordringen van Bishnu; iedereen neemt aan dat het voor een Hoge Man, een *Thulo Manche* is. De douaneambtenaar voor

de controle van de bagage is zeer coulant vandaag; hij zit slapend op zijn stoel achter een rij smoezelige tafels. Met één been opgetrokken, zijn voet op de zitting; hij gebruikt de op zijn knie rustende armen als kussen. Wat een lenige tolbeambten hebben ze in Nepal.

Op weg. Meer drukte onderweg dan vier jaar daarvoor, in 1990. Meer werkplaatsen langs de weg; ook op de strook modder voor hun rommelige werkplaatsen repareren ambachtslieden auto's, motoren, fietsen, riksja's, ijskasten, radio's, schemerlampen, stoelen. Een file van motoren op een rotonde vlak bij de oude stad, dat heeft Bram nooit eerder gezien in Nepal, wel in Vietnam of Jakarta. Ze komen aan bij het *Kathmandu Guesthouse*, een oud paleis, sfeervol, goedkoop, ideaal gelegen in Thamel, de wijk 'waar het allemaal gebeurt' in Kathmandu. Het Guesthouse zal wel in Indiase handen zijn – oh nee, dat is waar ook, bedacht hij: het incident van gisteren met de taxiboeven mag niet meer opspelen.

Over een paar uur zal Bram hier Van Gemert ontmoeten, de directeur van de SNV-vestiging in Nepal. In Den Haag op het SNV-hoofdkantoor wist men al te vertellen dat hij Thulo werd genoemd door de SNV-ers. Eén van de nieuwe SNV-ers hoorde zijn collega's praten over Van Gemert als een *Thulo Manche* en meende dat Thulo dus zijn voornaam was. Bert van Gemert is die naam niet meer kwijtgeraakt. Het is geen prettige bijnaam, want blanke directeuren houden niet zo van zich verheffen boven hun medewerkers en zien zichzelf niet als Belangrijke Man en willen zich ook niet zo laten noemen. Nepalezen wel, bij voorkeur zelfs.

Twee uur heeft Bram nog; hij is te onrustig om te gaan slapen. Vroeger, in 1990 kon je in twee uur om de sfeer op te snuiven, desnoods met een taxi even naar het prachtige tempelcomplex Swayambunath, vervolgens naar Pashupatinath, of naar Bodnath en daar rondom de enorme stupa lopen. Een geweldige ervaring! Dat lukt niet meer in 1994, vertelde een vriendelijke mevrouw aan de balie. Bram heeft het al gelezen: de grote sommen ontwikkelingshulp leidden tot een toename van auto's, veel te grote auto's, jeeps, ook voor mensen die nooit buiten de stad komen. De verkeersdrukte loopt nog niet de spuigaten uit, zoals in veel ander Aziatische steden, maar per taxi naar zeg Bodnath en op tijd terug zijn, nee, dat lukt niet meer.

Bram zou nog wel een lange wandeling kunnen maken in de oude stad met het sprookjesachtige plein Durbar Square met een serie schitterende tempels. Niet te ver van het Guesthouse, maar hij wordt afgeleid.
In een hoekje zit een zonderlinge heer, aangekomen op een solex. Een solex? Zou je daarmee een berg opkomen? Bram zit een beetje vermoeid op Thulo

te wachten en is zo brutaal om bij mijnheer aan tafel te gaan zitten. Onder het genot van een kopje thee raakt Bram met hem aan de praat. De mijnheer heet Emiel Goethals en blijkt honorair consul van België te zijn. Een magere man van een jaar of vijftig, met een kniebroek en een schotse trui. Er verblijven veel prettige zonderlingen in Nepal; Bram ziet aan alles dat Goethals ook bij die 'kaste' hoort. Emiel vertelt hoe hij op de solex van Aalst, de geboorteplaats van de grote schrijver Louis Paul Boon, naar Nepal tufte, in twaalf weken. Een heel avontuur: over de Alpen, door het enorme bergland in Oost-Turkije, de woestijn in Iran, het struikroversgebied in Afghanistan, de beroemde *Khyberpas* naar Pakistan en de eindeloze weg door India. Vreselijke weg. Wat een avontuur.
'Bergen te over onderweg,' merkt Bram op.
'Ja, ja, maar tegen een kleine vergoeding kon ik bijna overal bij de meest steile bergen liften met vrachtwagens of jeeps, waar de solex op of in kon. En in India,' vertelt Emiel met pretoogjes, 'sleepte ik Solex de gang van de trein in, zelfs als het druk was. Op het laatste moment, als de trein al langzaam ging rijden, met behulp van, het is echt waar, passagiers in de trein die ruimte voor de solex maakten in de gang. Het voelde als solidariteit tussen kwajongens onder elkaar. De conducteurs wisten niet wat ze zagen. Ik kon ze nog een kaartje laten zien ook, een passagierskaartje voor een solex. Daar hadden ze niet van terug.

Maar ik moet de solex helaas verkopen; ik moet plotseling terug naar Aalst. Bent u geïnteresseerd; voor een vriendenprijsje bent u de eigenaar van een solex met een verhaal, de enige in Kathmandu?
U krijgt veel bekijks, Nepalezen willen graag een praatje met u maken. De prijs valt enorm mee. En ik garandeer u dat u de solex makkelijk voor een zelfde prijs kunt verkopen.' Dat gelooft Bram graag; er zijn veel solex liefhebbers in de wereld.
Hij vertelt Emiel geïnteresseerd te zijn, maar hij wil tijdens zijn jetlag geen belangrijke besluiten nemen en hij wil ook nog technisch advies. 'Als ik uitgerust ben bel ik u,' zegt hij. De consul geeft hem zijn kaartje.
Ondanks zijn vermoeidheid wordt hij erg wakker; op een solex door Kathmandu toeren; jofi, dat zou een onverwachte bonus zijn.

Thulo komt keurig op tijd; hij is gespannen, moe en op zijn hoede; het lijkt wel alsof hij zich indekt, nu al, terwijl Bram nog geen Blokzieliger aan het werk gezien heeft. Bram heeft uit balorigheid de dooddoeners van Thulo genoteerd, met een pose alsof hij zijn uitspraken uiterst serieus nam. Wat een genot trouwens dat je hier lekker Duits bier kunt krijgen. Uit zijn aantekeningen: 'waar gehakt wordt vallen spaanders, transparantie, met beide benen op de grond blijven, het kan niet zo zijn dat, zaken in breder

perspectief plaatsen en een balans vinden.' Nog een stuk of vijf van die platgetrapte uitspraken erbij en je kunt zo de politiek in, vindt Bram.
Een beetje melig, die aantekeningen, een beetje suf om ze op te schrijven, het zal de jetlag wel zijn. Bovendien zal een dag later al blijken dat er niets mis is met het taalvermogen van Thulo als hij iemand eenmaal kent.

Wat een weelde, deze hoteltuin, met veel planten en een grote hoeveelheid Tibetaanse gebedsvlaggen.
Thulo is zenuwachtig. Hij zal wel te hard werken. Hij heeft het kapsel van een Wageningse student, een beetje boers. Mijnheer de directeur is klein en slonzig gekleed, het uiteinde van zijn broekriem hangt er los bij, slank, maar toch staan de knopen in zijn overhemd op springen zodra hij gaat zitten, kaki broek met vlekken. Is dat nou een consul? Want dat is Thulo ook, naast velddirecteur SNV: Consul der Nederlanden in Nepal. Hij ziet Bram kijken: 'ik heb me even verkleed in vrijetijdskostuum, want de kantoortijd is voorbij'; het is al een uur of zes.

Toch loopt het moeizame gesprek heel goed af: Bram kan de volgende dag met Thulo meerijden naar Pokhara, een rit van minstens vier uur. Een mooie gelegenheid hem beter te leren kennen. Medewerking van de baas van SNV-Nepal zal de taak van Bram een stuk makkelijker maken.

Na terugkeer uit Pokhara belooft het nog spannender te worden. Wat een vooruitzicht: toeren door Kathmandu op een solex.

2.2 In doeken gewikkeld

De volgende ochtend komt Thulo naar het *Guesthouse,* met een jeep en een chauffeur; de jeep is te groot, een chauffeur is geen overbodige luxe in Nepal. Thulo is een beetje gehaast; er is iets tussen gekomen.
'Stap maar in, dan kunnen we onderweg vast even praten,'zegt Thulo.
'Ik moet nog langs het politiebureau om een lijk identificeren.' Bram kijkt hem verbaasd aan.
'Hoor ik het goed, een lijk identificeren?'
'Ja, een lijk identificeren, zo gebeurd, we zijn over een kwartiertje op weg naar Pokhara' zegt Thulo gemaakt nonchalant. Het is nooit tot Bram doorgedrongen dat het identificeren van onbekende overleden landgenoten ook bij consulair werk hoort.

Ze komen na een minuut of tien op de binnenplaats van het politiebureau; er liggen een stuk of vijftien lijken, sommige zijn ergens gevonden, andere moesten forensisch onderzocht worden. Ze worden bekropen door insecten. De stank van lichamen in ontbinding zal Bram nooit meer vergeten, letterlijk adembenemend, onverdraaglijk. De mensen van de politie zijn voorbereid; die hebben mondkapjes. De Consul der Nederlanden – waarom niet in een uniform, dan lijkt het nog wat - loopt rond met een footootje van de overleden landgenoot.

'Ik hoef alleen *ons lijk* maar aan te wijzen. En te beloven dat een medewerker van het consulaat het vandaag nog zal laten weghalen plus een officiële verklaring ondertekenen. Zo klaar; niemand wil deze procedures langer dan nodig rekken. Als we geluk hebben is de man nog herkenbaar; ik geloof dat ik hem al zie liggen.'

Boven het plein cirkelen gieren, midden in de stad, vlak naast een hoofdweg. Bram waant zich in een film, hij weet wel en hij weet niet wat hij ziet. Voor het eerst in zijn leven staat hij te wiebelen op zijn benen. Ik ben nog nooit flauwgevallen, weet Bram, maar dat zou hier zo maar kunnen gebeuren. Hij geeft Thulo een seintje en loopt vast naar de auto. Weg van die stank, weg van dit middeleeuws tafereel dat aan schilderijen van Jeroen Bosch doet denken.

Wachtend bij de auto komt Bram op de gedachte dat het in Nederland allemaal veel minder kan, maar we gaan gelukkig wel hygiënisch met onze doden om.

Waarom zijn die kapsalons bij ons zo lux, waarom hebben we zo veel merken slaolie, waarom kun je bij ons niet zoals hier in Nepal even een papierwinkel inlopen, een puntenslijper lenen om je potlood bij te slijpen, waarom zetten we geen kleinere autootjes in als taxi, waarom zitten er zomers bij een drukke fietsenstalling op het universiteitsterrein geen fietsenmaker, waarom geven we koosnaampjes aan tuinmeubelen, waarom zijn we zo dom dat we voor een paar warme dagen per jaar ons een hele keukenuitrusting voor in de tuin laten aansmeren?

Maar… dat wij een keurig afgesloten mortuarium hebben in ons land, dat staat Bram *wel* aan.

Het blijft even stil in de auto. Thulo lijkt ook aangeslagen. Om de stilte te doorbreken vraagt Bram hem waarom hij naar Pokhara reist en nog wel per auto. Zo'n dikke halve dag rijden en maar hobbelen onderweg, meer dan honderd gaten in de weg, *potholes,* dat herinnert Bram zich nog van vorige bezoeken aan Nepal. Hoe kan die auto heel blijven, vroeg hij zich bij eerdere ritten naar Pokhara meer dan vier jaar gelden ook al af. Kedeng, kedeng, klats, boem!

Thulo geeft antwoord op de vraag wat hem in Pokhara te wachten staat: 'Een stoffelijk overschot in ontvangst nemen,' in zijn rol van consul dus. Wel ja zeg, denkt Bram, wat krijgen we nou, net een absurde ervaring achter de rug, voor het eerst van mijn leven ontbonden lijken gezien, en nou blijven we in die zelfde sfeer? Zoiets bedenk je niet.

'Een overleden bergbeklimmer,' zegt Thulo; 'uitputting, ongeluk. Ik weet het niet, het radiobericht was moeilijk te verstaan.'

Bram keek Thulo een beetje onbeholpen aan.

'Raar is het wel,' dat vond de consul zelf ook.

'Ik heb maar vijf of zes keer per jaar een klus met lijken, als ik het zo even mag noemen en vandaag gebeurt het twee keer. Het stoffelijk overschot wordt over bergpaadjes vervoerd naar Pokhara,' legt Thulo uit. 'Vier dragers wisselen elkaar twee aan twee af. Ze proberen in anderhalve dag in Pokhara aan te komen. Ze zijn huiverig voor ontbindingsverschijnselen: ze moeten wel doorlopen. Een dode moet binnen een dag verbrand worden, maar voor een toerist is wel wat te regelen. Tegen betaling, niemand sjouwt gratis met een lijk over bergpaadjes. Meteen verbranden lijkt achterlijk en exotisch, maar het is heel hygiënisch.'

Tja, wat moest Bram daarop zeggen, nooit over nagedacht.

Waarom doet Thulo dat zelf, helemaal uit Kathmandu naar Pokhara komen per jeep? Bram heeft in Den Haag gehoord dat Thulo voor het consulaire werk een assistente heeft, zijn vrouw. Thulo heeft een antwoord:

'We hebben haast. We hebben met veel moeite een ruimte gereserveerd voor het lijk in een vliegtuig naar Delhi; vandaar wordt het naar Amsterdam vervoerd - ook een lastig te regelen reservering.

Mijn assistente mag ter plekke in Pokhara bij de overdracht van het stoffelijk overschot geen verklaringen tekenen namens de Nederlandse staat. Dat lukt uiteindelijk wel, maar is ingewikkeld en tijdrovend. Ik moest dus zelf gaan om tijd te winnen en op tijd terug te zijn op het vliegveld in Kathmandu.'

's Avonds hoort Bram aan tafel van SNV-ers in Pokhara een andere verklaring: 'Thulo vertrouwt zijn assistente en vrouw niet in nachtelijk gezelschap van SNV-ers.' Dat verhaal werd gelardeerd met flauwe grappen. Die domme lol zal vanavond bij Bram verkeerd vallen, omdat hij na vandaag met veel meer waardering dan gisteren over Thulo denkt.

Terug naar het gesprek tijdens de rit. De vraag waarom de tocht per auto ging was Thulo niet vergeten.

'Per vliegtuig een lijk vervoeren van Pokhara naar Kathmandu? Je komt om in het papierwerk. Eigenlijk geen optie, het moet per auto. Maar…, dan wel anticiperen op politieposten onderweg, dus het stoffelijk overschot in doeken wikkelen en het op de drager van de jeep binden, zodanig dat de vorm van de

doeken niet de inhoud verraadt. Je moet als consul van alle markten thuis zijn.'
'Mag dat dan niet, een lijk in een auto vervoeren?'
'Het zal wel mogen, maar het is voor de politie aantrekkelijker om te suggereren dat het niet mag.'
Thulo blijkt humor in zijn repertoire te hebben:
'Ooit een advertentie gezien met de tekst: consul gevraagd, in staat om lijken onherkenbaar te verpakken in jute zakken?'

Tussen luisteren en praten door neemt Bram het landschap in zich op. Ze rijden door een eindeloos lang dal, langs de flanken van heuvels, soms groen, soms overwegend rotsen. Hier en daar vrouwen langs de weg die ogenschijnlijk geduldig gehurkt naast hun koopwaar zitten, vooral groente en fruit. Honden op de weg, soms met nog maar drie poten, die het net wel of net niet nodig vinden opzij te gaan voor de jeep. Gehuchten langs de weg. Af en toe worden de bergen zichtbaar tussen of boven de heuvels aan de overkant van de rivier.

Ze stoppen voor een lunch, de gebruikelijke *dalbhat*. De chauffeur eet met zijn handen, Thulo en Bram proberen dat ook. De chauffeur gaat na het aanzien van hun gepruts lepels halen. Hij kijkt Bram vragend aan. 'Geen honger?' Hij weet uit ervaringen dat Nederlanders veel minder rijst (*bhat*) eten bij de linzensoep(*dal*), maar zo weinig als Bram opschept, dat kan niet goed zijn.

Terug in de jeep vertelt Thulo dat hij pas morgen terug kan - rijden in het donker naar Kathmandu is geen doen. Het stoffelijk overschot wordt vanavond vast ingepakt en op de auto gelegd. Er zal een wachter worden ingehuurd om te voorkomen dat lynxen een buitenkansje vinden. ('Dat zijn geen lynxen' zeggen deskundigen; in ieder geval zijn het katachtige roofdieren).

Bram heeft genoeg gehoord over de consulaire praktijk en stelt voor het over SNV te hebben.
'Ik moet een hoera-verhaal schrijven over het werk van Harm. Is dat moeilijk denk je?' 'Gelukkig niet,' vindt Thulo.
Bram krijgt zo maar, zonder interviewtrucjes een verhaal opgediend over Harm. Daar kun je iets van vinden, van een baas die zo makkelijk over 'zijn mensen' praat, maar het komt Bram uitstekend uit.

De kern van het verhaal van Thulo over Harm: hij is het schoolvoorbeeld van de hardwerkende uitvoerder van ontwikkelingssamenwerking, één van de stille krachten, die gewoon doet wat er gedaan moet worden ondanks de slechte ratio tussen inzet en effect, welke nu eenmaal inherent is aan dit werk. Stelt geen moeilijke vragen, heeft geen ingewikkelde beleidsbepalende gedachten en toont geen vergaande nieuwsgierigheid naar het nut van het werk. Hij haalt zich wel problemen op de hals doordat hij niet van de weeshuishulpen af kan blijven (veel Nederlandse jonge dames willen na hun examen 'op avontuur' en komen soms allerhande hulp verlenen in weeshuizen in Nepal).

Harm zal de rest van zijn leven over die drie jaar ervaring in Nepal praten. Niks mis mee, betrouwbare kracht, aardige, makkelijke jongen.

'Ik wil ook een juichverhaal over Frits,' wie weet blijft Thulo zo spraakzaam. Dat valt tegen. Stilte. Bram probeert een stapje te zetten.

'Hoe zit het nou toch met die kip?'.

'Dat verhaal komt me de strot uit,' zegt Thulo. Maar hij begin er toch over te praten:

'De kip was in een restaurant in Pokhara in te kleine stukjes gehakt en het was meer bot dan kip. Frits boos! Hij liet het bord met kip terugbrengen en bestelde grote stukken kip. Daar moest een tolk bijkomen, een Nepalese klant die Engels sprak. Egbert en andere SNV-ers, die wel Nepalees spreken, vonden het maar raar en wilden het niet vragen aan de ober. Na verloop van tijd komt er een nieuwe schotel, weer kleine stukjes kip. 'Dat is nou eenmaal de gewoonte,' zei de Engelssprekende Nepalees, gierend van de lach. En wat doet Frits…..? Hij pakt zijn bord op en smijt het door de zaak. Je hoort het goed, Frits, een rustige en bescheiden jongen, pakt zijn bord op en gooit de kip door de zaak… Gelukkig niemand geraakt door het bord, wel mensen vies geworden. Consternatie, schreeuwen, een beetje duwen en trekken. Boze eigenaar. Veel bemoeienis van andere klanten. Je ziet het voor je.'

'Het zal toch wel een *cultural shock* zijn geweest, 'denkt Thulo. 'Duurt meestal niet zo lang, gaat vanzelf over'.

Bram constateert dat Thulo niet in opgewonden termen over Frits spreekt. Dat is geruststellend; dat zou wel eens belangrijk kunnen worden voor het lot van Frits, die, zo hoorde Bram al, nog steeds niet lekker in zijn vel zit.

Thulo is bijzonder spraakzaam en begint ook over Egbert te oreren, die hij *de schim* noemt. Bram kapt hem beleefd af; Egbert is geen Blokzieliger.

Ze raken aan de praat over het programma waaraan Harm, Frits en Egbert werken in Pokhara. Hoe zit het ook al weer. SNV levert vrijwilligers aan de provinciale dienst, afdeling weg- en waterbouw van *MPLD (Ministry of Panchyat and Local Development)*, een mond vol, laten we zeggen de waterdienst. Het programma, ook wel project genoemd, heet *Community Water Supply*.

De vrijwilligers hebben twee bazen. De directeur van de waterdienst, maar ook de directeur van het veldkantoor van SNV in Kathmandu, Thulo dus.

De binnenstad van Pokhara bestaat uit lange straten met aan weerszijden bouwwerken, waar de meeste mensen op de begane grond een winkel of ambachtsplek hebben en boven wonen. Als de tweede verdieping nog niet is afgebouwd, en dat kan jaren duren, wonen ze in de open lucht.
Veel betonnen bouw, hoge stoep voor de deur, met daar langs het riool; dat klinkt erg grijs, maar toch is het gezellig: de vele lichtjes 's avonds, het levendige geluid van handel en niet te vergeten, de ambachten. Heel veel ambachten: broodbakken, smeden, herstellen en oppoetsen van oud gereedschap, kleren naaien, stoelen maken, kralen rijgen, schoenen repareren of oplappen.
De stad is uitgestrekt, en maakt niet de indruk dichtbevolkt te zijn. Er wonen honderdduizend mensen; als je er rondloopt, is het nauwelijks te geloven, ongetwijfeld zijn de dorpelingen in de omgeving meegeteld.
Of, merkt Thulo grinnikend op, 'de Nepalezen zullen wel een eigen definitie hebben van *tellen*.' Bram denkt daar het zijne van: typisch een spottende, slordige generalisatie van de *expatriates*. Het verbaast Bram, want SNV-ers, die immers dichter bij de bewoners staan dan zeg UN-functionarissen en de vele andere hulpboeren, bezigen die goedkope *expat-generalisaties* doorgaans niet!

Pokhara is rustiger dan Kathmandu, en minder spectaculair. Toch loop je ook in Pokhara voor je plezier op straat.
Een oude man zit te slapen op een stoel voor zijn huis; het lijkt niet tot hem door te dringen dat de auto's er maar net langs kunnen. Hij reageert niet op het toeteren van automobilisten, ook niet op een kudde ezels die vlak langs hem loopt.

Thulo zet Bram af bij het huisje van Egbert en Harm. Van buiten lijkt dat een beetje op een vervallen tweede woning in Nederland. Thulo moet verder, na een vluchtige begroeting van Egbert en Harm – het lijk wacht. Hij zegt toe 'de jongens' vanavond op te komen zoeken.
Die Thulo, zo zit je in de lijken, zo in de armoedebestrijding – een unieke baan.

2.3 Sommige projecten lukken

De ingehuurde tolk heet Thapa, een onderwijzer uit Kathmandu, niet betrokken bij het netwerk van notabelen in Pokhara. Thapa spreekt goed Engels. De Thapa's zijn *Chetri's*, een heel hoge kaste.

Bram wilde met Egbert en Thapa een modelproject bekijken, dat geheel en al volgens het boekje verlopen heet te zijn. Met zijn drieën. Gaat niet door! Het is de gewoonte en de uitdrukkelijke bedoeling om vergezeld te worden door veel hoogwaardigheidsbekleders, inclusief de directeur van de waterdienst.

Hoge heren laat je niet lopen; modelprojecten liggen dicht bij een per auto bereikbaar dorp. De bron en het waterreservoir zijn te ver om ze te bezoeken; daar zijn foto's van gemaakt.

Het is gezellig bij zo'n bezoek; de heren keuvelen er lustig op los met de dorpelingen, er wordt thee geserveerd, er wordt een smakelijke boeren *dalbhat* bereid. Er worden veel speeches gehouden met een hoog hoera-gehalte. De overheid doet het geweldig, de boeren doen het geweldig; we doen het allemaal geweldig. Zouden ze nu een vreugdedansje inzetten? Nee, dat doen ze in Afrikaanse landen, niet zo gauw in Nepal. En uitbarsten in vrolijk gezang doen ze ook al niet, in Afrikaanse landen wel.

Het zakelijk gesprek vindt plaats in een kring rondom de kraan. Veel dorpelingen kijken en luisteren op een meter of twintig afstand. Ze dragen de geur mee van de houtvuurtjes in hun huis. Behalve foto's gingen de ontwerptekeningen rond. Het gezelschap in de kring bestaat uit mannen, soms het vrouwencomité, deze keer één vrouw; Nepalezen weten dat hulpclubs het prachtig vinden als de voorzitster van het lokale vrouwencomité ook uitgenodigd wordt. Er is zelfs een stoel voor haar gereserveerd; ze gaat ernaast zitten, op de grond, op haar hurken. Totdat ze met andere dames uit het dorp thee en koekjes serveert. Daarbij voelt ze zich op haar gemak, zo te zien.

De bouwtekening blijkt niet kwijt geraakt en werd op tijd goedgekeurd; er zijn niet alsnog vage posten opgenomen in de begroting; de raming van de kosten was redelijk; de aanleg van het project verliep volgens plan; het materiaal kwam op tijd aan; alles was in goede staat en niet onderweg, gedurende een voettocht van een paar dagen door dragers geruild voor goedkopere versies van pijpen en gereedschap; de arbeiders van het dorp werden keurig betaald, de lokale opzichter was altijd aanwezig.

'De ontwikkelingswerkers van SNV kregen alle medewerking,' vond de directeur van de waterdienst. Egbert kijkt een beetje verbaasd.

Er is een beheerder gekozen, vertelden de dorpelingen een beetje giechelig. De verkiezing is een vluchtig uitgevoerde schertsvertoning geweest, legde

Thapa later uit. Want er is er maar één de baas in het dorp en hij was de enige kandidaat. Maar ja, die verkiezingen moesten toch, vonden de internationale geldschieters.

De rol van Thapa verandert geleidelijk van tolk in assistent-onderzoeker. Dat staat Bram wel aan, het bevordert het gesprek. Hij hoeft niet elke vraag voor te kauwen, maar vertelt Thapa wat hij wil weten; Thapa vormt zijn nieuwsgierigheid om tot vragen. De ervaren SNV-er Egbert beheerst het Nepalees goed genoeg om te kunnen volgen of Thapa hem iets op de mouw speldt.

Blijkbaar kan niet alles gevraagd worden. 'Hebben de mannen voor het ingraven van pijpen zelf hun geld ontvangen of ging het direct naar hun schuldeisers?' Dit soort vragen wordt stelselmatig niet begrepen. Niet zeuren, het water komt uit de gemeenschappelijke kraan. Toch?

Dat moet voor de zekerheid aan het hoofd van het vrouwencomité gevraagd worden. Ze staat op en houdt een soort speech. Het wordt niet, zoals Bram verwacht had, een malle vertoning: geen ingestudeerde teksten, geen angstige blikken van de vrouw naar de *Thulo Manche* als ze praat. Het optreden van deze voorzitster is verrassend – al is haar voorkeur voor het inschenken van thee en koffie door Westerse bril bezien niet ideaal, haar zelfverzekerde presentatie was een jaar of tien geleden ondenkbaar. Zouden al die vrouwenprojecten dan toch iets veranderd hebben? *Soft development* heet dat in het jargon.

Het vraag-en-antwoord-ritueel gaat verder.

'En het onderhoud van de waterwerken?'

'Tot nu toe vindt het onderhoud plaats volgens plan.' Egbert herhaalt het: 'onderhoud volgens plan; dat kan dus wel!'

'Het-kan-dus-wel!' zei Egbert nog een keer.

'Gaat de bevolking zich nu vaker wassen?' Alweer een rare vraag. Nergens goed voor.

Gaan de ontwikkelingswerkers nog een washok met een douche en een paar primitieve toiletten bouwen?' Nu zijn het Egbert en Thapa die verlegen giechelen. Egbert geeft het antwoord en voorkomt daarmee dat de vraag van Bram vertaald wordt voor de Thulo Manche.

'Wat heeft dat voor zin als niemand dat ziet zitten,' vraagt Egbert.

'Maar dat gebeurt op andere plaatsen wel,' had Bram gelezen?

'Ja, maar hier niet.'

'Het staat wel in het voortgangsrapport,' wist Bram nog.

'Ja, maar dat moest ik opschrijven van onze lokale directeur,' zei Egbert. Hij zei het in het Engels, mijnheer de directeur knikte bevestigend en beaamde het.

'We zijn er nog niet aan toe gekomen,' de directeur voelde goed aan dat Egbert en Thapa dit leugentje verder zouden laten rusten.

Tijdens de rit terug naar Pokhara heeft Bram nog veel vragen voor Thapa.
'Hebben de dorpelingen, de directeur van de waterdienst en de hoofdman van het dorp een idee waarom alles volgens plan verlopen is?'
'De dorpelingen niet, de hoofdman en de directeur wel,' denkt Thapa.

Thapa vat de conclusie tot nu toe samen.
'De hoofdman zit stevig in het zadel in het politieke netwerk van Pokhara en heeft het beste voor met de bevolking.'
'Dat is inderdaad zo,' sprak Egbert, 'niet alle hoofdmannen, volgens mij.'
'Bovendien heeft hij niet alleen mooie beloftes gedaan aan de bevolking, maar ook zakelijke afspraken met ze gemaakt. Dat is echt nodig. Want het graven van de sleuven voor de pijpen is een heidens karwei, zeker als de bron, zoals in dit geval, op 3 kilometer afstand ligt. Vooral als er veel hakwerk bij komt kijken in keihard gesteente.'
'Doen ze het niet gratis; ze krijgen toch een waterleiding?' merkt Bram op.
'Geen optie,' licht Egbert toe; 'ze zijn te arm en bovendien is een waterleiding, zeker voor de mannen geen topprioriteit. Ze worden betaald, zeker als hakwerk nodig is, maar die betaling houdt niet over. Dat alleen al vraagt al om duidelijke afspraken.' Egbert kijkt Bram aan; hij wil zien of hij het heeft begrepen.
Er zijn nog meer redenen voor duidelijke afspraken, blijkt uit een toelichting van Egbert.
'Wat dacht je van een illegale aftakking naar een buiten het dorp gelegen gehucht? Wie gaat die overtreding aan de kaak stellen, hoe kan het worden voorkomen? Wat dacht je van onderhoud van bijvoorbeeld filters in de inlaattank. En zo zou ik nog wel even door kunnen gaan. Zakelijke afspraken met de gebruikers van het water zijn dus essentieel,' aldus Egbert.
'Ik begrijp het' antwoordt Bram.

Bram heeft tijdens de lange rit naar Pokhara nog veel meer vragen voor Thapa en Egbert.
'Wat zouden de armen van het project vinden,' wil hij weten, 'of hebben die andere, dringender zorgen aan hun hoofd? Laten we het eens aan een aantal armen vragen,' stelt Bram enthousiast voor.
'Kun je net zo goed niet doen,' menen de tolk en Egbert. Bovendien, je hebt toch al met de hoofdman gesproken? Die armen gaan echt niks anders zeggen. Ze zullen zeggen dat ze het niet weten en dat je bij de hoofdman moet zijn, die weet alles.'

'En zo'n vraaggesprek met armen wordt door de hoofdman gezien als wantrouwen van ons jegens hem. Niet doen dus.'

Er zijn ongetwijfeld lezers die het de rol van de wetenschap en journalistiek vinden om in dat soort situaties juist door te vragen. Maar de rol van Bram is niet om wetenschap te bedrijven; hij hoeft slechts mooie verhalen over de Blokzijlse helden te schrijven. En daar hoort wat inzicht bij in het werk van die jongemannen.

De conclusies van de analyses van een tweede project, bezocht op de volgende dag, wel met zijn drieën, zijn eenvoudig: de politicus die dat project beloofde heeft op zijn minst de suggestie gewekt dat het gratis aangelegd zou worden, in ruil voor stemmen. De SNV-ers zijn langs geweest ter oriëntatie. De bevolking was begonnen met graven en had met eigen geld wat materiaal aangeschaft. Lang niet genoeg. De politicus verloor bij de verkiezingen en kon zijn belofte niet waarmaken. Einde belangstelling bevolking; ze hebben hun vrijwillige werk vrij snel neergelegd. Jammer dat ook niet duidelijk werd waarom de directeur van de Waterdienst de SNV-ers niet eerder had terug getrokken. Bram schrijft dit niet op het conto van SNV, want het zou zo maar kunnen dat de directeur ook niet eerder wist dat het niks zou worden. Bram is geen inspecteur, maar een mooie-verhalen-schrijver.

Enkele dagen later bezoeken Bram en Thapa een derde project; dat mocht ook zonder hoogwaardigheidsbekleders (want er waren, zo bleek later, veel te veel pijnlijke vragen mogelijk). Er staan ook nog gesprekken op de rol met een paar interessante getuigen, niet hier in Pokhara, maar in Kathmandu.

2.4 Laat de rat met rust

Geliefden op afstand moeten elkaar veel schrijven. 'Maar we gaan niet per brief onze heilloze relatie-praat voortzetten,' zei Angelique toen ze met Bram voor haar vertrek de afspraak maakte om elkaar op de hoogte houden van het wel en wee van hun dagelijks leven. Bram is nog in Pokhara in hotel Annapurna, twee sterren, het kan er ruim mee door. Even bijkomen van de reis naar twee van de drie projecten. Hij schrijft zijn eerste langere brief aan Angelique.

Pokhara, *oktober 1994*

Liefste,

Relatie-luwte, wie heeft die kreet bedacht? Het zal jouw, sorry, onze therapeut wel geweest zijn. Heb jij onze afspraak al kunnen uitleggen om een relatie-luwte in te bouwen? En kreeg je begrip, applaus of verbazing? Mannetjes vragen of we het tijdens die luwte met een ander mogen doen? Ondanks, of juist vanwege de luwte ben ik blij met je nu al ontvangen brief en erg opgelucht dat het zo goed met je gaat. Wat doe je nou zo'n dag op een ambassade? Je kunt toch niet de hele dag diplomaat spelen? En wat voor zaken moeten dan zo nodig diplomatiek verpakt worden? Je schreef over een tennistoernooitje met witte wijn tussen de partijen aan de rand van het zwembad in de tuin van een collega. Ik vond het een mooie constatering van je: 'dat is zo geheel en al fout dat het wel iets heeft.'

Terug in Pokhara van voetreizen langs drie projecten met een ervaren SNV-er, Egbert, en met Harm, één van de twee nieuwe SNV-ers uit Blokzijl, waar ik speciale aandacht voor heb. De andere nieuwe SNV-er, Frits, wilde niet mee. Een belangrijke man in mijn gevolg is mijn tolk Thapa. Thapa is de naam van zijn familie, maar ook de naam waarmee hij aangesproken wordt. Dipak is zijn voornaam, maar niemand noemt hem zo en hij stelt zich ook niet voor als Dipak Thapa. Hij spreekt vloeiend Engels, is modern gekleed met een smetteloos wit overhemd en hoort bij een hoge kaste.

Het verbaast me: hoe krijgen ze die overhemden zo smetteloos wit? In zo'n huis of hotel waarin naar onze maatstaven alles smoezelig is? Vrolijke man die Thapa met een prachtig bruine huid, mooie amandelvormige ogen en vrij dure schoenen. Hij loopt soepel en is atletisch gebouwd. Zoals alle Nepalezen is hij kleiner dan ik ben. De SNV-ers vinden Thapa een slimme *Neep.*
Sommige, niet alle SNV-ers noemen Nepalezen *Nepen*; klinkt niet vriendelijk, maar ze bedoelen er niks mee. Echt niet, bijna alle ontwikkelingswerkers vinden Nepalezen aardige, sympathieke mensen. Ondanks de welig tierende corruptie, ondanks het feit dat ze snot, pies en poep minder vies vinden dan wij en ondanks hun geraffineerd opportunisme naar hulporganisaties. (Snot vies? Maar wij eten toch oesters?). *Nepen*; ik blijf erbij: het klinkt me niet vriendelijk in de oren.

Harm is een stille jongen, mooi blond, stevig gespierd, niet te groot en niet te klein, ziet er sterk uit, kijkt vaak strak voor zich uit, een beetje peinzend. Denkt volgens mij de hele dag aan Blokzijl en aan zijn meisje daar. Zijn kleren zijn minder vaal dan die van Egbert. Opvallend dat hij zich elke dag wil wassen – 'dat leert ie wel af,' zei Egbert. 'Nergens goed voor,' vond Egbert. Egbert gedraagt zich naar Harm als een mentor.

Thapa verdient goed met deze klus; het Blokzijl-project betaalt hem dertig gulden per dag in roepies, plus kosten onderweg. Een maaltijd kost nog geen twee gulden. Het salaris van Thapa per maand voor zijn normale werk – hij is onderwijzer - schatten we op honderd gulden per maand. Ik weet niet of ik hem kan vragen of het klopt. Egbert weet het ook niet en Harm zit hier nog veel te kort om dat te weten.

Het bezoek aan de drie dorpen was magnifiek, indrukwekkend, ongehoord mooi. Een adembenemend, overweldigend landschap, ongelooflijke uitzichten. Je weet niet waar je kijken moet. Die bergen…. overdag heel veel tinten grijs en wit, ook blauwig, van de sneeuw of het ijs in de verte. Je blijft kijken. De dorpjes met vele pastelkleuren, soms. De bezoeken aan de projecten zijn hoogtepunten in mijn leven; ik weet het zeker. Het zicht op dat landschap geeft adem aan je mentale gesteldheid. Ik voelde me nietig en gelukkig tegelijkertijd; ik raakte van slag, maar voelde me toch ook sterk; ik fantaseerde over van alles, maar bleef ondertussen wel goed opletten (Tempo niet te hoog? Door de knieën bij het dalen). De door de zon beschenen sneeuw op de hellingen, de verbluffende eenvoud van het dorpsleven. De dorpelingen zijn zo relaxed. Ik begrijp nu waarom de uitdrukking ké garné zo gangbaar is. Letterlijk: wat te doen. Het drukt een gelatenheid uit, geen teleurstelling, maar een verwijzing naar de gebruikelijke ongevallen, incidenten, vergissingen, misstanden, die we gewoon moeten accepteren. Ké garné. Het is niet goed of slecht, het is zoals het is. Het landschap is ongenaakbaar, ja, dat is het juiste woord, ongenaakbaar. De mensen? De mensen horen bij het landschap. De ongenaakbaarheid en onaantastbaarheid van het landschap leggen een 'ke garné-houding' op en bepalen een 'ké garné-stemming'.

Het eerste door ons bezochte project was in *Ghandrung*, niet te ver van Pokhara, niet te hoog in de bergen. Het was een modelproject, geselecteerd om een goede beurt te maken. Egbert maakte er geen geheim van: het is een *showcase* voor de evaluatiemissies en bobo's die langskomen; overigens ook voor de bevolking en de betrokken ambtenaren, aannemers en arbeiders. Er wordt getoond dat het kan, waterleidingen aanleggen voor de gemeenschap en als het lukt, is het prachtig.
Ik zou zelf niet zo kritisch doen over de status *showcase*; die lijkt me nodig om de moed erin te houden. Een tweede project verliep hortend en stotend. Bij het derde is het materiaal niet aangekomen. Waarom? Ik heb nog te weinig zicht op de gang van zaken daar.

Het is waar, ik zou je ook over Nepal schrijven. Maar de meeste verhalen tot nu toe zijn bijna ongeloofwaardig. Vooruit, eentje. We eten in een Indiaas restaurant. Komt er iemand aan gerend vanuit de keuken. Wild gebarend met een doek, een kok. Wat doet ie? Hij jaagt een enorme rat de keuken uit. Let wel, een kok jaagt een joekel van een rat het restaurant in, waar zijn gasten eten. Het beest springt even later op een tafeltje naast ons met vuil serviesgoed. Dan zou je toch verwachten dat de obers, toeschieten. Nee hoor. We roepen een ober.
'Waarom jaagt u de rat niet weg?'
'Dan gaat het beest door het restaurant rennen. Als we hem gewoon laten zitten, gaat ie straks rustig in een hoekje zitten.'
Dat geloof je toch niet. Die rat –wat een joekel - ging gewoon door met de vuile borden aflikken.

Het is prachtig om in Nepal te zijn, maar toch loop ik niet de hele dag te dansen van geluk. Waarom niet? Dat mag ik niet schrijven van je. In een droom zag ik ons beiden hand in hand van een gletsjer afglijden. Wij gleden een paar kilometer lager pardoes in een frisse, schone bergbeek zonder blubberig bezinksel, dichter bij de aarde, begeleid door een welluidende berghoorn. Je was erbij.

2.5 Kafka

Brief van Frank aan Bram,
Leiden, *september 1994*

Beste Bram,

Wat gebeurt er in Nederland, vraag je. Ik zou de juiste persoon zijn om dat te vragen. Want volgens jou kan een dichter-psychiater zowel schrijven als analyseren. Zoiets – hoe kom je daar bij? Heb jij wel eens bedacht hoe moeilijk het is om iemand in den vreemde, ik bedoel iemand die daar verblijft te schrijven? Iemand die in den vreemde is maakt veel reizen en veel mede, maar iemand die thuis blijft maakt niet veel mede, die duurt, om zo te zeggen, voort.
In den vreemde zitten slangen. Zwarte mamba's, groene mamba's – nog gevaarlijker.
Jullie gordijnen liggen nu op zolder, samen met een klok en een telefoon. Toen ik deze spullen ging halen zaten in jouw huis in de Merenwijk drie meisjes. Nu waren het geen meisjes die ik meteen zou willen 'bekennen', maar ze waren heel attent en hadden alles keurig ingepakt.

Jij bent in Azië, ik in Leiden. In Leiden reis ik nu al bijna 24 jaar rond, dus ik heb daardoor ontzettend veel van de wereld gezien, dat vergeet jij wel eens.

Of er nog iets gebeurt in Nederland? In het Nederlandse gekkenhuis gebeurt genoeg, maar dat is voor jou niet interessant. Als het interessant voor je was ging je immers niet op reis. Het lijkt wel alsof er in Nederland, maar vooral in Amsterdam, niet meer zoiets bestaat als een intelligente en ontwikkelde bourgeoisie. In ieder geval is die niet meer in de mode. Ontwikkelde, beschaafde mensen die niet bij elke onschuldige mop beginnen te schreeuwen dat de verteller discrimineert. Ik bedoel dat er toch zoiets moet zijn als een redelijk denkend mens, gevoelig voor kunst en literatuur, die gewoon in een huis woont, kinderen en een vrouw heeft. De beeldende kunst is in de negentiende eeuw dankzij deze mensen ontstaan. (Volgens mijn grootmoeder en Multatuli stalen zij zich rijk in Indië).

Of er nog iets gebeurt in Nederland? Aan het eind van de zomer, op een zware augustusmiddag kwam een jonge kauw ons huis binnenlopen. Hij tripte op tafel en ging – ik zweer het je – op een boek over Kafka staan en riep Ka! Hij had honger en ik stopte in melk geweekt brood in zijn nog erg roze bekje. Hij is nu volwassen. Hij slaapt nu in het kippenhok en overdag vliegt hij een uurtje of wat in het huis rond. Volgens Elliott moet je een kat drie namen geven. Onze vogel heeft er drie. Eén is zijn gewone, door ons gebruikte naam: Kras, soms verbogen tot Krasje. Zijn andere naam is natuurlijk Doctor Franz Kafka. Er is nog een derde naam. Elliott heeft gelijk, die derde naam kennen wij niet. Als hij stil zit, met merkwaardig in zichzelf verzonken oogjes, dan denkt hij aan deze naam. Zijn eigen donkere naam, die zich diep in zijn kop bevindt. Maar meestal vliegt hij rond of loopt met zeer deftige stapjes achter onze broekpijpen of jurken aan of 'rijdt' mee op onze schouders of hoofden.

Zeg reiziger, ik ben op zoek naar een gedicht met een voor jou geschreven laatste regel: leer ons stil te zitten. Het zal vast in mijn volgende brief staan.

2.6 Dragers op plastic sandalen

Onder een snel draaiende en krakende radiator aan het plafond zit Bram in het huis van Egbert en Harm een begroting te lezen van een doorsnee waterleidingproject in Nepal. Bij gebrek aan beter smaakt een kopje oploskoffie prima.
Een schamele woning, een sjofele inrichting, dat past wel bij SNV-ers; ze hebben er geen moeite mee. De vieze gordijnen stinken – ze lijken van

goedkope kunststof. Het tafelblad is vast en zeker nooit meer schoon te krijgen. Waarom zouden ze dat neonlicht niet vervangen door een paar schemerlampen? De stoelen zouden in Nederland door het Leger des Heils nog niet worden meegenomen. Nogmaals, gelukkig baden SNV-ers niet in weelde. Ze hebben geen exorbitant internationaal salaris, wel een redelijk inkomen. De duiding vrijwilliger klopt niet helemaal.

In dit huis van SNV-ers Harm en Egbert bestudeert Bram een begroting. Wat moet hij zich voorstellen bij een waterleidingproject? Hij moet toch weten wat het werk van Harm en Frits inhoudt? Harm legt hem geduldig uit wat er allemaal komt kijken bij een dergelijk project. Egbert is er niet.
Harm vertelt: 'het ene project is het andere niet, maar laten we nou eens uitgaan van een dorp van 1000 inwoners, een halve dag rijden over een berijdbare weg met een truck en daarna nog twee dagen lopen. En we nemen als voorbeeld een waterleidingsysteem van drie kilometer, met één reservoir van twaalf vierkante meter en met zeven kranen.'
Ziet u het al voor zich lezer? Bram nog niet. Hem wordt duidelijk uitgelegd wanneer je een HDPE-pijp van welke doorsnee nodig hebt, wat je met een GI-pijp moet doen, dat er vijftig zakken cement nodig zijn, afsluiters, houwelen, ellebogen, kranen en…. een verbazingwekkend detail, er moet in totaal éénenveertig dagen gelopen worden door dragers op blote voeten of plastic sandalen om al het materiaal te vervoeren. Wat zou de ARBO-dienst daarvan zeggen in Nederland? Wat zouden de rugdokters in Nederland vinden van dat sjouwen op oneffen paden met vijftig kilo op de rug, op tweedehands plastic sandalen?

Harm vertelt, over de transportkosten, over de verdeling van de projectkosten. De transportkosten zijn veertig procent van de totale kosten, geschat op 40.000, - gulden.
De verdeling van die kosten is interessant, vindt Bram. Het dorp betaalt (vooral in diensten) het meest: zevenenveertig procent, de Nepalese overheid zesendertig procent, Unicef zes procent en de SNV maar twee procent.
'Dat is een uitstekende verdeling,' volgens Bram, 'want hoe meer de ontvangers zelf betalen, hoe beter. Je hoeft geen hooggeschoolde kenner van de ontwikkelingshulp te zijn om dat te begrijpen.' Bram voegt nog een gemene vraag toe.
'Twee procent voor SNV, heeft SNV ook maar voor twee procent zeggenschap? Ik denk veel meer.' Bram ziet Harm een beetje onverschillig kijken. Alsof hij denkt wat doet het er toe. Thulo zei het al: Harm doet gewoon wat hem gevraagd wordt en komt niet met allerlei mitsen en maren

en voorwaarden aan zetten. Of die zeggenschap nou meer of minder is dan twee procent, het raakt hem niet.

Harm vertelt verder.
'Het werk gaat meer om organiseren en superviseren dan om kennis van weg- en waterbouw. Maar toch, zonder die kennis red je het niet. Dat blijkt bijvoorbeeld bij onverwachte situaties, zoals een keiharde rots waar we omheen moeten zonder hoogte te verliezen. Daar zit ook het verschil tussen ons en lokale ingenieurs. Wij piekeren over hoe we dat probleem oplossen. Zij, onze Nepalese collega's zijn vooral bezig met de vraag wie ze om toestemming moeten vragen om iets te gaan ondernemen wat niet in het bestek staat.'
Het is een verschil in cultuur, heeft Harm geleerd van Egbert.
'De Nepalese ingenieurs moeten braver en gehoorzamer zijn dan wij, wij houden van eigen initiatief en zijn niet bang voor het nemen van verantwoordelijkheid,' zegt Egbert. Maar juist omdat je verantwoordelijkheid neemt bij die onverwachte situaties moet je heel goed weten wat je doet, en dan is je kennis van weg- en waterbouw onmisbaar.
Harm zit op zijn praatstoel. 'We hebben in Zwolle meer geleerd dan we kunnen toepassen. Wat we niet geleerd hebben is vergaderen, een beetje handig grafieken en tabellen maken, vooral niet altijd te duidelijk zijn in voortgangsrapporten.'

Waar blijft dat bier, vraagt Bram zich af.
'Ik heb een beetje dorst,' zegt hij. Eén van de om het huis rondhangende jongens wordt weg gestuurd met wat geld. Harm gaat verder.
'Ik klaag niet over het werk, het is interessant en je bent hier meteen flink hoog. Ik ben projectleider, in Nederland zou ik als beginner hooguit verantwoordelijk zijn voor de uitvoering van een onderdeel van het project. Daar staat tegenover dat je hier veel dieper moet buigen voor de hogere bazen.'
De winkel is niet ver weg; er komt nu al bier op tafel.

'Het moet niet gekker worden met Frits. Ik ga liever niet klikken over een andere Blokzieliger, al zijn we geen dikke vrienden.' Het is duidelijk, Harm moet het even kwijt: 'Frits is aan het klooien; hij komt niet meer op zijn werk, zonder zich af te melden, zonder enige tekst en uitleg. Dat kun je niet maken als ontwikkelingswerker, zelfs al is het nog maar een stage.'
'Moeten jullie zelf koken?' vraagt Bram.
'Nee, we eten in een restaurant. Maar het gaat mij en Egbert wel de keel uithangen. Thuis eten is gezelliger. De oplossing komt eraan. Een zekere *Sunthali* (sinaasappeltje) is op komst. Ze werkte al bij Egbert en komt terug

van een verlof dat wat langer duurt dan gepland, twee maanden in plaats van twee weken. Daar kijkt hier niemand van op. Egbert heeft me wel op het hart gedrukt om niet te gaan dromen over Sunthali. Hij heeft de vader beloofd dat er nooit iets zou gebeuren. 'Ik ben stevig verloofd. Maak je niet druk,' zei ik. 'Egbert heeft ook een vriendin in Nederland.'

'Gaat het goed tussen Egbert en jou, in dit kleine huis, waar Sinaasappeltje straks bij komt? En ik heb begrepen dat er veel bezoekers blijven slapen? Wie eigenlijk?'
'Nou, wat dacht je van het bezoek uit Nederland van een buurvrouw van een collega-SNV-er uit een ander dorp met haar vriendin?'
'Waarom gaan die niet naar een hotel? Of zijn het Hollanders, die dat tientje aan kosten voor een goedkope kamer in een hotel willen besparen?'
'Dat weet ik niet, maar het is in ieder geval makkelijk voor ze dat wij een gratis VVV-kantoor zijn. Wij weten waar je een trekkingsvergunning kunt krijgen, hoe je aan een betrouwbare gids komt, hoe zwaar een wandelroute is. Ze voelen zich hier bovendien veilig; het blijft een vreemd land. We zeuren niet hoor, al die bezoekers brengen ook gezelligheid.'

'Gaat het goed tussen Egbert en jou?'
'Dat vroeg je al. Niet helemaal, maar ik kan niet zeggen waar het aan ligt. Van die kleine dingetjes weet je wel, die gaan irriteren. De vaat nooit eens opruimen enzo. Het vuil in het gootsteenputje laten liggen. Nooit eens het toilet schoonhouden. Een ramp, want het bezoek is niet gewend aan Nepalees eten en hurkt niet diep genoeg op de hurkplee. Het schijt maar wat in de rondte. Hup, meteen opruimen, denk ik dan. Te klein om erover te gaan zeuren, maar het stapelt zich op.'
Bram blijft als een volleerd interviewer even stil. Harm lijkt uitgepraat. Maar na het volgende glas bier steekt hij weer van wal.
'Thulootje wil ook weten hoe het gaat tussen ons. Hij vraagt het elke keer en kijkt me dan met die uilenogen van hem doordringend aan. Als Egbert tegen hem zegt dat alle kits is, moet ik dan gaan zeuren? Ik dacht het niet'

'Waar woont Frits eigenlijk,' vroeg Bram zich af.
'Frits heeft behoefte aan privacy. Hij huurt een kamertje ergens. 'Ik heb genoeg aan me zelf,' zegt Frits altijd. Het is zoals het is, zou Bart zeggen, de knecht op de boerderij van de ouders van mijn vriendin.'

2.7 Wat we willen kan niet

Brief van Angelique aan Bram
Dar es Salaam, *november 1994*

Lieve Bram,

Eindelijk een tweede brief van mij. Ik ben niet zo'n snelle schrijver en ik had (en heb) het ongezond druk.

Je begint je laatste brief met ironische toespelingen op onze relatie. Dat zouden we niet doen. We zouden niet van die psychologische wartaal blijven uitspuwen over en naar elkaar. Dat was de deal. Ik denk vaak aan je, maar met deze mededeling moet je het doen. Mijn gedachten en gevoelens komen daarmee niet tot hun recht, maar toch is het beter als ik die nu niet noteer – dat was de afspraak. We kunnen pas redelijk denken en praten over onze verhouding als we onze niet zo constructieve veronderstellingen, reflexen en automatismen opzij hebben gezet, of tot normale proporties hebben teruggebracht. We hebben een fris hoofd nodig voor we de toekomst in kunnen met een schone lei.

Je merkt hier niets van voorbereidingen voor kerstmis, in Nepal ook niet, vermoed ik. Toch vreemd, ik mis het ook. Ze hebben in de jachtclub al wel wat kerstspul opgehangen, maar dat staat hier misplaatst. Kerstspullen in palmbomen, lichtjes in bananenbomen, tsja…

Je bevindingen over SNV verbazen me niet. Nee, daar zullen ze in Blokzijl niet blij mee zijn. Ik heb veel respect voor je besluit om langer te blijven en over je ervaringen te schrijven al weet je niet of die stukken geaccepteerd worden door kranten of tijdschriften, zoals je hoopt. Moedig, ik zou die onzekerheid niet kunnen verdragen. Lastig want die kranten en tijdschriften willen geen al te diepgaande analyses, terwijl jij juist wel eens verder wil kijken dan de gebruikelijke clichés.

Ik vond je eerste kanttekening over het fenomeen ontwikkelingshulp geweldig. Knap dat je in korte tijd de vinger op de zere plek legt. En het klopt, ik kan het zo invullen na mijn onderhandelingen met Tanzaniaanse bosbouwers.

De bosbouwdienst in een dicht bij Dar gelegen provincie wil onze steun voor het aanplanten van nieuw bos. Komt goed uit, want wij zijn op zoek naar projecten voor duurzame ontwikkeling. Dat is, zoals je weet, nieuw beleid: duurzame ontwikkeling. De Nederlandse overheid wil daarmee scoren, maar de Tanzaniaanse overheid is niet onder indruk van deze ambitie. Die wil auto's, forse dag toelagen voor ambtenaren, nieuwe tractoren, opleidingskosten voor ambtenaren, etc. Er wordt in de overheidswensen voor het project met geen woord gerept over de belangen van de bevolking. 'Fouten van verleden keer? Welke dan?' In hun ogen is iedereen, ook de doelgroep, het meest gediend bij het versterken van de bosbouwdienst op allerlei terrein.

Dat soort opvattingen vinden we wereldwijd, bij de overheid en private organisaties. Geef ons nou die auto's, dan komt het wel goed. Ik ken het van het hoofdkantoor van het Instituut voor Natuuronderzoek in Nederland: de medewerkers denken dat uitbreiding van hun staf, verhoging van hun salarissen de beste manier is om Nederland groener te krijgen.

In de onderhandelingen stuiten we voortdurend op wat jij het 'Eerste Struikelblok' hebt genoemd: beleid wordt gestuurd door wat we graag *willen*, niet door de vraag of we die mooie wensen *kunnen* uitvoeren.

De Tanzanianen willen iets anders; dat gaat toch vroeg of laat wringen? Maar onze relativerende opmerkingen over de ruimte om duurzame ontwikkeling *uit te kunnen voeren* worden door ons hoofdkantoor in Den Haag beantwoord met een serie Haagse dooddoeners, zoals we moeten praktisch blijven, water bij de wijn doen, ons niet vastpinnen op het ideale plaatje, de belangstelling bij de provincie optimaliseren. Die dooddoeners samen suggereren dat er heel wat mogelijk is als *wij* maar verstandig, slagvaardig en goed aan de slag gaan.

En − nou komt het − de Haagse collega's schrijven tussen de vele dooddoeners door dat we in ieder geval in de rapportages het begrip duurzame ontwikkeling overeind moeten houden. Het maakt dus in feite niet uit wat er gebeurt. Het gaat om de beeldvorming.

Die conclusie is buitensporig, vond mijn baas hier. Hij heeft een punt: we moeten niet overdrijven. Het bosbouw programma hoeft niet dramatisch uit te pakken; in de praktijk kunnen we nog een en ander bijstellen. Een voorbeeld? We kunnen ons haasten met de bestelling van de auto's, in plaats van die te trainen, in ruil voor medewerking aan door ons gewenste maatregelen. Zij spelen spelletjes, dat kunnen wij ook: spelletjes spelen.

Brammetje, ik ben verrukt over hoe subliem jij dit opschrijft en vooral over het feit dat ik niet alleen sta in mijn kritiek. Ik ben enorm benieuwd naar het tweede struikelblok dat je al in je hoofd hebt.

Ik wil je verbazing ontlokken. Ik dompel mij graag onder in een fascinerend neokoloniaal verschijnsel, zonder enige aarzeling: de jachtclub. De

toestanden en sfeer daar passen naadloos in een Engelse film over klassenverschillen van een eeuw geleden. Ik schaam mij er niet voor, er is veel om van te genieten: de geur van tropisch struikgewas, de schaduw, verse vis zo uit zee, zeilen in de baai, gin tonic, lekker weg soezen onder een palmboom, leren surfen en iedereen, echt iedereen, tegenkomen. Ik zal je schrijven over de mensen waar ik veel mee omga. En over de buurt waar ik woon. En over het personeel: als je ze te goed behandelt, gaan ze je gebruiken en bestelen, zeggen mijn collega's. Want ze denken dan dat je een watje bent. Soms lijkt het daarop, maar ik wil dat het niet waar is.
Volgende keer veel meer.

Liefs,
Jouw Angelique, voor jou en jou alleen.

2.8 Op de grens van de ideologie

Over de eerste twee projecten heeft Bram genoeg gezegd; de hete aardappels worden opgediend in de analyse van een derde project. Want in dat derde project blijkt de essentie voor SNV, armoedebestrijding, lastig te verwezenlijken. Pijnlijk!
De SNV en de Nepalese waterdienst hebben verschillende inzichten. De SNV-ers willen juist *daar*, in dat derde project water brengen, omdat de bevolking er straatarm is. De Nepalezen zouden juist *daar*, in dat straatarme dorp, *geen* water brengen. Want, zo werd Bram uitgelegd, volgens de betrokken Nepalezen is het zonde van de inspanningen om armen op weg te helpen bij hun ontwikkeling. Die lui zijn niet voor niks arm, dat zullen ze altijd blijven en dat is nou eenmaal zo. En armen hebben niet de middelen en vaardigheden om een waterleiding te onderhouden, ook dat nog.
Het is bovendien niet doelmatig om juist die armen te helpen; voor vooruitgang in Nepal moeten de hulpclubs en de overheid met de middenklasse of de rijkeren aan de slag. Dan komt de ontwikkeling op gang. Stagnatie in ontwikkeling wordt niet doorbroken met specifieke aandacht voor de armen.
De Nepalezen hebben een punt, vindt Bram, als ze kil uitgaan van doelmatigheid. Ze hebben allerminst een punt als ze uit zouden gaan van de ambitie om toch armen te bereiken en zeker niet als ze uit zouden gaan van wat er afgesproken is.

Waarom heeft men het niet over die verschillen van inzicht? De Nepalezen weten dat de SNV-ers ingezet moeten worden voor armoedebestrijding. Toen daarover onderhandeld werd hebben ze ja en amen gezegd over die doelstelling, armoedebestrijding. Niet over praten, geen slapende honden wakker maken, hebben de Nepalezen wellicht gedacht.

En waarom hebben de SNV-ers het er niet over? Sommigen willen niet dat er achter hun rug gegniffeld wordt over hun speciale aandacht voor de armen. En ach, waar hebben we het over, denken andere SNV-ers, in alle projecten zitten armen. Dat is waar trouwens.

Weer andere SNV-ers stellen dat soort vragen niet. Ze voeren uit en staan niet stil bij doelstellingen als armoedebestrijding. Er is zo veel van die mooie praat.

En sommige onder hen zoeken houvast aan nieuwe beloften van de waterdienst om er nu echt iets aan te gaan doen. Meestal gebeurt dat ook wel, maar het gaat stroef.

In dit project, het derde project dat Bram en Thapa zien, waaraan de overheid matig mee werkt, is het minder riskant om projectmaterialen achterover te drukken. Daar zit het Nepalese projectmanagement niet zo heel erg mee, zo lang de SNV-ers het maar niet in de gaten hebben. Werken programmabazen of de hoge heren binnen de waterdienst zelfs mee aan die praktijken? Niemand weet het. Thapa gelooft daar niks van. Zijn het politici, is het de directeur van de waterdienst, is het de hele staf? De antwoorden van de staf van de waterdienst zijn blijkbaar heel grappig – een antwoord als 'sommigen rijden nou eenmaal op een motorfiets. Ha, ha, ha!!'. En de SNV-ers? De SNV-ers moeten geloven dat het project niet loopt vanwege misverstanden over het transport van materiaal of omdat het dorp tegenwerkt. Na een paar tegenslagen zijn de SNV-ers geneigd zich op beter lopende projecten te richten. Het lastige project voor de armen zal waarschijnlijk steeds minder prioriteit krijgen.

Per saldo is er een redenering mogelijk die tamelijk positief uitpakt voor de SNV: één van de drie projecten lukt, het model project. Voor het tweede project hebben de SNV-ers niet veel gedaan. Dat project telt niet mee. Het derde project verloopt traag maar zal wel een keer afkomen.

Niet slecht voor mijn opdracht, denkt Bram, want ik heb positief nieuws. (Al zal het, zo vermoedt hij nu al, voor de burgervader niet positief genoeg zijn.)

Niet slecht, als ik zie wat er allemaal mis kan gaan.

Niet slecht als ik zie hoe laag de kosten zijn.

Niet slecht als je beseft en accepteert dat je nou eenmaal weinig vat hebt op de lokale politiek. Eigenlijk zou het van de dolle zijn als buitenlanders dat wel zouden hebben. Stel dat de Chinezen straks in Limburg wegen gaan aanleggen. Dan zit de Limburgse politiek er toch bovenop als de Chinezen Valkenburg over zouden willen slaan?

'We kunnen volhouden,' zegt Bram tegen Thapa, 'dat armoedebestrijding altijd enigszins lukt; er zijn altijd armen in alle projecten. Wat niet kan is uitsluitend waterleidingen aanleggen voor de armere dorpen. Dat is een lastig gegeven voor een sterk ideologische organisatie.' Maar in mijn schrijfsels voor Blokzijl kan ik daar wel omheen praten, vindt Bram. De opdrachtgever vraagt niet om degelijke onderzoeksjournalistiek.

2.9 Zal het nog gekker worden?

Uit de brief van Harm aan Liesbeth:
Pokhara, *december 1994*

Oh ja, de vraag over ons kot. Waar slaapt al dat bezoek dan? Dat vroeg ik me ook af de eerste keer, toen er vier collega's moesten slapen. Maar, het went snel. Het gaat vanzelf. Iedereen is zo makkelijk. Ik duik in het tamelijk brede bed van Egbert.
Dat heeft niks met seks onder heren te maken. Het is verdomd handig als we onderweg in die koude slaapzalen moeten overnachten, soms in een hotelletje, soms bij de hoofdman van een dorp thuis, maar ook al een keer in een stal. De (vuile) strozakken dicht bij elkaar, anders past het niet; bovendien is het warm. Ieder in eigen laken- of slaapzakzak, afhankelijk van de temperatuur. Ja, ik zou ook mijn wenkbrauwen fronsen als ik dat in Blokzijl zou horen. Maar echt, neem het van me aan, het is totaal aseksueel. Ik weet niet eens waar dat ding van Egbert hangt. Je went er snel aan. Ik bedoel niet aan dat ding van Egbert, maar aan dat dicht bij elkaar slapen, als het nodig is. Dus twee man in mijn bed, twee man in het bed van Egbert en dan hebben we op een vliering nog strozakken, die we in het woonkamertje leggen. Ieder heeft wel eigen slaapzakken bij zich, hoewel we die ook nog ergens hebben (die Egbert nooit eens buiten uit zal hangen; moet ik allemaal doen. Jongste bediende).
Nou heb ik het alweer over de kou. Het is overdag heel aangenaam, nu, in de winter ook, maar op zeg 1500 meter hoogte wordt het koud zodra de zon onder gaat en als de wind vat op je krijgt.

Dat brengt me op iets anders, eigenlijk veel belangrijker. Ik ben geplaatst. Ik heb dus een werkplek voor na mijn stage gekregen. Waar? Hier, in Pokhara. Ik schreef het al eerder, het hing in de lucht. Nu is het zeker. Dat is echt heel goed nieuws! Het had me aanvankelijk wel wat geleken om niet hier, maar in een echt primitief gebied aan de slag te gaan, in het Verre Westen, zoals ze dat noemen. Waar je veel meer dagen moet lopen vanuit de enigszins beschaafde wereld met als stad *Birendranagar*, een erg saai stadje, heb ik gehoord. Na twee tot drie dagen lopen vanaf Birendranagar ben je dan op één van de regionale hoofdkantoortjes, in een dorp van ongeveer 300 inwoners. Er is niet eens een winkel. Wel een soort theehuisje, met een apart kamertje waar je kunt slapen maar dat is alles. Ja, dat heeft wel wat, dat is het echte werk. Maar….. eerlijk gezegd, ben ik ook wel opgelucht. Hier in Pokhara is 'de brievenbus' eens per week bereikbaar (hoe dat werkt leg ik nog wel eens uit), hier in Pokhara is vertier, al is dat vooral gericht op toeristen. Rare snuiters, die toeristen.

Tegen de tijd dat je komt ben ik vast mede-eigenaar van de SNV-auto van Egbert. Misschien heb ik wel een eigen auto. Ik zou niet weten waarom hij wel en ik geen auto van de zaak krijg. Hij doet akelig geheimzinnig over hoe hij zijn auto bij elkaar gepraat heeft. Ik wacht nog even af… Vroeg of laat ga ik doodleuk aan Thulootje vragen wat nou eigenlijk de regels zijn voor het krijgen van een auto. Dat is slim bedacht, al zeg ik het zelf. Als ik nu direct om een auto vraag ken ik het antwoord al. Thulo zal bedenken dat ik eerst moet *settelen*, een duidelijke werkopdracht moet krijgen, aan het verkeer moet wennen. Noem maar op. Het is nog waar ook.
De vraag naar *de regels* kan niet zo makkelijk van tafel geveegd worden. Het is een soort eerste voorbericht. Ik heb al wel wat situaties bedacht waarin ik een auto nodig heb voor werk. Rijden in die grote Jeep, een fourwheeldrive van Mitsibutshi. Stoer!!.

Wat speelt er met Frits? Ik moet er eens over ophouden. Nog één regel. 'Hij gaat werken bij een legertje van rebellen in en ander dorp. Erg raar. Een beetje onverwacht. De baas van de waterdienst hier in Pokhara is er helemaal niet blij mee. De baas in Kathmandu, Thulo hoopt het tij te keren. Blokzijl zal er niks van begrijpen, de andere SNV-ers verklaren hem voor gek en…… wat gaat de Nepalese overheid doen? Wat gaat Nederland doen? Is het zo dramatisch? Ja, nooit eerder vertoont, zeggen ze hier. Zal het nog gekker worden? Solifluctie!

Tot zover de brief.
Bram blijkt in een gesprek met Harm het niet eens te zijn over onrust bij de Nepalese autoriteiten vanwege Frits. Het is waar, in Blokzijl leidt het ongetwijfeld tot tumult. Maar de Nepalezen liggen er niet wakker van, denkt Bram. Al die ontwikkelingswerkers bemoeien zich met zaken die hen eigenlijk niets aangaan. Nepalezen zijn het gewend. Bovendien neemt de overheid de maoïstische rebellen niet zo serieus, nog niet in 1994.
Hoe dan ook, helaas kan Bram in zijn schrijfsels voor kranten als de Steenwijker dit inzicht over Maoïsme niet gebruiken – dat onderwerp lijkt

hem taboe. Harm begon dus alweer over een stoere jeep voor zichzelf. Eindelijk een verhaal dat wel geschikt is voor de krant?

Nee! Bram doet het niet – het staat hem tegen. Armoedebestrijders hoeven niet de hele dag aan armoede te denken, hoeven niet sober te leven, zijn geen heiligen, die omdat ze met een verheven doel bezig zijn verheven moeten leven.

Bram accepteert dat armoedebestrijders gewone mensen zijn. Maar rond scheuren in dure jeeps, dat vindt Bram niet gewoon; daar kan hij moeilijk aan wennen.

3. Blokzijl heeft het er druk mee

December 1994 - januari 1995

3.1 Een Haags avontuur van korte duur

Waar blijft ze nou? Vroeg Bram zich af. Tineke zou toch naar Nepal komen? Bram vond dat vooruitzicht spannend – het is een boeiende vrouw en bovendien wilde hij wel een sparring partner, zonder belangen in de hulparena, die niet behept is met de sleetse antwoorden van een hulporganisatie en die niet bevlogen is door een of andere ideologie. Want idealisten stellen doorgaans weinig vragen.

Het onderzoek van Bram is niet zo eenvoudig. Neem nou de simpele vraag waarom bepaalde projecten een betere indruk maken dan andere. Daar kan Bram wel zesentwintig factoren voor opsommen, zonder te weten welke oorzaak of gevolg, bijzaak, symptoom of structureel is. Zou een goed ontwerp van programma's essentieel zijn, of de uitvoering? Of is hulp een veel te ambitieus fenomeen dat niet past bij de psychologie van internationale relaties?
Misschien is er een eenvoudige reden voor het stroef verlopen van de hulp, namelijk de verholen onvrede van de Nepalezen met al die bemoeiallen van buiten. Nepalezen zijn er aan gewend dat hulpclubs zich bemoeien met hun interne zaken, maar *eraan gewend zijn* is niet hetzelfde als klakkeloos accepteren. Verholen, onaangekondigd en heel vriendelijk tegenwerken is een Aziatische manier van protest, denkt Bram.
Hij zou met Tineke graag breinstormen.

Bram hoorde van Harm en Frits wat er aan de hand was en waarom Tineke haar komst wilde uitstellen.
Tineke doorliep een soort leerschool in Den Haag bij Koen – dat wist Bram al. Maar, zo vertelden ze in Blokzijl, volgens brieven die Harm en Frits ontvingen, ze werkte niet alleen met Koen, ze woonde ook bij hem in. Ze wisten nog meer in Blokzijl: ze had zelfs haar eigen kamer in Den Haag afgezegd. Nou ja, het zijn goede vrienden, maar... zij, Tineke heeft zelf geschreven aan een vriendin...dat soms de broek uit moest. Ja, ja, de broek uit... wat wil je nog meer weten? Oei! En trouwens, waarom heeft ze zo haar best gedaan om Froukje te helpen aan een baan bij Tette? Slim, dan kon ze zelf haar gang gaan in Den Haag.
Een mooi verhaal; dat zal nog wel even blijven rondzingen in Blokzijl.

Bram trok de stoute schoenen aan en schreef Tineke wat hij gehoord had. Kon ze niet al die sores achter zich laten en naar Kathmandu komen? Tineke schreef terug. De roddel en laster kloppen van geen kant, schreef ze. Zij en Frouk werden door het slijk gehaald. Ze was er nog niet klaar mee en ze trok het nog niet om naar Nepal te gaan.
Veel meer wilde ze niet kwijt; Tineke kende Bram nog niet zo goed. Ze was veel meer vertrouwd met Froukje. Die kreeg *wel* het uitgebreide verhaal te horen.

De dames ontmoetten elkaar bij Tineke thuis. Gezellige, met zorg opgeruimde woonkamer, al schreeuwen de planten om water. De geur van verse koffie. Tette was op zijn werk, Froukje spijbelde, op verzoek van Tineke. Ze wilde graag met Froukje praten onder werktijd, zonder Tette in de buurt. Ze wilde horen hoe Froukje de laster verwerkt. Maar ze wilde vooral graag haar eigen avontuur vertellen en alle vette roddels ontzenuwen.

Tineke steekt van wal.
'Het klopt dat ik bij Koen in huis woonde. Die inwoning was tijdelijk! Dat was nooit als permanent bedoeld.' Tineke is opgewonden.
'Het heeft trouwens nog geen twee maanden geduurd. Mijn kamer die daarna beschikbaar kwam heb ik afgezegd, maar niet!! omdat het zo gezellig was bij Koen…Ik was *niet* van plan bij hem in te trekken! Mijn Haags avontuur was na twee maanden al weer voorbij, zoals je weet; toen mijn eigen kamer vrij kwam zat ik alweer in Blokzijl.'
'Ik dacht al zoiets,' zegt Frouk. Tineke neemt weer het woord, nu een beetje rustiger sprekend.
'Het was al gauw geen pretje meer om bij Koen te wonen; er ontstonden steeds meer wrijvingen. Ik was in het begin blij met zoveel charmante aandacht van Koen. Ik zeg het je eerlijk, ook met het fysiek contact, als het maar binnen de perken bleef. Maar we raakten verstrikt: wat kon wel, wat kon niet.'
'Fysiek contact?' Dat vindt Froukje interessant. Maar Tineke wordt niet al te concreet.
'Waarom vertelde Koen me nooit met welke crisis hij bezig was als hij nodig weg moest? Zo lang er nog fysieke toenadering was ontstond er geen crisis in de wereld en had hij alle tijd. Wilde ik geen gefriemel aan elkaar? Dan ontstond er ergens in de wereld een crisis en moest hij dringend weg; dat is toch een beetje raar? Zo wordt het ontstaan van crises niet verklaard in de geschiedenisboeken.'

'Maar waar komt het bericht vandaan over de broek die uit moest?' vroeg Frouk, erg nieuwsgierig naar het antwoord. Niet het type van een roddelkont,

Froukje, *maar de broek uit,* kom, daar mag ze toch wel nieuwsgierig naar worden? Tineke heeft een aanloop nodig voor een antwoord.

'Ja, …het is verdomd lastig om mijn verhaal daarover geloofwaardig te maken. Ik heb de spanningen met Koen, heel stom – in een telefoontje aan een vriendin in Steenwijk, Sandra van Ommen, geduid als: 'ik wilde dat te allen tijde de broek aan bleef.' Vrijwel niemand wilde dat als een metafoor uitleggen: het de broek aan houden. Tette wel, gelukkig. Roddelaars willen dat niet zo maar geloven. De roddel moet blijven roken.

Froukje gelooft niks van dat verhaal over de metafoor, maar houdt zich gedeisd. Ze neemt zich wel voor om na te gaan of Sandra van Ommen wel bestaat – ze is niet voor niks journalist.

De dames drinken koffie met smakelijke, bescheiden gebakjes, 'vanmorgen om vier uur gebakken door mijn man,' heeft de bakkersvrouw trots tegen Tineke gezegd.

'Heerlijk!' vindt Froukje, 'fijn dat we nog een echte bakker hebben in Blokzijl.'

Tineke vervolgt haar verhaal. 'Op een gegeven dag kwam er een abrupte ommekeer. Mijn tijdelijke hospes en werkgever, Koen dus, hield zich weer niet aan een afspraak. We zouden eindelijk eens goed en ononderbroken over mijn taken op kantoor praten, hoopte ik. Ik zat weer eens in zijn huis op hem te wachten. Maar waar zat ik eigenlijk op te wachten?

Op een herhaling van de uitleg dat het zal wennen die taken van mij, op het gezwam dat veranderingen even moeten betijen?

Op het verhaal dat ik vanzelf in de gaten krijg waar dat werk uit bestaat?

Op het verhaal waarom hij het de volgende maand rustiger krijgt?

Op het verhaal dat ik niet zo ongeduldig moet doen en dat het wel mee valt?

Dat het wel mee valt? Kom nou toch! Het viel helemaal niet mee, niks viel mee, weg van huis niet, het werk niet, het wachten niet, niks niet.'

'Je hebt er goed over nagedacht, vond Froukje. Waarom liep je niet gewoon weg?

'Wacht even, daar kom ik zo op! Eerst over dat verrekte appartement van hem, want dan snap je hoe ik me voelde.

Zo deprimerend; dat behang alleen al, die nieuwerwetse schemerlampen die opvallen. Schemerlampen moeten niet opvallen.'

'Is dat zo?' vroeg Frouk, die niet zo heel veel belangstelling heeft voor inrichting van huizen.

'Met een grijzer dan grijze vloerbedekking en met oh zo gezellige hoekjes, en een boekenkast zonder enig interessant boek. En dat televisiescherm, zo groooot, zooo dominant aanwezig. Ik zie het allemaal weer voor me.'

Frouk knikt; dit deel van het verhaal vindt ze maar niks. Er is haar een spannend Haags avontuur beloofd. Ze wil liever nog wat vragen stellen over de broek die uit moest.

'Wat heeft die inrichting er nou mee te maken?' vroeg Frouk.

'Nou ja, dat weet ik ook niet. Ik wil alleen vertellen dat ik me zo naar voelde die avond.'

Tineke is nog niet uitgepraat.

'Ik begreep echt niet wat ik precies moest doen. Politiek medewerkster van de politieke assistent. Ik heb daar niet voor geleerd. 'Je voorgangers ook niet' zei Koen, om te vervolgen, 'Je leert het als je mijn vragen hoort.' Welke vragen, wanneer?'

'Collega's waren vriendelijk voor me, dat is waar. Op één uitzondering na, een zwaar opgeschilderd wicht, een wetenschappelijk medewerker van de fractie geloof ik, die met gezichtstaal iets meldde als ik weet wel hoe het zit. Wat een grote muil had dat mens zeg; Annabel heette ze. Ze kende Koen goed zei ze, en herhaalde dat nog eens op intrigerende toon: 'heel erg goed zelfs.' Ik moest Koen de groeten doen, en een visitekaartje geven – dat was een dagelijkse sport in Den Haag, visitekaartjes uitdelen; doen we hier in Blokzijl alleen als het zinvol is. Heb jij visitekaartjes?'

'Ja, maar ik heb ze nog niet gebruikt'

'Dat bedoel ik. Ik was benieuwd hoe Koen zou kijken als ik hem het kaartje zou geven van Annabel.'

'Annabel, Annabel, wacht eens even ja' wist Froukje, 'die heb ik wel eens op de buis gezien, een opgedirkte trut met heel grote tanden. Die naam viel me op, die paste bij de tanden, daarom weet ik het nog.'

'Maar vertel,' vervolgt Tineke, 'wat ging er mis met jou en Tette.'

'…Niks eigenlijk,' zei Frouk.

'Het klopt toch,' wilde Tineke weten 'dat mijn Tette dol is op gezelschap? Gezellig hè, zegt ie dan; het gezicht gaat op standje vrolijk, de ogen gaan glinsteren en hij wrijft genoeglijk in zijn handen.'

'Ja, dat ken ik,' zei Froukje. 'Ik vond het ook gezellig.'

'Maar waren jullie niet een beetje naïef?' vond Tineke. 'Zeg nou zelf, jullie hadden toch kunnen voorspellen hoe Blokzijl zou reageren als jullie 's avonds hier in huis zaten? Jullie hadden toch ook in Meppel in een kroeg kunnen napraten over het werk? Niet in Zwolle of Steenwijk of Emmeloord, in Meppel komen haast nooit Blokzieligers. Dat weten jullie toch?'

Froukje geeft een ontnuchterend antwoord.

'Dat kan wel zijn, maar het kon me niet zo veel schelen. Toen niet; later wel, want ik vond die roddels vervelend voor mijn ouders, al blijven die er tot nu toe erg nuchter onder.'

Dat is een tegenvaller voor Tineke, ze had graag gezien dat de dames zich samen schandalig bejegend voelen en zich samen hier uit moeten redden.

Nou ja, jammer dan. Ze vervolgt haar eigen verhaal.
'Ineens had ik schoon genoeg van mijn Haagse avontuur... Ik wilde naar Tette en wel spoorslags.' Het zit Tineke nog steeds hoog, want ze vervalt in herhalingen.
'Zat ik in dat deprimerende appartement op een merkwaardige werkgever te wachten. Mij nog langer aan het lijntje houden? Mocht ie willen; en toen ging ik naar huis. Dat deed ik, ik ging naar huis! Ik schreef op een briefje dat hij maar een andere Annejet moet zoeken, of, Annabel of Anneloela.'

'Ik heb enorm geluk dat Tette net zo nuchter is als jij; hij werd zelfs vrolijk van mijn verhaal; dat hoort er allemaal bij, volgens Tette, de lieverd. Maar zo makkelijk is het voor mij niet; het vreet aan me.'

Tot zover het gesprek tussen Tineke en Froukje. Het korte Haagse avontuur van Tineke heeft er uiteindelijk toe geleid dat er een stedenband is ontstaan tussen Blokzijl en Kathmandu.
Dus... Blokzijlse toestanden kunnen consequenties hebben voor de hulp in Nepal?

3.2 De ratio van GJ

In augustus en september 1994 zijn drie Blokzieligers naar Nepal gestuurd, twee weg- en waterbouwers en een journalist; ze zijn al lang aan het werk. Kunnen de dragers van dit mooie initiatief tevreden achterover leunen? Nee, vier maanden later is Koen boos en Tette woedend. Hoe krijgen ze het voor elkaar?

Gert-Jan van Laarhoven, voor vrienden GJ (uitgesproken als Géjé), is een goede vriend van zowel Koen als Tette. Een vlotte verschijning, die GJ, advocaat en het stereotype van de ideale schoonzoon, maar hij is getrouwd met zijn werk. Niet als er neven of nichten op bezoek zijn, daar neemt hij alle tijd voor. Met de liefde ging er steeds iets fout. Er kwamen veel leuke vrouwen langs, het leidde hooguit tot kortstondige relaties. GJ leidt een mondain leven in Utrecht.
Ook GJ is in de partij klaargestoomd voor een mooie politieke baan, samen met Koen en Tette. Maar GJ heeft tijdens zijn politieke proeftijd waarheden van de partij aangetast, welke niet besproken horen te worden, laat staan bekritiseerd. Het was bijvoorbeeld niet handig om op een congres van de

partij te verkondigen dat we economische groei niet als een heilige koe moeten vereren. GJ werd niet optimaal geschikt geacht voor de politiek en hij had daar ruim vrede mee.

Koen heeft GJ gebeld. Hij was ongerust. Hij had ontdekt dat Tette niet eens een *terms of reference* kon overleggen voor de taken van de journalist; die kon dus doen wat hij wilde? De journalist in Nepal moet echt aan banden gelegd worden, vond Koen. Tette wilde het probleem niet zien en luisterde niet naar hem. Kon GJ niet nog eens bemiddelen tussen hem, Koen dus en Tette?

Op zijn beurt belde GJ naar Tette. Hij citeerde Koen; 'er dreigt,' had Koen gezegd, 'een stekelig balletje te gaan rollen.' GJ noemde nog wat uitspraken van Koen, ook dat Tette halsstarrig vast bleef houden aan zijn mening. Tette werd bij het aanhoren daarvan woest; het glazen salontafeltje van de gemeente Blokzijl heeft zijn getrommel met zijn vuisten overleefd. Het glas whisky viel om op het gemeentekleed. Tineke zat erbij en greep in. Ze nam de telefoon over en stelde na verloop van tijd een oplossing voor, namelijk dat GJ apart met Tette zou praten en apart met Koen. Tette was bereid om zijn kant van het verhaal te vertellen, de volgende dag al, aan GJ, zonder Koen.

De volgende dag om vijf uur; het moderne kantoor is verlaten door de medewerkers. GJ zit klaar achter zijn lege bureau, met een overvolle prullenbak ernaast. De geur van schoonmaakmiddelen draagt bij aan een steriele sfeer. GJ houdt zijn *private joke* over deze zaak maar even voor zich. Hij heeft namelijk tevoren zitten rekenen hoeveel uur gekrakeel er in Blokzijl plaatsvindt per meter waterleiding in Nepal. De sfeer van het gesprek is ongetwijfeld niet geschikt om deze *ratio van GJ* op tafel te leggen.

Tette steekt meteen van wal: 'Koen heeft zitten brallen. Ik was niet alleen met positieverbetering voor mezelf bezig!! Ik stuurde geen SNV-ers naar Nepal om internationale ervaring op te doen…. Goddorie, dat motief hebben Koen en mijn lieftallige Tineke voor me bedacht.'

'Maar je was er toch bij toen ze het daarover hadden?' Tette gaf geen antwoord, maar ging door met zijn betoog.

'Waarom kwam het bij niemand op dat ik gewoon enkele inwoners van Blokzijl iets nuttigs wilde laten doen buiten de grenzen van ons stadje op het gebied van water, ver buiten de grens van ons geweldige watergebied? Dat was mijn motief. Het is echt waar goede vriend, dat was mijn motief! Goddorie!

Meer kans op een andere post vanwege mijn internationale activiteiten? Daar was ik niet vies van, maar om daar alles aan op te hangen? Kom nou! Die grote vriend van ons, Koen, is altijd beter geweest in zenden dan ontvangen…. Is het je wel eens opgevallen? Hij legt gedachten in de mond en voordat je daar erg in hebt is hij al weer stappen verder. Dat kan, als je niet luistert.'

'Eerst dat gezeur van Koen over de journalist, nu dreigt de wereld volgens hem te vergaan omdat ik niet eens een terms of reference voor die journalist kan overleggen? Luister, de uitleg is heel simpel. Ik wilde dit aardige plannetje niet laten platslaan door bureaucratische processen. Jij bent geen ambtenaar maar je loopt lang genoeg mee om te begrijpen waarom ik de uitzending van de Blokzieligers niet door een ambtelijke molen heb gehaald en dus ook geen heilige terms of reference heb opgesteld. Niet omdat het geheim is, maar omdat ambtenaren niet op hun best zijn als iets abnormaals uitgevoerd moet worden. Dat weet jij toch ook GJ? Dan wordt er ruim werk gemaakt van argumenten waarom het *niet* kan, dan komen zware begrippen op tafel als risicomijding, dan gaat de terms of reference langs allerlei commissies, dan vraagt de juridische medewerker aan veel te veel specialisten advies, vooral aan zuurpruimen. Oh wat zou het dan lang geduurd hebben!'

GJ knikt, in afwachting van wat er nog zou komen. Zijn vriend was nog lang niet uitgepraat. 'Mijn Tineke ondersteunde Koen van harte bij 'een zetje naar boven' voor mij, zo noemden ze dat.
Ze roemt graag de superieure loopbaan van Koen in vergelijking met die van mij, de stakker waarmee ze is getrouwd. Een beetje overdreven, maar echt, zo voelde het soms.'
'Nou, nou, dat is wel erg zwaar aangezet' vond GJ.
'Wat Tineke aanvankelijk niet zag,' Tette raakte op stoom, 'is dat je voor de weg omhoog, zo gezegd, niet alleen geweldige kwaliteiten nodig hebt…Je moet een overmaat aan geldingsdrang hebben, een eenzijdige focus op macht, je moet spelletjes kunnen spelen, je moet successen van anderen aan jezelf toeschrijven. Dat weet jij toch ook allemaal? '
'Wacht even,' zei GJ enigszins triomfantelijk.
'Vind je dat burgemeesters dat niet doen, geen geldingsdrang hebben, geen spelletjes spelen?' Tette liet zich niet uit het veld slaan.
'Ik doe er zelf aan mee, maar voor mij staat dat niet centraal. Ik stuur geen Blokzieligers naar Kathmandu omdat dat zo goed zou zijn voor mijn verdere loopbaan. Kom nou toch! Tineke en onze gezamenlijke vriend lijken soms op hol geslagen, na wijn…. Altijd veel wijn, soms nog meer wijn en dan wordt de idee geboren dat ik nodig hogerop moet. Ik laat ze dan maar kletsen.'

'Over integere motieven gesproken, weet je waarom ik het toejuichte dat mijn lieve vrouw tijdelijk in Den Haag ging werken?' GJ had daar wel degelijk gedachten over, maar die hield hij voor zich. Tette zit klaar voor een verrassende ontboezeming en declameert die op gedragen toon.

'Tineke ging dus leren hoe-de-hazen-lopen, ik krijg dat Haagse cliché nauwelijks uit mijn strot, ze zou ervaring opdoen in het-politieke-handwerk. Luister goed, het klinkt een beetje doortrapt, maar ik heb er geen spijt van, mijn motief was dat die politieke arena in Den Haag Tineke zo tegen zou staan, dat ze nooit meer gesprekken met me zou willen voeren over *hogerop*, dat ze tevreden werd met de functies die ik had en nog zou krijgen, dat ze zich gelukkig zou prijzen dat ik geen halve minister zou worden, dat ze daar zelfs trots op zou zijn. Zo, die zit.' Bijna juichend volgt het slotwoord: 'En goede vriend, dat is gelukt.'

GJ haalde nog een fles wijn uit de kast om het te vieren. Inderdaad een beetje doortrapt die Tette, maar ook aandoenlijk.

'Ik snap trouwens niet,' zei GJ na wat borrelpraat waarom de journalist gesuperviseerd moet worden in Nepal door Tineke. Jij had toch vertrouwen in die Bram?

'Je hebt gelijk,' Tette zocht geen uitvluchten, 'Tineke naar Nepal laten gaan kwam me goed uit. En als ik het je toelicht krijg je de tranen in je ogen, want het is geweldig correct, modern en uitermate sympathiek, al zeg ik het zelf. Luister. Tineke zocht voortdurend kansen zich te ontwikkelen. Dat weet je al. Toen ik voor het eerst over de rol van een journalist in Nepal begon werd ze behoorlijk opgewonden. Ze is geen journalist, maar ze kan wel schrijven. Dit was de kans, waar ze zo lang op had zitten wachten. En wat deed deze brave bestuurder? .... Principes op tafel leggen: ik ga geen familie, buren, echtgenotes of vrienden benoemen....Ze snapte mijn overwegingen wel, maar het was al de zoveelste keer dat ze kansen aan zich voorbij zag gaan omdat ze nu eenmaal vrouw van een burgemeester is. Het werd nog erger: Tineke had een slimme truc bedacht. De uiteindelijk geselecteerde journalist was aanbevolen omdat hij een goede *wetenschaps*journalist was, maar zou hij ook een beetje levendig en plastisch kunnen schrijven? vroeg Tineke. Zij vond dat hij daarop getest moest worden. Ze regelde proefinterviews voor Bram, de journalist en ruimte om die te publiceren in de Steenwijker. En, ja hoor, Tineke kreeg weer hoop: de journalist bracht er weinig van terecht, vond Tineke.'

'Dus alsnog de journalist Bram afgezegd?' vroeg GJ.
'Nee, ik hield voet bij stuk, want hij had een groot voordeel: hij was een Blokzieliger. En ik had haast. Duurt maanden om een geschikte journalist te vinden. En zo goed hoeft hij niet te zijn, zo moeilijk is de opdracht niet.

Tineke hevig teleurgesteld. Dat snapte ik. Toen kwam kort daarna het aanbod van Koen om Tineke alsnog naar Nepal te sturen als supervisor. Kwam dat even goed uit – wat een timing. Ik kon immers vasthouden aan mijn principes, want *ik* nam haar niet in dienst, maar *Koen*. Dat vond ik dus prima, mits Bram Roebers, de journalist akkoord zou gaan. Daar was ik gerust op, althans als Tineke zelf met hem in Leiden zou gaan praten – geen vuiltje aan de lucht; ze heeft dat goed gedaan, de journalist ging akkoord. Die heeft ze waarschijnlijk keurig ingepakt.'

Wat een verhaal! Op hoofdlijnen zijn er geen problemen tussen de vrienden, vond GJ. Zijn betoog naar Koen zou zijn dat Tette niet als een amateur te keer was gegaan, maar op zijn Tette's. Niet langs de normale paden, maar GJ begreep dat wel. Heb nou maar vertrouwen, zou hij Koen voorhouden. Tette heeft toch al heel wat voor elkaar gekregen, ondanks, misschien wel dank zij niet-ambtelijk rouwdouwen.

De heren bespraken toch nog de *ratio van GJ*; nu de sfeer ontspannen was kon dat wel. Dat bleek; Tette moest er om lachen en was het eens met GJ: buitenissig veel Blokzijls overleg per meter waterleiding in Nepal.
Da's toch een beetje raar?

GJ kan niet weten dat dit een vaker voorkomende fout in de hulp is.' De keuze van hulp overzee is soms ondergeschikt aan partijpolitiek hier in Nederland; waarom moet elke, echt elke mode hier geëxporteerd worden naar ontwikkelingslanden? Een tijdje geleden maakten wij ons druk over het uiteenvallen van dorpsgemeenschappen in Nederland; dus werd in de hulp het bouwen van *community centers* mode. In de meeste van die landen is er aan veel gebrek, maar niet aan *a strong sense of community*.
Niet alleen de 'professionele hulp', maar zelfs het verloop van het piepkleine particulier initiatief van Blokzieligers in Nepal staat niet los van schermutselingen in Den Haag. Hoe? Daarover later, nog verder vooruitlopen mag niet.

3.3 Rechte rug in de wereld van de Goede Doelen

Niet lang daarna ontving Tette het eerste rapport van Bram uit Nepal. Hij was er niet blij mee, vanwege de inhoud, maar ook omdat Koen alsnog zijn gelijk zou kunnen claimen. Een journalist blijkt dus inderdaad niet de juiste persoon voor deze taak? Bovendien had hij steun verwacht van de leidinggevende van de Blokzieligers: Van Gemert.

Van Tette van Lugtenburg aan Bert van Gemert (Thulo)
Blokzijl, *december 1994*

Geachte heer van Gemert,

Laat me meteen met de deur in huis vallen: ik ben verre van tevreden over
het rapport van de journalist Bram Roebers; ik ben verbaasd over uw reactie
op dat schrijfsel. Mijn medewerkers begrepen er ook niets van. Mag ik u
verzoeken om *vertrouwelijk* op de enveloppe te schrijven als u mij
antwoordt? Het is geen geheim, maar het voorkomt verwarring hier.

Wat ik tegen het rapport heb? Vindt u dit een degelijke analyse, vindt u het
positief gesteld, vindt u het een goede weergave van het nut van het
ontwikkelingswerk van vrijwilligers van SNV? Ik niet!!!.
Het eerste project in…, waar ook alweer, zou een modelproject zijn om de
vele bezoekers, wetenschappers, donoren, journalisten te paaien. Gaat het
alleen maar daarom? Het gaat toch ook om water voor de armen?

En als het een modelproject is, *so what*? De beschrijving van de resultaten
van het onderzoek zijn me te cynisch. Het is een slordig onderzoek: heeft
onze Bram Roebers volledig zicht op de motieven van de ontwerpers en
uitvoerders van dit modelproject? Nee, hij praat een ingehuurde onderwijzer
na, die het misschien heerlijk vindt om zijn gram te spuien of denkt een
vervolgopdracht te krijgen als hij maar gevat en scherp kritisch is.

Was het warrige verhaal van Roebers al teleurstellend, uw aan mij gerichte
reactie op dat zogenoemde onderzoeksrapport spande de kroon. U schrijft
dat het rapport van Roebers geen zaak voor u is, u bent niet de
opdrachtgever. Dat kan wel zijn, maar wij zitten in het zelfde schuitje, samen
met mijn Blokzieligers, uw organisatie, de SNV, de Nederlandse overheid die
uw organisatie met Nederlands belastinggeld financiert. Wie dat schuitje
stuurt of wie er roeit is niet zo relevant. Hoe komt u erbij om slechts quasi-
afwezig in het water te staren.
Ik lees dat alle begin moeilijk is, dat er nu eenmaal spaanders vallen waar
gehakt wordt en dat er wel eens vaker niet optimaal gecommuniceerd wordt.
Meneer…. Heeft u een handdoek op uw bureau om dooddoeners op te
vegen?
SNV heeft geen contract met de journalist, niet eens een terms of reference
ontvangen, dus u bent geen partij, u treft geen blaam. Nou breekt mijn
klomp…. U heeft niks te maken met de uitvoering? Blokzijl zou nooit zo
floreren als mijn mensen en ik niet bovenop alle naleving van alle niet
contractueel overeengekomen afspraken zaten, ongeacht de vraag of wij

juridisch partij zijn, ongeacht de vraag wat er in terms of references of andere papieren staat.

Mijn laatste pijl richt ik op uw rechtvaardigingen. U schrijft: wij moeten begrip hebben voor de politieke context van het project en daarbij hoort nu eenmaal dat de Nepalese overheidsdienst niet zo warm loopt voor de wens van SNV om speciaal de arme dorpen te bereiken. U loopt over van begrip, misschien nog wel terecht ook. Maar dat is het punt niet. Het punt is dat de Nepalezen met SNV *afgesproken* hebben dat ze alle nodige medewerking zouden geven aan het bereiken van arme dorpen, dat er dure en waardevolle mankracht ingezet wordt door SNV om juist daaraan mee te werken. Zo simpel is het.
Ik weet het wel, uw soort organisaties is geneigd tot veel coulance naar Nepalezen: 'wij begrijpen, wij respecteren uw standpunt, we moeten nog eens om de tafel zitten, we lopen onze afspraken nog eens door.' Soms, meneer van Gemert, moeten we niet met ons laten sollen, maar ferme en duidelijke standpunten innemen: als we niet kunnen doen waar we voor gekomen zijn dan kappen we. Begrip komt van twee kanten. Wij hebben begrip en de Nepalezen doen wat ze willen? Is dat uw definitie van samenwerking? Het lijkt er wel op. In mijn visie hoort bij samenwerking een rechte rug, van twee kanten.

Blokzieligers hebben menig gevecht moeten leveren om te komen waar we vandaag staan. De strijd met de Bisschop van Vollenhove, het indammen van de machtige moerassen in de buurt, de strijd van de geuzen, de strijd van Silooy tegen de soldaten van Munster, het bevaarbaar houden van de toegangswegen…. Onrecht accepteren hoort niet bij onze geschiedenis. Wij verwachten een SNV-directeur die ons Blokzieligers perspectief biedt op aanpakken, opkomen voor rechten en naleven van afspraken, die de aanval kiest als dat nodig is, verstandig is en daadkrachtig. Zo simpel is het.

En waar is verdorie die Frits? Bij-de-Maoïsten? Het Maoïsme is over de hele wereld uitgeroeid. Frits is misschien even ergens een luchtje happen om weg te komen bij de mierzoete geur van goeddoen, waar hij in terecht kwam. Zou me niks verbazen; weg- en waterbouwers houden niet van kletskoek. We willen geen Blokzieligers die overlopend van begrip een beetje rondhangen, zich laten ringeloren, een speelbal worden in een spel wat ze nog moeten accepteren ook. Ik val in herhalingen.
U bent verantwoordelijk voor SNV-ers: ik wil weten waar Frits uithangt en wel snel. Om u op scherp te zetten ga ik eens in Den Haag praten. Dat is nodig. Zo simpel is het.

Tot zover de brief. Bram ontving een kopie van Tette. Thulo vond dat hij het gelijk aan zijn kant had. Bram stond immers niet onder contract bij SNV. Maar.... Thulo werd ook aan het denken gezet: de hulpclubs laten inderdaad een beetje met zich sollen. Jammer, de velddirecteur kan zich niet veroorloven dat toe te geven naar Tette. Ook niet naar Bram, maar Thulo en de journalist konden het steeds beter met elkaar vinden. Thulo vond de brief van Tette heel ongewoon, verre van ambtelijk. 'Inderdaad, wees daar maar blij mee,' vond Bram. Deze recht-voor-zijn-raap-stijl geeft meer ruimte voor overleg dan een ambtelijk schrijven.

In de brief van Tette stond niet alles. Hij schreef niet dat hij gedroomd had van een reis naar Nepal. Ook niet dat hij vrolijk wakker werd.

3.4 Een stout plan

Brief van Bram aan Tette
Kathmandu, *januari 1995*

Geachte heer van Lugtenburg,

U had uw kritiek op mijn rapport eerst aan mij kunnen sturen in plaats van aan Van Gemert - was dat niet beleefd en passend geweest? U hebt mij wel een kopie gestuurd van uw kritiek, waarvoor dank.

Uw boosheid over mijn rapport is voorbarig. Het is waar, ik schreef nog geen emoties en applaus ontlokkend verhaal over de Blokzieligers. Dat komt nog. Ik wilde eerst de context schetsen, nodig om het werk en de omgeving van de SNV-ers goed te kunnen plaatsen. Die volgorde lichtte ik toe in mijn rapport, daar staat geschreven dat dit onderzoek nog maar een eerste stap is. Pas bij de tweede stap worden de SNV-ers onder de loep genomen.

U bent dus *niet* onder indruk van mijn beschrijving van de projecten waar de SNV-ers mee bezig zijn. Ik ben op mijn beurt niet onder indruk van uw kritiek. De teksten over uw ontevredenheid passen prima bij de politiek. Zo doe je dat: suggereren dat ik maar matig geïnformeerd ben, dat ik mijn hart niet op de goede plaats heb en zelfs.... dat ik onbetrouwbaar zou zijn. Flinterdunne onderbouwingen krachtig neerzetten. Het lijkt u niet om de waarheid te gaan, maar om de beeldvorming. Ik ga me niet verdedigen, ik ga het rapport zeker niet herschrijven.
Uw alinea over het heldhaftige verleden van Blokzijl is typisch voor politici en bestuurders: grote, mooie sentimenten erbij halen, ach die heroïsche

Blokzieligers toch. En die van Vollenhove hebben geen gevecht met de elementen gevoerd, en die van Zwartsluis en Hasselt en Giethoorn, Blankenham, Kuinre en Dwarsgracht ook niet? Alleen die van Blokzijl?

Overigens, ik ben het geheel eens met uw hoofdpunt. U raakt precies de essentie: ideologische organisaties als SNV lopen over van begrip en laten tot op zekere hoogte met zich sollen. Dat maakt zo'n ontwikkelingsclub in mijn ogen zwakker, soms marginaal zelfs, naar binnen gekeerd, met veel zalvende teksten die soms hypocriet zijn. Ontwikkelingsclubs willen de Nepalezen de juiste boodschap voorhouden, let wel, de boodschap met tegen de Nederlandse borsten geklemde waarheden, ontleend aan onze cultuur.
Gelukkig hebben de ondergeschikten, de vrijwilligers die het werk doen, daar minder last van. De zalvers zitten vooral op het hoofdkantoor in Den Haag, daar worden de heilige doelen besprenkeld, daar worden de oogkleppen angstvallig gericht op een paar ogenschijnlijk begaanbare paden, beschreven met fraaie bewoordingen en gebaseerd op zoete illusies. Hoe hoger de zalvers, hoe meer ontkoppeld van de werkelijkheid ze zijn, hoe makkelijker het voor ze is om rechte paden te construeren in een chaotisch landschap. De veldstaf in Kathmandu moet met die superzalvers op het hoofdkantoor om kunnen gaan en zalft een beetje mee. Niet helemaal gelukkig.
We zijn het eens; u bouwt met uw stellingname zelfs zoveel krediet bij mij op dat ik uw buitenissige kritiek op mijn rapport graag opzij leg.

Ik sta op het punt om verder te gaan met stap twee van ons onderzoek en in Pokhara uw Blokzieligers te interviewen. Maar, zoals u weet speelt er inmiddels een urgent probleem: Frits gaat bij de Maoïsten werken. Ik zou graag proberen hem tot bedaren te brengen. De heer van Gemert zou dat ook toejuichen, want ik kan dat met open vizier doen – naar de SNV luistert Frits niet meer.
Ik stel voor dat ik daarvoor naar Rolpa reis, een dag of twee lopen na een busreis tot aan *Pyuthan*. Als Frits niet mee terug wil, en daar heeft het alle schijn van, dan zou ik hem, zijn bazen in Rolpa en van Gemert (Thulo dus) kunnen bewegen om het verblijf en werk van Frits in een niet-maoïstisch frame te gieten.
Hoe? Door niet het maoïsme, maar de doelstelling armoedebestrijding centraal te stellen. Armoedebestrijding moet niet alleen in, maar ook rondom Rolpa gebeuren. En dat daar Maoïsten zitten, ach, dat is een tijdelijke zaak zonder veel betekenis, waar de Nepalese overheid niet wakker van ligt.

Ik stel dus voor dat ik de hierboven genoemde tweede stap van het onderzoek uitstel en eerst naar Rolpa, naar Frits reis. We moeten het eens worden over de vergoedingen. Ik vind een oorlogstarief een redelijke betaling, gezien de gevaren. Hoe lang gaat mijn reis naar Rolpa en mijn verblijf daar duren? Misschien een paar weken, wellicht meer dan een maand.

Of gaat u niet akkoord met mijn voorwaarden en wilt u liever uitleggen in Blokzijl dat één van uw stoere vrijwilligers nog maar één hand heeft? Als u pathetisch mag doen, mag ik het ook. De Maoïsten, ze noemen zich ook de *People 's Movement*, in het gebied waar Frits naar toe is boezemt angst in door handen, armen of oorlelletjes af te hakken. Nou zie ik het eerlijk gezegd niet zo gauw gebeuren, dat Frits slachtoffer van geweld zou worden – dus vergeet u die flauwe opmerking over de hand van Frits maar weer - , maar helemaal onschuldig zijn de heren van de Movement niet. Dus vind ik een oorlogstarief gerechtvaardigd. Mijn bezoek aan Frits om poolshoogte te nemen en om hem op een goed spoor te krijgen kost u slechts 300, - gulden per dag. All-in.

Het is u, uw programma, SNV en ook mij veel waard om Frits in goede banen te leiden.

3.5 Een stedenband in de maak?

Tineke had in haar Haagse periode, als politiek assistent van vriend Koen veel gehoord over stedenbanden. Functionarissen gaan bij elkaar op bezoek en wisselen kennis uit; voor beide partijen levert dat een bredere blik op. Ze wisselen ook diensten uit. Ambtenaren uit een Nederlandse stad gaan adviseren, ambtenaren uit een stad in het arme land komen leren als stagiaire. Stedenbanden doen soms denken aan snoepreisjes en er is iets mis met de impliciete veronderstelling dat het ontwikkelingsland iets moet leren en dat het ontwikkelde land niks te leren heeft. Nooit gehoord dat een burgemeester uit Nederland stage gaat lopen bij zijn collega in een ontwikkelingsland om te leren hoe zij zoveel vrijwilligers op de been krijgen voor publieke werken. Bij het bouwen van de weg naar Steenwijk was niet één vrijwilliger betrokken.
Maar een stedenband kan ook anders en beter, vindt Tineke.

Froukje en Tineke waren onderwerp geweest van roddels - U las dat al. Zo hadden Blokzijlse kringen een verhaal over Tineke gelanceerd. Tineke zou Tette bewust richting jong blaadje (Frouk) gestuurd hebben om zelf ongestoord haar gang te kunnen gaan in Den Haag. Tineke had een meesterlijk weerwoord: 'waarom zou ik zulke risico's lopen? Ik heb veel te verliezen: Tette, mijn eer en mijn reputatie. Zulke complotten worden bedacht door ranzige kranten en geloofd door ranzige Blokzieligers. Het is bovendien een grove onderschatting van Froukje. Die laat zich niet zo doorzichtig beduvelen. Kom nou.' Het bleek niet genoeg om de roddels in te dammen.

Froukje was helemaal niet zo aangeslagen over de roddels en achterklap als Tineke verwacht had. Dat bleek nogmaals tijdens een gesprek in café van Ens – genoeg stille hoekjes, alleen maar stille hoekjes. Frouk ging graag akkoord met de door Tineke voorgestelde strategie: net doen alsof er niks aan de hand is. Over dat thema waren de dames het roerend eens: 'Het slaat allemaal nergens op.'
'En deze dame heeft een formidabel plan,' begon Tineke een betoog tegen Froukje Ze spreekt graag over *deze dame,* klinkt veel spannender dan *ik* heb een mooi plan. 'We zetten de aandacht van Blokzijl op een ander spoor. Een spoor waar iedereen voor is. Een spoor waar we in plaats van als *bad girls* langzamerhand als *good girls* gezien worden.' Tineke had er over nagedacht: 'we gaan Tette uit zijn omklemming halen. We gaan hem helpen met iets wat hij in eerste instantie voor ogen had. Namelijk Blokzijl deel uit laten maken van een grotere wereld.' Ook dat nog, moet Frouk gedacht hebben; zij is wat minder hemelbestormend dan Tineke. De hele wereld erbij halen hoeft niet van Froukje.

Tineke werd iets concreter: 'Blokzieligers die zich bezig houden met armoede in de wereld en verder kijken dan Giethoorn, Blankenham of Vollenhove. We gaan namelijk een stedenband oprichten, jij en ik.'
'Wat is dat nou weer,' vroeg Froukje. Tineke legde het uit. Ze had het goed voorbereid.

'Ik heb al een afspraak met Wilkens, de journalist van de Steenwijker die dat rioolnieuws over ons bedacht. Hij wil ons samen interviewen. Wilkens heeft op voorhand beloofd geen vragen meer te stellen over veronderstelde misstappen van ons; in ruil heeft Tineke hem iets nieuws, een verrassing beloofd.
'En wat gebeurt er dan als wij het uitvoerig en overtuigend over de stedenband gaan hebben?,' hield Tineke Froukje voor. 'Wilkens gaat uit een ander vaatje tappen: als ze zich samen hard maken voor het goede doel, dat heeft wel wat.'
'Zullen we hem een beetje helpen, bijvoorbeeld met de woorden innoverend en *out of the box* denken'? Altijd goed, net als structureel, ook altijd goed.'
'Maar dat slaat toch nergens op,' merkte Froukje zuinigjes op.
'Dat hoeft ook niet' vond Tineke.

De positieve verwachting over hun interview was reëel, want het nieuws voor Wilkens zat niet meer in herhaling of uitbreiding van de schunnige verhalen. Dat was geen nieuws meer, nieuws was wel om de andere kant van de zaak te belichten: wat er ook over ze gezegd wordt, het zijn dames met mooie plannen.
Frouk en Tineke waren eruit en zaten vol zelfvertrouwen.
Hoe het afliep? Precies zoals Tineke en Frouk hadden gehoopt. Zij konden weer met geheven hoofd over straat.
En….Tineke is er nu *wel* klaar mee. Ze kan dus vertrekken naar Kathmandu. Dacht ze.

3.6 Goed nieuws

Binnen drie weken kreeg Bram antwoord. Tette ging akkoord. Onze veel besproken journalist, Bram dus, was verrast. Zijn voorstel om naar Frits in Rolpa te reizen was een je-kunt-nooit-weten poging. Bram was te meer verrast omdat hij wist hoe Koen, de machtige vriend van Tette, tegen journalisten aankijkt. Bovendien hoorde Bram het gerucht dat Tineke — die immers naar Nepal zou komen — opgezadeld zou worden met de opdracht om Frits te *masseren?* Daarmee zou een reis van Bram naar Rolpa niet meer nodig zijn geweest.
Achteraf bleek de komst van Tineke nog niet zeker. Tette voelde er weinig voor om Van Gemert in te schakelen; 'angstige uitvoerders' moet je niet naar het front sturen. Tette heeft de reactie van Koen op het opnieuw inhuren van 'die journalist' voorspeld, maar hij had genoeg van de bemoeienis van zijn vriend.
Er zat weinig anders op; dan toch maar kiezen voor Bram. Hij heeft lang nagedacht over het risico. En hij vertrouwde de intuïtie van Tineke; zij achtte het uitgesloten dat Bram misbruik zou maken van de situatie en in Rolpa opportunistisch het kleed aan zou trekken van de onafhankelijke nieuwsgaarder.
'Het is toch een buitenkansje,' had Koen opgemerkt, 'om te mogen berichten over een Blokzieliger bij de Maoïsten. Zo'n kans komt maar één keer voor in een journalistenloopbaan.'
Bram – zal – dat - niet - doen, hield Tineke vol.

Tette liet per brief weten dat de opdracht voor maximaal een maand betaald zou worden. Bram had op meer gehoopt, maar vond het aanbod genereus genoeg. Zijn rapport wordt eigendom van Tette en mag aan niemand anders gezonden worden. Voor deze opdracht schrijft Tette wel een *terms of reference*, verre van ambtelijk, maar duidelijk. De kern is dat Frits, betaald door een Nederlandse organisatie, geen soldaat kan worden in vreemde krijgsdienst - zo zou je het kunnen noemen - en, dat hij niet openlijk mee kan werken aan gewapende strijd. 'En als hij toch met geen werkpaard weg te slepen zal zijn dan houdt u hem een spiegel voor en schoffelt u wat rede in dat anarchistische brein van hem.' Zulke taal is niet gebruikelijk in een terms of reference, maar het is wel duidelijk.

Tette is ook ambtenaar en dringt aan op schriftelijke verklaringen van de Movement over wat men van plan is met Frits. Gelukkig voegt hij daar niet in de gebruikelijke stevige *Tette –taal* aan toe dat Bram eerst die verklaringen moet overleggen en pas daarna zal worden uitbetaald. Hij snapt wel dat Maoïsten niet dol zullen zijn op verklaringen; voor een ambtenaar is het al van belang dat je erom gevraagd hebt.

Tot slot volgt een paragraaf met advies van Tette: Als ik het zo hoor, via zijn vriendin en mijn vrouw, is Frits een soort anarchist. Hij zal geen enkele voorwaarde klakkeloos accepteren. Leer mij die types kennen. Het is dus niet makkelijk, maar het moet toch. Het is aan u om hem te overtuigen van nut en noodzaak; het is aan u om zijn doen en laten in beheersbare banen te leiden, zodat wij gewoon door kunnen gaan met hem via SNV normaal te betalen. Daar zit natuurlijk uw wisselgeld, in dat doorbetalen. Hij geeft niet om geld? Die pose ken ik heel goed; klopt nooit. Vaak genoeg meegemaakt: er blijft niks over van mooie uitspraken over lak aan geld zodra er met flappen geritseld wordt.

Tette houdt niet van mooie woorden, ook niet van ambtelijke taal.

Niet: 'ik stel mij voor dat u enige haast betracht met de verslaggeving', maar: 'ik hoor van u, meteen na uw terugkeer uit Rolpa. U hebt dan een verslag klaar en gaat dat snel naar Kathmandu brengen zodat het per koerier verzonden kan worden.'

Niet: 'Graag maak ik van de gelegenheid gebruik nogmaals aan te tekenen dat het verslag niet ter inzage aan derden overlegd kan worden.'

Tette maakt daarvan: 'U bespreekt uw bevindingen met mij en alleen met mij, met niemand anders dus, ook niet informeel. Thulo zal ongetwijfeld nieuwsgierig zijn, maar ook overleg met Thulo gebeurt alleen door mij. Ik houd de regie, hier thuis in Blokzijl Zuiderkade 28.'

Bram vindt die directe taal van Tette makkelijk.

Op naar Rolpa. Zal hij deze kans op een journalistieke primeur laten lopen? Een artikel op de voorpagina van Trouw zou toch geweldig zijn voor hem? 'Inwoner van Blokzijl wordt huurling bij Maoïsten'. Of zal Bram zich braaf houden aan zijn opdracht?

3.7 Komt er water uit de kraan?

Tette liep in de gang van zijn gemeentehuis. Enkele ambtenaren kwamen naar hem toe: 'hoe is het eigenlijk met de projecten in Nepal?' Hij herhaalde – niet voor het eerst – dat projecten en programma's nooit volgens plan verliepen.
Hij legde uit waarom er nog geen verhalen over de inspanningen van de Blokzieligers in de kranten konden staan. Hij vertelde over de moeizame correspondentie met de velddirecteur van SNV en over de voorbereidingstijd die nu net achter de rug was en over de voorgenomen reis van Tineke naar Nepal. 'Maar,' vroeg iemand uit het groepje gesprekspartners om hem heen: 'komt er nou water uit de kraan in die dorpen waar onze Blokzieligers werken?' Tette praatte er omheen …… hij wist het niet.

Na het gesprek bleef die vraag bij hem hangen. Water uit de kranen, daar ging het toch om. Tette mijmerde en sprak tot zichzelf: ik ben verstrikt geraakt in procedures, in bijzaken, in strategie, in gebakkelei over wie er waarvan de schuld had. Maar zou er wel water uit de kraan komen? Vast wel! Ik ga ervan uit, dacht hij.
En als er water uit de kraan komt, daar gaat het toch om, dan hoeft er niet nog eens overlegd te worden?
Tette was namelijk op hoge toon ontboden voor overleg met Koen en GJ. Dat zat hem niet lekker. Moest hij wel gaan?
Alles was onder controle. Er waren wat haperingen, maar dat opgeklopte gekissebis in Blokzijl, Den Haag en Utrecht moest maar eens afgelopen zijn.

Weer twijfel: was het wel een lekker lopend project? Komt er nou water uit de kraan of toch nog niet? Was alles wel onder controle? Het speelveld was breder geworden. Tette had aanvankelijk verwacht vooral bezig te zullen zijn met de door hem uitverkoren journalist, maar inmiddels zat Koen op zijn huid, moest hij GJ op de hoogte houden, voerde hij geen prettige correspondentie met de velddirecteur van SNV in Nepal en bemerkte hij een veel actievere betrokkenheid van Tineke en Froukje.
De onderhandelingen werden venijniger. De journalist deed niet wat Tette had verwacht. Frits leverde een hoofdpijndossier op. Met Koen kon hij al maanden geen normaal woord wisselen.
Er waren wel degelijk ook lichtpunten. Tineke zou naar Nepal gaan en zou journalist Bram in goede banen leiden...
Tette bleef ontevreden over het rapport van Bram, maar na de briefwisseling met hem had hij toch vertrouwen in de missie. De journalist en hij zaten, zo bleek uit de briefwisseling, op een zelfde lijn over de buitenissig *softe*

opstelling van Hulpverleners. Bovendien had Tette in de wandelgangen vernomen (van terugkerende toeristen) dat Bram veel invloed had op Frits.
En de velddirecteur in Nepal? Die leek in de problemen te raken met zijn hoofdkantoor – vers nieuws uit de wandelgangen; hij zou zich ongetwijfeld een tijdje gedeisd houden.
Liesbeth zou op vakantie gaan naar haar Harm; dat is ongetwijfeld goed voor die jongen.
Het overblijvende probleem leek Koen, maar goed beschouwd kon Koen geen kant op.

Tette belde GJ: 'zeg maar tegen Koen dat er water uit de kraan komt en dat het overleg in Utrecht daarom overbodig is. Ik kom niet.' Hij wierp de hoorn op de haak.
Die nacht droomde hij over Nepal; hij was op bezoek in een dorp waar Harm net klaar was met de aanleg van een waterleiding en dronk een heerlijk helder glas bergwater.

3.8 We maken hem een wetenschapper

Tette kwam dus niet opdagen bij het door Koen gewenste overleg. Koen moest zijn gram uiten naar GJ en vooral naar Tineke, die er bij mocht zijn en nota bene het lef had het gedrag van Tette goed te praten. Koen en GJ maakten zich ongerust; volgens doorgesijpelde berichten zou Frits zijn heil gaan zoeken bij de Maoïsten. 'Dat bedenk je niet.' Dat vond Koen nog vele malen kwalijker dan het slecht gevallen verslag van de journalist, het hete hangijzer van een maand geleden. Zijn manier van praten verried dat Koen opgewonden was. Rustig maar, dacht Tineke, maar ze hield haar kruit droog. Haar blik van verstandhouding met GJ maakte duidelijk dat hij er minder zwaar aan tilde. Dat stelde Tineke gerust. Mooi uitzicht op Utrecht, al die lichtjes. Grote stad, vond Tineke (bezien vanuit de hoge kantoorflats bij de Catharijne Singel).

Het zat de heren, vooral Koen niet lekker dat Bram Roebers, na zijn slechte verslag toch door Tette nota bene, beloond werd met de opdracht om Frits op het juiste spoor te brengen.
'Bram, de journalist? Journalisten voor wie het bezoeken van een Blokzieliger bij de Maoïsten een unieke buitenkans is? Wat dacht je, natuurlijk gaat hij daar over publiceren, straks na zijn brave rapport voor Tette. Leer mij het journaille kennen. Waar zijn we mee bezig, of beter: waar is Tette mee bezig.'
Tineke vertelde waarom Tette vertrouwen had in de missie naar Rolpa.

'Bovendien, de journalist kon meteen aan de slag – dat noemen we slagvaardig' voegde Tineke er aan toe. Koen vond dat ze meer zekerheden in moesten bouwen. Hij is een echte Hagenees geworden, die Koen, in Den Haag hoor je dat vaak: zekerheden inbouwen.

Waarom was de ongerustheid over het verraad van Frits zo urgent? Weet u het nog, lezer? Harm en Frits werden op slinkse, informele wijze door Koen de SNV in geregeld, buiten normale procedures om. Geloof maar gerust dat de SNV direct met het vingertje richting Koen zal wijzen als er gelazer komt. Zo werkt dat: er moet iemand hangen – daarna is het probleem opgelost. Koen was de meest voor de hand liggende kandidaat. Op dat moment.

Koen wilde het risico op publiciteit uitsluiten en had bedacht hoe hij de journalist *kalt* kon stellen. Hij had een tijdje geleden van Tette begrepen dat Roebers een wetenschappelijke inslag heeft.
'Klopt,' zei Tineke bondig en een beetje korzelig.
'Daar ligt dus de oplossing,' aldus Koen. Hij keek GJ en Tineke aan alsof hij het maar raar vond dat zij daar niet aan gedacht hadden. Het bleef stil, ze waren nieuwsgierig; wat wilde Koen eigenlijk zeggen? Er kwam een tweede kan koffie op tafel, gelukkig geen wijn, vond Tineke.
'Nou,' zei Koen, 'dat is toch niet zo ingewikkeld? Wetenschap kan totaal geen kwaad, wat die ook gaat staven of bewijzen of beweren. Wie leest nou wetenschappelijke verhaaltjes?
Bovendien, wetenschap duurt heel lang, wetenschap is totaal ongevaarlijk. En wetenschappelijke rapporten zijn alleen maar leesbaar voor andere wetenschappers.
Dus haal hem onmiddellijk van zijn journalistieke opdracht af en geef hem een goed betaalde opdracht voor wetenschappelijk onderzoek. We degraderen hem van journalist tot wetenschapper. Met als strikte voorwaarde dat hij niets publiceert over Frits, over Maoïsten, over Rolpa en dat hij geen journalistieke arbeid meer onderneemt.'
Koen zou de financiën regelen voor de nieuwe opdracht, langs eigen kanalen, want die kan natuurlijk niet in een Blokzijl-*framework* gegoten worden, maar daar wisten ze wel wat op. Tette zou worden opgedragen ervoor te zorgen dat het voorstel bij Roebers komt.
Je kunt er van alles van vinden, dacht Tineke, maar onze Koen is wel creatief. En slagvaardig. We horen vaak van Koen dat de wetenschap niet deugt, dacht GJ. Koen blijft gefrustreerd omdat hij nooit is afgestudeerd; natuurlijk was dat niet zijn schuld; het lag aan de docenten – die waren van de verkeerde partij.

'Roebers mag dus geen journalistieke activiteiten meer ondernemen, maar hij is al op pad' betoogde Tineke; dat was een leugentje. Tineke voorkwam daarmee de stoere, maar onwelkome opdracht om Bram helemaal niet naar Rolpa te laten afreizen.

'Toch maken we hem een wetenschapper,' meende Koen, 'als hij na terugkeer uit Rolpa maar geen verslag gaat maken of opsturen.' GJ poogde de sfeer wat gemoedelijker te maken door nog eens zijn ratio te debiteren: de verhouding tussen uren gekrakeel in Blokzijl en de meters waterleiding in Nepal begint ridicule vormen aan te nemen. Koen kon er niet om lachen, Tineke wel.

En hoe zit het met de afspraak dat zij, Tineke naar Nepal zou gaan om de verhalen van de journalist te censureren? Haar vriend Koen toverde een onverwachte verrassing uit zijn hoed, zoals je kunt verwachten van een Ritselaar en Manipulator.

'Sorry, maar dat heeft geen zin meer, want jullie Bram is binnenkort geen journalist meer.'

Tineke was uit het veld geslagen. En hoe! Wat een botte plompverloren mededeling! Wat een teleurstelling!

Koen had nog een verrassing in petto die hard aan kwam: hij vond het veel beter om Froukje naar Nepal sturen.

'Die heeft meer kans dan jij om dat dolende jongmens, haar vriend Frits, bij zijn kraag te vatten,' zei Koen enigszins triomfantelijk tegen Tineke.

Dit had Tineke totaal niet verwacht. Die rekende erop dat juist vanwege de veronderstelde misstappen van Frits er flink zou worden aangedrongen op haar vertrek naar Nepal. Dat leek haar wel wat, na Bram nog eens zelf proberen om Frits te masseren. Daar zou ze een speciale beloning voor vragen: geld voor het opzetten van een stedenband. Koen kende dat fenomeen heel goed en wist ongetwijfeld ook van dat budget voor stedenbanden, een potje noemen ze dat in Den Haag, de deksel te vinden. Dit moet rancune zijn, dacht Tineke, vanwege de mislukte affaire tussen haar en Koen.

Dus Tineke gaat niet naar Nepal?
Volgens Koen niet, volgens haar wel; ze zat te broeden op een snood plan, een balorig, delicaat en heikel plan. Het afscheid van Koen is verre van hartelijk; voor GJ had ze wel een vriendelijke glimlach over. Natuurlijk bleven de heren na vertrek van Tineke even napraten.

Tineke bracht na terugkeer in Blokzijl verslag uit, maar deelde nog niet met Tette wat ze van plan was. Ze wilde zelf de verantwoordelijkheid nemen. En ze wilde Tette niet opzadelen met nog meer kopzorgen.

Tette hoorde van Tineke hoe de bijeenkomst was verlopen en was van slag. Eerst het rumoer over de aanstelling van Bram en nu was de opdracht aan Bram om Frits op het rechte pad te krijgen ook al verkeerd. Maar na één glas wijn wist hij het weer: er komt water uit de kraan. Hij voelde dat Tineke iets achter hield, maar dat kwam later wel. Tineke stak kaarsen aan – de avond werd gezellig, al was het al erg laat.

3.9 Chantage

Even napraten. Onder die noemer kreeg Tineke vriend Koen zover om op een mooie zomermiddag naar De Uil in Leiden te komen; ze zitten alleen achter, in het rustige gedeelte van het donkerbruine café. Daar had Tineke ook op gehoopt, want zij wist dat het een lastig, misschien zelfs wel een naar gesprek zou worden. Koen verwachtte een zand-erover-gesprek. Hij bezigt in dit gesprek meerdere malen dit gezegde: zand erover. Tineke was goed voorbereid; ze wist dat als Koen gaat oreren hij steeds sterker komt te staan – hij heeft de vaardigheid je mee te slepen in zijn betoog. Het wapen van Tineke: verrassende, opzienbarende uitspraken om haar gesprekspartner van zijn à propos te brengen. En, dat heeft ze nota bene van haar gesprekspartner geleerd, hem vooral niet uit laten praten.

Het begint vreedzaam, maar dat duurt niet lang.
'Hoe is het in Blokzijl?'
'Gaat de goede kant op; ik zit weer thuis in de burgemeesterswoning. En – ik val maar meteen met de deur in huis – ik heb in de correspondentie tussen jou, Tette en jullie vriend GJ zitten snuffelen. Het kan me niks schelen of dat nou fatsoenlijk is of niet.'
Koen is even uit het veld geslagen, al doet hij zijn best om laconiek en relaxed over te komen.
'Welke correspondentie? Wij schrijven elkaar veel. Met een jongens-onder-elkaar-taal die jij vast niet begrijpt en… ' Tineke liet hem niet uitpraten.
'Hou op met die flauwe kul, want ik ben kwaad, ontzaglijk kwaad, razend kwaad en tot alles in staat. Dat rijmt'.
Koen blijft even stil, kijkt quasi verbaasd; de spanning is voelbaar. Tineke maakt van de gelegenheid gebruik om haar boosheid toe te lichten. Ze heeft haar klacht goed voorbereid; het rolt eruit, zonder haperen, in een rustig tempo. Duidelijk en gedecideerd.
'Hoe komen jullie erbij, waar halen jullie het vandaan, waar zijn jullie in godsnaam mee bezig om in die briefwisseling een beetje te harrewarren over de primitieve vraag of *het* nou gebeurd is of niet tijdens mijn ongelukkige inwoning bij jou in Den Haag. En dat in plastische termen. Hoe ongelooflijk primitief om dat als maatstaf te nemen voor mijn fatsoen. En dan jouw schijnheiligheid; je durfde te schrijven, ik heb het hier genoteerd: 'je moet me geloven, zo ver is mijn jongeheer net niet gekomen'. Dat je daarover liegt

kan me niet zoveel schelen. Dat soort denken, daar gaat het me om. Ik word in die brief teruggebracht tot een puur fysiek ontvangstcentrum. Ik heb er veel zin in om deze correspondentie te publiceren in een feministisch tijdschrift, of beter, deze in mijn eigen woorden weer te geven, met als thema: zo denken onze leiders.'

'Doe niet zo raar Tineke, laten we hier eens rustig over praten. Je vergeet wat ik eerder zei over jongens-onder-elkaar-praat. Laten we nog wat wijn bestellen, je bent opgewonden, je bent niet jezelf. Rustig nou'.

'Hou op, ik trap daar niet in. Het staat er overduidelijk en niet in één brief.'

Koen ziet kans een tegenzet in te leiden.

'Je gaat jezelf beschadigen met een dergelijke publicatie. Wat een gefrustreerde puber, zullen de lezers denken. Of die dame van het platteland weet niet wat er in de wereld te koop is en roept over de eerste de beste briefwisseling tussen kwajongens al schande en....'

Tineke onderbreekt de woordenstroom:

'je onderschat me, want ik ga het echt niet over mijn frustraties hebben, zo'n domme gans ben ik niet, maar over jouw escapades met Anneloes, Annemiek, Annemak, Annechien en Annelola, die mij voorgingen.

'Dat is echt de grootst mogelijke onzin, dit is laster en ik laat het er niet bij zitten en het is gewoon niet waar....' Koen is niet rustig meer; hij wordt opnieuw onderbroken: 'ik heb gebeld met Annechien, wil je dat ik ook bel met die andere assistenten van je? Koen, laten we verstandig worden: zand erover, je zei het al, veel zand, heel veel zand. En maak het me makkelijk mijn rot gevoel te laten slijten: ik wil naar Nepal, ver weg van hier, om een stedenband op te zetten.'

En dan komt er een uitsmijter van jewelste:

'Pak aan; in deze enveloppe zit een begroting voor een mooie stedenband.'

'Chantage?

Hoorde ik je dat zeggen?

Lage, gemene chantage zelfs?

Zal ik je eens iets zeggen? Dat klopt.'

Tineke staat op.

'Blijf zitten, ik wil niet met je naar het station wandelen.' Hij deed het, onze mannetjesputter was uit het veld geslagen. Achteraf bleek dat hij pas hevig ongerust werd over het voornemen van Tineke om in zijn netwerk van 'politieke assistentes' te gaan vissen. Hij had veel te verbergen. Tineke vermoedde dat al. Toch was het bluf van Tineke, gedegen voorbereide en geslaagde bluf. Tineke versloeg dus een topbluffer met zijn eigen wapen. Dat voelt goed en geeft zelfvertrouwen, nodig voor een overtuigende en slimme finale.

Vriendelijk, heel vriendelijk, zegt ze bij wijze van afscheid:

'het komt wel goed, want we zijn het heel erg over iets eens: stedenbanden zijn een prachtig fenomeen, met veel potentieel. Op den duur zal het onze relatie helen als we ieder een korte tijd een eigen kant opgaan.'

Ze beent weg. Op weg naar Blokzijl, op weg naar Tette; daar heeft ze nog heel wat mee te 'bespreken' over zijn briefwisseling met Koen en GJ. Maar daar is ze niet zenuwachtig over, daar kijkt ze naar uit. Ze is erg opgelucht en tevreden met haar aanpak; het heeft gewerkt, vindt ze. Ze gaat naar Nepal; ze weet het zeker.

De toren van Blokzijl (foto: Venemama/Dreamstime).

De tempels van Patan Durbar Square (foto: Eldelik/Dreamstime).

Bergdorp (foto Dmitrii Pichugin/Dreamstime).

Karavaan dragers, soms dagen onderweg (foto: Gavin Yeates, Creative Commons).

Stupa nabij het bergdorp Dingboche (foto: Daniel Prudek/Dreamstime).

Kathesimbu Stupa, Kathmandu (foto Aliaksandr Mazurkevich/Dreamstime).

Een boerderij in de omgeving van Pokhara (foto: Miroslav Liska/Dreamstime).

Zwaar werk voor een matige oogst (foto: Masar1920/Dreamstime).

Een boerderij in het dorpje Tharu, in de Terai – de zuidelijke vlakte - nabij Chittawan National Park (foto: Attila Jandi/Dreamstime).

Een buffel en wagen voldoen als de weg breed en vlak genoeg is, hier in de Terai (foto: Miroslav Liska/Dreamstime).

Zo kan een keuken er uitzien (foto: Valentin M Armianu/Dreamstime).

Veel gezelliger dan een wasmachine (in het dorp Bandipur) (foto: Stefano Ember /Dreamstime).

Straatbeeld (foto: Neil JS, Creative Commons).

De yaks verzorgen in Manang, langs de Annupurna trek route (foto: Oleg Doroshenko/Dreamstime).

Oude vrouw te Bodnath, Kathmandu (foto: Byheaven87/Dreamstime).

Vrolijke jonge dames (foto Nena Driehuijzen/Studionunu).

4. Op zoek naar een betere wereld

Februari- maart 1995

4.1 Aan de vooravond van het vertrek van Frits

Van Harm aan Liesbeth
Pokhara, *februari 1995*

Heel lieve vriendin,

Veel dank voor je lieve brief. Met Flipse gaat het vast goed, want je schrijft er weinig over. Ze zeggen dat honden hondstrouw zijn, maar ik hoop voor 'm dat ie me vergeten is. Zeker als jij nu hele einden met hem loopt? Zeg eens eerlijk? Maar waar bemoei ik me mee. Ik wil wel een fotootje van Flipse, al zullen de Nepen dat hier krankzinnig vinden, een fotootje van mijn hond.
Bram zei iets wat ik heel goed vond. Wij moeten zorgen dat we de Nepalezen niet voor het hoofd stoten, dat is waar. Maar we hoeven ook niet alles te laten wat zij raar vinden. Dat is ook waar. Wij zijn anders, ze hebben er vrede mee dat wij rare dingen doen en denken. Zeker als wij op onze beurt ook niks zeggen over wat wij gek vinden aan hun gedrag. Wat dacht je van een aardige mevrouw in een theehuisje die uitgebreid in haar neus peutert en daarna met de theedoek haar vingers afveegt en met die theedoek onze kopjes voor de thee droog maakt. Raar, verre van prettig, maar we staan niet op onze achterste poten om die gewoonte eens even uit te roeien. Slimme jongen, die Bram. We drinken trouwens die thee niet op, maar knoeien die ongemerkt weg.

Vanavond was het feest in ons café. Frits gaat morgen weg. Een paar collega's kwamen langs. Ik scheef je nog niks over die lui, komt wel. Anders dan wij, ze zitten in de irrigatie, heel vriendelijke gasten. Bram werd verwacht, maar mocht niet met de geplande vroege middagvlucht mee. Hij moest, zo bleek later, op het laatste moment plaatsmaken voor belangrijke Nepalezen. Ik noem maar één van de vele tegenvallers waar we in Nederland zenuwachtig van zouden worden, hier niet. *Ké garné* zeggen ze dan maar weer eens.
Oh ja, feestje. Egbert bleek ineens een Nepalese vriendin te hebben. Vast? Halfvast of nu en dan? Ik weet het niet. Ik weet wel dat Egbert met haar ging 'biechten' toen we weer thuis waren.
Tja, biechten. Of ik mijn beddengoed uit onze slaapkamer in een andere kamer wilde leggen, met andere woorden, of ik niet ergens anders kon slapen. Ik lig dus nu in de logeerkamer, met een kussen in mijn rug met mijn

typemachientje op mijn pens. Niet comfortabel en bovendien heb ik slaap, want we hebben veel lokale jenever binnen gekregen bij de dalbhat met kip. Feestje? Wat noem je een feestje. Gewoon, een beetje leuteren, drinken, eten en wat zingen *(busje komt zo….)*, niet te veel, want anders komen de Nepalezen uit de buurt te dichtbij. Wij blanken willen soms ons eigen kringetje. Wij moeten eigenlijk in gesprek gaan met de Nepalezen, maar goddorie, dat moet de hele dag al. Weet je wat het minder erg maakt? Dat de Nepalezen zich ook graag omringen met eigen volk. Ze kennen dat, ze keken ook niet alsof ze ons iets kwalijk namen. Maar zingen is een soort uitnodiging: jongens kom erbij. Daar hadden we dus geen zin in. Goed dat die leraren van de voorbereidingscursus, eindeloos kletsend over integratie, hier ver vandaan zijn.

Integratie? Ze zijn heel anders. Ik ga me in ieder geval niet aanpassen aan de manier waarop ze hier de baas spelen. Laatst nog, de directeur liet me komen. Het gesprek ging nergens over en toen moest ik een van zijn bureau gevallen potlood oprapen. Puur machtsvertoon. Hij wil ook mee naar een project, op een paard en wij moeten er naast lopen. Dat is de *bloody limit*. Deden we niet. Egbert niet, ik niet. Dienstweigering, onze baas van de SNV moest langs komen, want zo kon hij niet met ons werken. Gelukkig kwam Bram. Die was toch hier en die heeft met hem gepraat. Nou ja, praten?

Hij moest gaan zitten, Bram dus, en zei iets over cultuurverschillen. De directeur verstond hem niet of wilde niet verstaan wat Bram te zeggen had. De directeur zei boos te zijn: *I am ten times angry*. Bram weer over cultuur; directeur: *I am hundred times angry*. Zo ging dat door tot *hundredmillion times angry*. Triomfantelijke en spottende blikken van acht man staf, opgeroepen als getuige. Egbert en ik moesten er ook bij zijn. Alle opmerkingen van de directeur werden ontvangen met gul gelach. De medewerkers van de directeur moesten zien hoe flink hun directeur was tegen een Thulo Manche van de SNV, dachten Egbert en ik. Ineens was het over, de vernedering was blijkbaar gelukt.
Moet je je voorstellen, een kaal betonnen hok. Achter de directeur een grote foto van de koning aan de wand. Ervoor de directeur op de enige mooie stoel, achter zijn bureau met veel paperassen en aan weerszijden op harde houten stoelen de stafleden. Allemaal in de lokale dracht voor hogere Nepalezen. Sommige met hun opgetrokken voet op de stoel, keel schrapend en maar triomfantelijk grinniken.
'Voel je je dan niet klote,' vroeg ik aan Bram, 'ik zou pisnijdig worden.' Bram niet: 'Welnee, dat was het spelletje dat blijkbaar gespeeld moest worden. Interessant dat het zo gaat. Weer wat geleerd. En zo gek is het trouwens niet. Het mag dan vanuit onze cultuur bezien op machtsmisbruik lijken, in hun

cultuur is het normaal dat iedereen zijn plaats kent. Daar ging het om,' zei Bram, 'niet om een vernedering.' Hij praatte het dus nog goed ook. Egbert hield vast aan onze uitleg.

Wel weer mazzel dat Bram dat gesprek met onze directeur van de waterdienst kon doen. De directeur kan niet bijhouden wie precies wie is in de wereld van donoren; hij heeft te maken met Duitsers, Engelsen, Amerikanen, met *directors, assistent directors, programme-officers, teamleaders, controllers*, evaluatoren, *supervisors* van hoofdkantoren.' Allemaal passanten; de Nepalezen zeggen dan: *manche aunchha, manche jaancha* (mensen komen, mensen gaan)

De directeur zal niet bijster geïnteresseerd zijn in een nauwkeurige omschrijving van de functie van Bram en het is bovendien een veel te ingewikkeld verhaal. Hoe leg je dat uit: Bram werkt met SNV-ers, maar is niet in dienst van die SNV. Bram heeft de statuur van een Thulo Manche, dat is het belangrijkste.
Dus onze baas van de SNV in Kathmandu hoefde niet te komen. Kwam Bram goed uit, want Toos, de vrouw van Thulootje zit hier in Pokhara ergens in een hotel. Wij denken dat Toos en Bram elkaar interessant vinden, zo gezegd. Zou Thulo weten wat er speelt?

Ik hoop maar dat Frits diep slaapt in zijn hotelletje. Als ik ga piekeren over Frits kan ik vast niet slapen. We hopen dat het allemaal over gaat. Egbert bad zelfs voor hem, gisteren. Het worden spannende dagen.

4.2 Hoop op een rechtvaardige samenleving

Vandaag heeft Bram een langdurig gesprek met Frits, net voor diens vertrek naar Rolpa, de dag na het afscheidsfeestje. De tape-recorder mag aan. Ze zitten in de karig gemeubileerde, muffe hotelkamer van Frits. Vieze wasbak, wel een fan. Nog zonder bier.
Het wordt een levendig gesprek, ondanks de vele stiltes.

'Ja, ik ben wat in de war, maar volgens mij sta ik wel degelijk met twee pootjes op de grond hier'....Het blijft even stil; Frits gaat verder.
'Mooi dat je dat smijten met eten niet zo belangrijk vindt. Hier maken ze er een drama van, zelfs na vier maanden moet ik het nog steeds horen. Ik moest naar de baas van de SNV, maar ik heb daar geen haast mee.....' Het gesprek wordt onderbroken door een volgende lange stilte.
'Hij, Thulo dus, kwam naar Pokhara, maar kon me niet vinden. Houden zo..... '

'Je gelooft toch niet alle verhalen die je in Blokzijl hebt gehoord?' vraagt Frits.
'Wat heeft Liesbeth je op de mouw gespeld, die volgens haar vriendje Harm
nooit iets zal doorvertellen?'
'Liesbeth heeft me niet zo veel verteld,' zegt Bram. Frits kijkt hem aan en
gelooft er niks van.
'Ik zeg iets aan Egbert, die vertelt dat aan Harm, die schrijft dat aan Liesbeth,
die rent vervolgens naar Froukje. Zo gaat dat,...solifluctie.'
Ook Frits bezigt dus deze uitroep als een krachtterm.

Frits begint over Blokzijl. Hij heeft zich altijd geërgerd aan die steenrijke lui op
die lelijke grote motorboten in de haven. Frits wordt erg spraakzaam.
'Ik raakte eens met zo'n uitslover aan de praat; Guus heette de man. Froukje
sprak met zijn opgedirkte scheepswijf, Truus.' Het binnen gebrachte bier komt
als geroepen, want het wordt warm. De temperatuur in het hotelkamertje
van Frits is onaangenaam. De geur ook. Bram zet een raam open.
'Muggen!...' Oh ja, raam weer dicht.
'Die bootgasten vroegen vaker om aan boord te komen, want die lui vonden
het interessant om met de lokale bevolking te praten.' Frits had
gedetailleerde beelden op zijn netvlies staan. 'Kom aan boord,' zei Truus. Ze
boden wijn aan. Guus met een witte kapiteinspet een donker blauwe trui,
over zijn witte blouse en een strakke vouw in hagelwitte broek (vast niet door
Truus gestreken, dacht Frits). Ook Truus stak in gepaste, vlekkeloze vrijetijds
kleding. Na enkele glazen wijn kwamen de stoere verhalen.' Frits heeft het
goed onthouden, het was niet zo lang geleden. 'Weet je dat die boten van
binnen veel groter lijken dan ze zijn? En ruimte..., er is van alles aan boord.'
'Dat is mij ook eens opgevallen,' zegt Bram, 'maar vertel nog eens wat over
die gesprekken.'
'Allemaal kletskoek, over wat die boot wel niet kostte en hoe hij dat geld bij
elkaar had geregeld. Niet *verdiend,* maar *geregeld.* Guus kocht failliete
bedrijven, ontsloeg het personeel, verving dat door onderbetaald personeel
en verkocht het bedrijf weer. Dat was zaken doen.' Frits keek Bram aan en zag
dat hij het snapte. Maar voor de zekerheid herhaalde hij de kern van de zaak
nog eens: 'dat noemen ze dus zaken doen, geen afzetterij, maar zaken doen.
Ik ben veel van die verhalen vergeten, maar als je er een paar gehoord hebt
dan weet je hoe het zit.'
Frits ziet Bram bevestigend knikken; hij gaat zo op in zijn verhaal dat hij zijn
belofte vergeet nog een lekker koud flesje bier voor Bram te halen, beneden
aan de balie.
'Moet je eens kijken wat er per dag aan boten door de sluis vaart, stuk voor
stuk boten die niet op te brengen zijn met fatsoenlijk verdiend geld....' Weer
een stilte, alsof Frits het voor zichzelf even moet verwerken.

'De handige jongens met al wat poen op zak worden rijker, de fatsoenlijke, brave, eerlijke mensen moeten slikken; zij moeten zich laten vernederen. Zo was het tijdens mijn stage in Steenwijk, zo ging het in Blokzijl...'

Had Frits destijds in zijn hoofd gezet dat het in Nepal anders zou zijn?
'Ja, goede vraag, ik heb het er niet eens over gehad tijdens de gesprekken in Den Haag. Natuurlijk was iedereen fatsoenlijk naar anderen, in dit mooie land, met zuivere lucht, met van die aardige mensen. ... Maar nee, het is hier in Nepal niet anders dan in Nederland. Nog erger zelfs.'
Frits memoreert hoe een opzichter tekeer gaat tegen een drager, hoe de zogenaamde ingenieur, de baas van de afdeling een zak met geld krijgt van een hoofdman van een dorp.
'Had hij dat gezien of van horen zeggen,' wilde Bram weten. Maar Frits praat erover heen. 'De directeur, die alleen maar te paard de projecten langs wil, en daarbij twee man voetvolk wil om hem te begeleiden; ik weet nog dat de baas van het restaurant opdrachten schreeuwde naar de bedienden.' Frits blijft even stil en komt dan met een ontboezeming.
'Eigenlijk was dat de reden dat ik zo kwaad werd tijdens dat etentje' Hè, hè, eindelijk duidelijkheid over die kip. Het ging dus niet om de kip, maar om de baas van het hotel die zijn personeel afsnauwde.

Frits raakte een paar weken terug aan de praat met een gast in het hotel, die vloeiend Engels sprak, ene *Karki*. Het gesprek ging over een volksbeweging in *Rolpa*, twee lange dagen lopen hier vandaan na een busreis van een halve dag.
'Mijn gesprekspartner leek een gewone Nepalees,' aldus Frits, 'met zo'n merkwaardig pak aan'. Frits doelt op de ruim zittende broek met een colbert over het lange overhemd.
'Een geweldige prater,' legde Frits uit, 'enthousiast. En..., ik kon mee naar Rolpa, om eens te kijken. Waarom niet, dacht ik, teruggaan naar Blokzijl is een afgang,' lichtte Frits toe, 'ik heb niets te verliezen.' De kans dat Thulo hem de organisatie uit zou zetten leek hem niet zo groot, want dat wil onze burgemeester niet. Dat heeft de vrouw van Thulo, Toos me verteld die ik hier in Pokhara tegen het lijf liep.'
'Ze vroeg of ik die jongen was die de kip door een restaurant smeet.
Ja, zei ik, en misschien zal ik wel teruggestuurd worden.'
'Ze vond het geloof ik wel stoer dat ik dat gedaan had. Toos zei zelfs dat ze heel graag wilde dat haar man eens iets geks deed. Ze vertelde dat hij, Frits, echt niet zo gauw teruggestuurd zou worden.'
'Iemand houdt de hand boven je hoofd.'

'Na nog twee lokale jenevers noemde Toos de naam van die iemand: Tette van Lugtenburg, onze burgemeester dus.' Er deden vele verhalen de ronde; ook dit verhaal kan niet kloppen – over rondkletsen van berichten gesproken. 'Bedank hem maar,' zei Frits tegen Bram 'want je schrijft toch zijn vrouw Tineke regelmatig?' Had hij van Froukje gehoord; over rondkletsen van berichten gesproken.

Frits weet wat de consequenties zouden zijn van het werken bij de Movement: een veel lager loon, een kamertje in een primitief huis zonder water en elektriciteit, geen duidelijke beschrijving van de baan, slechts mondelinge afspraken, geen geschreven contract, geen verlof naar Nederland en geen duidelijk idee van wat er nou allemaal speelt in de Beweging, ondanks zijn reis naar Rolpa. Maar wel veel avontuur.

Ze gingen na het gesprek naar een film kijken. Er is hier in Pokhara een bioscoop, primitief, wrakkig. Oude film, schitterend. Spannend. Richard Burton speelt een boef, die een schatrijke weduwe, gespeeld door zijn vrouw Liz Taylor een dure ring afhandig wilde maken. De schatrijke dame woont in een villa met een ommuurd terras, achter de muur ligt een klif naar zee. De boef probeert van alles: inbreken, zich vermommen als reparateur van gasinstallatie, omkopen van de bediende, versieren van de rijke dame, maar de weduwe is niet gek. Zij verplaatst de ring dagelijks. En toch, na een razend bloedstollend avontuur, ook in bed, heeft hij die ring te pakken. Dan loopt hij met de ring naar de terrasmuur en smijt het kostbare kleinood in zee, met als commentaar: *It was all about the boom of being alive.*

Frits kwam na de film terug op het gesprek: 'Zou ik in Pokhara veel *booms of being alive* mee maken? Ik dacht het niet. Rolpa maakt meer kans.'

Er is nog veel meer te bespreken, maar de heren zullen elkaar binnenkort ontmoeten in Rolpa. Na dit eerste gesprek van Bram met Frits lijkt zijn aansluiting bij de Maoïsten niet zo verkeerd; Bram vindt het spannend en moedig. Maar zijn goed betaalde opdracht is niet om voor Frits te applaudisseren, in tegendeel, hij moet Frits in Rolpa op andere gedachten brengen. Lastig! Al hebben we daar wel dagen, zo nodig weken de tijd.

Waarom voert Bram zijn opdracht niet hier in Pokhara uit? Frits is nu toch hier? Dat is waar, maar hij is nieuwsgierig naar Rolpa en zoekt het avontuur: een ontmoeting met Maoïsten. En in Rolpa heeft hij, zo maakt Bram zichzelf wijs, meer kans om uitgebreider met Frits te praten. Bovendien, als hij ter plekke naar gesprekken met Maoïsten kan verwijzen en naar zijn omstandigheden, dringt het misschien tot Frits door wat hij aan het doen is.

4.3 Onrust zaaien over rebellen

Brief van Bram aan Angelique
Pokhara, *februari 1995*

Lieve vriendin,

Jammer dat ik niet even langs kan komen; je klinkt een beetje opgewonden,
je hebt een klankbord nodig. Of is dat betuttelend? Het is maar werk hoor,
die verplichtingen op de ambassade. Heb je al een reisje naar de Victoria
watervallen gemaakt, of liggen die niet in Tanzania? Al een olifant gezien?
Hoe ziet het platteland eruit? Zijn die Tanzanianen net zo vrolijk, muzikaal en
dans- en trommelbereid als de Surinamers? Nog een Nederlandse krant
gelezen? Wat viel je het meest op? Dat het nergens over gaat? Oei, dat zal
wel weer niet positief zijn. Betuttelend, niet positief, wat was jouw volgende
klacht over mij: altijd wantrouwend en kritisch. Ja, daarom vertel ik je niet
wat mij opviel in de wekelijkse samenvatting van de luchtpost-NRC, want ik
las vooral kommer en kwel.

Ik heb smakelijk moeten lachen om het herkenbare beeld dat je schetst van
een vergadering ter ambassade. Vooral om je vergelijking: als een
buitenstaander het aan zou horen zou zij niet weten of het om een
postagentschap, een buurtvereniging, een lerarenvergadering op school of
om ontwikkelingssamenwerking ging. Mooi hoe je dat beschreef.

Interessant, je bespreking met die Canadese collega over donorcoördinatie;
dat ging toch wel ergens over. Interessant dat die snotneus van de bekende
hulpclub NOAD uit de Haag een ervaren Tanzaniaanse directeur adviseerde
om te reorganiseren. Het is inderdaad in de mode om te reorganiseren. Daar
kun je in Nederland mee scoren, maar gelukkig niet in Tanzania.
Interessant antwoord van de Tanzaniaanse ambtenaar van bosbouw op jouw
vraag welke doelstellingen ze bij hun project nastreven. Meer auto's is dus
het doel, het lijkt Nepal wel. Ik wil het beter voor me zien, want ik raak steeds
meer geïnteresseerd in de hulp. Zoals je weet, ben ik er over aan het
schrijven naast mijn Blokzijl-opdracht. Misschien kan ik een serie verhalen
kwijt over de praktijk van de vrome ontwikkelingsbedoelingen in mijn krant -
het blijft *mijn krant* al hebben ze me eruit gegooid.

Wie had dat ooit gedacht. Mijn Angelique in neokoloniale sferen en dat nog
appreciëren ook. Mijn gedachten bevatten prachtige beelden: met jou in die
jachtclub, onder de palmbomen, bij ondergaande zon met passerend
vissersbootje, een zeilboot op thuisvaart. Ongeduldig word ik; het is niet te

verdragen dat het lang zal duren voor we samen gelukkig zullen zijn in de jachtclub.

Dat mag ik niet schrijven? Ik vind dat we een stomme afspraak hebben gemaakt.
Geen gepsychologiseer. Akkoord. Geen intelligente of warhoofdige analyses over onze vermeende verwijdering? Graag. Geen gezeur over de diepere betekenissen van ongelukkige uitspraken en voorvallen? Mee eens.
Maar wat is er mis met het opschrijven hoe ik je mis? Ik hoor het al: omdat we elkaar rust zouden gunnen. Nou, dat doen we dan maar niet, zou ik zeggen. Rust gunnen. Ik word niet rustig van nauwelijks te verdragen ellende. Je bent het er vast mee eens dat her regime wat losser kan.

De burgemeester was niet blij met mijn rapport. Dat had je ook niet verwacht schreef je, ik ook niet. Ook zijn zielig jammeren kwam niet als een verrassing: 'zo hadden we het niet afgesproken; vertrouwen geschaad; de belangen van de stad aangetast'. Hij heeft per brief verhaal gehaald bij de velddirecteur van SNV-Nepal. Die directeur is niet mijn opdrachtgever; waarom schrijft de burgemeester hem en niet mij? De burgemeester is een ervaren bestuurder; er zitten vast snode plannen achter. Ik merk het wel; er gebeuren teveel andere boeiende zaken hier om wakker te liggen van ongetwijfeld deels gespeelde boosheid van een burgervader in Blokzijl.

Ik heb nieuws, vers van de pers. Eén van de twee Blokzieligers, Frits, is onvindbaar en heeft zich aangesloten bij een groep rebellerende Nepalezen die zich Maoïsten noemen. Je leest het goed: Nepalese Maoïsten die rebelleren tegen hun overheid, vanuit de rimboe, met Rolpa als hoofdkwartier. Dat kan Blokzijl natuurlijk niet verteren en de burgervader staat op scherp. Of ik Frits wil zoeken en of ik hem wil overtuigen om terug te keren, als hij eenmaal gevonden is. Opnieuw een verzoek dus om mijn journalistieke belangstelling opzij te schuiven. Mijn antwoord: 'voor een oorlogstarief': een volstrekt nieuwe zet, waar ik trots op ben. Het is niet helemaal uit de lucht gegrepen, want ik moet een gebied in waar een opstand is uitgebroken. Morgen al!

Het zou kunnen, lief meisje, dat ik geen post kan ontvangen en sturen. Rolpa is dagen lopen en wat daar nou precies aan de hand is, weet ik nog niet. Ik weet ook niet of ik welkom ben. Spannend; een ongewis avontuur.

Doet me aan de Rietvink denken. Heb ik je tijdens onze laatste wandeling in Blokzijl op dat bruggetje naar de Rietvink over mijn eerste grote avontuur verteld?

Ik was drie, bijna vier jaar. Mijn boottocht met Henk kan ik zo uit mijn geheugen opdiepen. Henk, was in mijn ogen een grote jongen, vijf of zes jaar, denk ik. We speelden niet vaak met elkaar, maar we kwamen elkaar af en toe tegen, zo ook op Koninginnedag. Henk haalde me over om een eindje te gaan varen in het roeibootje van zijn vader. We voeren vanaf de wal bij de brug naar de Rietvink, na een meter of veertig rechts de hoek om, richting Giethoorn. Dat viel niet mee. We konden de roeiboot niet aan en voeren maar heel langzaam een heel klein eindje weg. Meer klooiend met die te zware spanen dan roeiend; het was enerverend. Heeft het een uur geduurd, drie uur, of een half uur? Brammetje Roebers was vermist (Henk ook, maar Henk en zijn ouders komen in mijn herinnering verder niet voor). Paniek op die Koninginnedag, zo hoorde ik later. Op een gegeven moment was het iemand opgevallen dat het roeibootje er niet was. Is er een zoekploeg uitgevaren of zijn we op eigen kracht weer de bocht om gekomen met het bootje?

Voor mij was het feest, want toen we op weg terug de bocht om kwamen stond de brug naar de Rietvink (een eiland ten oosten van Blokzijl) boordevol mensen. Zwaaien, vuisten ballend, wijzend en lawaaierig. Een luid zoemend mengsel van oh's en aah's, juichen en schreeuwen. Allemaal voor mij. Een feestelijk onthaal, al had ik geen flauw benul waar ik dat aan verdiend had. Ik werd het bootje uit getild en, helaas, naar huis gebracht. Wat een teleurstelling, wat saai, wat stil. Ik wilde meteen weer weg van huis – dat is zo gebleven, zoals je weet.

Waren het de gedichten van Slauerhoff die mij vele malen van huis dreven? Misschien was het wel het avontuur rondom de Rietvink. Er waren meer redenen, maar die vertel ik later wel eens. Weg van huis is nu ook weg van mijn geliefde. Solifluctie. Ké garné. Dit moet niet te lang duren. Al zal mijn avontuur in Rolpa, bij de Maoïsten, voor veel afleiding zorgen. Mijn volgende brief bevat vast sterke verhalen.

4.4 Weeshuishulpen

Bij de opdracht van Bram om mooie verhalen over de Blokzieligers in Nepal te schrijven hoort een inkijkje in wat zij uitspoken na een feest; in het donker zogezegd. Het is hier spannend voor een man alleen. De Nepalese vrouwen zijn aantrekkelijk, vooral de dames van de etnische groepen die ooit uit China of Tibet kwamen wandelen.
Voor een relatie met een Nepalese moet je alles tevoren goed afspreken en dus goed Nepalees spreken, is Bram verteld.

Geen relatie met Nepalese vrouwen dus voor beginnende SNV-ers uit Blokzijl, met wie dan wel? Vrouwelijke collega's van andere organisaties, maar die lijken allemaal bezet. Er zijn in Pokhara onder de ontwikkelingswerkers veel meer mannelijke dan vrouwelijke vrijgezellen; de markt is ongunstig voor mannen. Bram werd zelf ook doortastend gekeurd door de vrouwelijke ontwikkelingswerkers van andere organisaties op een paar feestjes, maar dat leidde tot niets. Misschien stond op zijn voorhoofd geschreven: bezet. Het was alsof Angelique mee keek.

De betere versierders hebben hem het geheim van de smid verteld: vragen of je danspartner haar familie mist en vooral vragen naar haar werk. Ontwikkelingswerkers praten heel graag over hun Belangwekkende Werk. Bram kreeg nog veel meer goede adviezen, maar die hielpen evenmin. Hij werd afgekeurd. Wel zo rustig; het zou niet de eerste keer zijn dat hij te veel hooi op zijn vork zou nemen. Het is wel nieuw voor Bram; hij kreeg vaak aandacht van vrouwen zonder daar zijn best voor te doen, meer dan hij aan kon, meer dan goed voor hem was.

Vrouwelijke toeristen, ja, maar er was een categorie jongedames die veel welwillender was naar jonge hulpverleners. Veel dames van HBO 's en universiteiten in Nederland willen een wereldreis maken. Of, iets minder avontuurlijk, sommigen gaan een tijd in een weeshuis werken in een mooi land, in Nepal dus, hier in Pokhara bijvoorbeeld. Na verloop van tijd vinden zij het geweldig om even dat weeshuis uit te zijn, Nederlands of Engels te praten met toeristen of ontwikkelingswerkers, even stoom afblazen.

De weeshuishulpen gaan vroeg of laat ontdekken dat er ook nep-wezen in tehuizen wonen. De ouders van de nep-weesjes worden soms betaald om hun kind aan het weeshuis af te staan. Soms tijdelijk, als de nep-stiefouders op bezoek dreigen te komen. Wezen, al dan niet nep, worden gesteund door Westerse stiefouders. Van het geld van die goeddoeners komt maar een fractie bij de ouders, of de nep-wezen terecht. Er klopt iets niet; weeshuishulpen zijn wereldreizigers met idealen: zij hadden zich de wereld anders voorgesteld en raken teleurgesteld.

Ze hebben bovendien moeite om het spel mee te spelen, het toneelstukje voor buitenlandse bezoekers onder wie de financierende goeddoeners. De wezen spreken geen Engels, de bezoekers geen Nepalees. De wezen krijgen veel aandacht, ijsjes, cadeautjes, cola. En ze lachen lief. Als ze een beetje angstig zijn of in de war raken, dan zegt de begeleider van het weeshuis steevast dat Dudi, of Sami, of Mandira nog even aan ze moet wennen.

Wat zegt u lezer, kent u iemand die het goed naar haar zin had en het een heel avontuur vond, dat weeshuis? We vertellen allemaal mooie verhalen aan het thuisfront, weeshuishulpen ook. De SNV-ers krijgen naast mooie verhalen ook de verontwaardiging, de woede of de verbazing van de weeshuishulpen te horen. De dames zoeken bovendien bescherming tegen sommige directeuren van die weeshuizen met losse handjes. Het helpt al als SNV-ers de foute directeuren imponeren door met een ronkende motor het erf van het weeshuis op scheuren.

Frits heeft een flink aantal weeshuishulpen *geholpen*. Hij luistert aandachtig naar de misstanden in het weeshuis.
Bram hoorde van Harm eens dat hij nooit een kanjer geweest in meisjes versieren maar hier gaat het zelfs hem goed af.
'Dat wordt wat als Liesbeth straks op vakantie komt,' poneerde Bram toen. Harm had al het plan opgevat om alle sporen uit te wissen en niet in die toeristenbuurt met haar te verblijven, waar die weeshuishulpen graag rond slenteren.
'Stel je voor dat Liesbeth een weeshuis wil zien. Spannend!'merkte Bram een beetje plagerig op.
'Ja, spannend,' vond ook Harm; het klonk bezorgd.

De gedachte kwam weer eens op bij Bram: zou hij daarover willen schrijven in zijn berichten voor Blokzijlse media? Vast niet; het lijkt wel alsof de journalist te soft is, of te aardig of te slim of te fatsoenlijk om de jongens anders dan als zedige helden en betrouwbare vrienden te beschrijven. De loopbaan van Bram als streekjournalist verloopt stroef.

4.5 Angelique werpt masker af

Van Angelique aan Bram
Dar es Salaam, *maart 1995*

Lieve Bram,

Wat haal je nou weer aan. Op reis naar een oorlogsgebied. Zijn het nog steeds de scheepsjongens van Bontekoe die als voorbeeld door je hoofd spoken? Een soort mannetjeshang naar avontuur en het ongewisse? Was het niet vriend Frank die beweerde dat helden mannen zijn die ermee weg komen om ongestraft onrealistisch, onverantwoord, risicovol te zijn en nooit hun adolescenten-drang zijn ontgroeid?

Voor berichten uit Tanzania ben ik niet in de stemming. Het gedoe op de ambassade lijkt klein en nietig in het licht van wat me bezighoudt over jouw buitensporige, abnormale reis naar onbekende rebellen. Hoe haal je het in je

hoofd? Bespiegelingen over het door jou gevraagde lossere regime zijn ruw verstoord; ik kan er momenteel niet verstandig over nadenken.
Wanneer keer je terug naar Kathmandu? Of woon je nu in Pokhara? Verdere vragen slik ik in; die verwarren me; ik kan er niet van slapen.

En mocht je niet reageren op deze brief, dan bel ik uit barre nood de burgemeester in Blokzijl, want die weet vast meer. Niet loyaal? Weet je wat niet loyaal is? Mij met al die ongerustheid opschepen, dat is niet loyaal.

Liefs,

Je Angelique

4.6 Kathmandu en Blokzijl

De meeste Nederlanders in den vreemde hebben, zeker de eerste jaren na hun vertrek veel belangstelling voor wat er in het moederland gebeurt. Ze kunnen zich abonneren op een per post gestuurde weekeditie van de NRC, sommigen ontvangen radio Wereldomroep, maar er gaat niets boven brieven van familie of vrienden. En ze schrijven brieven terug vanuit Nepal. Alleen goede schrijvers zijn in staat de indrukwekkende bergen in taal te vatten, de laconieke gelatenheid van de Nepalezen tot hun recht te laten komen, of de ware betekenis van *ké garné* te doorgronden. Bram probeert het, zeker in zijn brieven aan Frank. Gelukkig wilde Frank ook weten hoe het met Bram ging en hoe hij aan dat rijstpapier kwam. Het waren (gelukkig) niet alleen verheven berichten.

Brief van Bram aan Frank.
Pokhara, *maart 1995*

Goede vriend,

Ik geloof dat ik beet heb. Mijn meisje in Tanzania schreef een haastige brief, ze is ongerust over me. Het is een bijzondere brief. Niks geheimzinnigs, niet die eeuwige aarzelingen, en niet behoedzaam, nee, rechttoe rechtaan.
Ik besta dus nog voor haar, dat is toch wel de minimale conclusie? Ik vraag niet je mening als psychiater, maar als dichter. Dan zie je vast een mooi blijspel... Ik ben er nog voor haar.

Sta me toe even van de hak op de tak te springen – er is veel te schrijven. Als journalist ben ik geoefend in het structuur aanbrengen in warrige verhalen,

maar ik ben daar nu te onrustig voor. De uitleg van 'ik ben er nog voor haar' komt later.
Misschien kom ik straks ook toe aan een antwoord op je prangende vraag of ik al gescoord heb. Niet gescoord maar wel veel wellustige spanning ondervonden; het had gekund, het lag om de hoek.

Ik blijf wat langer in Nepal dan afgesproken; ik wil dat graag toelichten. Ik hoor het je zeggen: toelichten moet verboden worden, daar komt niets goeds van. Toch doe ik het. Ik raak steeds meer gefascineerd door het fenomeen ontwikkelingssamenwerking, of, zoals ik het liever noem, de hulp. Het is zeker niet een en al kommer en kwel, sommige projecten zijn wel degelijk nuttig. Of die hulp per saldo helpt of niet is een te moeilijke vraag. Ik ga de goede en slechte projecten niet tellen, wel een beetje ontleden. De spelers (ontwikkelingswerkers, of, ik noem ze liever hulpverleners) in de arena maken elkaar wijs dat het spel nuttig is. Normale, rationele argumenten die wijzen op het tegendeel worden ontlopen, niet gezien of weggepraat, de arena uit. Soms raken spelers met hun retoriek de werkelijkheid nauwelijks.
De bazen van de hulpverleners, vergaderaars in de hoofdstad proberen het echt te laten lijken. Men vergadert bijvoorbeeld heel serieus over speciale aandacht voor de armen in het programma, ook als men weet dat die aparte aandacht voor de armen geen haalbare kaart zal zijn en zal ontaarden in holle retoriek. Weten de bazen dat niet? Jawel, maar ze willen het niet weten. Ze zijn tevreden als ze de schijn op kunnen houden, de schijn dat de bestrijding van armoede volgens plan verloopt. Anders gezegd, zo lang de illusie hoog wordt gehouden is iedereen tevreden.

Daarmee is niet gezegd dat de uitgevoerde projecten niet deugen. Sommige projecten lukken wel degelijk. Maar ze worden te fraai ingekleurd met veel te ronkende taal. En kritiek? Kritiek wordt weggewuifd.
Gelukkig hebben de SNV-ers die al dat moois uit moeten voeren veel gezond verstand. Die gaan niet fris en vrolijk het transport van materiaal regelen naar een dorp, als daar helemaal geen armen bereikt worden. De SNV-ers worden lastig zodra ze in de gaten krijgen dat ze besodemieterd worden Ze accepteren dat niet *uitsluitend* en niet *alle* armen bereikt worden, maar ze stellen grenzen; als armoededoelstellingen alleen met de mond beleden worden haken ze af. Ook als ze een projectauto kunnen verdienen van SNV of Unicef? Soms wel, soms niet.

Ik wil verder rondkijken. Betaald, anders lukt het niet. Ik kan hier rondkomen van minder dan twintig gulden per dag, maar als mijn voorstellen voor meer werk niks opleveren ben ik over een maand blut.

Er doet zich een unieke gelegenheid voor. Je weet al dat twee 'Germanen uit Blokzijl' hier waterleidingen aanleggen en dat de burgervader van Blokzijl daar een publicitair slaatje uit wil slaan. Dat wordt moeilijk voor hem, want één van die twee, Frits, is 'm gesmeerd naar een gebied met opstandelingen: Rolpa. Let op, want nou kom ik in de buurt van de constatering aan het begin van dit epistel: ik ben er nog voor mijn meisje in Afrika.

Omdat ik hier langer wil blijven stelde ik de burgervader voor dat ik die spijtoptant ga opzoeken in Rolpa, om te proberen zijn escapades met opstandelingen in veilige banen te leiden. Opstandelingen ja, vijanden van de bevriende natie Nepal.
De burgemeester gaf me de gewenste opdracht; ik ga naar de plaats waar die vrijheidsstrijders zitten. Ik schreef Angelique over de risico's van die tocht, om eens te horen of ze ongerust en bezorgd zou worden. En, daar begon ik deze brief mee, … ze hapte. Ze blijkt ongerust over me, en hoe! Ik heb in mijn brief aan haar gesuggereerd dat er risico's te over zijn.
Ik weet niet of dat waar is. Ik ga er maar vanuit dat die vrijheidsstrijders nog niet toe zijn aan het ontvoeren van journalisten. Als je bedenkt wat er mis kan gaan in het leven, dan moet je, volgens Padde, die scheepsjongen van Bontekoe, bij moeders pappot blijven.
Je krijgt, als het doorgaat, de komende tijd geen post van me. Ik heb geen idee hoe lang mijn missie naar Rolpa gaat duren.

Iets heel anders. Wat hebben Blokzijl en Kathmandu met elkaar te maken, vroeg je je af. Wat is dat voor een belachelijk idee, Blokzijl helpt Kathmandu, schreef je. Kan dat wel?
De twee steden hebben iets gemeenschappelijks, hoewel, ik geef het toe, je moet er naar zoeken. Beide steden hebben hun eigenheid behouden, ondanks aanslagen op hun identiteit.
Kathmandu is getroffen door massaal toerisme. Er zijn bovendien enorme buitenwijken in Kathmandu met lelijke, kleine, strak ommuurde villaatjes. Ook het leger motorrijders heeft niets *eigens*, althans zo lijkt het op het eerste gezicht. De dames, die altijd achterop zitten, hebben de traditionele dracht, de zogenoemde *daura suruwal*, ingeruild voor een spijkerbroek.
In schril contrast met de lelijke buitenwijken hebben we de prachtige oude stad, met sporen van eeuwenlange geschiedenis van (ooit) exotische bevolkingsgroepen. En vergis je niet, ook die moderne motoristen zijn voor het vertrek naar hun werk even in een traditioneel tempeltje geweest, hebben gebedsmolens rondgedraaid, een offer gebracht en soms een *thika*, een soort kleverige bloemenpasta, op hun voorhoofd gekregen van een lokale priester. De sfeer uit vervlogen tijden beklijft, ondanks de motorrijders en anderen in modieuze spijkerbroeken, ondanks alle veranderingen,

ondanks sommige smakeloze stukjes nieuwe stad met veel grijs beton, ondanks de verkeersdrukte.

Kathmandu heeft een rijke geschiedenis (welke stad niet?), zoals blijkt uit de vele paleizen. Nog indrukwekkender in het stadsbeeld zijn de veelheid aan oude tempels, in allerlei maten en soorten, maar alle heel kleurrijk. De godsdienst wordt nadrukkelijk beleden, niet zo devoot, maar gemoedelijk en levendig. Het geluid van de godsdienstige gezangen doet me denken aan het kwaken van kikkers in een wei langs de dijken in Blokzijl; daar luisterde ik ook graag naar – rustgevend, mysterieus en sacraal.

De aanslagen op de eigenheid van Blokzijl zijn minder intensief: de storm van 1953 bracht veel schrik, weinig overstroming. In de zomer komen ook in Blokzijl veel toeristen, maar het zijn vooral passanten. Net als in Kathmandu blijft de sfeer er bepaald door de historische gebouwen; de koopmanshuizen staan er nog, de toren van de grootste kerk eveneens en het 'thuiswater' van de geuzen, de kolk is er ook nog, al is de haven verplaatst. Er liggen en varen nu wel andere boten in de kolk. Nauwelijks houten, kleine, wendbare zeilschepen, nog een paar Lemsteraken en Skûtsjes, maar vooral logge, gemotoriseerde plezierboten.

Zowel in Kathmandu als in Blokzijl bepaalt een kleurrijk verleden het stadsbeeld. In Kathmandu de tempels, de stupa's, de traditionele straathandel en de oude stad met ontelbare kleine winkeltjes in twee meter brede steegjes. In Blokzijl de toren, de oude kades en de fraaie lemsteraken in de kolk, niet de lelijke motorboten. Mijn dame is er nog voor me. Nu ik er weer aan denk besef ik haar een koekje van eigen deeg te hebben opgediend: mystificeren!

5. Rust en Onrust

April-juni 1995

5.1. Saaie Maoïsten

Zou de gemoedsrust in Blokzijl en in sommige Haagse kringen gediend zijn bij de reis van Bram naar Rolpa? Zou Frits nog op andere gedachten gebracht kunnen worden? Zijn verslag, wist Bram, zou belangstellend gelezen worden. *Verslag*? De *aantekeningen* zijn veel boeiender dan dat verslag. Al lijken ze meer op een dagboek, Bram noemt het aantekeningen.
Die aantekeningen van Bram beginnen met een vooruitblik.

Wat zou ik in Rolpa aantreffen? Spektakel! Ik zag het voor me. Goed bewapende militairen, mannen en vrouwen – dat had ik al gehoord, ook vrouwen, allemaal met een tulband – is dat niet het symbool van verzetsstrijders? In het zwart gekleed. Fanatiek bezig met militaire oefeningen, als een slang zo lenig met een behoorlijke vaart met wapens onder laaghangend prikkeldraad door.
Mijn dagdromen gingen verder: de oefening werd beloond met een pollepel water uit een roodbruine aardewerkkruik, uitgereikt door een man met een boeventronie, vast een sergeant. Na deze traktatie stapten de mannen en vrouwen met hoge knieheffingen in een straf ritme meteen weer in de linie en in de houding. Stoer en stil, strak voor zich uit kijkend. Geen last van de zon, leek het. Dat alles tegen de achtergrond van een prachtig decor: berglandschap, altijd en overal bergen. (Soms zie je in Nepal helemaal geen bergen, maar dat gegeven paste niet goed bij mijn dagdromen.)
De leiding zou me ongetwijfeld wantrouwen maar ook veel nieuwsgierige vragen stellen. De meeste guerrilla's zijn natuurlijk geïnteresseerd in wat voor nieuws over hen de wereld rond gaat. Er zou dus een gesprek worden gearrangeerd, straks na de exercities. Die oefeningen leken geen moment op een show voor de gast, ze werden uitgevoerd met authentieke overgave.

Verzetsstrijders spreken tot de verbeelding; het was niet moeilijk nog meer verwachtingen op te roepen, bijvoorbeeld over de interessante gesprekken.
Ik zou vragen waarom ze zich Maoïst noemen, of ze de militaire methoden van Mao overnemen, wat de reden is van hun opstand, hoe lang die al gaande is en of ze contact hebben met rebellen in India.
Ze wilden vast wel iets kwijt De vraag hoe ze aan wapens komen zou ik nog even voor me houden. Ik zou op nonchalante toon, alsof het een onbetekenend detail betrof vragen wat ze met Frits van plan zijn. We zouden

in een kring van gedachten wisselen, gehurkt rondom een houtvuurtje. De thee zou rijkelijk rond gaan. Met smakelijke rijstwafels, met ruim *ghee* (gestolde boter) en suiker. Op de achtergrond wat wulpse dames in uniform, *nicht zu haben*, maar mij wel de indruk gevend dat er nog iets leuks zou kunnen gebeuren. Hun blikken spraken boekdelen. Ik zou niet kunnen zien wie de andere leiders waren, naast die sergeant met de boeventronie, maar dat zou vanzelf blijken in het gesprek. De krekels zouden zoemen, de avond bracht een lome stemming mee, wat later op de avond zou de *raksi*, van die scherpe lokale jenever rondgaan. Bij de dalbhat probeerde ik met mijn handen te eten zonder er een knoeiboel van te maken. Zou dat lukken, deze keer?

Het voetvolk zou quasi achteloos op afstand toe kijken. Aan de rand van wat je het dorpscentrum zou kunnen noemen, een vierkante ruimte tussen niet al te gammele, okergeel gekleurde huizen, met een pomp in het midden en aan één kant wat schamele theehuisjes, met een bank van bamboe onder een houtje-touwtje overkapt terrasje van aangestampt leem, rustend op een bamboe raamwerk. De bekende lucht van houtvuurtjes.

Zo had ik me het voorgesteld, eigenlijk ook gehoopt. Dat is het plaatje dat hoort bij boeiend nieuws. Maar…, zo ging het niet. Maar dan ook helemaal niet. Het zijn saaie Maoïsten. Hoe is het mogelijk? Rebellen zijn toch vol leven, opgewonden vanwege fraaie perspectieven op de toekomst en niet te stuiten als ze daarover gaan verhalen?

Mijn aantekeningen over hoe het *wel* ging zijn niet spannend. Mijn uiteindelijke, veel korter en zakelijker verslag zal nog veel saaier zijn. Ik moet het toch opschrijven, want het leidt tot een relevante conclusie voor mijn opdrachtgevers.

Terug naar het begin. Een paar uur lopen ten zuidoosten van Rolpa is een theehuisje in een gehucht. In een bar landschap laat je een theehuisje nooit links liggen; mijn gids/drager en ik gingen op het terras op de bamboe banken zitten en puften even uit. Daar begon het. De kroegbaas vertelde de gids dat hij iemand naar Magar zou sturen. Die zat in een gehucht iets verderop op ons te wachten. 'Een buurman, vriend, kennis, dorpsgenoot?' vroeg ik. De kroegbaas hield het bij een nietszeggend antwoord.

Magar kwam na een kwartier al, stelde zich voor, bleek Engels te spreken en zou mij de rest van de reis naar Rolpa begeleiden, nog anderhalf uur lopen. Mijn gids/drager leek bevangen door angst. Volgens mij was er niks bijzonders aan Magar te zien, volgens de gids wel, dat was duidelijk. De gids werkte gedwee mee, ik betaalde hem en hij liep spoorslags terug, zonder te groeten.

Magar leek meer een brave kantoorklerk dan een guerrilla. Hij sprak rustig en zijn toon was zachtaardig. Waarom werd mijn gids zo zenuwachtig van hem? Ongetwijfeld weer zo'n voorbeeld waarbij *wij* niet zien wat *zij* zien aan het voorkomen, of gedrag van hun landgenoten.

Mijn nieuwe gids leek een doorsnee Nepalees, traditioneel gekleed, smetteloos wit hemd, donker vest, stevig gebouwd, vriendelijk gezicht – later bleek dat Maoïsten in Rolpa een zwart uniform dragen, maar niet als ze buiten hun vertrouwde omgeving reizen; dan zien ze eruit als keurige Nepalezen.
Natuurlijk zat ik te vissen naar de positie van Magar. Was hij 'mijn oppasser', tijdens de reis, of alle komende dagen mijn contactpersoon, was hij Maoïst, wat gaat er allemaal gebeuren, waar is Frits? Hij was niet onvriendelijk en vindingrijk in nikszeggende antwoorden, antwoorden als 'dat zou best kunnen.' We kwamen aan bij het huisje waar Frits logeerde.
Natuurlijk vroeg ik Frits, na onze ietwat kille begroeting en het afscheid van Magar, naar diens rol. Frits had geen flauw benul, ook geen idee wat voor positie mijn gids zou kunnen hebben. Een beetje raar!
Na wat laatste nieuwtjes over SNV-ers in Pokhara wilde ik ter zake komen: 'Wat gaat er nu gebeuren, wat gaan we doen? Ik wil mensen zien van de Movement en praten, ook over jou,' zei ik tegen Frits. Het enige wat Frits weet over het programma is dat we morgen gehaald zouden worden en dat ik met twee mensen zou kunnen spreken.
'En dat noem je een progamma? Wie, waarheen?'
'Geen idee.'
'Echt niet? Weet je niet wat we gaan doen?' Frits negeerde mijn verbaasde blik. Ook mijn doortastender insteek werkte niet. 'Niemand zal mij toch tegenhouden als ik belangstellend in het dorp rondloop?'
'Nee, niet doen, niet doen! ' zei Frits zonder toelichting; het mocht niet. Mijn hoge verwachtingen van dit bezoek werden bijna gedoofd.

En het wordt niet spannender. Ik schrijf het nu al vast op, dan hoef ik het niet zo vaak te herhalen: het blijft niks weten, gissen, geen enkele openheid van zaken, de deur werd niet eens op een kiertje gezet. In alles zit een kier, zo komt het licht binnen, zingt Leonard Cohen in het mooie lied *Anthem*. Die Cohen is nooit bij de Maoïsten in Rolpa op bezoek geweest.

Na de dalbhat, keurig kant-en-klaar in het huisje van Frits gebracht moest ik uitrusten van de lange voetreis. Ik werd pas de volgende ochtend laat wakker, lang na het kraaien van de hanen – dat doen ze in Nepal ook, die gezellige blaaskaken…

Was dit nou alles? Gewoon wachten tot we opgehaald zouden worden? Het zat Frits blijkbaar ook niet lekker, want hij zou nog eens vragen of hij me vast het dorp zou mogen laten zien. Met succes; er leek deze middag iets te gaan gebeuren: een gesprek met mijnheer *Karki*. Hoge kaste. Een beminnelijke man, maar ook hij bleek niet erg toeschietelijk in het beantwoorden van vragen. We zaten op een bank van bamboe voor zijn huis. Nergens een gezinslid te zien. Een zeer zelfverzekerde Nepalees, niet zoals gebruikelijk bij vertegenwoordigers van de hoge kasten, gekleed in het officiële Nepalese pak, maar in zwart uniform. Kort, gedrongen, maar niet dik. Slimme bruine ogen. Kort gekapt. Joyeuze gebaren, maar geen antwoorden die verder gingen dan een herhaling van de ideologie: wij komen op voor de armen en zijn de onderdrukking door de overheid zat. Na het tweede kopje thee wist Karki me als een volleerd diplomaat de deur uit te kijken.

Onderweg naar het huis van Karki geen enkel teken van Maoïsme in het dorp.
'Ik zie weinig mensen in zwarte uniformen,' merkte ik op.
'Dat uniform dragen ze soms, niet altijd,' wist Frits te vertellen.
Laat in de middag mochten we blijkbaar een wandeling door het dorp maken. We ontmoetten, zoals in doorsnee Nepalese dorpen, vriendelijke mensen, die Frits kenden en een praatje maakten over koetjes en kalfjes. Natuurlijk bleef ik vragen stellen: wie wel en geen opstandelingen zijn. Wist Frits niet. Waar zijn die Maoïsten? Het lijkt een dorp waar niks gaande is.

Na thuiskomst, nog voor de avonddalbhat, kwamen er heel veel vragen bij me op.
'Of Frits zelf contact had met de leider,' wilde ik weten.
'Niet dagelijks en we wisselen alleen beleefdheden uit,' vertelde Frits.
'Kun je elk moment bij hem binnen lopen?'
'Eigenlijk wel.'
'Dat komt goed uit. Waarom doen we dat niet even?' Frits deed alsof hij die terloopse vraag niet had verstaan.
'Heeft hij een hofhouding om hem heen, die voorgesprekken voeren voor hem, of bodyguards of een secretaris?'
'Nee.'

Natuurlijk wilde ik veel meer weten. Of Frits een vaste gesprekspartner had, aan wie hij verantwoording af moest leggen, wie hem wat voor opdrachten gaf, of we samen nog naar die leider gingen (dat vroeg ik dus meerdere malen).
Frits werd wel spraakzaam toen ik over zijn werk vroeg.

'Ik bekijk de technische mogelijkheid voor weg- en waterbouw projecten in de buurt: aanleg waterleiding, irrigatie, bouwen van bruggetjes, onderhoud wegen.'
En na één van de pauzes in het gesprek:
'Ik word straks verantwoordelijk voor de uitvoering.' Voor de tweede keer die dag, tegen de schemering komt een *didi* (oudere zus) in bananenbladeren verpakte dalbath brengen en een grote kan met thee.

Het werd steeds duidelijker dat Frits totaal niet in de planning van de strijd zit, of betrokken is bij gesprekken over de doelstelling, of bij de voortgang van de Movement. Hij is een technicus. 'Werk je samen met Nepalese ingenieurs of andere deskundigen?'
'Weet ik nog niet, lijkt me wel.'

Akkoord; ander onderwerp: waar haalde hij de overtuiging vandaan dat het maoïsme een goede zaak is?
Ik krijg een uitgebreid en duidelijk antwoord op mijn vraag wat de bevolking vond van de Maoïsten.
'Verkeerde vraag, de Maoïsten zijn geen aparte groep. De hele bevolking is Maoïst, al zijn ze niet allemaal even actief.'
Terug naar de vraag wat de bevolking ervan vindt. Het antwoord is, volgens Frits, niet zo moeilijk: 'de Movement biedt gezondheidszorg, heeft land afgepakt van de grootste boeren en dit verdeeld, organiseert scholing en voedsel als het nodig is.' En, alweer na een stilte:
'De bewoners doen wel een beetje onderdanig naar de hogere rangen, maar ze worden fatsoenlijk behandeld en gehoord. De 'Movement' – Frits bezigt het begrip Maoïsten niet – doet wat de overheid al tientallen jaren beloofde in korte tijd. Eindelijk wat perspectief op een redelijk leefniveau.'
'Moeten de mensen de juiste teksten uitkramen om een wit voetje te halen bij degenen die al het goeds uitdelen,' wilde ik weten.
'Nou, zo voelt het niet.'
'Wat gaat de Movement verder doen als ze hier hun zaken op orde hebben?,' ik bleef vragen.
'Dat gaan ze echt niet aan mij vertellen' zei Frits. Frits dacht niet actief mee over de plannen van de Movement; dat mag ik concluderen. Meteen opschrijven!

De ochtend van de derde dag was Frits weer zwijgzaam; zou dit zijn normale manier van doen zijn? Het was slechts een week geleden dat ik met Frits een veel makkelijker gesprek had in Pokhara.

Ik probeerde later op de dag hem nog eens aan het praten te krijgen, na enkele slokken lokale jenever moet dat lukken: houdt hij het uit in zijn eentje, waar kijkt hij naar uit, waar wordt hij vrolijk van, bij wie kan hij zijn ei kwijt.
'Ik leer Nepalees van een leuk meisje – ik zeg het maar vast want je komt er toch wel achter.'
'Een vriendin dus?'
'Nou nee, mijn vriendin is Froukje in Blokzijl. Het is gewoon mijn taallerares,' zei Frits enigszins gniffelend.

Frits behoort tot het slag mensen dat heel goed zonder gezelschap van soortgenoten of kornuiten kan. Een Nepalese taallerares is voor hem genoeg gezelschap. Ik had niet het gevoel dat hij ongelukkig is. Hij doet werk waar hij achter kan staan. Hij is daar tevreden mee.

Het leek me slim om nog een paar dagen te blijven hangen, zonder dat bombardement aan vragen, die ik de eerste twee dagen niet voor me kon houden… Gewoon een beetje lummelen en goed maar niet opzichtig om me heen kijken. De restrictie op mijn bewegingsvrijheid was blijkbaar opgeheven.

Spannender werd het niet.
Ik wist na drie dagen min of meer gericht lummelen genoeg, langer blijven, hier rondhangen en soms een nietszeggend gesprek voeren had niet veel zin: Frits zou gewoon ontwikkelingswerk gaan doen, voor een particuliere organisatie, zo zou je het kunnen zeggen (Zo zei ik het al eerder in mijn aantekeningen). Die particuliere organisatie noemt zich Maoïstisch; de Nepalese overheid maakt zich daar niet zo druk over. Dat had ik al in Kathmandu uitgevonden. De overheid lijkt te denken: als het iets gaat voorstellen grijpen we wel in. Dus stel dat de Nepalese overheid ontdekt dat Frits in Rolpa werkt, gaan ze dan schetteren over buitenlanders die zich in hun gastland met interne politieke strijd bemoeien? Nee, ze nemen de Maoïsten nog niet serieus. Bovendien, alle buitenlanders hier bemoeien zich overal mee. Daar is men aan gewend.

We kunnen het bagatelliseren, maar toch …de escapades van Frits zouden door Nederlandse bril bezien een ongewenste lading kunnen krijgen. Er zijn genoeg ingrediënten voor smakelijke koppen in kranten: een Blokzieliger wordt Maoïst en wordt betaald met onze belastingcenten. Al zouden de gebeurtenissen veel kleiner gemaakt kunnen worden. Neem de vergelijking met de schutterij in Brabant. Als buitenlanders zich aansluiten bij het vendelzwaaien in Brabant gaan we ook niet allerlei opgewondene verhalen construeren. Zouden Tette, Thulo en Koen wegkomen met die vergelijking?

Nogmaals door Nepalese bril is het niet alarmerend.

Kom, dacht ik, laat me de avond voor vertrek eens de belangrijkste conclusie aan hem voorleggen. 'Kort samengevat, jij wordt geen strijder, maar een ontwikkelingswerker, niet betrokken bij beleid, beleidsuitvoering, plannen van de Movement.' De onverschilligheid van Frits over mijn goed bedoelde poging had ik kunnen voorspellen. Het interesseert hem niet.
'Doe niet zo moeilijk,' zegt Frits steeds; 'jullie zoeken problemen die er niet zijn.'
'Ik zoek helemaal geen problemen, ik probeer de zaak terug te brengen tot de juiste proporties. En ik wil je op de hoogte stellen over wat ik mijn opdrachtgevers zal berichten.' Stilte.

Ten slotte, wat vinden Nepalese academici in Kathmandu, die ervoor geleerd hebben? Die denken dat de Movement zwaar onderschat wordt door de overheid. Ze zien op korte termijn geen omvangrijke gewapende strijd voor zich. De Maoïsten hebben goedkopere en betere methodes. Ze streven ernaar dat de bestaande lokale overheden hun werk doen in opdracht van de Maoïsten die zelf in de schaduw blijven. Daarvoor moet je een behoorlijke portie angst inboezemen; dat kan met een al overal ter wereld beproefde methode: een paar schrikwekkende voorbeelden stellen. Niet met een vuurpeloton, daarmee blijf je niet in de schaduw. Een arm breken van een hooggeplaatste ambtenaar of een oorlel afsnijden van de dochter van een lokale politicus is een veel slimmere strategie. De kans dat Frits in aanraking komt met geweld is vooralsnog klein. Die oorlelletjes van hem zullen geen gevaar lopen. Grote oren heeft hij trouwens met flinke lellen, waarin hij eenmaal terug in Blokzijl makkelijk zeeroversringen zou kunnen hangen.

5.2 Toos komt tot rust

Toos, soms Doos genoemd, is de vrouw van de directeur van SNV-Nepal. Zij heeft net als haar man gestudeerd in Wageningen, maar heeft haar studie onderbroken om Bert (Thulo) voor de derde keer te volgen naar een ontwikkelingsland; tussen de uitzendingen door verbleven zij in Wageningen voor tijdelijke klussen op de universiteit.

Het is duidelijk geworden waar de naam Doos, beter nog Doosje vandaan komt. Tijdens de hevige kalverliefde tussen Bert en, toen nog Toos, heeft Bert het lied Doosje voor Toos gezongen met een kleine aanpassing: ik zou mijn Toosje het liefst in een doosje willen doen.

Terug naar Thulo en wel naar de brief die hij zijn Doosje schreef. Thulo aan zijn vrouw, Toos

Kathmandu, *april 1995*

Onze hulp gaf me je briefje – ze voelde dat er iets aan de hand was, ze keek zeer bezorgd. Van de behoefte om tot rust te komen heb je vaker last gehad. Maar zo snel; we zijn hier nog geen vijf maanden. Verleden keer, in Wageningen, ben je erg actief geweest tijdens je zogenaamde rust, om het eufemistisch te zeggen. We raakten van de ene huwelijkscrisis in de andere. Je loog dat het gedrukt stond over wat je uitspookte. Het toppunt was dat je het niet nodig vond je te laten controleren op geslachtsziekte, terwijl…. Je kent het verhaal; ik roep het even in herinnering al word je daar pisnijdig over.

Ook nu kondig je je vertrek aan op een briefje, ook nu geen enkele toelichting over je voornemen en ook nu heb ik alleen een postadres (in Pokhara) en weet ik niet waar je uithangt. En ook nu lijk je te vergeten dat je moeder bent van twee jochies, die je hard nodig hebben.

Wat moet ik er nog meer van zeggen. Dat ik je mis? Ja, dat is zo. Dat ik ongerust ben? Ja, dat is zeker zo. Dat ik soms wanhopig en radeloos wordt? Helemaal waar. Dat ik nauwelijks aandacht voor mijn werk op kan brengen? Goed geraden. Ik zal daar niet aan toevoegen: juist nu ik zoveel moet doen, want dat leidt als een automatisme tot jouw antwoord: dat is toch altijd zo? En met al die vaste reflexen draaien we voor je het weet weer in de Virginia Woolf-groef, zoals jij het treffend noemde.

Over onze geweldige zonen; natuurlijk missen Chrisje en Floor je, maar ongerust? Nee, dat niet; het komt niet bij ze op dat je terugkeer lang zou kunnen duren. Zelfs als ik het antwoord schuldig moet blijven op hun vraag waar je blijft. Blijkbaar vertrouwen ze je; natuurlijk kom je snel terug.

Zal ik verstandig zijn, begrijpen dat je tot-rust-aan-het-komen bent, het accepteren, op zijn minst dat proberen? *I Muvrini* , je lievelingsmuziek staat op. 'Laat de tranen spreken die ik vanavond voel,' zingen ze. Akelig en goedkoop sentimenteel, maar het komt goed van pas. Het is oude muziek, met rauwe klanken, met hun natuurlijke galm, nog niet zo gladjes en gekunsteld. Laat de tranen spreken; ik kan wel janken, maar mannen huilen niet. Ik moet alleen naar een kille slaapkamer. Jij ook, daar in Pokhara, op je postadres? Jij ook? Alleen?

Waarom heb je nog steeds die gezellige posters in deze kille slaapkamer niet opgehangen; ik mocht het niet doen. Waarom doet de sfeer van de woonkamer na drie maanden nog steeds denken aan een toonkamer in een meubelmakerij van gehandicapte timmermannen, gerund door de zending? Jij wilde zelf de aankleding van de woonkamer bepalen. Waarom zag ik toen ik een luchtje ging scheppen in de tuin de nachtwacht half gekleed het bediendenvertrek van onze meid uit sluipen? 'Laat de problemen met de bedienden nou aan mij over,' zei je. Waarom zijn die struiken, schuilplaatsen voor slangen, nog niet gekapt? 'Bemoei je er niet mee,' commandeerde je. Het zwembad is ook weer groen van de alg. De oude ijskast, overgenomen van onze voorgangers door jou, tegen mijn advies in, loeit. De gordijnen stinken, het vloerkleed is niet grondig gereinigd. Staan die slijmballen van nachtwachten mijn auto te poetsen, alweer, wat heb ik daar nou aan. De honden smeken om aandacht. Ik heb geen zin ze aan te halen. Het vlees was weer gekookt in plaats van gebraden. De kok stonk naar alcohol.

Ik heb niet eens zin de wekelijkse luchtpost-NRC te lezen; ik weet niet eens of Utrecht weer gewonnen heeft, of die enge minister van ontwikkelingshulp nog stevig op zijn post zit; ik heb totaal geen zin om me op het meegenomen werk te storten. Laat de tranen die ik vanavond voel maar niet meer spreken, want ik moet het goddomme ook even met je over werk hebben. Je kunt een klus voor me doen, een leuke klus welke, zoals jij dat zegt, op jouw niveau is (je kiest zelf voor al die huishoudelijke besognes, maar genoeg daarover).

Er loopt ene Bram Roebers rond in Pokhara. Als hij nog niet in Pokhara is kan Bram Wijsneus – ik mag hem wel - elk moment aankomen, vanuit Rolpa. Knappe verschijning, atletisch type, wat lang, mooi gevormd hoofd met strakke neus, donker blond, bijna zwart en mooi golvend haar, achterover gekamd, niet modieus dus, vrolijke en eerlijk ogende blik, bruine ogen, bedachtzaam informeel gekleed, vlotte babbel. Soepele tred. Maar ik weet het weer, je kent hem al, je ontmoette hem op kantoor en begon meteen met je kont te draaien – ik zie het ineens weer voor me. Is het wel handig van me om jou op hem af te sturen? Oh jé, oh jé. *I Muvrini*: 'hou vol trouwe wachter, laat het nooit verloren gaan'. Ik scheef het al, gemakkelijk sentimenteel, maar het komt goed van pas. Mannen huilen niet. Ké garné. Ik hou vol, ik blijf je vertrouwen. En jij maakt daar geen misbruik van. Jij gaat Bram Roebers opzoeken. Dat vind je leuk. Raaskal ik? Dat mogen mannen wel, huilen niet.

Ik kan me herinneren dat je de voorgeschiedenis al kent: Blokzijl moet mee in de vaart der volkeren en gaat internationaal presteren – daarom zijn Frits en Harm hier. Journalist Bram moet daar mooie verhalen over schrijven. Frits zit waarschijnlijk bij de Maoïsten, en daarover begint een politiek beest ongerust te worden, die politiek assistent van de minister of de burgemeester, misschien allebei wel. Want een Blokzieliger bij de Maoïsten, een journalist die daar stukjes over schrijft, dat zou een giftig mengsel kunnen worden. Dat snappen we. Dat vindt ook de SNV niet leuk. Ik heb niet zo gauw een oplossing, de burgervader van Blokzijl wel.

De burgemeester, of misschien zijn grote en machtige vriend in Den Haag bedachten een sluwe truc; klinkt eenvoudig: maak die journalist een wetenschapper – dan is hij zo goed als *kalt* gesteld. De vraag is dus: kan Bram niet ophouden met zijn stukjes en in plaats daarvan zijn wetenschappelijke belangstelling voor de ontwikkelingssamenwerking gaan botvieren? Kan hij langer in Nepal blijven; hij vindt het prachtig hier. Ja, ja, en hij krijgt goed betaald. Vindt Bram ook heel interessant; hij zit vaak over geld te zeuren.

Je opdracht: zoek eens uit of Bram betaald onderzoek wil doen. Daar zijn wij erg in geïnteresseerd, in dat onderzoek. Als Bram er oren naar heeft, moet hij spoorslags naar Kathmandu komen om met mij zaken te doen. Spoorslags, want anders gaat het over. Hij moet niet eerst zijn rapport over Frits schrijven. Nee, ik kan niet weg, ik kan niet zelf naar Pokhara komen. Bovendien zou ik daar niets anders doen dan zoeken naar mijn Doosje, te beginnen op haar postadres. Mannen huilen niet, maar mogen zich wel door paniekerige denkbeelden laten overvallen. Ik zou niet ophouden met zoeken, in Pokhara.

5.3 Uit de put

Van Bram aan Frank,
Pokhara, *april 1995*

Je schrijft niets over jezelf, het zal wel goed met je gaan. Je schrijft ook niet zoveel nieuws over ons vaderland. Je bent beknopt, selectief, onvoorspelbaar en verrassend over wat je nieuwswaardig vindt. Ik waardeer dat.
Van het meisje in Tanzania geen bericht; die denkt hoogstwaarschijnlijk dat ik nog in een ver oord vertoef, in Rolpa, waar ik, zo schreef ik jou en haar, onbereikbaar zal zijn voor de post. Daar was ik tot een paar dagen geleden. Ik ben eerder terug dan ik dacht.
Het is drie of vier dagen reizen van Rolpa naar Pokhara, waar ik liever verblijf dan in Kathmandu. Een busrit, maar vooral lopen. Lopen is hier normaal in de bergen waar op de paden gelukkig geen auto- of fietsverkeer mogelijk is. Je kunt wel per ezel of paard, maar dat is voor Nepalezen erg duur en niet comfortabel. Lopen ja, het is even wennen. Waarom zou je van jouw huis in Leiden naar je *brother in art* Sjoerd Kuiper in Bergen voortaan niet lopen? Die

voettocht zou in twee dagen te doen moeten zijn, drie mag ook hoor! Prachtige wandeling; twee of drie dagen lopen door het vlakke land; een sublieme manier om tot rust te komen. Denk aan een geweldig voorbeeld: Nescio!

Zoals je weet wil ik hier langer blijven; het verblijf is nog steeds een groot genoegen, de ontwikkelingshulp vind ik steeds merkwaardiger en interessanter worden. Ik heb nog niet helemaal op een rijtje hoe het nou precies zit en ben nieuwsgierig. En ik moet geld verdienen, een verre van onbelangrijk detail.

De Heer heeft mij gehoord. Een opdracht voor een volgende evaluatie voor een onderzoeksorganisatie, *ICIMOD*, is onderweg. ICIMOD? *International Centre for Integrated Mountain Development.* De titel dekt de lading. Ik evalueerde al een project voor ze en ik was slim genoeg om de schuld van het bijna volstrekte falen niet bij ICIMOD maar bij de Nepalese overheid te leggen. In de volgende evaluatie zal het falen van projecten ook niet de schuld van ICIMOD zijn.

De reis naar Frits in Rolpa, ik schreef er net al over, was ook een betaalde opdracht. Frits heeft het licht gezien en wordt revolutionair. Kun je het nog volgen? Revolutionair. Dat kan ook hier, ze hebben hier namelijk een opkomende rebellenclub, die zich Maoïstisch noemt. Het is buitenissig, maar waar. Rolpa is het centrum.
De reis naar de Maoïsten in Rolpa was niet zo spannend als ik gehoopt had. Geen wapen gezien, geen ongeschoren rebellen met een Che Guevara uiterlijk, maar keurige, zakelijke heren, met een filosofie; zal ik je die vertellen? Nee, toch maar niet. Want jij wilt iets heel anders weten. Namelijk of ik het al doe met een mooie Nepalese, met van die mysterieuze ogen. Daar zit je op te wachten, niet op die filosofie van de rebellen.

Vanmiddag, vers van de pers, kreeg ik hier in Pokhara via ene Toos, ook wel Doos genoemd, nog een aanbod, dat mooier is dan doorgaan met ICIMOD. Ik mag een half jaar onderzoek gaan doen naar de vraag waarom zogenoemde noodhulpprojecten mislukken. Interessant. Kassa! Je kunt het niet meer volgen, dus ik herhaal het; mijn betaalde werk voor ICIMOD kan doorgaan, mijn goed betaalde werk om Frits te bezoeken en tot bedaren te brengen is net klaar en nu staat een lucratieve opdracht op stapel voor onderzoek!

Toos vertelde me namelijk dat haar man Bert, de baas van een ontwikkelingsorganisatie, mij een onderzoeksopdracht wil geven. Dus jouw vriend zat in de put en toen kwam Toos langs. Net als de Bijbelse Jozef, zoon van Jacob. Jozef zat ook in de put en toen kwamen er reizigers langs die Jozef uit de put sleurden, hem een nieuw perspectief boden en mee namen naar Egypte.

En de escapades met de meisjes? Binnen de *expatriate* gemeenschap is een overvloed aan feestjes, met dans-, schuifel- en vrijpartijen. Ik zoek die erotische spanning graag op. Een dun laagje kleding in de zwoele nachten bevordert allerlei *slow movement*, zoals de Engelse ontwikkelingswerkers het noemen. Ze hebben het dan over quasi toevallige, quasi onverschillige gevoelige bewegingen in de richting van prettige doelen, bijvoorbeeld het de ander laten merken dat het wapen langzaam onfatsoenlijk hebberig wordt. Er gebeurt van alles in donkere hoeken. Als dansers ieder met de eigen vlam van de avond schuifelen, kijken ze de andere kant uit bij het passeren van hun levenspartner. Degenen die het meest bedreven zijn in dit spel praten of fluisteren erbij. Anderen doen uit enige gêne net of er niks gebeurt en zwijgen. Net als in Nederland gaan de dames zich samen opfrissen en het laat zich raden wat daar besproken wordt. De mannetjes zijn onder elkaar vrij direct en stoer: 'lukt het een beetje', of, 'even volhouden hoor.' Of, 'heb je de grote auto bij je, of heb je een plek geregeld voor de finale?' Opmerkelijk dat niemand zegt: 'denk je nog te gaan neuken en waar doe je dat.' Het lijkt alsof je daarmee een spanning zou verbreken, inbreuk zou doen in een sfeer, waarin het wel of niet verder laten komen nog ongewis moet blijven, waarin onfatsoen altijd nog omgebogen kan worden of omgelogen.
Zoals vrijwel overal ter wereld neemt de man de leiding en begint met voorzichtig en later wat doortastender overtreden van de fatsoensnorm. De vrouw volgt, soms na herhaalde, al dan niet quasi, afwijzingen: een brutale zoekende hand wordt weggehaald of er wordt een corrigerende blik geworpen.

Het is nu ochtend, na een bijzondere avond waarin tijdens het dansen een meisjesbeen tussen mijn dijen werd geplaatst en een hand richting kruis geleid en…… we sloegen een paar stadia over. Ik vond het geweldig, maar was ook een beetje onthutst. Toos, wat doe je nou toch, fluisterde ik in haar oor. En toen?

Frank, we maken er een feuilleton van. Ik maak veel mee hier, heel veel: het brutale been van Toos tussen mijn dijen, bezoek aan Maoïsten. Volgende keer meer, ze bestaan echt, die Maoïsten en het prachtige, lenige, zoekende been van Toos. In de hele wereld lijkt het communisme voorbij.
Niet in Nepal.
Maoïsten, Toos.
Waar gaat dit heen?

Van Angelique aan Bram
Dar es Salaam, *mei 1995*

Lieve Bram,

Je bent hoogstwaarschijnlijk op de terugweg van Rolpa naar Kathmandu (via Pokhara, alweer, wat moet je daar?). Het was dus minder fabuleus en fascinerend dan je je had voorgesteld? Mij een beetje op stang jagen, waarom deed je dat? Om te zien of ik nog iets om je geef? Rare man ben je.

Of ik nog iets om je geef? Ik wil het niet hebben over onze relatie, het ene misverstand zou het andere uitlokken.
Ik ga je vermaken met een alleraardigst avontuur. Roos komt uit Limburg, daar noemen ze zo'n avontuur een feestje. Ik vind dat wel leuk, die eretitel, feestje.
Waar heb ik het over? Over de *MER* (Milieu Effect Rapportage), die is in de mode in Nederland. Het ministerie van milieu in Nederland is er heel trots op. Als we overal die Rapportage invoeren wordt de hele wereld groen. Een verrukkelijk vooruitzicht. En ja hoor, die milieurapportage zou nuttig zijn voor ontwikkelingslanden. Dat heet in het jargon: 'wij achten het opportuun voor ontwikkelingslanden om een MER in te voeren.' Het ontvangende land moet het willen, dat nog wel.
We vroegen onze Tanzaniaanse contactpersonen of ze een Milieu Effect Rapportage wilden. We hoefden niet uit te leggen wat het was; dat hadden Engelse, Duitse, Deense en Canadese collega's al gedaan.
Is die milieurapportage uitvoerbaar voor ontwikkelingslanden? Nou nee, maar dat ziet de Tanzaniaanse overheid niet als een probleem. Er zitten, zodra een financierend donorland een voorstel wil opdringen, altijd wel enkele mooie prijzen bij: projectauto's, studiebeurzen voor loyale ambtenaren in het buitenland, dienstreizen naar landen waar je luxe goederen kunt aanschaffen. Zoals je weet Bram, zijn ontwikkelingslanden meesters in de selectie van de mooie zaken uit een voorstel en het langzamerhand onder het tapijt schuiven van alle aspecten die ze niet zien zitten. Geef ze eens ongelijk als wij zo nodig ongevraagde zaken aanbieden.
Natuurlijk meldden wij aan Den Haag dat Tanzania nog niet toe is aan zo'n *sophisticated* instrument om het milieu te beheren en te monitoren. (Monitoren: nog een sport die wij vereren en de Tanzanianen niet indrukwekkend vinden). Het Haagse antwoord luidde, cryptisch gesteld, dat de MER te zijner tijd in Tanzania ongetwijfeld zou beklijven. In Haags jargon:

'wij stellen ons voor dat inderdaad invoering in een land als het uwe extra aandacht behoeft.'

Wat te doen? Collega Roos loopt al wat langer mee en had een voortreffelijk idee. Wij richten een commissie op en gaan samen met Canadezen, Duitsers, Denen, Zweden, Noren, Engelsen en de Tanzanianen bestuderen hoe de Milieu Effect Rapportage ingevoerd zou moeten worden - ik krijg dat woord MER bijna niet meer uit mijn strot; gelukkig hoor je er over een jaartje niks meer over. Het is niet de bedoeling dat die commissie ooit klaar komt met haar advies. Alle collega's in die internationale commissie vinden dat Tanzania nog niet toe is aan een MER: het heeft de benodigde infrastructuur niet en er is geen draagvlak voor.
Het Tanzaniaanse ministerie van milieu krijgt voor 'het werk' in de commissie een projectauto gefinancierd uit een potje van de Canadezen. In ruil voor dit gulle gebaar hebben we de Canadese collega voorzitter gemaakt van onze commissie, goed voor zijn cv. De Tanzanianen weten best dat die MER er nooit zal komen, dat de aandacht vanzelf oplost en dat er over een tijdje weer een andere mode zal zijn onder de zogenoemde donoren.

Je raadt de afloop al: de hoofdkantoren heel tevreden, volgens Roos en mij, omdat ze nu de illusie kunnen voeden dat er serieus werk gemaakt wordt van het geniale milieu-instrument, samen met andere donoren – samenwerking met andere donoren is in de mode en altijd goed. Dit, mijn lieve Bram, noemen wij nou een feestje, een beetje het hoofdkantoor voor de mal houden en nog succes boeken ook. We hebben meer van dergelijke feestjes meegemaakt hoor! Volgende brief.

Ik ben geïntrigeerd door het fenomeen *expatriate*. *Expats* leven in luxe en lijken door die weelde een ander zelfbeeld te krijgen. Alsof dit soort leven in overvloed vanzelfsprekend is, alsof ze hun bijzondere status en enorme salaris echt verdienen, alsof het als vanzelfsprekend hoort bij hun superioriteit en talenten. Hebben ze in Nederland nooit bediendes gehad, hier hebben ze er vier of vijf. (Ik hoef je niet uit te leggen dat leven in dit soort landen zonder bediendes lastig zou zijn, asociaal zelfs, maar dit terzijde).
De expats verdienen zestig keer zoveel als die bediendes samen en vinden dat terecht. Onze hier verblijvende Europese medemensen zijn gewend aan tamelijk egalitaire omgangsvormen in hun eigen land. Ze nemen gelukkig niet het voorbeeld van de rijke Tanzanianen over, die autoritair hun instructies toeblaffen aan de bediendes, maar ook de instructies van sommige expats klinken niet vriendelijk en geven geen blijk van fatsoenlijke verhoudingen, bezien vanuit ons westers perspectief.

Gelukkig zie ik inspirerende uitzonderingen. Een Nederlandse familie die hier rozen kweekt in een bedrijf waar zeventig Tanzanianen werken gaat subliem om met haar zwarte werknemers. Waar halen ze die beschaving vandaan. Het vloeit voort uit onze godsdienst, zeggen de rozenkwekers. Tja, ik geloof het. In hun gereformeerde visie is de mens een onvolkomen schepsel. Dat hoor je ook in hun psalmen. Onvolkomenheid voorkomt nou net de zelfbestuiving van de doorsnee expat, die zich verre van nederig voelt. Ik heb nooit geweten dat ik ooit positieve kanttekeningen zou maken bij het gereformeerde geloof.

Het lastige is, Bram, dat ik zelf worstel met mijn gedrag naar bediendes. Roos en onze kanselier waarschuwen om beurten:
'Je betaalt ze te veel.'
'Je bent te aardig, ze weten niet wat ze aan je hebben.'
'Ze begrijpen je niet, je legt ze in de watten.'
'Ze denken dat je gek bent en zwak; ze gaan misbruik van je maken.'
Er is inderdaad veel gestolen en de kok is vaak dronken – ik durf dat niet te vertellen aan Roosje, want ik wil eerst zelf een standpunt hebben. Ik ben er nog niet uit, hoe moet ik me gedragen om net zo gerespecteerd te worden als ik het huispersoneel respecteer?
Ik denk dat nog meer betalen inderdaad geen oplossing is. Vertrouwen tonen? Ik gaf de kok een behoorlijk bedrag mee voor inkopen op de markt. Vertrouwen bewonderenswaardig? Wellicht, maar, het stimuleerde hem blijkbaar om er nog een brutaal schepje boven op te doen. Het bedrag dat hij nu met droge ogen aan me vraagt klopt van geen kant. Hij koopt ook te veel zodat hij mooi weer kan spelen met overgebleven voedsel en voorraden voor de rest van het personeel. Misgun ik ze dat dan? Nee, maar het neemt belachelijke proporties aan en ik vind het eng om het eens te worden met de opvatting van Roos, samen te vatten als 'je geeft ze een vinger en ze nemen meer dan je hele hand.' Het lijkt waar, al wil ik niet dat het waar is. Ik heb grenzen gesteld aan de hoeveelheid boodschappengeld; ik ga niet blaffen tegen het personeel.
Bekijk het van een andere kant, hield ik Roos voor. Laten we het eens op een rijtje zetten. Wij verdienen zestig keer zoveel als alle bediendren samen. En wij willen dat onze bedienden betrouwbare, brave, plezierige medewerkers worden? Het bedrag dat ik de kok geef voor boodschappen voor een paar dagen, 15 gulden, is een half procent van mijn inkomen. En daar moet ik dan moeilijk over doen? Dus… toch gewoon meer betalen? Maar toen ik mijn kok te veel geld gaf werd dat een vervelend en lastig probleem.

5.5 Toos moet biechten

De voortschrijdende emancipatie van vrouwen leidde tot geleidelijke veranderingen in het wereldje van hulpverleners. Ooit was een velddirecteur van een hulporganisatie blij met mogelijkheden voor vrijwilligerswerk voor de zogenoemde *dependents*, meestal vrouwen van de mannelijke contractanten. Tja, maar veel vrijwilligerswerk was niet meer bevredigend voor vrouwen die opkomen voor hun rechten, die meer willen dan bezigheidstherapie, die willen meepraten over arbeidsvoorwaarden, over het beleid van de organisatie. Het gaat ze vaak niet eens om betaling, maar om respect, zeggenschap en om het nut van hun vrijwilligerswerk voor hun verdere loopbaan.
De volgende stap: idealiter zoeken beide partners betaald werk, desnoods in verschillende landen. Het onderhouden van een *lat-relatie* op afstand valt niet mee. Daar zijn nog geen cursussen voor. Het kan leiden tot misverstanden, gebroken beloftes en zelfs tot hilarische voorvallen.

Van Toos aan Angelique
Kathmandu, *mei 1995*

Lieve Angelique,

Van alle modieuze cursussen ter bijscholing vond ik er één nuttig: het slecht-nieuwsgesprek. Meteen het slechte nieuws op tafel leggen, het niet kleiner maken dan het is. Pas daarna tekst en uitleg, compensatie en zo nodig de pijn verzachten.

Eerst mijn biecht, hou je vast, ik ga het dus niet kleiner maken dan het is: ik was intiem met Bram. Hier in Pokhara, waar ik een paar weken verblijf om tot rust te komen. Oei. Met een Vriend van een Vriendin dus. Dat lijkt onfatsoenlijk. Dat lijkt heel erg. Dat lijkt vals en onbetrouwbaar.
Ik gebruik met opzet het werkwoord lijken want het werd me pas de volgende dag na een gesprek met Bram over ons deels gemeenschappelijk Wageningse netwerk tot mijn ontsteltenis duidelijk met welke Bram ik had verkeerd, namelijk de Bram van mijn goede vriendin Angelique. Had ik dat geweten. Bram wist trouwens ook niet met welke Toos hij te maken had. Ik heb jouw Bram nooit ontmoet in Wageningen; jij en ik hebben elkaar voor het laatst gezien bij mijn afscheid. Toen vertelde je wel over een nieuwe liefde maar die had je niet meegenomen. Bram en ik kenden elkaar dus niet al hadden we, zo bleek, veel over elkaar gehoord.

Ik voel me niet schuldig, maar heb er wel heel veel spijt van. Drank op? Ja, maar dat vind ik zelf een rot smoes. Heeft Bram me zover gebracht? Nee; het zou heel gemeen zijn om de schuld in zijn schoenen te schuiven.
Is het niet vals dat *ik* je dit schrijf? Natuurlijk schrijft Bram je ook, maar ik wil niet op hem wachten. Ik heb haast. Het is onmogelijk om zoiets lang geheim te houden voor de kliek uit Wageningen hier in Nepal. En dan gaat het bericht onvermijdelijk naar Wageningen in Nederland en daar zullen onze vrienden het ongetwijfeld uitvergroten en verpakken in kletskoek, smoeskoek en lulkoek. Ik heb liever dat je de eerlijke versie van het verhaal van mij hoort, nu al, voor je het uit wageningse kringen opgediend krijgt.
Mijn lievelingsnummer van *I Muvrini* staat op: *Mi manca*. Over wat ik mis: de zee, mijn dorp, mijn jeugd, mijn thuisland. Die teksten zijn obligaat, de sfeer van de muziek is raak. En troostend. Ken je het?

Natuurlijk waren we dronken, maar toch. Nee, we kwamen elkaar niet toevallig tegen. Ik zocht Bram in Pokhara omdat ik een boodschap voor hem had van manlief in Kathmandu, Bert dus. Ik zocht hem dus niet op om overal aan te gaan zitten, wil ik maar zeggen.
Bert? Het staat me vrij om buiten de deur te spelen – dat hebben we zo afgesproken, maar ik mag het niet aanleggen met werkcontacten van hem. Natuurlijk niet. Ik voel me een lellebel, een stoethaspel, een theemuts.
De woede en teleurstelling van Bert kan ik aan. Maar een breuk in onze relatie Angelique, alsjeblieft niet. Jij was één van de weinigen in Wageningen die me destijds *niet* lustig op de korrel nam met verhalen die steeds vunziger werden. Onze band is voor mij heel waardevol.

Blij dat ik weg ben uit Wageningen? Neeee, ik ben niet tevreden met mijn bestaan hier en zoek afleiding. Ik schrijf dat niet als excuus! Ik ga daar niet over uitweiden, het lijkt me niet gepast om mijn zelfbeklag over jou uit te storten. Ik schrijf het slechts om uit te leggen waarom ik je niet eerder schreef. Ik was behoorlijk in de war. Nou ja, jij schreef mij ook niet, niet één briefje in de vijf maanden dat we elkaar niet zagen, terwijl je wist dat jouw Bram hier zat. Terwijl jij had kunnen vermoeden dat Bram en ik elkaar vroeg of laat hier tegen zouden komen.
Leonard Cohen. Gelukkig heb ik ook zijn muziek bij de hand. *It will be your will*, wel eens naar geluisterd? Ook al toepasselijk, maar ik denk dat veel romantische teksten op dit moment toepasselijk zouden zijn.

Als Angelique, dat heb ik al tig keer gedacht, nou naar Kathmandu komt – natuurlijk kom je – spelen we dan stommetje of krijgen we heel pijnlijke en van die moeilijke gesprekken? We moeten het erover hebben, vind ik.

Genoeg; kom naar Nepal. Ik zou dat heel graag willen. We gaan naar Pokhara, prachtige bergwandelingen maken. Wij van de SNV gaan niet in die luxe expatriate hotels zitten, maar jij en ik wel. Met een gin-tonic aan de rand van het zwembad met uitzicht op de besneeuwde Annapurna als het ijs allerlei tinten rood, blauw en hier en daar oranje kleurt door de zon die ons opwarmt voor wat komen gaat met – oh als dat toch zou kunnen – met onze eigen partners.

Ik zou zo graag iemand tegenkomen met wie ik over mijn sores kan praten.
Maar niet iemand die zegt: geeft niks, overkomt ons allemaal wel eens.
Nee, niet iemand die zegt: hoe dacht je dit te repareren.
En zeker niet iemand die zegt: zullen wij ook even? Ik moet er niet aan denken, ik wil eigenlijk naar huis, ik wil naar Bert. Dat is even geleden, onverwacht, deze wens.
En ik herhaal mijn andere wens: jij komt en wij gaan met onze eigen, brave, begripvolle partners genieten van het uitzicht op de Annapurna, die bij ondergaande zon rood, blauw en hier en daar oranje zal kleuren. Ik word heel rustig van dat vooruitzicht!

5.6 Telefoontje uit Pokhara

Op de solex naar het SNV-kantoor. Zoiets bedenk je niet: de dag na het avontuur met Toos in Pokhara is Bram in Kathmandu onderweg naar Thulo. Ze moeten praten over Frits, over het verrassende onderzoeksvoorstel aan Bram en over een onverwachte vraag van Thulo om advies.
Thulo is al aan het woord, maar Bram luistert nog niet. De herinneringen van Bram aan zijn uitglijder met de vrouw van deze aardige man hangen als een lelijk paars gekleurde sluier over het gesprek heen.

Toos. Het is niet eenvoudig. Zou hij al weten dat ik met zijn Toos heb verkeerd in Pokhara? vraagt Bram zich af. Hij krijgt de indruk van niet. Dan zou hij mij niet zo vriendelijk bejegenen, dan zou Thulo er toch niet zo ontspannen bij zitten en niet met voorrang thee bestellen? (de *didi* kan trouwens ook koffie maken, denkt ze, maar dat kun je beter niet drinken).
Thulo herhaalt de vraag of Bram op de markt is voor een half jaar onderzoek; Toos vroeg hem dat al in Pokhara, namens Thulo.
Bram vraagt naar de arbeidsvoorwaarden, naar het motief en de doelstellingen van de opdrachtgever.
Hij weet al van zijn correspondentie met Tineke hoe de vork in de steel zit, maar wie weet, misschien dat het ambtelijk geformuleerd verzoek nog

verrassingen oplevert. Bram gaat dus door met vragen aan Thulo, al zijn het voor een deel vragen naar de bekende weg.
'Vanwaar die stellige voorwaarde om onmiddellijk mijn journalistieke arbeid te stoppen?' Thulo heeft drie zinnen nodig om geen antwoord te geven.

De arbeidsvoorwaarden die Thulo in grote lijnen schetst zijn uitstekend. Ze hebben er blijkbaar veel voor over om hem *kalt te stellen* als journalist. De burgemeester is volgens Thulo de opdrachtgever (dat is niet waar, maar misschien weet Thulo dat zelf niet).
Bram blijft zoeken naar achtergronden die Tineke een tijdje terug wellicht niet beschreef of niet wist.
'Zou Blokzijl echt geïnteresseerd zijn in een analyse van noodhulp in Nepal?' (Dat wordt zijn opdracht.)
'Daar geloof ik niks van,' zegt Bram om Thulo uit te dagen. Thulo weet meer dan hij mag vertellen. Het zit hem dwars, Bram merkt dat. Er is in dit wereldje van hulpverlening zoveel waar je niet over mag praten, wat je niet moet willen weten, niet scherp moet analyseren. Zweefden bij Trouw ook geheimen boven de werkvloer? Natuurlijk, maar minder!

Het tweede gespreksonderwerp: Frits.
'Hij is dus volstrekt ongevoelig voor het ultieme argument dat hij ontslagen kan worden, met alle gevolgen: slechts een toeristenvisum, geen recht meer op woonruimte, etc.'
'Krijgt Frits inkomen van de Movement (Thulo spreekt liever niet over Maoïsten)?' wil Thulo weten.
'Er is nog niet duidelijk over een dienstverband en taakomschrijving gesproken,' weet Bram te vertellen.
'Naar mijn inzicht heb je goed werk gedaan,' vond Thulo, 'duidelijkheid verschaft en relevante conclusies getrokken. De belangrijkste conclusie: Frits is dus geen strijder maar een ontwikkelingswerker. Administratief-bestuurlijk kan ik het reizen en het verblijf van Frits in dat gebied wel onderbrengen onder oriëntatie naar nieuwe mogelijkheden voor onze organisatie.' Kijk eens aan! Thulo doet dus niet mee aan de hetze tegen Frits; Bram hoort geen veroordeling. Mooi zo!

Ze komen terug op de inhoud van het onderzoek naar internationale noodhulp. Ik heb al maanden rondgekeken vertelde Bram en ik zie een patroon; 'de noodhulp maakt standaard drie fouten.' Thulo vindt het interessant, zegt hij, maar zijn aandacht verdween als sneeuw voor de zon toen een binnenlopende secretaresse een briefje op zijn bureau legde.
'We moeten snel een andere afspraak maken; ik krijg een dringend telefoontje uit Pokhara!'

Uit Pokhara? Dringend?

Bram kon wel raden wie dat was; de hint om op te stappen was welkom.

Zijn relaas over de drie standaardfouten kan wachten... Het derde geplande gespreksonderwerp is niet zo urgent. Iets met boosheid van het hoofdkantoor op Thulo omdat hij niet wil meewerken aan het wegpoetsen van miskleunen van de Nederlandse tak van een Britse lepra-organisatie.

Wat een opluchting. Geen moeilijk gesprek, althans nog niet. Toos denkt, zo heeft ze Bram verteld, dat Thulo de ware versie van ons avontuur niet hoeft te kennen. Dus dat telefoontje uit Pokhara is niet verontrustend, al schrok hij wel even.

Tjonge, een interessante, uitstekend betaalde baan waarmee hij zeker een half jaar langer kan blijven. Waar zal ik me vestigen?, vraagt Bram zich af. Hij wil van het Guesthouse naar Summit. Bruin kan dat nu trekken.

Summit. Schitterende ligging, boven op een heuvel, uitzicht op bergen en op Kathmandu, op loopafstand van *Patan*. Weelderige tuin, heel fraaie Nepalese bouwstijl, om preciezer te zijn *Newari*-bouwstijl.

Zijn solex haalt de heuvel naar Summit niet. Er is vast wel een weg naar het Summit welke niet zo steil omhoog gaat. Zo niet, dan regelt het hotel wel iets. In een Nederlands hotel zou het personeel je raar aankijken als je vraagt of ze op een of andere manier je solex een heuvel op kunnen krijgen. 'Dat staat niet in onze lijst met diensten meneer.' In Nepal regelen ze dat zonder blikken of blozen. Hoe? Er zijn toch tuinmannen die graag voor een mooie fooi een solex de berg op duwen? En de portier weet echt nog wel iets anders te bedenken. Met die mooie fooi kun je veel kanten op. Eén fluitje en geschikte solex-de-heuvel-op-duwers uit de buurt stromen toe. Is dat nou koloniaal? Welnee, het is dienstverlening in wederzijds belang.

5.7 Kleine Effecten van Grote doelstellingen

Herman Koudstaal was op vakantie in Thailand en maakt op de terugweg naar Nederland een tussenstop in Kathmandu om een gesprek te kunnen voeren met zijn vriend Bert (Thulo, maar Wageningse vrienden kennen die naam niet). Koudstaal is geïnteresseerd in een functie bij SNV-Nepal als vrijwilliger. Hij is al uitgenodigd voor een gesprek op het hoofdkantoor in Den Haag, later deze maand. Doen of niet doen; wat vindt Bert?

De vrouw van Herman, Annemiek is direct door gevlogen naar Nederland. Ze kent Nepal al; ze zou graag zien dat Herman aangenomen wordt door de SNV. Er zijn voor haar genoeg mogelijkheden voor zinvol vrijwiligerswerk in Nepal, weet ze. En na deze uitzending is zij aan de beurt om betaald werk te verrichten, ergens, en wordt Herman *dependent,* hebben ze afgesproken.

Herman en Bert zitten aan de whisky. De jongeheren Chris en Floor zijn net in bed gelegd en voorgelezen. De één door Bert, de ander door Herman, die in Nederland vaak op bezoek kwam en voor de jongens een vertrouwd gezicht is.
'Heeft Toos het naar haar zin? Waar is ze eigenlijk?' Bert begint er omheen te kletsen, maar gaat er even later toch, zelfs gretig op in. Blijkbaar lucht het op om zijn gevoelens over Toos eens te uiten. Moet kunnen onder vrienden.

'Jij bent ook in Wageningen groot gebracht Herman met opvatting dat er niks mis is met buitengaats plezier. Wat zeg ik dat netjes vind je niet?'
'Oh jee, wordt dit een openhartig gesprek?' Herman zit daar niet op te wachten; hij wil over zijn belangstelling voor de baan in Nepal praten. Maar Bert pikt de desinteresse van Herman niet op en praat verder.
'Valt wel mee, Herman het meeste weet je al lang.' Stilte voor de aanloop.
'Toos zit weer eens aan een andere man; ik weet nog niet wie. Ik vind dat maar niks. Jaloezie kan ik niet afleren. Toos wel, ik niet. Het gaat aan me vreten. Het is alsof we hier in een dorp wonen met veel sociale controle. Alle Nederlanders kennen elkaar. Ze hebben Toos op veel feestjes tijdens het dansen in verleidelijke poses om de nek zien hangen van Jan en Alleman.' 'Ik doe toch verder niks,' zegt Toos in gesprekken daarover. 'Mijn image, haar image, het interesseert haar minder dan mij. Ook dat gaat aan me vreten.'

Bert praat snel verder. 'Zonen Chris en Floor hebben het erg naar hun zin. Dat houdt me in ieder geval overeind.'
Oh jee, denkt Herman, ik wil het over mijn mogelijke functie hier hebben. De baas praat, de toekomstige knecht luistert, vrienden of niet. Nu al!
Herman probeert Thulo af te houden van een monoloog over zijn geweldige kinderen.
'Dat is fijn voor je Bert, gelukkig maar, weet je, ik …. ' Thulo praat gewoon door.
'Kom er eens om: tennisles van de kampioen van Nepal, veel vrienden en vriendinnen op school, verjaardagsfeestjes bij de vleet, en prachtige vakanties. Op de internationale school krijgen ze veel aandacht in de kleine klassen en thuis worden ze verwend door de bediendes – mag niet, maar het verbod op het verwennen van de heertjes is niet te handhaven. Ze gaan soms stiekem per taxi naar een hotel waar ze een sorbet eten; mag ook niet - ijs is verre van hygiënisch gemaakt van onveilig water of verdachte melk.'
Bert is beretrots op zijn zonen.

'De oudste, Chris, heeft nu al, in de vijfde klas lagere school scheikunde en weet hoe je water rood kunt laten kleuren. Samen met twee vrienden heeft hij het daarvoor benodigde chemische troepje gejat op school en het water van het zwembad van een nabij gelegen deftig hotel hartstikke rood gekleurd. Mag niet, dus leuk, althans voor hen. Voor mij iets minder, maar vaders zijn ook wel een beetje trots op licht ondeugende kinders; zeg nou zelf Herman.'

Weet Herman veel, die heeft nog geen kinderen. Maar hij houdt zijn mond; Herman wil nu wel eens zijn vragen stellen. Maar Thulo praat weer achter elkaar door. 'Al die vrijwilligers rennen voor ze. Ze nemen onze jongens mee naar mooie steden in de vallei, voetballen met ze, leren ze schunnige liedjes en geven ze sloten met aandacht. Voor kids van acht en tien jaar is het geweldig omringd te worden door zoveel ooms en tantes (de vrijwilligers bedoel ik). Genoeg gezegd: *never a dull moment* voor de heertjes. Wat ben ik blij met ze. Ze houden me overeind!'

'Maar kom Herman, hoe zou het voor jou zijn om in Nepal bij SNV te werken?' Bert heeft een betoog voorbereid: 'lastig, uitdagend, opwindend, teleurstellend, verrassend. Dat rijtje bedenk ik niet ter plekke. Ik heb er goed over nagedacht, want ik wil je als grote vriend een goed advies geven.' Nou ja, denkt Herman, dat kan er ook nog wel bij. Mijn vragen komen daarna wel. En eerlijk gezegd wordt Herman wel een beetje nieuwsgierig naar dat rijtje. Kom maar op vriend, ik luister, denkt Herman.

Het wordt een overzichtelijk college. Bert gaat van start.
'Lastig, dat was mijn eerste sleutelwoord, want jij wordt als intellectueel ongetwijfeld recalcitrant. Je wilt duidelijkheid, je dwingt verklaringen af en blijft vragen stellen. Neem de vraag wie jouw baas is, de velddirecteur, ik dus, of de Nepalese directeur van de organisatie waar je voor werkt. Wij willen daar geen discussie over, ik niet, maar ook niet de Nepalese directeur van de gastorganisatie, zo heet dat, die organisatie waar je voor zou gaan werken. Die Nepalese directeur en ik mogen uit een totaal andere cultuur komen, we voelen, beiden heel goed aan dat je niet overal duidelijke antwoorden op moet geven, ook niet op de vraag wie van ons de ultieme baas is.
En als de bazen en collega's dan nog niet heel erg moe van je zijn geworden, stel je de vraag hoe je medewerking van die lokale ambtenaren kunt verwachten. Als ze twintig keer zo weinig verdienen dan wij SNV-ers, dan is het toch niet zo gek dat ze niet zo hard lopen?'

'Zo kan ik nog wel even doorgaan.' Doe maar niet, denkt Herman; hij was net nog bereid te luisteren, maar het achter elkaar door ratelen van Thulo gaat hem toch irriteren. Waarom? Hij wil toch informatie over SNV-Nepal? Ja, maar dit is een *ongevraagd* advies. Ongevraagde adviezen zijn vaak irritant. Dat zal het zijn.

'Ik moet trouwens niet vergeten iets heel belangrijks te zeggen: er zijn echt ook projecten die nuttig zijn en die lukken. Dat staat niet op mijn lijstje, maar is verre van onbelangrijk.'

Dit is pas het begin; Thulo begint aan het tweede punt: uitdagend. 'Lastig dus, maar ook uitdagend? Ja nou! Daar kan ik kort over zijn. Het is enorm uitdagend om met alle dilemma's, tegenslagen en teleurstellingen om te gaan. Je kunt er soms de scherpe kantjes vanaf halen, of omheen lopen, of ... nou ja, je hebt hierover geen college van mij nodig. Het is uitdagend.' Dit is niet zo'n sterke, denkt Herman, dat heeft Bert vast geleerd op een cursus management, die cursussen zitten vol met dat soort opgeklopte larie – in het Vlaams heet dat zotteklap, mooi woord.

'Het is opwindend.' In zijn toelichting komen de Chinezen aan bod, vaste prik in tekst en uitleg van Thulo. Herman zit ondertussen nog te peinzen en probeert tegelijkertijd te luisteren. Bert is vooral met zichzelf bezig; nou ja, vooruit, een goede vriend met liefdesverdriet mag dat. Thulo praat nog steeds.

'Stel dat de Chinezen in Nederland straks ontwikkelingshulp komen geven. Het valt ze vast op dat ons land overvol is en dat wij hoognodig één-kind-politiek moeten invoeren. Wat denken wij dan? Waar bemoei je je mee, *dat* denken wij dan. Dat zeggen we niet, want we moeten de Chinezen met al dat hulpgeld te vriend houden. Nee, we gaan traineren. We zullen recht op uitzonderingen claimen en wij gaan de commissie die de uitzonderingen bepaalt heel veel tijd gunnen. Enzo. Er ontstaat dus een ingewikkeld spel, dat om creativiteit en sociale behendigheid vraagt'

De analyse klopt, maar is net iets te theatraal, vindt Herman. Met wat minder voorbereiding en wat meer spontaneïteit zou het gesprek soepeler verlopen.

'Waar zijn we, bij teleurstellend, dat was mijn volgende sleutelwoord uit het rijtje. Wat is er zo teleurstellend? Kort gezegd, de input-output verhouding. Je werkt je de pleuris voor heel weinig effect. (Niet zo gek. De Chinezen moeten niet aan onze cultuur komen, wij niet aan die van de Nepalezen. Weinig effect dus).'

'Onverwachte verrassingen' ten slotte; eindelijk neemt Bert de tijd zijn gast nog eens in te schenken. Eén van de zonen is wakker geworden en naar beneden gelopen. Bert spreekt hem lief toe, brengt hem geduldig naar boven en komt pas een kwartier later terug.

'Waar waren we, bij verrassingen. Ik ben nog steeds aan het nagenieten van een bezoek van de directeur van het Nepalese ministerie van Gezondheid, doctor Dixit. Ik heb een brief van hem nodig met veel stempels opdat SNV-ers eindelijk aan het werk kunnen. Ik wacht al maanden. Het is een standaardbrief, kan hij in vijf minuten invullen, ook onze Nepalese assistent kent de reden van het voortdurend uitstel niet.

Vanmorgen bezocht Dixit me. Zou dat een doorbraak betekenen?' Herman denkt dat het verhaal een stuk korter kan, maar kom, het zal niet lang meer duren, veronderstelt hij.

'Zegt doctor Dixit, ik ken die teksten zo langzamerhand uit mijn hoofd: *'oh doctor. Gevers, I am so happy to drink tea with you.* Ik ben zoals je weet geen doctor, maar de Nepalezen zijn dol op complimenteuze aanspreektitels…Toch even verder met die mooie tekst van Dixit… *It will be a very valuable inscription in my memory, these moments in your honourable company. I really understand that you must be so angry with me, but believe me…and by the way, your tea is very good, I always say that you recognize a good man by the quality of his tea'.* En dan volgt een serie smoezen over het uitstel van de brief.'

'Vast in Engeland opgeleid, die Dixit,' veronderstelt Herman. Thulo neemt weer het woord over. 'Werd ik ingepakt? Nou en of. Maar wie schetst mijn verbazing dat vanmiddag toch eindelijk zijn brief is gekomen waar ik maanden op heb zitten wachten. Ophouden met kniezen over dat project en aan de slag. Dat noem ik dus verrassend.'

Herman stelt voor om niet meer de concrete baan te bespreken. 'Ik heb genoeg gehoord van mijn toekomstige collega's in dat programma, nou ja, als jouw hoofdkantoor mij benoemt en ik de benoeming accepteer.'

Thulo komt ten slotte met zijn gebruikelijke sleutelzin:

'De te Kleine effecten van de te Grote doelstellingen leveren toch veel arbeidsvreugde. Het is echt waar. Dat is voorwaar een interessante conclusie. Vind je niet?' Bert beaamt het: 'een interessante conclusie.'

Na het nodige bier brengt Herman hun onderlinge verhoudingen ter sprake: 'hoe zou het zijn om een vriend als baas te hebben.'

'Geen enkel probleem,' vindt Bert, 'het is een rol die we moeten spelen, dat is alles. We hebben de zelfde opleiding en ervaring; het is toeval dat de één baas is geworden van de ander en niet omgekeerd. De ongelijke status in werkverhouding houdt geen ongelijkheid op het persoonlijke vlak in.'

Het lijkt een logisch betoog. Oh jee!

Gelijkheid zal ook inhouden dat vriend Bert niet voortdurend aan het woord zal zijn als wij samen over werk overleggen, denkt Herman nogmaals, onderweg in de taxi naar het vliegveld. Zou het goed gaan, werken onder een goede vriend?

Nou nee!

5.8 Nederlandse belangen eerst

Thulo en Bram voltooien vandaag hun eerder deze week abrupt afgebroken gesprek. Bram is in een goede bui: geen dahlbat bij het ontbijt in Summit, maar toast. En het is prachtig weer; het was een genot om per solex door te stad te crossen.
Aangekomen op de gezellige compound van het SNV-kantoor een praatje hier, praatje daar en hup, naar binnen. Het is een drukte van jewelste in het gebouw. De directeur heeft een heel ruime kamer; dat hoort zo in dit land. Met een zitje van gammele stoelen, hoort ook zo. Bram ziet door het raam buiten de hond op een pilaar van het hek zitten; niet alleen mensen in Nepal en Nederland hebben zo hun eigen gewoonten, honden ook. Het lijkt net een standbeeld. De taak van de hond is om te waken en om ratten te vangen, daarvoor is die pilaar een strategische plek. Thulo bestelt thee en vraagt de receptionist geen nieuwe bezoekers binnen te laten.

Wat zou ik graag een kijkje nemen in al die dossiers op zijn bureau, denkt Bram. Ik ben nu onderzoeker en ben benieuwd naar wat er zoal omgaat in een organisatie als SNV. Zal ik het vragen? Niet nu!
Hij vertelt Thulo wel zijn onderzoekvondst van gisteren: een veelzeggend antwoord van een UN-functionaris op zijn vraag hoe het staat met het noodhulpproject in de *Karnali* regio: 'het gaat goed met het project, want we zijn begonnen met de voorbereiding van het proces om het op te starten.'
'Na meer dan een jaar; het is echt waar - hij meende het.'
Thulo glimlacht beleefd, maar het dringt niet door, dat ziet Bram. De velddirecteur ziet er zorgelijk uit. Zijn Toos is nog niet terug.

Thulo neemt het woord en begint met een paar vragen.
'Er blijft zoals je weet niks geheim in de wereld van de expats; heeft *Lepra In Ontwikkelingslanden* (LIO, de Nederlandse dependance van een Britse lepra organisatie) jou gevraagd om een journalistiek artikel te schrijven over de bouw van hun nieuwe hospitaal in *Manang*? We hebben toch afgesproken dat jij geen journalistiek werk meer zou verrichten?'
'Ja, dat klopt. Ik was een maand geleden op zoek naar ander werk, want mijn 'Blokzijl-opdracht' was bijna klaar. Ook LIO kwam op mijn pad. Waarom vraag je dat?' Thulo geeft nog geen antwoord en heeft nog meer vragen.
'Heb je het artikel opgestuurd?'

'Nee, ik heb wel een *outline* klaar en wacht nog op commentaar daarop van LIO en daarna stuur ik het op naar hun nieuwsbrief; het speelde *voor* onze overeenkomst dat ik geen journalistiek meer zou bedrijven.
'Dan ben ik nog net op tijd,' zegt Thulo met een zucht van verlichting, 'ik wil je namelijk dringend vragen in je artikel alsnog ook mijn kant van het verhaal weer te geven.' Het werd even heel stil.
'Maar,' sputterde Bram tegen, 'ik werk in opdracht van LIO, tegen betaling. Er is mij niet een artikel gevraagd over discussies, maar een verhaal in de sfeer van hun nieuwsbrief, met veel prachtige foto's van berglandschappen achter het bijna voltooide hospitaal.'
Thulo zucht: 'hoe lossen we dit op....'
'Laat ik beginnen mijn motief toe te lichten, daarna zien we verder.'

Mag ik je eerst vragen,' vroeg Thulo bedeesd, 'waar je artikel over gaat?'
Bram antwoordt: 'Over hoe mooi het hospitaal wordt, hoe belangrijk het is voor de gezondheidszorg, hoe dringend de noodzaak van hulp aan leprozen in Nepal is. Ook over een probleem dat ze nog op moeten lossen.'
'Ze hebben je vast een mooi plan voorgeschoteld. Laat me raden. De Nederlandse overheid is druk bezig met de bouw van vijftig kleine gezondheidscentra. Dat hospitaal van LIO zou daar mooi in kunnen passen. De fondsen van LIO komen indirect van het Nederlands publiek, de gezondheidscentra worden gefinancierd door de Nederlandse overheid, maar in beide gevallen komt het geld van Nederlandse bronnen. Laten we daar niet zo moeilijk over doen.'
'Inderdaad,' merkt Bram op. 'Je bent goed geïnformeerd, heel goed. En ik heb niet goed begrepen waarom jij dat mooie hospitaal niet accepteert als onderdeel van het gezondheidszorgprogramma. Je krijgt het gratis en voor niets. LIO wil coördinatie, niet elkaar in de weg lopen. Waarom werk je daar niet aan mee?'

'Dus ik ben het probleem, volgens LIO, daar was ik al bang voor. Het probleem, mijn beste Bram, is dat Nepal de vaste lasten van het mooie ziekenhuis *niet* zal betalen, ondanks afspraken daarover met de Nepalese autoriteiten.
Het probleem is dat LIO die vaste lasten *ook* niet kan betalen, vanwege hun mandaat en beleid.
Het probleem is dat LIO door onervarenheid in Nepal gedacht heeft dat Nepal zich aan afspraken zou houden.
Het probleem is dat LIO een slimme truc bedacht: we geven het hospitaal gratis aan de Nederlandse overheid en die moet de problemen van de vaste en lopende kosten maar zien op te lossen. Anders gezegd, we wentelen onze fouten af op de Nederlandse belastingbetaler.'

Tjonge, jonge, Bram begint het te begrijpen; er speelt meer dan hij dacht.

'Je weet,' zegt Thulo, 'dat het betalen van vaste, lopende kosten voor een ziekenhuis leidt tot afhankelijkheid van een donor; dan wordt dat ziekenhuis van LIO nooit een Nepalees ziekenhuis'.

'Ja, maar wacht even,' Bram weet het weer, 'de LIO claimt dat de Nepalese autoriteiten uitdrukkelijk hebben bevestigd dat zij vaste kosten op zich zullen nemen.' Thulo lacht schamper.

'Bram, Nepal is een *donor-darling*, een zeer verwende donor-darling. Ze komen weg met het intrekken van welke toezeggingen dan ook.

'Dat moet echt een typefout in onze overeenkomst zijn,' zeggen ze dan met droge ogen en een vriendelijke glimlach.

'We hebben nu een nieuwe situatie,' of, 'we hebben nog geen tijd gehad U op de hoogte te stellen van ons veranderde beleidsinzichten,' ik zou je nog veel meer van die voorbeelden kunnen vertellen.

Ze gaan echt niet mee betalen aan de lopende kosten, wat ze ook daarover hebben toegezegd.' Thulo is nog niet uitgepraat.

'De Nepalezen rekenen erop dat LIO of Nederland vroeg of laat over de brug komt met financiering van lopende kosten, want anders wordt het nieuwe ziekenhuis een leeg gebouw, overgeleverd aan mossen, grassen, diefstal van materialen en illegale krakers. Nederland wil toch niet verantwoordelijk worden gehouden voor een ruïne met een groot bord voor de poort met als tekst dat dit gebouw een door Nederland of door een Nederlandse organisatie gefinancierd hospitaal is?'

'Duidelijk,' zegt Bram, 'maar ik blijf toch zitten met de vraag waarom je het niet wilt overnemen.'

Voor hij antwoordt moet Thulo met een zucht even een wens kwijt: 'Was LIO maar even te rade gegaan bij de zending. Ja, zou de zending wat venijnig hebben opgemerkt: je kunt wel heel mooie foto's maken van de bergen achter jullie ziekenhuis. En de prachtige uitleg doet het heel goed in Nederland: juist waar geen andere gezondheidsdiensten zijn, juist daar gaan wij zitten voor de meest kwetsbare groep, de leprozen.'

'De zending zou gezegd hebben: aandoenlijk motief, maar wie gaat dat betalen? De zending heeft verstand van dit land, LIO niet.'

'Het is toch nuttig,' veronderstelt Bram, 'om in een programma met kleine, gezondheidsposten één prachtig mooi ziekenhuis te hebben? Wat is daar mis mee?'

'Alles: het veel te luxe ziekenhuis past niet in een plaatselijk, simpel gezondheidszorgprogramma. Een duur ziekenhuis zal alle beschikbare fondsen opslurpen, alle schaarse personeel opkopen. De gebouwtjes voor basis gezondheidszorg? Die komen leeg te staan. SNV-ers die toevallig in het gebied waren raadpleegden ter plekke de bevolking. Die willen veel liever een paar eenvoudig gezondheidscentra dan een prachtig ziekenhuis. Die mensen zijn niet gek, die weten wat er gaat gebeuren met een te groots opgezet ziekenhuis in de rimboe.'

Bram dacht even verlost te zijn van zijn zorgen over zijn situatie met Toos, helaas zit hij er onverwacht over te mijmeren. Maar hij komt weer terug in de echte wereld en wel met een slimme vraag.
'Maar dat ziekenhuis zou toch juist een ondersteunende rol spelen voor de kleine gezondheidszorg klinieken?'
'Dat klinkt logisch, maar weet je hoe lang de looptijd is van de dichtstbij zijnde gezondheidsposten naar het ziekenhuis? In ieder geval meer dan een dag. Het wordt geen grote toeloop.'

Het gesprek tussen Thulo en Bram duurt al even; nu pas wordt de bestelde grote pot thee binnen gebracht en de bekende schaal onsmakelijke koekjes. De hond zou ze wel lusten, maar de Nepalese staf zou heel verbaasd kijken als Bram straks buiten een hond koekjes zou voeren, misschien de hond ook wel.
Bram overweegt te vragen of Toos nog steeds in Pokhara zit? Nee, dat is al te vals. Niet doen.

'Mijn conclusie lijkt me duidelijk,' zegt Thulo gedecideerd, 'de keuze van de locatie was haastwerk, het LIO heeft een grote fout gemaakt. En ik werk er niet aan mee om die fout te verdoezelen en de te verwachte problemen daarvan af te wentelen op onze belastingbetalers!
'Bram doet nog één duit in het zakje: 'weet je al dat LIO gehoor vindt bij SNV in Den Haag?'
'Ja dat weet ik,' antwoordt Thulo, 'het hoofdkantoor van SNV vraagt me flexibel te doen en niet zo halsstarrig te weigeren'
'Waarom steunt jouw hoofdkantoor de LIO?' Het antwoord is cynisch, vindt Thulo, maar hij kan er niet omheen.
'Voor het hoofdkantoor ligt Nepal ver weg. Mijn betoog dat de Nepalese gezondheidszorg er niet bij gebaat is zegt ze niet zo veel. LIO-kantoor is veel dichterbij. De hoofdkantoren van de hulpclubs in Nederland zijn als het even kan voorzichtig met elkaar.'
De goede relaties tussen de hulpclubs in Nederland is belangrijker dan de kwaliteit van de gezondheidszorg in Nepal. Ik hoor het zelf: ik val in herhalingen.'

Thulo wordt gekalmeerd door de beloften van Bram:

'Ik zal op korte termijn niets doen met mijn outline.' Ik wil toch eens nadenken, denkt Bram, en ik heb op korte termijn die betaling van LIO niet nodig.

'Ik zeg je ook nog toe dat ik voor een tweede versie een aantal mensen uitgebreid zal horen, als de discussie over een half jaar nog actueel is. Ik denk aan de Engelse 'moederorganisatie' van LIO, en aan nog andere donoren die in de zelfde sector werken.'

'Thulo is blij met de toezeggingen. Bram ook, want hij heeft hiermee kilo's krediet verdiend bij Thulo. Misschien heeft hij dat ergens anders voor nodig. Ik lijk de Hulp wel, denkt hij: onze belangen eerst. Niet alle rijders van een solex zijn de bescheidenheid en fatsoenlijkheid zelve.

5.9 Een mysterieuze dame

Brief van Angelique aan Toos,
Dar es Salaam, *juni 1995*

Lieve Toos,

Dank voor je biecht. Ik ben niet zo schrijfs, maar ik mag je niet lang laten wachten op een antwoord. Bram heeft me nog niet geschreven.
Laat me beginnen met het makkelijkste onderwerp: als ik in Kathmandu ben moeten wij elkaar natuurlijk ontmoeten. Dat kan overal; ik zal echt niet de hele dag bij Bram op schoot zitten, veel ruimte nemen voor mezelf.

Dan het gevoelige onderwerp: jouw overtreding; je openhartige bericht daarover. Het doet me iets, soms zelfs veel, maar tot mijn verbazing loop ik er niet de hele dag aan te denken.
Ik neem aan dat je geen relatie met Bram opbouwt. Ik ben niet onthutst over de uitglijder omdat ik niet verrast ben. Ik heb niet verwacht dat Bram volstrekt monogaam blijft, daar is hij het type niet voor. De ruimte die hij neemt is de prijs die ik moet betalen voor mijn vaagheid naar hem. Zo zie ik het. Ik sta blijkbaar op afstand van Brammemans, want anders zou ik het toch vreselijk vinden?
Bovendien, ik ben toch aan het raaskallen, braaf en netjes blijven in Tanzania lijkt onmogelijk. Ik bedoel, wie ben ik om Bram iets te verwijten en zelf niet de flamingo-dansleraar rigoureus op afstand te houden.

Ik wist dat Bram jou vroeg of laat zou tegenkomen in Tanzania. Waarom die merkwaardige keuze om Bram niet te vertellen dat mijn heel goede vriendin

Toos ook in Nepal zat? Misschien achteraf te raar, een beetje ondoordacht zelfs, ik geef het toe, maar mijn motief was zuiver.
Bram en ik waren (en zijn?) heel gelukkig samen… Al ging het soms bijna helemaal mis. Ik had en heb ruimte nodig en moest ver weg blijven van de dagelijkse irritaties die sluipenderwijs frequenter werden, van het dagelijks geleuter over onze relatie, van de wederzijdse vooroordelen. Driftig inpakken van koffers, hevige woordenwisselingen per telefoon en daarna spijt. Elk normaal denkend mens zou een eind aan die relatie maken. Onze genegenheid zit (of zat?) heel diep.

Bram heeft weinig geduld. Hij blijft links om of rechts om aan mij trekken. Stel dat hij zou weten dat jij en ik goede vriendinnen zijn, dan zou hij mij via jou benaderen, vanuit Kathmandu ja, dan zou hij jou indirecte boodschappen geven die bedoeld zijn om aan mij door te vertellen, dan zou hij een extra lijntje naar me hebben en dat op gaan rekken. En dat zou averechts werken.
Nu ik het zo opschrijf vind ik het een gezochte zeurredenering; het was sympathieker en makkelijker geweest gewoon open kaart te spelen, achteraf gezien, maar het verklaart wel waarom ik niks zei tegen Bram over jouw verblijf in Kathmandu.

Bij elke brief die ik van Bram krijg, komt dat idiote dubbele gevoel op: blij, maar ook angstig: daar gaan we weer. Het duurt soms twee dagen voor ik zijn brief openmaak.
Ik twijfel of ik naar Kathmandu zal komen. De ontmoeting met Bram zal niet meevallen, want ik zal veel te vaak aan jou denken, als je begrijpt wat ik bedoel. Ik hoor hem al weer toeteren met dat rabiate optimisme van hem dat het op vakantie heel goed zal gaan tussen ons.

Ik moet helemaal niet naar Kathmandu komen, nog niet. Maar, was ik maar zo rationeel consequent, ik wil hem zien en omarmen. Er speelt van alles door mijn hoofd.
Wat zou jij ervan vinden als ik iets met Bert begin? Ik zou toch van God los zijn als ik iets met Bert uit zou halen? Dat zou buitensporig zijn.
De fles is bijna leeg. Ik ben tijdens de huwelijkse troebelen met vriend Bram goed geworden in warrige gedachten. Dat hoorde erbij, dat hoort er blijkbaar nog steeds bij. Ik kom toch maar naar Kathmandu.

Laat ik met een vrolijker noot deze brief beëindigen. Het is een boeiend land, Tanzania, met een opwindende stad, Dar es Salaam, met een plezierige bevolking, niet al te uitbundig hartelijk, maar correct, niet zo feesterig en levendig als bijvoorbeeld de bewoners van Ghana (ik ontving veel brieven van je tijdens mijn stage daar).

Het is een merkwaardige ervaring, op een ambassade werken, dicht bij de ontwikkelingssamenwerkingspraktijk en de spinsels van het hoofdkantoor te ervaren. Die plannen voeren we niet allemaal uit hoor! Gelukkig zijn er mensen met gezond verstand die al te dwaze gedachten en losse ideeën, soms een beetje, soms aanzienlijk bijstellen.
Helpt ontwikkelingshulp nou of niet? Ik weet het nog niet, mijn collega's stellen die vraag niet. Maar ze zijn wel gezellig en collegiaal.

Ik raak niet uitgekeken op het *expatriate* leven, eigenlijk niet meer van deze tijd. Maar ik doe er aan mee, tot op zekere hoogte. Inconsequent! Dubbel! Dat zijn ook mijn gevoelens voor mijn vriend in Kathmandu. Doe me een lol, en laat je niet voor zijn karretje spannen!
Heel graag tot ziens in Kathmandu! Ik ben zo nieuwsgierig; is het echt een sprookjesstad in een sprookjesland?

6. Meer Blokzieligers naar Nepal

Juli 1995

6.1 Zenuwen voor vertrek

Brief van Liesbeth aan Harm,
Blokzijl, *juli 1995*

Heel normaal zei de dokter: als je te gespannen bent kun je niet slapen. Ik kreeg slaappillen. En laat me nu eindelijk beginnen met mijn vragen. Als ik aankom, schrijf je, word ik opgewacht op het vliegveld door meneer *Bishnu*, die klaar staat met een bord met mijn naam erop. Ik lijk de koningin wel! Maar als Bishnu er nou niet staat, wat dan? Die man kan toch ook ziek worden? Natuurlijk let ik goed op dat ik geen pakjes van anderen overneem. Ik ben niet op mijn achterhoofd gevallen!
De meneer van de douane zit dus te slapen op een stoel. Dat wil ik heel graag fotograferen. Mag dat? Dat geloof je toch niet, een slapende man van de douane? En dan sta jij tussen dringende taxichauffeurs op me te wachten, bij de uitgang. Een veel te smalle uitgang; je ziet, ik lees alles wat je schrijft. Dan gaan we naar een luxe hotel in Kathmandu, jij laat me de mooiste tempels zien en we gaan rijst met linzen eten.
En nog meer doen, maar ik schrijf dat niet op, want als je net als alle andere spullen ook mijn brieven laat slingeren, o jee, o jee. Na een paar dagen gaan we met een bus naar Pokhara al duurt dat vijf of zes uur, want dat is goedkoper dan het vliegtuig en dan zie ik meteen het landschap in Nepal. Dat je dat allemaal bedenkt voor mij. Heel lief! Super!

Maar ik ben nog niet klaar: wat voor kleren moet ik meenemen: voor koud of warm weer? Regenjas, zomerjas, winterjas of alle drie? Wat voor schoenen? En wat zal ik meenemen voor Nepalezen die jij kent? Kralen zegt Pa, maar dat was een grap. Wat dacht je van die modelhuisjes van de Amsterdamse grachten? Te zwaar en te duur, misschien. Ze hebben op Schiphol ook sjaals, hoorde ik, met mooie Nederlandse afbeeldingen, is dat iets?

Zijn in Nepal warenhuizen waar ik eens kan rondkijken om te zien of ik geen nuttige tips zou kunnen geven, vooral over hoe je spullen moet uitstallen? Dat je meteen aan de ingang iets met een aantrekkelijke prijs neerhangt. Ik heb daar echt verstand van. Er zijn heel veel trucs om de verkoop te verhogen. Snap je? Misschien kan ik ook wel uitgezonden worden. Ik vroeg het eerder maar je gaf geen duidelijk antwoord. Je schreef iets over armoedebestrijding.

Ik kan niet wachten, drieëntwintig nachtjes slapen (en nog drieëntwintig slaappillen) en dan begint het grootste avontuur uit mijn leven. Tot nu toe, wie weet wat er nog meer komt. Ik heb al uitgezocht hoe laat ik met die zware koffer in Steenwijk op het station moet zijn. Natuurlijk brengen Pa en Moe me met de auto naar Steenwijk. Niet naar Schiphol nee. Pa wordt helemaal zenuwachtig van die autowegen. En we hebben gehoord dat parkeren op Schiphol een sloot geld kost. Een uur parkeren kost net zoveel als zevenentwintig borden dalbhat. Ben ik goed voorbereid of niet?

6.2 Ze komt wel, ze komt niet

Brief van Angelique aan Bram,
Dar es Salaam, *11 juli 1995*

Lieve Bram,

Zoals je weet ontving ik een brief van Toos over buitensporige gebeurtenissen; ik zit met enige spanning te wachten op jouw versie van jullie avontuur. *Tout comprendre c'est tout pardonner*, heeft mijn Franse collega bedacht; toch is ze maar gescheiden. Hoe moeten *wij* verder? Eerst jouw bericht; tot die tijd houd ik mijn gevoelens voor me.

Sterker nog, ik maak een brief af die al bijna klaar is. Alsof ik niks anders aan mijn hoofd heb; een ultiem bewijs van mijn beheersing!
Ik had het in mijn vorige brief over 'een feestje': de introductie van de MER. Nog een voorbeeld van een feestje.

Er kwam een hoge ambtenaar uit Den Haag, aardige man, maar wel zwaar belast met de Haagse opvatting dat wij een belangrijk land zijn. Ik met die Haagse collega, Karel naar 'mijn counterpart' op het ministerie van *Local Development*, want hij wilde een diepgaand gesprek over een project dat ik in mijn portefeuille heb. Dat de Tanzaniaanse counterpart van me, mevrouw *Fourpence,* het druk heeft met al die bezoeken van vertegenwoordigers van financiers, zo druk dat ze geen tijd heeft om haar werk te doen, daar heb ik het maar niet over. Collega Karel bleef onderweg in de auto herhalen dat hij zelf altijd en overal met de mensen op de werkvloer wilde praten. Dat deed me denken aan toeristen die in het *Ki Swahili* goedendag hebben gezegd tegen de bakker, hem gevraagd hebben hoe het met zijn kinderen gaat en dan thuis kunnen vertellen dat ze gesproken hebben met de *local people.*

Karel en ik hoeven maar heel even te wachten in de duffe wachtkamer van mevrouw Fourpence. Drie Tanzaniaanse bezoekers die misschien al uren zitten te wachten op audiëntie kijken ons niet vriendelijk aan. Ze voelen op hun klompen aan dat wij voor zullen gaan.

Onze gastvrouw heeft een apart zitje. Ik stel Karel en mevrouw Fourpence aan elkaar voor, wat omslachtig maar dat hoort zo. Het gesprek begint.

Zegt Karel plompverloren tegen mijn collega, op een poeha-toon: 'wat vindt u van het initiatief van Nederland om de Afrikaanse landen bij elkaar te brengen voor een internationale bijeenkomst in Maastricht?' Tsja, daar gaan we weer, denk ik, wij Nederlanders staan niet in het middelpunt van de wereld, zeker niet volgens Tanzanianen. Mijn Haagse collega had eerst over Tanzania moeten beginnen, daarna over Jan Pronk of over Cruijff. Als je hier woont en werkt krijg je daar vanzelf de juiste antennes voor.

Gelukkig ziet mijn Tanzaniaanse contactpersoon, dat ik bevangen wordt door plaatsvervangende schaamte. Of dat haar de moed heeft gegeven voor een geweldig antwoord? *It is fashion these years to organize Africa conferences in Europe. Sir, I never heard about your conference. I am so sorry. And I am very busy*. Karel sputtert over het belang van dat initiatief maar voelde na tien minuten wel aan dat we beter onze biezen konden pakken.

Wat lees ik in het rapport van Karel? 'Gelukkig was er tijd voor een leerzame gedachtewisseling met een ambtenaar van het Ministerie van *Local Development*.' Zou mijn Haagse collega Karel er nog iets van geleerd hebben? Ik vond het een feestje dat een ambtenaar van ons op zijn plaats gezet wordt door een Tanzaniaanse overheidsdienaar, maar zou Karel dat ook zo zien?

Het achterliggende probleem is de carrousel van hoge ambtenaren in Den Haag die steeds wisselen van departement. Lang niet al die ambtenaren, die tijdelijk op Buitenlandse Zaken geplaatst worden hebben diplomatie aangeleerd. Diplomaten hoef je niet uit te leggen dat je in Tanzania niet moet beginnen met praten over je eigen land.

Eén zin over naar Nepal komen. Ik wil graag praten, maar het is niet verstandig dat *niet* in Kathmandu te doen. *Niet* op de plek des onheils. Kunnen we niet een andere plaats bedenken? Een kort verblijf halverwege Tanzania en Nepal? Op de *Seychellen* of zo? Dan zijn we beiden uit ons gewone doen. Maar wel kort, een dag of drie, vier. Ik hoor het wel. Hoe moet het verder met ons?

6.3 Stedenband in de maak

Brief van Tineke aan Thulo,
Blokzijl, *juli 1995*

Geachte mijnheer van Gemert,

Graag informeer ik u over ons plan, mede namens Froukje, de vriendin van Frits.
Dat plan komt neer op een stedenband tussen Blokzijl en Kathmandu. Wij komen ter voorbereiding van die stedenband naar Kathmandu.

Een stedenband, hoe stellen wij ons dat voor? Laat ik een tipje van de sluier oplichten, door enkele van onze plannen te vertellen. In Kathmandu komen we ongetwijfeld op veel meer ideeën.
We denken aan onderwijs. Een onderwijzer uit Blokzijl gaat met een tolk een maand les geven op een basisschool in Kathmandu en omgekeerd. De Nederlandse onderwijzer vertelt ook op andere scholen in Kathmandu over Nederland en Blokzijl. En in Blokzijl doen we hetzelfde, maar dan natuurlijk met een Nepalese onderwijzer.
Met de voorbereidingen van een ander plan zijn we al begonnen. We hebben foto's en een filmpje gemaakt van klassen op de basisschool hier in Blokzijl en op dat filmpje vertellen de kinderen wat ze verwachten van een schoollokaal en van het onderwijs in Kathmandu. Natuurlijk laten we die zien aan de kinderen op scholen in Nepal. Ik weet zeker dat de opvattingen van de Blokzijlse kinderen over een Nepalese school veel stof voor gesprek, misschien zelfs hilarische reacties op zullen leveren. En omgekeerd: als we straks weer terug zijn in Blokzijl zullen de kinderen foto's en films te zien krijgen van Nepalese leerlingen in een Nepalese klas.

We zoeken het ook in de uitwisseling van professionals of ambtenaren. Wij zouden graag één of twee ambtenaren uit Kathmandu iets van ons land laten zien. Die ambtenaren kunnen heel wat opsteken van de soepele gang van zaken op ons gemeentehuis. Hoe wij het gemeentebestuur aanpakken, hoe wij belasting innen, hoe wij de vuilophaal regelen, hoe wij voor onze veiligheid zorgen, hoe wij de straten schoon houden. Ik hoorde dat straten in Kathmandu erg vuil zijn. Hoeft echt niet anno 1995, is gewoon een kwestie van een goede organisatie. We hebben veel te vertellen aan onze Nepalese gasten; dat zet ze vast aan het denken. En ze worden gestimuleerd allerlei veranderingen in gang te zetten als ze terugkomen in Kathmandu.

De burgemeester van Blokzijl is mijn echtgenoot, daar heeft u brieven van ontvangen over onze twee Blokzieligers. Mijn man bemoeit zich niet met mijn project.

Mijnheer van Gemert, wij komen naar Kathmandu op acht augustus met de dagelijkse *RNAC-vlucht* uit Delhi. Wij verzoeken u vervoer te regelen vanaf het vliegveld en een bescheiden hotel dicht bij de kantoren in het centrum. En een tolk. Ik hoorde dat u iemand kunt sturen om gasten door de douane te loodsen. Dat zou heel welkom zijn, vanwege onze foto- en filmtoestellen. We geven onze aankomsttijd nog door. Bovendien willen we u uitgebreid spreken en we verwachten een introductie bij het gemeentebestuur in Kathmandu.

We durven dat te vragen, want wij willen ook Nepal helpen, net als u. We zitten in hetzelfde schuitje.

Froukje gaat natuurlijk Frits opzoeken; dat regelen Frouk en Frits zelf. Ik wil zo snel mogelijk na aankomst Bram Roebers spreken. Ik hoorde dat u hem vaak ziet. We kennen elkaar; hij is bereid me de weg te wijzen. U ziet, wij zijn goed voorbereid.

Mijnheer van Gemert, we zullen elkaar ontmoeten! We kijken er naar uit!

6.4 Een verrassende zet

Tette komt naar Nepal, vertelden toeristen uit Blokzijl. Hoe kreeg hij dat voor elkaar? Wat bezielt hem? Wat komt hij doen?

U weet het nog wel lezer, Koen was tegen de benoeming van een journalist in plaats van een consultant door Tette. Later kreeg Tette de wind van voren omdat hij de journalist, Bram dus naar Frits in Rolpa had gestuurd. Rolpa, het centrum van de Maoïsten. Daar ging de nieuwe paniek over, over Frits, die voor de Maoïsten wilde blijven werken. Tette werd ontboden naar Utrecht om onder leiding van de gezamenlijke vriend GJ met Koen te komen praten; hij ging niet - hij had genoeg van de bemoeienis van Koen.

Een paar dagen later overviel Tette zijn vrienden Koen en GJ met een verrassende zet: hij ging het probleem Frits zelf in Nepal oplossen, schreef hij in een korte, laconieke brief.

Hoe hij het voor elkaar kreeg vroegen collega's hem. Ze wisten dat Hoge Heren uit den Haag op de achtergrond aan de touwtjes trokken en deze inval van Tette niet zouden toejuichen. Bobo's uit Den Haag spreek je vanuit Blokzijl niet tegen, vandaar die vraag. 'Heel eenvoudig,' antwoordde Tette, 'ik ga gewoon. Toestemming nodig? Van wie dan? Burgemeesters mogen ook op vakantie!'

Hij wilde natuurlijk geen financiële bijdrage aan Koen vragen. Hij vond het ook niet netjes om het te financieren uit de kas van Blokzijl, hij betaalde het van zijn vakantie- en spaargeld. 'Dus … ik mag ook een beetje op vakantie daar,' zei hij nog maar een keer.

Koen en GJ probeerden na de ontvangst van het briefje van Tette hem op het gemeentehuis te bellen, maar ze werden niet doorverbonden. Ze belden Tineke, maar die hield vol dat Tette niet bereid was met ze te praten; er is niets te bespreken, vond Tette.

Tineke waarschuwde Tette net op tijd dat GJ telefonisch had aangekondigd dat hij de volgende dag naar Blokzijl zou komen. Of Tette maar thuis wilde blijven. Tette bleef niet thuis en kon nog net iets regelen waar hij nooit tijd voor had genomen: zeilen met vrienden op het Giethoornsche Meer, op een doordeweekse dag. Ze bleven heel lang hangen op het mooiste terras van Nederland, aan het water in *Muggebeet,* vlak bij het meer. Tineke bleef ook niet thuis, ze was bij Froukje.

Niemand thuis. GJ had het kunnen weten, want hij ontving een telegram met de mededeling dat er niemand thuis zou zijn. GJ had dat geïnterpreteerd als een smoes. Natuurlijk liep hij ook onaangekondigd het gemeentehuis in. Maar zelfs met de gebruikelijke flair van een advocaat kwam hij niet te weten waar Tette uithing.

GJ liet na een korte wandeling in Blokzijl een briefje achter en vermaakte zich nog een uurtje op een terras in Blokzijl aan de kolk, ook mooi, maar geen Muggebeet.

Waarom dit besluit van Tette om zelf naar Nepal te komen?

Hij zag geen andere optie.

Het eerdere idee van Koen om Froukje in te zetten om Frits te masseren ging niet door, want die bedankte voor de eer. (Froukje gaat wel naar Nepal, maar daar voor het project 'stedenband' werken, met Tineke dus). De directeur van SNV-Nepal werkte niet mee aan de oplossing van 'het probleem Frits', een typisch geval van geen boter bij de vis.

En het rapport van Bram dan? Tette was weliswaar enigszins gerustgesteld na de conclusie over de status van Frits: geen militair maar een ontwikkelingswerker. Toch vond hij Brams' missie geen succes; Frits wilde niet terug.

Maar het belangrijkste motief voor Tette om zelf naar Nepal te gaan: hij wilde niets weten van weer nieuwe bemoeienis van Koen.

Zijn vrienden en naaste collega's vroegen wat hij van plan was. Een bestuurder uit Blokzijl, ver weg en onbekend, had toch geen poot om op te staan?

'Wat heb je nou te bieden aan rebellen in een vreemd land, een groepering waar we totaal geen band mee hebben.'

'Mijn belangrijkste wapen inzetten: charme,' zei Tette.

'Dat werkt internationaal.'

'Nee, humor niet,' beweerde Tette, 'Maoïsten hebben vast geen humor. Links heeft geen humor,' zei de linkse Tette. Koen al helemaal niet, dacht hij erbij, maar dat zei hij niet. 'Charme werkt in alle landen,' beweerde Tette, nogmaals, alsof hij er veel ervaring mee had. En bluf, dachten de collega's, daar heeft hij een behoorlijke voorraad van.

Tette heeft aardig wat voor elkaar gekregen in Blokzijl. Dat vernam Bram van toeristen uit Blokzijl. Er kwamen verrassend veel Blokzieligers als toerist naar Nepal. Niet zo vreemd: als je je hele leven goede doelen hebt gesteund of de collectezak in de kerk hebt gevuld wil je zelf wel eens komen kijken hoe dat gaat, al die hulp. Als er dan stadsgenoten in de rimboe zitten vlak bij het vuur is dat een mooie gelegenheid. Maar dit terzijde.

Egbert, Bram en Harm kwamen veel te weten van die bezoekende toeristen, in de woning van Egbert en Harm, waar de meeste Blokzijlenaren langs kwamen voor een kop koffie, of een drankje of zelfs om er te logeren. Het bezoek aan de praat krijgen werkt hier in Nepal net zo als in Nederland: stop er wat drank in en dan steekt men van wal. Eerst nog wat terughoudend, maar dat duurde niet lang. Vooral lokale jenever, raksi, is heel geschikt om de tongen los te maken.

Wat vertelden de bezoekers over Tette? Hij heeft heel handig de voorzitter van de VVV ingepalmd toen hij lastig werd, een vazal in het bestuur van het in de regio bekende *shantikoor* gekregen, zich op de voorgrond geplaatst bij de organisaties van de mooie ijstocht door de Kop van Overijssel – zeker als er camera's in de buurt waren; hij kletste als sluismans om te voorkomen dat er door het waterschap op onderhoud van de sluis bezuinigd zou worden, hij hield de partij van gemeentebelangen handig koest en tevreden met geveinsde belangstelling voor wat symboolpolitiek van die raadslieden.

Bram kwam zelfs te weten dat het tussen Tineke en Tette wel weer boterde, al zou Tette ook gesproken hebben over ' het kat-en-muis spel met mijn lief'. Bram vroeg zich af wat Tette hier zou kunnen klaarspelen wat *hem* niet gelukt was? Maar hij vond het ook interessant om de onderhoudende Tette eens buiten Blokzijl mee te maken. Bram keek uit naar zijn bezoek en trouwens ook naar Tineke. Er ontstond tot nu toe in de nabijheid van Tineke een moeilijk te loochenen wederzijdse aantrekkingskracht, al wisten ze beiden dat die onder controle moest blijven. Spannend!

6.5 Nog een verassing?

Brief van Froukje aan Frits
Blokzijl, *juli1995*

Beste Frits,

Je schrijft niet terug, dus ik ben ook een tijdje gestopt met mijn epistels aan jou (al deed ik dat graag, het werd een soort dagboek). De aanhef Lieve Frits gebruik ik niet, want dat leidt misschien tot misverstanden. Dit is een cryptische zin, ik licht het toe.

Op de school voor journalistiek hebben we alles, ja echt alles, geleerd over het maken van nieuws, over het inkleuren of opleuken van de werkelijkheid, over met insinuaties schermen, over het manipuleren van citaten of teksten – ik kan zo nog wel even doorgaan. En zie, tot mijn verbazing werd ik zelf onderwerp van het construeren van waarheden.
Ik werd in een artikel van de Steenwijker je verloofde genoemd. Sinds wanneer zijn wij verloofd? De vriendin van Harm, aardige meid, maar ook een beetje een opgewonden standje, lardeert berichten over jou met uitlatingen als oh wat erg voor je, berichten die mij niet zo veel doen. De vrouw van de burgemeester, een pracht mens overigens, denkt dat ik bloednerveus wordt van alle berichten over jou.
Als ik zeg ik dat het wel meevalt, noemt zij mij flink. Als ik zeg dat het mij niet zoveel doet, zegt zij dat ik zo goed kan relativeren.
Nog zoiets: tante Ada in de bocht op de laatste verjaardag van mijn moeder: 'ja, ik weet nog dat op mijn verjaardag Frits en jij erg snel weg moesten samen, maar ik weet wel hoe het zit hoor.' Ha, ha, ha, ha, buldert het gezelschap.

Vind ik het heel erg? Niet leuk, maar heel erg? Het heeft ook wel iets koddigs. Soms is het lastig. Zowel Tineke als Liesbeth hebben ongevraagd overdreven medelijden getoond omdat men in Blokzijl schande zou spreken van mijn escapades met de burgervader. Nou waren die er niet, nou ja, wel enigszins, maar ik lag er niet wakker van. Ik heb die berichten zelf niet gehoord. Liesbeth wel, zegt ze. Mijn ouders ook, dat vind ik wel heel vervelend; gelukkig heb ik verstandige ouders.

Tineke verklaarde er alles aan te zullen doen om het bericht over mijn zogenaamde escapades met haar man Tette, de burgervader dus, niet bij jou te krijgen. Ik kan honderd keer zeggen dat dat me niet zoveel kan schelen, helpt niet. Nooit dringt het eens door: wij, jij en ik, zijn geen geliefden, wij zijn goede vrienden.
Tineke zei op een gegeven moment dat ik best even mocht janken vanwege de situatie. Dat was het toppunt. Ik schoot in de lach; het leek wel alsof ze dat jammer vond. Het paste niet in haar plaatje. En het onderduiken dan, mocht je dat gehoord hebben, ik was helemaal niet ondergedoken; ik logeerde bij mijn grote zus. Tineke maakt daar onderduiken van.

Je weet hoe het zit Frits, we hebben het er uitgebreid over gehad. We zijn goede vrienden, maar we hebben geen verplichtingen tegenover elkaar. Dat hebben we zelfs tijdens het spel in de hooiberg herhaald: geen verplichtingen. Mooie metafoor eigenlijk: in de hooiberg. Welke metafoor zouden ze in de stad bezigen voor geheime plekjes voor geliefden? Ik denk het plantsoen. In Kampen langs de IJssel heet zo'n plek vast langs de dijk. En in Nepal? In de bergen? Lijkt me niet zo comfortabel. Misschien heb je net als in de Alpen lege stallen waar het vee gaat schuilen tegen noodweer? Dus: in de stal? Lijkt me erg romantisch.

Ik ben niet op zoek naar andere kerels – alsjeblieft niet. Ik ben op zoek naar werk, dat wel.
Het ziet er naar uit dat er opnieuw, ditmaal betaald werk aan zit te komen, na het buitenkansje als stagiaire van de gemeente. Betaald werk in… je raadt het nooit, in Nepal.
Ik kon zelfs kiezen, ofwel in dienst van het project Blokzijl-Nepal, via Tette en zijn Haagse vriend Koen, ofwel in dienst van een stedenband, eigenlijk in dienst van Tineke. Het project Blokzijl-Nepal betaalt alle kosten die voortvloeien uit de uitzending van jou en Harm die niet door SNV betaald worden; ook Bram wordt uit dit project betaald en de PR over jullie heldendaden daar. Ik koos dus voor de tweede mogelijkheid, voor de stedenband, die Tineke op gaat zetten, ook met geld van het ministerie van ontwikkelingssamenwerking, bij elkaar geritseld door de grote vriend van Tineke en Tette op dat ministerie, Koen dus.
Kun je het nog volgen? Nee? Geeft niks, ik kom het je uitleggen.
We gaan elkaar ontmoeten en ik kijk ook uit naar een hooiberg, een plantsoen, een dijk, een stal. Niet naar verplichtingen.

6.6 Hoog bezoek

Brief van Tette aan Thulo, Bram, Harm en Frits,
Blokzijl, *juli 1995*

Heren,

Het is de hoogste tijd: ik kom naar Nepal. De maand augustus zal ik verblijven
in het Summit Hotel. Als het zicht goed is, kun je vanuit dat hotel de
besneeuwde bergen zien, heb ik begrepen. Daar kijk ik erg naar uit. Ik kom
namelijk ook op vakantie. Misbruik van belastingcenten? Nee, ik betaal het
merendeel van de reis en het verblijf van mijn vakantietoelage en ik keer mijn
spaarpot om. Ik maak geen gebruik van een eventueel aanbod van hoger
hand om mijn reis te betalen.

Vanzelfsprekend kijk ik ook uit naar jullie verhalen over de voortgang van ons
mooie project. Op mijn derde dag, dat is zeven augustus, verwacht ik om
09.00 uur Harm in Summit, om 11.00 Frits, om 13.00 uur de heer Bram
Roebers voor de lunch, om 16.00 uur, tegen borreltijd, de heer Thulo van
Gemert.
Andere afspraken, om samen iets te ondernemen of te bezien, zullen
afhangen van onze gesprekken. Ik wil in ieder geval ook in Pokhara
rondgeleid worden en kennismaken met de directeur van de waterdienst.
Ik heb begrepen dat ik een auto met chauffeur kan huren bij SNV. Graag en
wel de hele maand.

Eén afspraak vergt mogelijk wat voorbereiding voor de heer van Gemert: ik
wil vertegenwoordigers van de Movement ontmoeten in Kathmandu, van de
Maoisten dus, maar ik snap dat u liever over *de Movement* spreekt. Officiële
bronnen zullen beweren dat die vertegenwoordigers er niet zijn, maar dat
geloof ik niet. Onderwerp van gesprek: het werk van Frits. Als dat makkelijker
is met vertegenwoordigers van de Movement in Pokhara, kan dat ook. Ik kan
als overheidsdienaar, als burgemeester, natuurlijk niet naar Rolpa.

Ik kom alleen, mijn echtgenote komt ook, iets later, maar die heeft een
andere agenda en een ander reisschema.
Een dringend verzoek aan de heer van Gemert: geen overbodige
kennismakingsbezoeken. Ik hoef niet naar de ministers of hoge ambtenaren
van Binnenlandse, of Buitenlandse Zaken. Een bezoek aan de burgemeester
van Kathmandu zou ik wel leuk vinden, altijd onderhoudend, bezoeken van
collega's. Maar het hoeft niet. Burgemeesters in mooie steden in de wereld
krijgen toch al zoveel collega's op bezoek.

Ik ga wel tijdens een onderbreking van mijn vlucht in Delhi bij de Nederlandse ambassade langs.

Mocht gevraagd worden door autoriteiten wat ik kom doen, je weet nooit, ik ben op vakantie en ik bezoek uit persoonlijke overwegingen SNV-Nepal en de Blokzieligers die in Nepal werken. Omdat één van die Blokzieligers in Rolpa werkt zou ik ook toevallig in contact kunnen komen met iemand van de Movement, maar ik ben daar niet op uit. Als ik de burgemeester van Kathmandu zou zijn, dan zou ik een beetje argwanend worden. Maar we houden vast aan dit verhaal, jullie en ik.

Tot zover de belangrijkste passages uit de brief van Tette. Bram wist al dat Tette zou komen, maar voor de anderen komt deze brief als een donderslag bij heldere hemel; de reacties zijn verschillend. Bram vindt het leuk dat hij komt, maar hij vraagt zich nog steeds af wat hij hier komt doen. Frits op andere gedachten brengen? Ik wens hem veel succes, denkt Bram. Harm vindt het interessant, een eer zelfs. Frits zal het 'worst wezen.' Thulo vindt het wel makkelijk, want persoonlijke ontmoetingen lopen vast beter dan de correspondentie. Zou dat zo zijn?

6.7 Wat was de doelstelling van de SNV?

Wat doet zo'n velddirecteur, tevens consul, de hele dag?
Thulo is niet alleen met Nepal bezig, maar is ook veel tijd kwijt met allerlei verplichte nummers in verband met diverse belangen. Bram kreeg in het kader van zijn onderzoek toegang tot de agenda van Thulo: Haagse belangen staan voorop, dan de verplichtingen aan gasten, en dan pas Nepalese belangen. Thulo is niet verbaasd over de bevinding van Bram; hij noemt een aantal voorbeelden, welke de stelling van Bram bevestigen.

'Zo zijn er gasten uit de hulpsector; heeft een onderzoeksinstituut in Nederland een nieuwe manier van leerlooien ontdekt, dan moet dit in Nepal ingevoerd worden, of in andere mooie landen, nooit in bijvoorbeeld Bangladesh. Als directeur in Nepal werk ik het liefst niet mee. Het land wordt overspoeld met vertegenwoordigers van veelbelovende nieuwe ideeën. Maar dat onderzoeksinstituut in Nederland is ook niet gek en heeft tevoren in Nederland wat druk op de ketel gezet. Door het mobiliseren van een ex-politicus uit hun bestuur bijvoorbeeld.
Dan zijn er gasten die een bijzondere behandeling claimen, meestal zijn ze uit op reisbureau-achtige services. Een lid van de Tweede Kamer komt met zijn vrouw om meer inzicht te krijgen in ontwikkelingssamenwerking. Maar wil à

propos ook dat we een reis regelen naar het gebied van de Everest, al hebben wij daar geen projecten…. !
Een diplomaat, sorry Diplomaat van onze ambassade, sorry, Ambassade in Bangkok heeft ook zo zijn opvattingen over zijn recht om reisbureau services te eisen van een Consulaat, sorry, consulaat. Het is toch wat.'

De voorbereiding van de komst van Blokzieligers is routine. Een speciale vergadering met de Nepalese staf is daarbij onmisbaar. Zij moeten weten welke bezoekers belangrijke gasten zijn. Dat zien ze soms niet, zoals wij het verschil tussen de ene en de andere hoge Nepalees ook niet altijd zien. De lokale staf wil weten of de verzoeken om diensten van chauffeurs en het benutten van auto's volgens normale procedures zullen lopen. De staf moet weten wie er wel of niet de eigen hotelrekening moet betalen, wie er voor de koffie, wie er op de lunch, wie op diners uitgenodigd moet worden, wie opgehaald moeten worden, wie een VIP-service krijgt van de SNV. De staf wil weten voor wie, in welke hotels kamers moet worden gereserveerd, of normale kamers voldoende zijn of dat er gesoebat of gewoon betaald moet worden voor bijzondere kamers.

'Wat komt de burgemeester doen?' vraagt Shrestha. Thulo: 'Ik ben blij dat hij komt, want Frits is voor ons niet een *hot issue*; ik hoop voor de burgemeester na zijn bezoek ook niet meer. De Nepalese overheid ligt er echt niet wakker van als ze al iets over Frits zullen horen.' De staf knikt bevestigend. Thulo legt uit waarom het er vanuit Nederland veel ernstiger uitziet. 'Ik verwacht,' vertelt hij de staf, 'dat die burgervader hier gerust gesteld wordt.'
Er wordt wat langer stilgestaan bij de wens van de burgemeester om iemand van de Movement te zien, mijnheer Karki, op papier een journalist. We kunnen geen mededelingen doen aan de Nepalese pers of de overheid over het bezoek aan Karki. Wij kennen hem niet als een vertegenwoordiger van de Movement. Hij is journalist, punt. Dat is alles wat wij (willen) weten. Karki neemt zelf telefonisch contact op met de burgemeester voor een afspraak. De burgemeester kan daar niet heen met een SNV-auto.

De voorgenomen stedenband wordt toegelicht, want voor de Nepalese staf is dat een onbekend verschijnsel. Tineke komt zo'n stedenband opzetten tussen Kathmandu en Blokzijl. Daar mag niet over gegrapt worden. 'Tineke (en Froukje) hebben een hele lijst met wensen; wij voldoen daaraan, of proberen dat. De Duitsers hebben al ervaring met een stedenband. Shrestha, onze programme officer gaat langs bij zijn collega *Limbu* van onze Duitse zusterorganisatie *GTZ* om uit te zoeken hoe zij, onze Duitse collega's dat aangepakt hebben. Vergeet niet te vragen, Shrestha waar bij de Nepalese overheid het loket is voor deze zaken. Dat is er zeker, want alle landen doen ineens aan stedenbanden.'

'We moeten even wennen aan die stedenbanden, maar het zou heel interessant kunnen worden, bijvoorbeeld voor het aanzwengelen van een andere vorm van toerisme, nu nog een plaag, die de wereldvrede geenszins ten goede komt. Grote woorden: *plaag*, *wereldvrede*, maar welgemeend. Er wordt veel gedacht en gepraat over een vorm van toerisme die wel tot begrip voor andere culturen leidt. Als dat zou kunnen!'

'We zullen ook moeten wennen aan de vaak opkomende neiging van toeristen, en dus ook van de Blokzieligers, om goed te doen. Goeddoen door individuele mensen heeft het grote voordeel dat er geen institutionele belangen in het geding zijn. Er is geen organisatie die eigen belangen en dogma's meetorst. Er zijn ook nadelen bekend: te hard van stapel lopen, vanwege de passie verblind worden voor wat je aan het ondernemen bent.'
Thulo noemt dit punt, het goeddoen, omdat de staf van SNV kritisch en terughoudend moet zijn zodra goeddoeners hun hulp inroepen.

Er komt een feest. Thulo: 'Ik zal over een week of vier alle vakantiegangers, Bram en de SNV-ers die in Kathmandu zijn bij mij thuis ontvangen om de Nederlandse Vereniging te ontmoeten. Als Karki wil komen, prima; journalisten zijn welkom maar niet als lid van de Movement.'
Thulo vraagt zijn staf alle gebruikelijke hulp en Nepalese muziek, niet van die heel traditionele, voor ons lastig toegankelijke muziek. Sangita, assistent programme-officer, is verantwoordelijk. 'Denk erom, geen slijpdansfeest in het bijzijn van Nepalese bezoekers. Kwestie van management van het aanbod aan drank en van de muziekkeuze, maar dat weet Sangita allemaal al. Desnoods houd je een aparte kamer vrij voor de slijpers'.
'Mogen de *alumni* komen?' (Alumni zijn Nepalese studenten, die een studie in Nederland hebben gevolgd.)
'Ja hoor. Het is een Nederlands feestje; dat wordt het uithangbord'. Via Hotel Summit heeft namelijk de *Nederlandse Alumni Association* lucht gekregen van, nee, niet die burgemeester, dat kan ze niet zoveel schelen, maar van de stedenband.

Er moet een smoelenboek gemaakt worden. Je mag, Sangita de gasten rustig op hun Nederlandse adres het verzoek doen ons twee pasfoto's te zenden, want die hebben we nodig voor allerlei permits. Noem het voorbeeld maar van een trekking permit.
Oh ja, maak ook een kopie van het smoelenboek voor onze ambassadeur in Delhi. De burgemeester komt op weg naar hier langs onze ambassade in Delhi; het zou mij niet verbazen als de ambassadeur quasi-spontaan naar

Kathmandu komt. Wellicht wordt de ambassadeur door Den Haag opgedragen om de stedenband te dirigeren,… of dwars te zitten, …of te stimuleren. Nee, bellen met de ambassade lukt weer niet. Een telexbericht werd nog niet beantwoord.'

Wat was ook al weer de doelstelling van de SNV: armoedebestrijding toch?

6.8 Beschaving is beheersing

Niet alleen SNV-Nepal, ook Bram kan uitkijken naar spannende maanden. Hij heeft nu meerdere opties om aan het werk te blijven: onderzoek; al zitten de opdrachtgevers niet op de uitkomsten te wachten, hij zelf wel. Er komen evaluatie-opdrachten van ICIMOD. Andere mogelijkheden zijn te vaag om te noemen, maar ze zijn er wel. Geen hoofdpijn meer over zijn (financiële) toekomst in Nepal; hij kan het minstens een half jaartje uitzingen. En…hij is verlost van zijn lastigste klus om ronkende verhalen te schrijven over de SNV-ers. Ook dat nog!

Maar….. Bram kan zijn mijmeringen niet beperken tot de vraag hoe het professioneel met hem gaat. Hij heeft ook op het sociale vlak interessante uitdagingen. Hoe moet het verder met Toos? Dat kan nooit goed gaan, of zou het verkeren met Toos geheim kunnen blijven voor de *expats* en voor één van de expats in het bijzonder, voor Thulo?
Soms wordt Bram nog geplaagd door gedachtenroerselen over zijn relatie met Angelique, maar meestal slaagt hij er in de gedachten aan Angelique *on hold* te houden. Hij wordt er zo moe van en nooit eens vrolijk. Hij moest laatst denken aan een regel uit een oud gedicht van Henriette Roland Holst: Gebroken liefde is als een handvol scherven. Het is nog te vroeg om de term *gebroken liefde* te bezigen, maar die *handvol scherven*, dat is al van toepassing. Therapeuten zeggen dat er twee schuldigen zijn bij relatie problemen, maar die lui zijn niet goed snik, vindt Bram. Die opvatting helpt hem om zich niet *te* schuldig te voelen naar Angelique.
En dan Toos. Wil hij nou echt iets met Toos. Vult zij een leegte op? Of heeft de 'verkering' met Toos meer te maken met zijn frustraties over een falende relatie met die dame in Tanzania? Is het liefde? Nee; hij zou niet eens een fotootje van haar op zak willen hebben. Dat zegt genoeg. Maar waarom zet hij er niet onmiddellijk een punt achter?
Nog meer uitdagingen: wat te denken van de omgang van Bram met Tineke en Froukje. Er bloeit iets op als Bram en Tineke, of Bram en Froukje bij elkaar in de buurt zijn. Het is zichtbaar wederzijds.

Bram met Cassanova of Don Juan vergelijken gaat te ver, maar hij is wel een charmeur. Een nette charmeur. In zijn omgang met Tineke worden geen grenzen overschreden; er is eerder sprake van platonische, dan van 'primitieve' genegenheid. Ook met Froukje is Bram heel voorzichtig. Hoe intensief de affiniteit van Froukje naar Bram is weet niemand.

Ware beschaving is zelfcontrole – die les van Aristoteles schiet steeds door het hoofd van Bram; hij gedraagt zich er naar, vindt hij! Zeker als hij met één of beide dames meerdere gin-tonics drinkt op het sfeervolle terras van hun hotel in Pokhara met uitzicht op de bergen bij ondergaande zon. Zelfcontrole; zo heeft hij zich voorgenomen - op dat balkon met gin tonics geen gedichten voorlezen voor zijn gezelschap, zeker niet over klaterende beken met zuiver smeltwater, door weelderig grasland slingerend.

Hoe zou het verder gaan op het amoureuze pad van Bram, waar zal het uitkomen?

Waarom is hij zo aantrekkelijk voor vrouwen? Omdat hij niet een stoere man is? Omdat hij niet achter ze aanjaagt? Misschien gaat het daarom bijna mis met Angelique? Daar joeg hij wel achteraan, en hoe!

7. Blokzieligers in Nepal

Augustus 1995

7.1 Het hoofd zit vol

Brief van Liesbeth aan haar moeder
Pokhara, *augustus 1995*

Dit wordt geen lange brief, er gaat vanmiddag al een postzak naar
Kathmandu (en vandaar naar Nederland). Ik kan niet alles schrijven, want dan
kom ik niet op tijd klaar.
Ik ben al in Pokhara, 200 kilometer van Kathmandu. De volgende postzak gaat
pas over een week. De andere SNV-er hier in huis, Egbert wil me Pokhara
laten zien. Harm moest naar zijn werk. Aardig en goed bedoeld van Egbert,
maar ik wil even helemaal niets zien! Het hoofd zit vol, er kan niks meer bij.

Aardige jongen, die Egbert, al loopt ie erbij als een landloper. Hij doet erg zijn
best, zet thee voor me en schenkt elke keer mijn glas vol met schoon water.
Er zitten chloor tabletten in. Het water komt uit de kraan, maar daarna
moeten er toch van die tabletten in. Dat smaakt vies, bah!
Het is overdag behoorlijk warm, maar daar heb ik niet zo'n last van. Toen de
ventilator aan ging, zag ik aan het overal opwaaiende stof dat de heren niet
vaak stofzuigen. Er komt veel stof binnen; veel onverharde wegen, slecht
sluitende ramen deuren. Misschien hebben ze niet eens een stofzuiger. Er
komt binnenkort iemand voor de huishouding. Als het goed is zie ik haar nog.
Ze komt ook wonen in dit huis. Moet ik even met haar praten? Nou ja Moe,
hoe doe je dat met een Nepalese, die geen Nederlands spreekt? En als ik weg
ben... niet aan denken!

Laat me bij het begin beginnen. Het vliegtuig landde in Kathmandu en reed
naar mannen met vlaggen voor een gebouw. Het was eng, ik dacht dat het
vliegtuig loeihard door dat gebouw heen zou rammen. Dat bleek later het
hoofdgebouw van het vliegveld te zijn. Ik bleef 10 minuten staan trillen op
mijn benen in het gangpad van het vliegtuig. Vlak bij de vliegtuigtrap stond
een vrolijk lachende meneer; hij heet Bishnu. Hij had een bord met mijn
naam en ...... ik zweer het je, met de namen Tineke en Frouk. Ik stond paf. Ik
wist wel dat ze ook zouden gaan, maar ik had ze onderweg niet gezien. Ze zijn
met een ander vliegtuig naar Delhi gevlogen en daar in mijn vliegtuig naar
Kathmandu gestapt. Door de achterste deur, anders had ik ze wel gezien.

Wat er daarna gebeurde begreep ik, want Harm had het geschreven. Niks wachten in de rij voor de douane. Mee met Bishnu tot aan het bureau van een douane. Wij een beetje opzij van de rij naar voren en hij legt onze paspoorten op het bureau van de meneer van de douane, over de schouder van de man die aan de beurt is. Niemand werd boos; voordringen mag hier.

'Goede reis gehad Liesbeth?' zegt dat mens van de burgemeester, terwijl we voor de douane staan. Maar ze is wel aardig hoor, ze praat heel normaal met me. Ze gaat wel meteen voor in de auto zitten die ons naar het hotel rijdt, alsof dat heel gewoon is.
Ik zie fietsers met een mooi geschilderde hoge bak met een bankje en met een soort overkapping, net als bij kinderwagens. Nee, niet wat je denkt, niet een bak voor de boodschappen, maar voor mensen. Ik bedoel, er worden mensen vervoerd in die bak. Een riksja heet dat. De jongens die met zo'n ding rijden hebben geen broek aan maar een lap om hun middel gebonden. Er zijn er tientallen, net zoveel als taxi's en andere auto's.
Wat een drukte onderweg, veel winkels en werkplaatsen langs de weg; ook op de strook modder voor hun schuurtje worden auto's, fietsen en ijskasten gerepareerd.

Nou vergat ik helemaal te schrijven dat Harm natuurlijk bij het vliegveld stond. De lieverd. Hij had onderweg in de SNV-auto in de gaten dat ik zat te trillen van de zenuwen en de opwinding en aaide heel lief over mijn arm. Het went wel, fluisterde hij steeds, het went wel! Frits was er niet. Het leek net alsof Froukje wist dat Frits er niet zou zijn. Ik durfde het niet te vragen. Niet aan iedereen vertellen in Blokzijl hoor, dat Frits er niet was!
Het Kathmandu Guesthouse is een soort jeugdherberg, een heel oud gebouw. Froukje slaapt met Tineke op één kamer. En wij? Je mag drie keer raden.

Wat ik allemaal niet gezien heb, Moe. Ik schrijf het op in mijn aantekenboekje, thuis laat ik foto's zien. Het is zoveel en ik kan het allemaal niet onthouden. Ik weet nog wel dat er grappige aapjes zaten op de trap naar *Swayambunath*, maar of die tempels boeddhistisch waren? Ik dacht het wel. Veel beelden, veel pracht en praal, veel zilver en goud, wel vier of vijf tempels, veel offers voor de goden en wierookstokjes. Prachtig uitzicht over de stad.
De stupa *Bodnat* (in de boekjes staat *Boudhanat,* maar ze zeggen *Bodna*t). Wat dat is, een stupa? Een mooi bouwwerk met een hele grote koepel waarin beenderen worden bewaard van heiligen. Zou dat waar zijn? Veel bellen en gebedsmolens, helemaal rondom de stupa. Toeristen draaien die molens in de rondte; dat vind ik maar niks.

Het plein in het centrum van de oude stad, eigenlijk een paar pleinen achter elkaar met heel veel oude tempels was super gaaf.

Ik moet je ook vertellen over een lijkverbranding langs de rivier bij een klooster. Het is echt waar, ik heb het op de foto. Je gelooft je ogen niet. En de resten van het lijk gaan hup, zo de heilige rivier in, als ik het goed gezien heb. Tineke noemde dat verbijsterend en fascinerend.

Iets heel anders is het Nederlandse hotel Summit met het prachtige uitzicht. Harm en ik hebben er thee gedronken. Nog iets: de straatjes in de oude stad zijn zo smal dat er net plaats is voor een ezel met manden. Ik vertel het je allemaal. Ik heb een boek over Nepal gekocht. En ik heb een aantekenboekje met data en nummers van foto's.

7.2 Khaptad Baba

Brief van Tette aan Koen
Khaptad en Pokhara, *juli 1995*

Goede vriend,

Ik houd me aan onze afspraken en schrijf je zomaar een brief. Niet over werk, maar over wat er in mij omging de afgelopen dagen. Dat was niet niks!

Ik blij ben dat de ruzie achter ons ligt en dat we verder gaan als vanouds, als goede vrienden. Jammer dat we nu pas op tafel kregen dat ik helemaal niet jaloers ben op jouw geslaagde loopbaan. Jammer, je hebt dat al die tijd voor vanzelfsprekend aangenomen!

Genoeg daarover, veel belangrijker is mijn ervaring met de Khaptad Baba. Volgens sommigen moet ik zeggen Khaptad ko Baba, van anderen mag dat niet. Er is veel waar we niets van begrijpen.

Ik raakte vlak na aankomst in mijn hotel Summit in gesprek met Seppe de Bock, een Belgische kruidendeskundige in dienst van de Verenigde Naties die de volgende dag naar Khaptad zou reizen, een in het Verre Westen van Nepal gelegen gebied met een prachtig alpine landschap. En een waar walhalla voor kruidendeskundigen. Ik mocht mee.

Gelukkig, want het was bijzonder, het was onaards, het was hemels. Het was het moment van mijn leven. Ik overdrijf niet! Het is net zoiets als de voettocht naar Santiago. Ik heb een leven voor en na mijn wandeltocht, hoorde ik een deelnemer zeggen. Ik heb een leven voor en na de Baba. De Baba van Khaptad.

Baba is een heilige die meer dan honderd jaar heet te zijn. Baba is 1008 keer 'Sri' (meneer), niet te verwarren met 108, of 18 'meneren', nee, 1008 keer 'meneer'. Baba woont boven op een heuvel in Khaptad in een schamel, nauwelijks gemeubileerd houten huisje met één kamer en een voorraadschuur. Koud…! Zodra de zon ondergaat wordt het koud op 2500 meter, vooral als je in de wind zit, zelfs in de zomer. Het was een buitenkansje dat ik mee mocht met de ontwikkelingswerker uit België, Seppe de Bock. Er zijn beren in de streek, alleen lopen in die contreien is onverstandig. Daarom was de kruidendeskundige, Seppe, blij met gezelschap, daarom werd ik spontaan, zonder omwegen uitgenodigd hem te vergezellen. Het is een zware tocht van twee dagen, na een vliegreis naar Dipayal. Je krijgt het dus niet cadeau.

Er was behoorlijk wat bezoek. Wat komen ze doen? De Baba aanbidden of vereren? Ook ja, maar vooral om raad vragen. Gelukkig gingen wij voor, al het andere bezoek moest wachten en ging wat verder weg zitten in het gras. De Baba discrimineert dus, maar heiligen mogen dat. We hadden een groot blik poederkoffie mee gesjouwd. Mijn Belgische kompaan Seppe was goed voorgelicht: de Baba mag geen koffie drinken. Hij nam het verboden geschenk achteloos zonder enig vertoon van dank in ontvangst Daarna was Baba een en al oor voor ons.
Baba spreekt vloeiend Engels. Hij begon met een hele serie vragen. Of het waar was dat wij in Nederland, daar tussen Londen en Duitsland – dat wist hij dus, huizen in fabrieken bouwen en er dan toch in gaan wonen? Dat kan nooit goed aflopen, vond de Baba. Daar had hij een interessante, diepzinnige onderbouwing bij, maar die schrijf ik niet op – dan zou deze brief veel te lang worden.
De vragen en kanttekeningen van de Baba worden afgewisseld met korte colleges. *Mind you*, moest ik helemaal naar een afgelegen gebied in de wereld om van een Hindoe heilige het verschil uitgelegd te krijgen tussen het katholieke en protestantse geloof, met als toetje een vergelijking met het Tibetaans boeddhisme. Tussen Dipayal en Bahjang in het verre, verre westen van Nepal wordt mij pas duidelijk waarom Vollenhove (katholiek) en Blokzijl (protestants) het nooit eens werden over godsdienstige kwesties.

Gierend van de lach bekritiseerde Baba de ontwikkelingswerkers. Hij, de Baba, moet honderd meter naar beneden lopen, naar een bron van een beekje. Die ontwikkelingswerkers kunnen niet eens het water naar boven laten stromen. Techniek wordt dus zwaar overschat. Ontwikkelingswerk kan nooit de kern van de zaak raken.
Een districtshoofd evenmin, burgemeesters ook niet; in Nepal heten ze *CDO's, Community Development Officials*. Let op die 'o,' aldus de Baba. Waar

staat 'o' voor? Voor *zero*. Dus een CDO en een burgemeester stellen niks voor. Helaas weten ze het zelf niet. De Baba schatert weer van het lachen. Een beetje flauw? Als ik het zo opschrijf wel, maar als je de Baba ziet en hoort raak je onder indruk: mysterieus en onwezenlijk. De omgeving werkt natuurlijk erg mee, magnifiek uitzicht, veel bomen, maar toch een open landschap, prachtig groen, weelderig gras en struikgewas, wijds, heel wijds. En dat licht en die fris geurende lucht. Dat de Baba in wat lappen gekleed met ogenschijnlijk gemak de kou trotseert, maakt de situatie sacraal. Het gaat niet alleen om wat de Baba zegt, maar vooral om de bezielende sfeer.

We zijn het spiritueel beleven kwijt geraakt in het Westen. Gelukkig, denk jij misschien. Dat denk ik niet meer, na deze ervaring met de Baba. De man had invloed,... nee, dat dekt de lading niet. Macht over me dan. Wel nee, te sociologisch ...te werelds... en te negatief. Gezag misschien? Nee, dat klinkt te psychologisch, ook daar zou ik hem te kort mee doen. Psychologie heeft iets aards. Baba is bovenaards, nou ja, koffie.... . Een omkoopbare heilige, dat dus wel. Dus werelds en bovenaards tegelijkertijd. Maar dat is niet wat hem zo indrukwekkend maakt. Het is abnormaal, maar voelt als natuurlijk.

Of ik advies heb gekregen? Ik ben er nog steeds beduusd van. Jullie, legde de Baba ons uit, zijn nog maar met een dun lijntje verbonden met de natuur. Dat leidt tot spirituele leegte en ook tot maatschappelijk ongemak. Kijk eens naar de overheden en het bedrijfsleven; die vinden efficiency, effectiviteit, het halen van targets belangrijker dan gezonde en natuurlijke verhoudingen tussen mensen, dan moraal, dan betekenisvolle, laat staan liefdevolle menselijke omgangsvormen. Dat is een duivelse weg, vond de Baba, welke leidt tot ontkoppeling van de natuur en van menselijkheid en leidt tot spirituele leegte. Bazen kennen niet eens de namen van alle werknemers.

Toen ik daar nog eens over nadacht voelde ik me gesterkt in mijn huiver voor stappen 'hogerop'. Ik wil geen burgervader worden die geen ruimte meer heeft om een collega te vragen hoe hij de doop van zijn dochter heeft beleefd. Ik wil niet naar een cursus procedures, ik wil geen trucjes leren om mensen tevreden af te schepen.
Ik wil niet hogerop. De Baba heeft gelijk: werken met ontmenselijkte, onnatuurlijke systemen is voor mij een duivels pad. Doe mij maar een kleine gemeente, waar ik iedereen ken.

Het 'probleem Frits' lijkt ver weg, zelfs de zorgen om Tineke – die vallen wel mee trouwens - raken me niet.
Ik wil mij niet bezighouden met de vraag wat ik de rest van de week moet en wil doen. Eerst de ontmoeting met Baba verwerken. Nagenieten? Dat dekt

het niet helemaal. Het hakt erin? Dat klinkt zo alledaags. Ik verlang *naar Peace of Mind*, maar dat klinkt als een cliché en het doet me denken aan die jongens in oranje jurken; daar heb ik helemaal niks mee, ook niet na de Baba (al heeft ook hij een oranje jurk aan). Rustig laten bezinken, dat is het. Bezinken ja, maar niet alles zal terugvloeien naar de 'stand normaal! '

Ik ben inmiddels terug in Pokhara. Ik hoorde dat alle ministers hier in Nepal de Baba bezoeken. En de koning zelfs jaarlijks. Wie is er hoger, de koning of de Baba? Daar hebben ze iets op gevonden: de koning komt met een helikopter en loopt vanaf de landingsplaats omhoog; de Baba loopt dezelfde afstand naar beneden.
De koning; je zou je dus in goed gezelschap bevinden als je eens wat bijzonders wilt ervaren. Denk wel aan de koffie. Ik zie een mooie krantenkop voor me: de naaste medewerker van Nederlandse minister vraagt advies aan een heilige in Nepal over hoe je armen moet helpen. Helaas zou je mikpunt van spot worden, door mij zou je geprezen worden! Door de koning van Nepal ook. Het advies van de Baba over armoedebestrijding zou humor en diepgang bevatten – kom daar eens om, om een degelijke beschouwing over armoedebestrijding, die nog humoristisch is ook.

7.3 Evalueren kun je leren

Brief van Tineke aan Koen,
Kathmandu, *augustus 1995*

Goede Koen,

De bezoekers uit Blokzijl gaan hun eigen weg. Liesbeth geniet van het gezelschap van haar vriend Harm, Tette is meteen op avontuur gegaan, Froukje assisteert mij en gaat daarna Frits opzoeken in Rolpa.
En…. als ze terug is in Pokhara gaat Frouk een verrassende coup plegen, maar dat mogen de heren Tette en Bram nog niet weten; jij helemaal niet; je merkt het wel!

En ik? Ik moet evalueren. Staat in het contract. Met potlood is daaraan toegevoegd dat ik die evaluatie eerst naar jou moet sturen en dan pas naar SNV-Nepal. Evalueren moet je leren, zegt een SNV-er. Zal best, maar wat is nou het verschil tussen monitoren – want dat moet ik ook – en evalueren. En rapporteren; dat is gewoon de projecten en de uitvoering ervan beschrijven, neem ik aan? Laat ik daarmee beginnen en dan schrijf jij mij hoe ik om moet gaan met de strenge instructies voor het monitoren en evalueren. Of je laat

Annabel dat doen of wie ook op dit moment je politieke adviseur is. (Dat laatste is een beetje flauw, sorry...)

Wat zouden we, Froukje en ik moeten doen om goed te evalueren?
Een stedenband moet iets voorstellen, inhoud hebben, moet meer zijn dan alleen bezoeken van Hoge bestuurders over en weer. Wat heeft de bevolking van Nepal of Blokzijl daar nou aan? Een ambtenaar uit Blokzijl halen die alles weet over vuilnis ophalen, dat lijkt me wel wat. En dan moet een hoofdvuilnisman van hier naar Blokzijl. Dat is niet zo makkelijk, want Thapa, een Nepalese tolk die ik geleend heb van Bram, de journalist, waarschuwde me dat de gemeente Kathmandu niet de juiste man zal sturen.
Er is wel degelijk een vuilnisdienst; die heeft ontzaglijk veel te doen hier en permanent een enorme achterstand, zo te zien. Ik moet me natuurlijk niet bemoeien met de selectie, dat lijkt me een zaak voor de vuilnisdienst. Maar dan krijg ik een te hoge meneer die niks weet van vuilnis, niet de mannen van de praktijk. Zo zit de wereld hier in elkaar.
Je ziet Koen, we zijn niet van gisteren, we denken na en zitten niet stil. Het is allemaal niet zo makkelijk, ik heb de hulp van Froukje hard nodig, daarom heb ik haar voor jouw neus weg geplukt. Weet je het nog? Jij wilde haar inzetten om Frits te masseren! Het is bovendien met Frouk erbij veel gezelliger. Jammer dat ik haar volgende week een poosje moet missen, maar ja, ze moet nodig naar haar vriend Frits. (Ze gaat daarna dus een coup plegen - al nieuwsgierig ?)

Wat vinden we van Nepal? Is het inderdaad fascinerend? Ja zeker, spectaculair en sensationeel. We raken niet uitgekeken.
Wat zijn we aan het doen? Het tonen van de video van de lagere school in Blokzijl voor de kinderen van lagere scholen hier. Prachtig vond ik dat. Weet je wat de kinderen opviel? Dat de leerlingen in Blokzijl niet zo goed gekleed zijn; de Nepalese leerlingen hebben mooie uniformen, donkerblauwe rokjes of broeken en een smetteloos wit hemd. Zijn ze arm, die kinderen in Blokzijl? Brutaal zijn ze wel, vonden de kinderen hier; ze gaan niet eens staan als de onderwijzeres binnenkomt of als ze tegen haar praten.
In de vierde klas in Blokzijl hebben ze tafels op het bord geschreven. Daar hebben we foto's van. Tafels, dat herkenden de Nepalese leerlingen. Moeten ze hier klassikaal opdreunen.
We hebben de kids van de zesde klas allemaal een adres gegeven van een *penvriend* in Blokzijl. Daar kunnen ze in het Engels mee schrijven. De juf heeft klassikaal met de eerste zinnen geholpen. *Hello ...., How are you. I am fine. I am living in Kathmandu. The weather is good. Mij name is...* De rest moeten ze zelf bedenken. Leren ze elkaars cultuur kennen, staat in de boekjes over stedenbanden. Een beetje grote woorden voor de uiterst oppervlakkige,

nietszeggende informatie, maar daar zitten die boekjes van jullie met richtlijnen vol mee, met grote woorden. Kom, ze vinden het gewoon leuk; dat is toch al mooi genoeg?

Sport. Wat zullen we doen? Video's van voetbalwedstrijden uitwisselen? Of kunnen we voor korte tijd een voetbaltrainer sturen uit Blokzijl? We zijn in gesprek. Zo'n tussenzinnetje doet me ineens weer aan Den Haag denken. Daar bezigen ze heel veel van die zinnetjes: we zijn in gesprek; we nemen het mee; het verdient meer aandacht; we moeten het eens agenderen. Nee, het zinnetje 'we moesten het eens evalueren' heb ik nooit gehoord.

Weet je wat me reuze interessant lijkt? Als onze dokter in Blokzijl eens hier in Nepal komt overleggen met een traditionele kruidendokter. En vice versa. Dat is een serieuze wetenschap, kruidengeneeskunde.
Wat mij aan het denken zette, is dat de wachtkamer van de kruidendokter dezelfde is als de spreekkamer. Je zit als patiënt in een kring en moet waar iedereen bij is, zeggen wat voor kleur je poep had en waar het naar rook. Naar zwavel? En dan gaan andere patiënten meepraten. 'Toen mijn poep naar zwavel rook kreeg ik knoflookpillen.' Mijn eerste reactie was: daar ga ik nooit aan meedoen. Maar je went er aan. En een lol dat we hebben bij de dokter! Kom daar eens om in Nederland.
Natuurlijk behoren sommige aandoeningen zonneklaar tot de privésfeer. Maar daarmee is niet gezegd dat alles in de spreekkamer van de arts geheim moet zijn. Op zijn minst is de praktijk van de kruidendokter hier veel gezelliger. Kan onze dokter iets van leren. Ik denk ook dat de Nepalese dokter in de Weerribben allerlei waardevolle kruiden zou vinden. Heel andere planten dan in Nepal? Ja, maar hij (of zij) zou bijvoorbeeld ook zien welke planten en struiken wij in Blokzijl niet hebben. En nodig moeten importeren. Dit gaat toch op innovatie lijken? Innovatie moet, innovatie is goed; ik heb goed geluisterd in Den Haag. We gaan de schouders er onder zetten, om het in Haagse taal te zeggen.
Zou het kunnen, dat die kruidendokter spreekuur houdt in Blokzijl in één ruimte welke zowel behandel- als wachtkamer is? Daarmee zouden we de landelijke tv in Nederland kunnen halen. Denk je niet?
Je ziet Koen, we zitten inderdaad niet stil. Of hoort die opmerking bij evalueren? Ik denk het wel. Alweer een beetje flauw, de domme Trien uithangen; maar toch, ik snap al die zogenaamde criteria in die instructies voor evaluatie echt niet.
Ik sprak ook nog een wateringenieur die me vertelde dat de Nepalese wateringenieurs heel wat zouden kunnen leren van onze waterschappen. Bingo, weer een plan. De dominee hier op bezoek? Dat lijkt me een brug te ver. Die kijkt zijn ogen uit. En een Nepalese priester op bezoek in Blokzijl? Ik

denk dat die priester de kerkdienst in Blokzijl heel saai zouden vinden – er wordt veel te veel gekletst. Het zal hem daarom niet verbazen dat er in die grote kerk van ons nog maar dertig mensen zitten op zondag. Dat hoeven ze niet te zien, vind ik. Zijn we niet trots op.

Koen, dit was het wat ik zou willen schrijven in het evaluatierapport. Wat vind jij ervan? Ik hoor het wel en stuur het pas na jouw goedkeuring aan GJ en Thulo!
Froukje gaat trouwens vóór ze naar Frits reist (en vóór haar coup) de bekende en volgens jou notoire journalist Bram opzoeken in Pokhara. Wel belangstelling veinzen voor zijn onderzoek, zeiden SNV-ers. Dat heeft niemand namelijk en hij wil er zo graag over vertellen. Wij kennen Bram al, maar het was wel leuk dit advies van anderen over hem te horen.

Wat een land, wat een mystiek, wat een bijzondere mensen. Wel een zooi overal, maar dat went. Dat kan, leer je hier: een stad kan vuil zijn en toch heel mooi en sfeervol. Mensen kunnen er armoedig uitzien en toch trots. Hoewel, niet die heel armen, sommigen van de laagste kaste; niks trots – die maken zich klein en nietig en kijken angstig uit hun ogen. Ik ben ontzettend blij dat ik dit allemaal mee mag maken.
En evalueren? Dat ga ik leren!

Tot zover de brief van Tineke aan Koen. Tineke zoekt de hulp van Bram bij het invullen van de stedenband en vraagt hem om commentaar op haar brief, al heeft ze toegezegd aan Koen dat niet te doen. Bram moest denken aan een lammetje dat dartel in de wei huppelt waar alles nog nieuw is. 'Het valt me steeds weer op,' zei Bram belerend, 'dat goeddoeners sympathiek zijn, maar ook een beetje onnozel. Hij zei nog wel vergoelijkend: ach dat mag in een verkennende fase.' Toch had hij dat beter niet kunnen zeggen. Tineke zit nog niet zo stevig in elkaar.

7.4 Vrouwen solidariteit

Hoe zou het met Harm zijn, vroeg Bram zich af. Is Liesbeth inderdaad op het spoor gekomen van zijn avonturen met weeshuishulpjes? Bram is nieuwsgierig. Bovendien heeft Harm aandacht verdiend. Er lopen nu zeven Blokzieligers rond: Harm is de enige die wat nuttigs doet voor Nepal, tot nu toe. Hij zorgt dat er water uit kranen komt. Daar ging het toch allemaal om? Bram zocht hem op in zijn huisje en nam hem mee op een wandeling. Om over zijn werk te praten - een klein leugentje om te voorkomen dat Liesbeth ook mee zou willen.

'Het bezoek was razend spannend, …. solifluctie nog aan toe,' vertelde Harm.
'Liesbeth wilde inderdaad een weeshuis zien. De twee andere dames ook'.
Tineke en Froukje hingen rond in Pokhara op dat moment. 'Laten ze nou zelfs
het adres hebben van het weeshuis waar ik meer dan één bekende heb. En
ja, ze hadden iets in de smiezen, nog voor dat we op weg gingen, ik zag het
aan ze. Ze roken dat er iets stond te gebeuren.
Misschien kwam dat omdat ik een beetje zenuwachtig was, want ik twijfelde:
zou ik meegaan of niet?'

'En toen?' Het spannende deel van het verhaal van Harm moet nog komen,
nam Bram aan.
'Natuurlijk kwamen we de weeshuishulpen tegen op de compound van het
weeshuis. Dat had ik eigenlijk tevoren kunnen bedenken. Er gebeurt niet zo
veel en ze hadden ons aan zien komen.'
'Had je kunnen weten', zei Bram bestraffend.
Harm vond dat ook: 'ja, natuurlijk had ik dat kunnen weten, dat zei ik toch
al!'
Harm begint te vertellen. '….Liesbeth liet Frouk het woord doen, Frouk
spreekt Engels. Frouk vroeg *niet* of de weeshuishulpen mij kenden, maar of
wij, de SNV-ers en de weeshuishulpen wel eens samen wat dronken. Had ze
gehoord, zei ze. Gemene vraag van Frouk.'
'Slimme vraag van Frouk,' vond Bram, 'maar ik snap dat jij het gemeen vond.'
'Ik wist wat er ging komen; het was alsof ik kopje onder ging in een vijver met
plakkerige blubber. Ja hoor…Gegiechel van de Engelse meisjes, dat was
eigenlijk al genoeg. Weet jij dat je met giechelen zoveel kunt zeggen?'
'Ja nou!' Maar Bram legde dat niet uit – hij wilde het verhaal van Harm
horen.
'Dat kan een sterk wapen zijn, dat giechelen, vertel mij wat!'
'Ja, dat weet ik nu ook. Ik probeerde Liesbeth, Frouk en Tineke nog af te
leiden en de ontmoeting met de weeshuis-vriendinnen te beëindigen. Nou,
we gaan maar eens naar binnen, zei ik; ze wilden niet naar binnen, het begon
net interessant te worden. Ze hadden de smaak te pakken. Ook de vijf
weeshuis-vriendinnen. Deze kans op vrouwengein of vrouwensolidariteit of
beide lieten de acht dames zich niet afpakken. Het was vreselijk….Ik bloosde,
stotterde en werd kleiner en kleiner.'
Ik zie het voor me, dacht Bram, acht dames tegen één man.

Harm valt nu helemaal stil. Na een minuut of vijf: 'En natuurlijk vroeg
Liesbeth 's avonds of ik ook mee deed aan die feestjes met de
weeshuismeisjes. Ik vertel je niks over dat gesprek – dat zou niet goed
voelen.

We zijn er wel uitgekomen, zonder heel zware leugens. Het ging niet vanzelf natuurlijk. Bij de eindeloze gesprekken de dagen daarna besefte ik pas hoe gek ik op haar was geworden in die maanden van onze scheiding, ik bedoel zij ver weg in Blokzijl en ik hier. Je moet weten dat ze in Blokzijl nog maar een paar maanden mijn scharrel was. Nou ja, wat meer dan een scharrel, maar we zijn bijvoorbeeld nooit samen op vakantie geweest. Ik werd er zelf ook heel verdrietig van toen Liesbeth erg van slag raakte. We zijn er veel sterker uitgekomen. Dat lijkt een slap praatje uit romantische films, maar het is zo. Meer vertel ik je niet. Dit is al meer dan ik kwijt wilde.'
'Ik vind het heel fijn te horen hoe gek je op haar bent, 'zei Bram. Mag ik daarover schrijven in de streekkranten in Noordoost Overijssel?
Stilte, Harm denkt diep na en antwoordt niet. Bram komt niet terug op die vraag, komt nog wel eens, hoopt hij.

Na een paar biertjes in een stil café werd Harm zo waar vrolijk toen ze over Froukje begonnen.
'Liegen naar Froukje ging me veel beter af, want die probeerde natuurlijk te achterhalen wat Frits, die niet naar Pokhara is gekomen, uitgespookt heeft. Ja, ik ben niet van gisteren; ik heb stug volgehouden dat ik dat echt niet weet. Frits is al die tijd nauwelijks in Pokhara geweest. Pokhara en Rolpa liggen heel veel ver uit elkaar, vergelijkbaar met van Blokzijl naar Leeuwarden lopen.'
'Het is nog verder,' wist Bram te vertellen. Harm ging er niet op in; hij wilde nog iets over Frits kwijt. 'Frits heeft nog heel wat uit te leggen, maar daar ben ik niet bij. Ik hoop wel dat Frits zijn mond houdt over mij, want ik heb niet alles verteld; daarmee zou ik Liesbeth te veel verdriet doen.'
Daar kan Bram niet over schrijven. Gelukkig vroeg Harm niet om zijn advies: het laten bij zijn afgezwakt verhaal aan Liesbeth of meteen alles, maar dan ook alles vertellen? Een veel te actuele vraag voor Bram. Even niet aan Angelique denken!

Hij heeft iets anders aan zijn hoofd: onze journalist stuit steeds weer op zaken waarover hij niet kan schrijven; wat kan ik *wel* meedelen over de helden uit Blokzijl?
(Hij is toch ondertussen gedegradeerd tot onderzoeker? Klopt, maar Bram wil toch, tegen de afspraken in, zijn Blokzijlverhalen afmaken. Plichtsbesef).

7.5 Het gevaar uit onverwachte hoek

Bram, zit te peinzen in de tuin van hotel Annapurna in Pokhara. Hij lijkt in gesprek met één van de Annapurna's, met de mooie naam *Machhapuchhare*, de *fishtail*, waarvan de twee toppen op uiteinden van een reuzachtige vissestaart lijken. Er zijn meerdere Annapurna's; de 'vissestaart' ligt in de achtertuin van Pokhara. (Nou ja, *achtertuin*, het kost weken om er omheen te lopen.)

Wat een verrassing, hij ziet Froukje met stevige passen de tuin van het hotel inlopen met licht bepakte rugzak. Ze ziet hem en komt meteen op hem af, ze gaat blijkbaar niet eerst een kamer reserveren. Frouk is zichtbaar vermoeid – ze ploft op een stoel neer. Grote zucht… 'Moe van de lange reis zo te zien?' Bram krijgt een afgemeten antwoord.
'Ja'.
Hij dacht dat Frouk het type vrouw was dat ook zonder *beauty case* in de rugzak er aantrekkelijk uit zou zien. Ze oogt verfomfaaid. Blouse uit de broek, niet alle haren van haar paardenstaart zijn gevangen in de elastieken haarband. De vonken in haar ogen leken uitgedoofd. Ze kijkt niet vol levensvreugde om zich heen, maar strak voor zich uit.
'Vertel,' zegt Bram…, hoe is het in Rolpa, hoe is het met Frits? Zal ik bier voor je bestellen?'
'Doe maar water!'
'Weet je het zeker, water smaakt hier naar chloor.'
'Doe maar bier én water!'
Bram wenkt een ober en wacht op antwoord van Froukje. Hoe zou het met Frits zijn?
Froukje heeft iets heel anders aan haar hoofd. Dat blijkt uit haar eerste opmerking na een snel leeg gedronken glas water.

'Het verhaal over Maoïsten in Rolpa is toch te mooi om waar te zijn voor een journalist. En dan een Blokzieliger, betrokken bij een revolutie?'
Oh, gaan we het daarover hebben, denkt Bram. Froukje praat verder.
'Wat beweegt Frits? Hoe houdt hij het uit in Rolpa. Daar zit toch een prachtig verhaal in?'
Tja, Bram werd er even stil van. Waar te beginnen. Zijn ze in Blokzijl druk bezig om geen ruchtbaarheid te geven aan *het geval* Frits, komt het gevaar van journalisten van binnenuit, van Froukje. Dit is dus de coup van Froukje?
'Ik ben bezig met mijn verhaal over Rolpa en Frits en hoef jullie, jou, Tette en Tineke, geen toestemming te vragen, maar wil het ook niet achter jullie rug om doen.'

Bram heeft nog geen goed antwoord op het betoog van Froukje paraat …. En blijft stil voor zich uitkijken.

'Ik ben geen journalist meer, dat heb je vast wel gehoord, ik ben nu onderzoeker.' Bram schrok er zelf van: wat een ambtenarenhouding, gelukkig hoorde Froukje zijn laffe stelling niet eens!

Frouk vertelt over haar ontmoeting met Toos voor ze naar Rolpa ging: 'de vrouw van Thulo, je kent haar, Toos vertelde me dat *jij* bij je rapportage over Frits en Rolpa met handen en voeten gebonden was aan afspraken met Tette, onze burgemeester. Dat snap ik wel, maar *ik* mag wel aan vrije nieuwsgaring doen. Zo noemen we dat toch? Daar zijn we toch dol op, op vrije nieuwsgaring?'

'Ja, ja,' beaamt Bram schoorvoetend. Froukje praat verder.

'Wij zijn beiden journalist – kan ik rekenen op enige solidariteit? Je bent vast onze bijzondere ontmoeting in het Kathmandu Guesthouse niet vergeten. In de wereld van de journalistiek is een mooie binnenkomer nodig. Dit is een buitenkansje. Daar heb je toch wel begrip voor? Ik wil niet alleen weten wat je van mijn stukje vindt, maar ook naar welke krant ik het op moet sturen.'

Tette is ook in Pokhara, in het zelfde hotel; hij komt de tuin in, ziet Frouk en Bram en komt bij ze zitten. Froukje ziet geen enkele reden om met het gesprek te stoppen. Ze heeft nog meer ijzers in het vuur. Ze blijft zich op Bram richten:

'Je gaat me dit plan niet uit mijn hoofd praten, want ik loop er al weken mee rond en heb in Kathmandu achtentwintig keer alle gebedsmolens van Bodnath rond gedraaid met de wens dat je mij op weg helpt, al is het maar door me moreel te steunen. Bovendien lopen wij straks weer om dezelfde kolk in Blokzijl.'

Tette begreep meteen waar het over ging; dit is de coup van Froukje waar Tineke al over vertelde en over schreef aan Koen. Froukje vervolgde haar pleidooi: 'een dorp met Maoïsten *in the middle of nowhere*, man het is niet te geloven. En daar woont en werkt een Blokzieliger? Dat bedenk je niet. Daar moet over geschreven worden. Zo'n kans kan ik niet laten liggen! Mijn verhaal is nog niet klaar, ik wil terug. Wat is het probleem. Veiligheid? Ik heb me daar in Rolpa geen moment zorgen over gemaakt. Natuurlijk werd er gekeken naar me, werd ik in de gaten gehouden, maar het waren geen brutale, onbeschaamde blikken. Het ging niet verder dan nieuwsgierigheid.'

Tette en Bram kijken elkaar aan; ze zitten met hetzelfde probleem, te zien aan hun lichaamstaal. Ze gunnen het Froukje, willen haar heel graag op weg helpen, maar het kan niet. Hoe leg je dat uit? Froukje blijkt niet uitgepraat.

'Het is voor mij als journalist toch een cadeautje? Ik hoefde niks te bedenken, niet te overdrijven, gewoon op te schrijven wat ik zag en hoorde. Frits deed een beetje besluiteloos over mijn plan een stukje over hem te publiceren; hij moest nog even broeden. Komt wel goed.'

Tette en Bram denken nog steeds na over hun antwoord. Froukje pakt die gelegenheid om iets toe te voegen.

'Het zou niet eerlijk zijn om de dilettant uit te hangen; natuurlijk begrijp ik waarom Tette te allen tijde wil voorkomen dat er nieuws verschijnt over een Blokzieliger die voor de Maoïsten werkt. Maar jullie gaan jullie probleem niet op een onschuldige, jonge journalist plakken, die niets broeierigs zal gaan schrijven?

...Bovendien, het werd me in mijn opleiding met de paplepel ingegoten: als journalisten zich laten wegdrukken door begrip voor situaties kunnen ze helemaal niks schrijven...Dat laat ik niet gebeuren.'

Ze blijft even stil. Het is ongebruikelijk dat Tette de stilte niet meteen opvult; hij zit een beetje voor zich uit te staren. 'Misschien komt het jullie niet slecht uit dat ik mijn verhaal begin met de vraag of die kreet Maoïsten wel ergens op slaat. Volgens mij niet. Frits werkt dus niet bij Maoïsten, maar bij een stelletje amateur-rebellen, die zich Maoïsten noemen. Zoiets.'

Tette, komt met de eerste tegenwerping.

'Heb je ook overwogen wat de consequenties voor Frits kunnen zijn? Als jij je verhaal gepubliceerd hebt in de krant – het wordt voorpaginanieuws, moet onze minister iets flinks gaan doen. Die gaat echt niet zeggen dat zijn naaste assistent, Koen dus, deze Blokzieliger bij de SNV gedropt heeft, nee, hij zal zijn pijlen niet op Koen richten, maar op de SNV; hij zal van de daken schreeuwen dat hij die SNV wel eens ter verantwoording gaat roepen. Daarna wordt het voor de SNV lastig, onmogelijk zelfs om Frits gewoon door te betalen. Nou ja, de discussie over betaling komt niet eens aan bod. Want de minister zal zelfs in luide en flinke bewoordingen opdracht geven om Frits onmiddellijk terug te halen, op het vliegtuig naar Nederland te zetten waar hem wellicht ontslag en misschien zelfs een proces wacht.' Proces? Froukje was niet voorbereid op dit soort zware kost. Tette praat verder:

'De minister zal ook de ambassadeur in Delhi opdracht geven om naar Nepal te reizen en excuses aan te bieden. Maar dat zal je terecht worst wezen. Ik zal het de ambassadeur trouwens ontraden, maar dat kan je waarschijnlijk nog minder schelen.'

Wat heeft die ambassadeur er nou mee te maken, denkt Froukje. Niets, maar het noemen van gewichtige en aanzienlijke personen is een standaardtruc van bestuurders om hun betoog interessanter te maken. Het gaat vanzelf, het overkomt Tette. Hij beseft het en geeft toe dat de ambassadeur er niks mee te maken heeft.

'Nee, vergeet die ambassadeur maar. Het gaat jou om Frits. Het minste wat je doen kunt is om de mogelijke consequenties van publicatie met Frits te bespreken.'
Dat deed Froukje al uitgebreid, maar ze komt er niet tussen. Tette is gewend het woord te nemen en te houden.
'En als Frits nog een keer zegt dat hij kan leven van het loontje van de Movement? Dan vraag ik jou Froukje, denk je dat Frits een realist is? Doe het niet Froukje. Kom bij me langs in Kathmandu; laat me iets anders bedenken dat ook interessant voor je is. Ik zal me daar enorm voor inspannen.' Bram zag Froukje denken dat ze de mogelijke gevolgen voor Frits wat luchtiger had ingeschat.

'Ja Froukje' zegt Bram, met minder flair dan Tette, 'wat zou ik je graag een zetje geven, maar het is waar wat Tette zegt....De minister zal niet veel anders kunnen dan aandringen op onmiddellijk ontslag van Frits. En het is niet uitgesloten dat hij nagaat of er nog andere juridische maatregelen tegen Frits kunnen worden genomen. Niet zo overdrijven? Nou Froukje, dat gebeurt wel, overdrijven. Want hoe harder de minister roept en overdrijft, hoe meer hij ogenschijnlijk de zaak onder controle heeft. Als hij controle heeft of veinst te hebben dan is het voor de oppositie en het journaille niet leuk meer en vliegt de zaak voorbij. Slachtoffer: Frits. Dat willen we toch niet. Laat hem nou even rustig nog meer interessante ervaringen opdoen.'
Tette doet er een schepje bovenop en legt uit dat er mogelijk ook consequenties zijn voor Tineke en Harm, eigenlijk voor alle Blokzieligers in Nepal.
'Mocht de minister in het nauw komen, dan gaat hij de hele Blokzijl-Nepal-exercitie terugdraaien. Dat zou zonde zijn. Net als Tette denk ik dat er andere mogelijkheden voor je komen om je waar te maken als journalist; ik heb nog geen plan, maar ik ga daar met Tette heel hard aan werken.' Bram ziet al iets voor zich, maar wil dat eerst concreter op een rijtje zetten, voor hij het haar vertelt.

Froukje weet het niet meer, ze zegt te zullen nadenken; ze is er al mee bezig..... Ze is duidelijk teleurgesteld. De Engelsen aan een tafeltje naast de Blokzieligers, die haar met gebogen hoofd zien weg schuifelen na een kille afscheidsgroet, zeggen hoorbaar tegen elkaar: *that girl is not amused. Should we follow her; she might need some help.* De Engelsen maken aanstalten om op te staan. Ké garné? Misschien hebben ze geen kwaad in de zin; de intuïtie van Bram zegt iets anders. Hij staat meteen op, maakt bewust veel herrie bij het achteruitschuiven van zijn stoel en zegt strijdvaardig, afgemeten en luidruchtig : *You better leave her alone, guys.*' Hij las veel jongensboeken over ridders. In zijn eentje bracht hij vier lustzoekende Engelsen op andere gedachten!

Bram hoopt dat Froukje, na het inchecken en zich opfrissen, het avondmaal met Tette en hem wil nuttigen, met uitzicht op de Machhapuchhare, de berg die waakt over Pokhara - ook over hun gemoedsrust. Zou Frits op dit moment ook bewonderend naar de bergen kijken?

7.6 We hebben een verleden

Froukje komt de deur van het hotel in en loopt de poort uit, zonder iets te zeggen. Waar gaat ze heen; ze slaapt toch ook in dit hotel? Blokje om? Frisse neus halen? Niet moe na twee dagen flink doorlopen vanuit Rolpa naar Pyuthan en vandaar nog een halve dag in een bus?
Tette en Bram besluiten om pas aan tafel te gaan als Froukje terug is. Ze komt vast, al hebben ze het niet afgesproken. Het is niet niks wat ze net beloofd hebben, allebei, ze moeten Froukje op weg helpen. De krekels tjirpen al, en hoe! De roerloze bergen kleuren rood, de heren halen een trui en een vest want het wordt kil; ze drinken lokale whisky. Niet te veel, ze willen aanspreekbaar blijven voor Froukje. Van het ene onderwerp van gesprek komt het ander. Raar dat ze elkaar niet beter kennen. Tette stelt een paar gerichte vragen over het verleden van Bram.

Bram vertelt, met tegenzin, want zijn hoofd staat er niet naar. Maar vooruit, Tette dringt aan, omdat hij de zinnen wil verzetten. Bram neemt het woord.
'Op mijn twaalfde jaar kwam ik in Rotterdam terecht. Mijn ouders, gemeente ambtenaren zagen te weinig opleidingsmogelijkheden in Blokzijl voor hun drie kinderen, voor twee jongere zussen en voor mij. De HBS (Hogere Burger School) in Rotterdam viel me zwaar; ik had meer belangstelling voor talen dan voor wiskunde. Ik was een brave, onopvallende leerling.'
Tette kan het niet laten: 'braaf en onopvallend? Dan is er een boel veranderd.'
'Ja.' zegt Bram,' heb ik vaker gehoord.'
'Ga verder,' zegt Tette. Dat doet Bram.
'Er ontstond een hechte vriendschap met Frank Koenegracht, die op zijn vijftiende jaar gitaar speelde en zijn eigen liedjes zong, voor publiek. Ik liftte met Frank mee naar de wereld van troubadours, dichters en andere literatoren. Literatuur werd mijn passie. De studie Nederlands in Leiden lag voor de hand. Maar ik moest ook nodig de wijde wereld in. Dat was een jongensdroom, gevoed door de gedichten van Slauerhoff. Dat kostte geld, dat kostte tijd, dat kostte me de studie.'

'Wat jammer,' zegt Tette. 'Moest dat echt, ophouden met studeren?'

'Ja. Langzamerhand moest ik steeds meer stukken schrijven voor de kost, over verre landen, onbekende presidenten, onbegaanbare wegen, oude stoomtreinen, op zoek naar sporen van door rivieren weggespoelde dorpen, *that kind of stuff*. Van die *National Geographic* verhalen voor bladen van de ANWB, de NS, reisorganisaties, voor de Nieuwe Revue en soms voor de krant. Ooit moeten switchen van de doelmatige journalistieke schrijfstijl naar het schrijven van een wetenschappelijke scriptie, met al die strakke, soms kunstmatige conventies? Het lukte me niet. Studie niet afgemaakt. Enfin, twee huwelijken en vele reizen later, kwam ik als onderzoeksjournalist bij Trouw terecht. Daarmee leek een einde te komen aan mijn inkomensonzekerheid. Ik heb dat vier jaar mogen doen, toen moest de afdeling onderzoeksjournalistiek inkrimpen.'
Tette heeft tijdens deze monoloog veel geluisterd, maar nu komt hij plotseling met een gewaagde opmerking.
'Ik heb gehoord dat je bij Trouw je eigen glazen hebt ingegooid. Klopt dat? '
'Ja, dat klopt als een bus, maar dat is een heel verhaal. Laten we het eerst eens hebben over jouw verleden. Je bent vast gymnasiast en corpslid geweest?'

'Hoe weet jij dat nou?'
'Ik heb Tineke uitgehoord. Je was een ondeugende jongen op het gymnasium in Zaltbommel; je wist je in het corps staande te houden ondanks je linkse achtergrond.'
'Ja, maar ook door een hechte vriendschap met Koen en GJ. We zaten in hetzelfde schuitje; in Amsterdam waren wel meer linkse corpsleden, maar wij waren luidruchtig links, actief in de partij, provocerend en we studeerden in het kader van onze studie politicologie ook intensief op de visies van heel linkse broeders, zoals Trotski. Koen was de meest ijverige en fanatieke. Volgens GJ en mij kwam dat door zijn achtergrond, zijn ouders waren arbeiders. Die had je toen nog. Hij wilde aan zijn milieu ontstijgen. Hij volgde ook nog bijvakken in Nijmegen, toen bekend als links bolwerk.
Koen betaalde een hoge prijs voor zijn succesrijke loopbaan, want hij heeft weinig vrienden. Familie wel, maar hij gunde zich al jaren niet meer de tijd om zijn broer en zus op te zoeken, beiden met leuke neefjes en nichtjes. Hij wil, neem dat maar van mij aan, niets liever dan een gelukkig gezin stichten, maar hij bleef tijd verspillen met de eerste de beste lellebellen die hij tegen kwam. Met elke trede hoger op de maatschappelijke ladder werd Koen een nog minder aangename man. Maar wij, GJ en ik bleven en blijven hem trouw. Trouw is de sleutel voor vriendschap.

Koen was mateloos ambitieus. GJ en ik hadden ouders met het vermogen en het netwerk om ons verder te helpen; we konden daar altijd op terugvallen. Voor Koen was het erop of eronder.

Behalve op mijn ouders kon ik ook terugvallen op mijn vriendinnen en echtgenotes. Mijn eerste meisje was strak in de linkse leer, ook mijn eerste echtgenote wist alles over rechten van de vrouw. Ik ben dus goed opgevoed, al zal Tineke daar anders over denken.'

'Maar hoe word je dan burgemeester in een stadje als Blokzijl?' Tette ziet Froukje weer de hoteltuin in lopen.
'Daar heb je Froukje, kom we vangen haar op en proberen zo gezellig mogelijk met haar te eten. Later moeten we aan de bak. We vinden iets voor haar. Ik heb al met Thulo gepraat, maar kan nog niets toezeggen.'
'Jij ook al, heb jij ook al met Thulo gepraat over de mogelijkheid Froukje in te lijven?'
Froukje oogt fris, maar niet vrolijk. Helaas zal ze ook niet enthousiast worden van het bord dalbhat, het veiligste voedsel hier. Ze heeft vandaag haar dag niet en straalt dat uit. Bram drapeert, staand achter haar, zijn jack over haar schouders en rug. Te intiem? Hij bloost ervan, Froukje ook, ziet Tette.

Een heidense klus: aanleg irrigatiekanaal (foto Lex Kassenberg).

Twee SNV-ers lezen tijdens rustpauze dienstwandeling oude Nederlandse kranten (foto: Lex Kassenberg).

Jaarlijkse zegening van wagenpark SNV-kantoor in jaren '80. Toen nog geen dikke jeeps. De oude eend werd met Nederlandse vlag een heel deftige auto voor de consul (foto: Lex Kassenberg).

Voertuigen met lage vloer drijven weg bij te hoog water. Goed om te weten. (foto: Walter de Boeck).

Timmermanswerkplaats (foto: Lex Kassenberg).

Mysterieus landschap in natuurpark Kaptad (foto: Walter de Boeck).

Het is koud op de hoge heuvel in Kaptad, waar in een schamel huisje de 106 jaar oude Baba woont, een uitzonderlijk hoge monnik, 1006 keer 'sri' (foto Walter de Boeck).

Onvermoeibare ezels (foto Doug Knuth, Creative Commons).

Een brede vracht (foto: Lex Kassenberg).

Vrouwenproject; weinig vrolijke gezichten. Zouden ze ongevraagd voorlichting hebben ondergaan? (foto: Lex Kassenberg).

Vrolijke jonge dames bij een waterkraan (foto: Lex Kassenberg).

SNV-er met gastgezin tijdens taaltraining (foto: Dick Bogaards).

Het binnendragen van de oogst (foto: Dick Bogaards).

8. Rommel en ruis

Augustus 1995

8.1. Het is weer zover

Toos kwam uit Pokhara weer thuis in Kathmandu. Thulo zat te wachten. De sfeer aan tafel was om te snijden. De kok had erg zijn best gedaan; niemand genoot van het eten. De ventilatie liet te wensen over; de kookluchtjes waren van de keuken de kamer in gestroomd. Daar was in vrolijke tijden goed mee te leven, vandaag niet.
De jongens, heel wat gewend, waren onrustig. Ze waren blij dat ze door hun mama naar bed werden gebracht. Het duurde lang voor ze sliepen. Daarna begon het onvermijdelijke gesprek van hun ouders, met koffie en water op tafel. De aangestoken kaarsen verdreven eindelijk de kooklucht. Kalm en bedachtzaam zitten ze tegenover elkaar. Zoals meestal doet Toos de openingszet.

Toos houdt niet van wollige inleidingen. 'Ik wil niet met je verder. Natuurlijk raak je nu in alle staten – dat begrijp ik. Ik heb met je te doen. Maar misschien kun je eens naar jezelf kijken. Nou ja, laat ook maar; geen tekst en uitleg over hoe het zo gekomen is. Heeft toch geen zin.' Thulo zwijgt.
'Ik heb geen nieuwe vriend waar ik smoor verliefd op ben.'
'Is dat zo?'
'Ja, hooguit een nieuwe vriend als aangenaam gezelschap: Bram. Bram en ik doen niet aan seks, dat zou onze verhouding verstoren.'
'Onze verhouding?'
'Ja, die tussen Bram en mij. Bram is een rustpunt voor me, hij luistert, geeft nauwelijks advies. Heel prettig.'
'Oh, en waar slaapt hij? Of gaat hij naar het Guesthouse als het donker wordt?' Toos geeft geen antwoord.
'Een goede, rustige vriend, is veel prettiger dan een ambitieuze en amoureuze relatie. Ammehoela, niet nog eens een relatie. Ik stap niet van de ene op de andere dag in nieuwe illusies – ik ben de ontwikkelingshulp niet!'
'Heel goedkoop om net als zoveel mensen hier voortdurend cynisch af te geven op de Hulp.'
Toos gaat weer niet in op de uitspraak van Thulo.
'Bram heeft niks te maken met mijn besluit. Ook zonder zijn plezierig gezelschap was ik tot deze slotsom gekomen: ik wil niet verder met jou, het gaat niet meer! Basta!'

Thulo heeft het opgegeven om zijn eigen visie te ontvouwen in dit soort gesprekken. Laten we maar praktisch worden, denkt hij:
'Hoe moet het verder, het huis, je werk, onze kinderen?' Over die relatie met Bram hoor ik straks wel meer, denkt Thulo. Wat een klootzak, hij heeft me niks verteld.

'Huisvesting?' Ik zoek een eigen huis en ik neem de jongens mee. Is niet over te onderhandelen.'
'Waarom laten we ze niet kiezen?' zegt Thulo aarzelend.
'Prima.' Toch niet zo'n goed idee, denkt Thulo, ze kiezen vrijwel zeker voor hun mama. Komen we straks nog wel op.
'Mijn baan bij jou op kantoor? Die blijf ik gewoon doen.'
'Dat weet ik nog zo net niet.'
'Oh je, gaan we zeuren? Kom op zeg, we zijn volwassen mensen, moet kunnen. Nee, ik zal niet op kantoor met Bram flirten, daar ben ik te verstandig voor. We flirten trouwens so wie so nooit. Het is geen liefdesrelatie. Ik zal me, zoals ik al deed, plooien in jouw opvattingen over het werk.'
'Ik vraag me af of ik dat kan en of ik dat wil,' zegt Thulo.
'Mijn braafheid is eenvoudigweg professioneel. Jij bent de baas, punt. Ik kan uitstekend met je overweg als baas.'
We zien nog wel, denkt Thulo. Onze scheiding zal misschien een gril zijn en wie weet, als Toos blijft werken helpt dat misschien bij het terugvinden van een normale manier van omgaan met elkaar. Ook privé.

'De bijnaam Doos hoort bij geliefden; ik wil in korte tijd weer Toos worden. We zijn niet van elkaar af, dat wil ik ook niet; denk maar eens aan het co-ouderschap. Dat vraagt om veel overleg.'
Of juist niet, denkt Thulo.
'Ook voor de jongens is het goed. Wees nou eens eerlijk. We leven al lang niet met elkaar, in psychologische zin, we walsen al jaren over elkaar heen. Dat staat in een artikel over relatie-ontwikkeling beschreven als standaardfase één. Ik herkende het meteen. De tweede fase is dat de partners los van elkaar staan.'
'En de derde fase is dat ze elkaar eindeloos verwijten gaan maken,' zegt Thulo honend.
'Hou je mond en luister. De derde fase is verdwalen op wegen van toenadering. Hoe vaak gebeurde dat al niet? Zo voel ik het, zo is het.'
Daar heb je ze weer, denkt Thulo: psychologen; *verdwalen op wegen van toenadering*, dat is psychologentaal.

Thulo is stil; hij kan dit soort gesprekken dromen; een eventuele toenadering zit er niet in, althans niet op korte termijn. Toos heeft nog meer te vertellen.
'Het lijkt de ontwikkelingshulp wel: we hebben geen gezamenlijke doelen, we praten niet met, maar over elkaar; wat ons het meeste bindt, de jongens, staan niet centraal in ons doen en laten; we zijn vol over onze eigen besognes. Dat is volgens Bram een onuitroeibare standaardfout van de Hulp; beginnen met je eigen besognes. Bovendien, net als in de Hulp, jouw en mijn besognes raken elkaar niet.'
'Nee,' zegt Thulo 'en we hebben ook geen kinderen samen?'
Gezelliger werd het niet.

8.2. Ook in Tanzania gaat het niet om armoede

Brief van Angelique aan Bram,
Dar es Salaam, *augustus 1995*

Ben jij ook verward thuis gekomen na ons weerzien in Zanzibar? Zanzibar kwam te vroeg voor ons. Ik stel voor het er niet meer over te hebben, alsjeblieft niet, en gewoon door te gaan met de briefwisseling over onze ervaringen in onze interessante landen, over onze avonturen, over ons werk.

Laat me het goede voorbeeld geven. Ik zal in deze brief uit de doeken doen dat ik al weer iets van je geleerd heb. Je hebt me in Zanzibar tussen andere bedrijven door een college gegeven over het feit dat analyses van de problemen van de armen niet altijd het beginpunt zijn van de ontwikkelingssamenwerking. Als de analyse van de armoede al gemaakt wordt, dan is deze slordig, oppervlakkig, of een *add on*, toegevoegd omdat het moet. De consequentie is dat de hulp niet op de kern van de armoedeproblematiek wordt gericht. Dat is nog al wat en toch, toen ik er thuis gekomen nog eens over nadacht, je hebt gelijk.

Soms, want ….. er zijn uitzonderingen. Ik heb daar een fascinerend voorbeeld van.
Er waren hier in een provincie in het Zuiden problemen tussen landbouwers en veetelers. De landbouwers zijn sedentair, ze blijven in de buurt van hun landjes wonen. De veetelers zijn nomaden, de Massai. Van die lange, lenige, trots kijkende mensen. Hun tanige lijven zijn versierd met kleurrijke kralen. De landbouwers ergeren zich aan de nomaden, die het vee langs hun akkertjes drijven en er niet goed op toezien of de koeien niet eten van de gewassen op de akkers. Ze laten bovendien elke keer als ze verkassen naar een ander gebied de rotzooi achter zich liggen en ze komen onaangekondigd

weer terug als er weer wat groen te eten is voor hun koeien op de steppen. De landbouwers beweren bovendien dat die zigeuners stelen, terwijl de nomaden beweren dat de boerenzonen hun dochters overvallen.

Problemen tussen armen dus, of wij maar wilden helpen met vrede stichten door middel van een soort *mediation*. Vreemde, rare mediation, want de kern van de bedachte oplossing bestaat uit twee zakken met geld voor de hoofdmannen als ze beloven niet meer te vechten. Wapens inleveren? Die hadden ze niet. De sluwe Indiase handelaren in de districtsstadjes weten wel beter.
Dit is een voorbeeld van een ondeugdelijke analyse, gevolgd door ondeugdelijke maatregelen. Want wat is nou het primaire probleem? Dat de Massai al in het gebied terugkomen na hun rondreizen op een moment dat de boeren nog niet geoogst hebben. Kan dat niet anders?

Toen kwam collega Henk op een simpel idee. Hij wist dat in Noord-Tanzania het samen benutten van land *wel* goed geregeld is. Het vee van de Massai komt grazen na de oogst. De verhoudingen blijven vervolgens goed door gewoonten met een wederzijds belang. Zo ruilen de veetelers en de landbouwers jaarlijks koeien voor groente. De hoofdmannen in het Noorden ontmoeten elkaar zodra de nomaden, de veetelers dus, weer in de buurt zijn om alles ordelijk te laten verlopen.
Mijn collega Henk stelde een bus beschikbaar voor de hoofdmannen van de Massai en van de landbouwers uit het Zuiden om eens naar het Noorden te reizen om te zien hoe het er daar aan toegaat.
Ze voerden eerst voor hun achterbannen het spel op om niet met elkaar in één bus te willen, maar ze legden zich er na enige onderhandelingen bij neer – een uitje naar een onbekend gebied wordt ze niet dagelijks aangeboden.
Het was een slimme zet van Henk, want het is heel effectief als de betrokkenen *zelf* rond kijken in het Noorden en *zelf* concluderen dat er zinvolle praktijken mogelijk zijn voor min of meer in vrede samenleven.
Zoals het er nu naar uitziet – het is al weer een paar maanden geleden - deed goed voorbeeld goed volgen, zoals we veronderstelden en hoopten. Het was nog veel goedkoper ook. De kosten voor de bus en de verblijfskosten voor drie dagen voor de hoofdmannen uit het Zuiden bedroegen één procent van de kosten van de gevraagde zakken met geld.

Dat is dus een frappant voorbeeld van wel sturen op de kern van een probleem, dankzij een betere analyse van de problematiek. Hoe simpel kan het wezen.
Maar ik heb helaas ook voorbeelden van het tegendeel: er wordt dan inderdaad, zoals je al zei, bij de selectie van een programma in een land niet

gestuurd op de problematiek van de armen. Nee, de sturing is gericht op wat op dat moment de Kamer of de minister wil en in de mode is. Vervolgens wordt verondersteld dat de keuzen in het belang zijn van de armen.

Dat voorbeeld, of beter die voorbeelden, schrijf ik je volgende keer. Wordt helaas een lang verhaal.

8.3 Raaskallen

Brief van Bram aan Frank,
Pokhara, *augustus 1995*

Ik moet me niet laten inspireren door Angelique, niet haar voorbeeld overnemen, niet mistig psychologiseren, geen zware taal bezigen als dansslet, niet haar kromme redeneringen ontleden, niet haar gezeur analyseren op waarheid, logica, juiste weergave. Ik moet geen voorbeelden noemen waaruit blijkt hoe ze gebeurtenissen uit de context haalt en invult met een torenhoog wantrouwen naar mijn motieven.

Wil ik haar nog steeds niet kwijt? Mijn twijfel slaat toe. Kan dit wel goed komen?

En god betere het, kom ik terug in Nepal, krijg ik een briefje van haar met een of ander verhandeling over armoede in Tanzania. Daar zit ik toch niet op te wachten? Slechts twee zinnen over wat er in Zanzibar aan broeierige ongein heeft plaatsgevonden.

Je leest het goed, ik schreef Zanzibar. Het is niet de Seychelles geworden, maar een ontmoeting in Zanzibar, tamelijk neutraal terrein – het hoort bij Tanzania, maar mevrouw A. was er ook nooit geweest.

Zanzibar. Het begon al na aankomst op het vliegveld. De reis daar naartoe was bepaald geen kattenpis. Dat zou goedgemaakt worden door het geweldige vooruitzicht op mooie stranden met kokospalmen, door dagdromen van het bed met spierwitte lakens waar we straks vertrouwd in zouden rollebollen, al voor of nee, toch pas na de douche. Op het vliegveld stond een man met een briefje. Er was iets heel dringends tussen gekomen. Iets met werk. Dat voorspelde weinig goeds. Onze romantische ontmoeting had blijkbaar geen prioriteit.

De enorme kater regeert nog. Ik voel me een zoekend lam dat net door het moederschaap is verlaten. Ik luister terwijl ik dit schrijf naar de Mattheüs (een bandje dat ik van jou kreeg), dan krijg je dit soort beeldspraak.

Het was onwezenlijk. Ik werd gekweld door haar vrolijkheid over de lessen in flamingo dansen. Ze zit met een collega op dansles. De dans van flamingo's bedacht ik, is dat geen voorspel voor iets meer dan dansen? 'Oh nee, echt niet, nee, nee, dat moet je anders opvatten, ...dat vind ik nou zo tekenend voor je, je geeft er weer een negatieve draai aan.' En het ging maar door.

Je kent het, Frank, het was zo'n moment in haar hoofd waarop er een knop omgaat, er gedachtenlijnen worden verlegd, waarna alles wat de ander doet een veel te zware negatieve lading krijgt, waarin er zonder enige belemmering draadjes aan elkaar worden verbonden die tevoren los van elkaar hingen. Er worden voorbeelden van maanden, soms zelfs een jaar daarvoor naar boven gestuwd en alsnog negatief ingekleurd. Zonder enige zelfkennis, zonder enige twijfel, zonder ook maar een moment een kans te geven aan een andere interpretatie. Heb jij pillen voor patiënten met geheugenlaatjes in hun hoofd, pillen die de laatjes schoon spoelen. Doe er ook wat chloor in of afbijtmiddel? Mijn verweer werd meteen in haar geheugenlaatjes gestopt: hij weet altijd wel iets te bedenken, hij heeft altijd een weerwoord, hij luistert nooit goed naar me. En zo zijn er tien van die laatjes. Doe maar chloor én afbijtmiddel.

De knop is om. Klik, klik, klik. Ik vrees dat er geen weg terug meer is. Ik heb een gepaste strategie bedacht: negeren. De maat is vol.

Gefeliciteerd met de uitgave van je nieuwe bundel. Stuur die snel – ik zal alles mooi vinden. Oh nee, dat vond je niet goed. Ik zal even moeten wennen, want, je bewandelt ongetwijfeld weer een heel ander poëziepad. Ik ken je langer dan vandaag. Ik moet ook dringend een ander pad bewandelen, maar daar had ik het al over.

9. Onderzoek

Augustus 1995

9.1 Het moet mooie plaatjes opleveren

Hoe gaat het met het onderzoek van Bram?
Op reis door het Verre Westen, ten Noorden van *Surketh*, liep hij door een aantal dorpen tussen *Doti* en *Acham* waar de ravage van een aardbeving van veertien jaar geleden nog zichtbaar was. Vernielde irrigatiekanalen, kapotte pijpen van waterleidingen, provisorische, gevaarlijke paden over de puinhopen van een *landslide*, verlaten huisjes met kapotte daken en deels ingestorte muren.
Grauw, grijs, puin.
SNV heeft hier noodhulp geleverd. Zijn ontmoeting met een lokale, Engels sprekende onderwijzer leverde avonden lang informatieve gesprekken op.
De onderwijzer fungeerde ook als tolk bij andere gesprekken van Bram.
Ondanks de sporen van de ellende na de aardverschuivingen waren het mooie en leerzame dagen. Overdag scheen de zon overvloedig, de bergen op de achtergrond stonden er roerloos en parmantig bij, veel trots en weelderig groen in het landschap; een enorm contrast met de treurnis en uitzichtloosheid in (de buurt van) de bewoonde wereld.
Dat had niet alleen met de aardbeving te maken; het is een arm gebied.

Terug in Kathmandu. Thulo is geïnteresseerd in de bevindingen van Bram. Ze hebben afgesproken dat de onderzoeker hem op de hoogte zou houden van zijn onderzoek. Na heel wat aarzeling houdt Thulo zich aan die afspraak, al ruikt hij onraad: de relatie van Bram met Toos zou wel eens meer geweest kunnen zijn dan een platonische relatie. Het is niet de eerste keer dat Thulo samen moet werken met een aanbidder van Toos. Hij heeft er iets van geleerd: proberen zo professioneel mogelijk zaken en persoonlijke rancune gescheiden te houden. Want anders zak je nog verder in het moeras. Vandaar, het gesprek gaat door, al is de toon van Thulo kortaf, een beetje kribbig, er kan geen lachje af.

Thulo begint verre van vriendelijk.
'Ik stel je een aantal vragen. Ik wil dat je het bij concrete antwoorden houdt, ik heb geen tijd voor uitweidingen.
Er is veel gedaan aan noodhulp, ook door ons, SNV-Nepal. Is er nog iets van te zien?'

Het zou flauw zijn volgens Bram om vooral te reppen over onbruikbare goederen en verkeerde medicijnen (van het Rode Kruis). Hij wil positief beginnen.

'De SNV heeft een nuttige en innovatieve bijdrage geleverd: er werden zeventig metselaars en timmerlui opgeleid in aardbevingsbestendig bouwen. Die timmerlieden zijn er; ze hebben de vaardigheid om steviger huizen te bouwen. Niet iedereen kan dat soort huizen betalen, maar het is niet niks wat er gepresteerd is. Je mag het zien als structurele noodhulp. Heel goed!'

'Dank, maar het klinkt alsof je ook slecht nieuws hebt!'

'Ja, het valt vooral op wat er niet gedaan is. Behalve de al genoemde sporen van vernieling die nog steeds zichtbaar zijn, vond ik het opvallend dat de wens van de lokale bevolking genegeerd is. De lokale bevolking wilde beschadigde irrigatiekanalen repareren.'

'Ja,' interrumpeert Thulo, 'dat staat ook In onze eigen rapporten. Helaas! De SNV-ers in het gebied stonden perplex: de bevolking wilde inderdaad door de aardbeving beschadigde irrigatiekanalen repareren. Daar hadden ze hulp bij nodig. De bevolking was nota bene bereid arbeid te leveren, het was zelfs bespreekbaar om de kosten voor noodzakelijke materialen te lenen in plaats van, zoals gebruikelijk, alles gratis te krijgen. Daarmee zou toch volgens de theorie voldaan zijn aan belangrijke voorwaarden voor het welslagen van hulp?'

Thulo wacht het antwoord van Bram niet af en doceert een oude les uit Wageningen. 'Aansluiten bij bestaande initiatieven is beter dan iets nieuws bedenken; mee laten betalen door degenen die profiteren is belangrijk; nog beter: lenen in plaats van schenken.

En, het belangrijkste: begin met projecten waardoor de hulpontvangers, in het jargon de doelgroep genoemd, zichzelf beter kunnen redden, waardoor ze zo snel mogelijk op eigen benen kunnen staan.'

Daar heb je geen opleiding in Wageningen voor nodig, denkt Bram, maar hij hield zijn mond.

'En je begrijpt al waar mijn tweede vraag over gaat,' vervolgde Thulo, niet meer op een onvriendelijke toon: '*waarom* kozen bezoekende hulpclubs niet voor reparatie van irrigatie, maar voor het heropbouwen van scholen en klinieken. Terwijl voor onderwijs geen schoolgebouw nodig is, nou ja, het is in ieder geval niet urgent. Onderwijs kan tijdelijk in de open lucht of in een ander gebouw.' Klopt, dacht Bram, leg dat maar eens uit in Nederland.

'Voor gezondheidszorg is een gerepareerd gebouw ook niet dringend nodig,' vervolgde Thulo. Ook dat hoef ik gelukkig niet in Nederland uit te leggen, mijmerde Bram, maar Thulo heeft gelijk, het is waar.

'Het antwoord op je vraag,' zegt Bram,' is even kort als schandalig. Mijn gesprekspartners heb ik dat gevraagd, meer dan eens, en ze citeren steeds weer die ene uitspraak van donoren: wij moeten iets laten zien. Ziekenhuizen en scholen zijn direct zichtbaar; reparatie van irrigatiekanaaltjes klinkt niet dringend, vereist vaak lange afstanden lopen, soms over een gevaarlijk kanaaldijkje en…. is moeilijk te fotograferen. Met andere woorden: de beeldvorming is belangrijker dan het nut voor de bevolking.'

'Mijn God… hoe is het toch mogelijk,' brult Thulo, helemaal vergetend dat bij SNV-Nepal de krachtterm solifluctie ingeburgerd is, veel beschaafder klinkt en God er buiten laat – die heeft het druk genoeg!
Bram is al gewend aan deze grove misstand in de hulp en is zelfs in staat tot enige relativering.
'Ik besef dat het niet zo eenvoudig is. Natuurlijk moeten ontwikkelingsclubs geld binnen halen, maar het is absoluut waar, kies voor de hulp die het meest zinvol is en niet voor de hulp die het goed doet op de buis'
'Daar zijn we het heel erg over eens,' verzucht Thulo, 'maar ik zit al in tijdnood. Overmorgen verder? Vroeg in de ochtend? Weet je wat, ik stel vast mijn vragen; als je je voorbereid loopt het gesprek soepeler.'
Nou, dat ligt echt niet aan mijn voorbereiding, denkt Bram, maar hij zegt iets anders:
'Lijkt me een heel goed idee. Ik ben een en al oor.' Thulo heeft een briefje voor zich liggen met vragen en leest in snel tempo voor.

'Waarom is de doelgroep soms volstrekt ongeïnteresseerd in de hulp?
Volgende vraag: waarom negeren de donoren soms de wensen van de doelgroep?
Mijn laatste vraag: beleidsmakers zijn verkopers van gebakken lucht en illusies. En toch, ondanks die niet veel goeds voorspellende verwachtingen, zien we in het veld heel wat mooie projecten? Hoe kan dat nou?'

Thulo staat op en pakt zijn tas in. Bram kan het niet laten een beterige opmerking te plaatsen tot slot:
'Ik denk daar wel een antwoord op te hebben.'
Thulo beheerst zijn nieuwsgierigheid en stuift weg; zijn afscheidsgroet 'tot gauw' klinkt niet onvriendelijk!

9.2 Zou zoveel rijkdom gezond zijn?

In het kader van de stedenband gingen *Thapa* en *Upadhya*, beiden onderwijzers, drie weken naar Blokzijl. Ze stuurden brieven met hun impressies naar Tineke in Kathmandu.

De eerste twee weken hadden de Nepalezen weinig te vertellen. Ze waren *flabbergasted*, een combinatie van verbaasd, verrast en, om nog eens de Engelse taal te bezigen: *stuck*.

De brieven van Thapa en Upuhya waren bovendien erg voorzichtig en beleefd.
Tineke heeft bij haar vertaling observaties van Thapa en Upadhya wat steviger en stouter weergegeven en hier en daar zelfs aangevuld. Na terugkeer van Thapa en Uphadya naar Kathmandu heeft ze geduldig de herziene en vertaalde teksten doorgesproken, in het Engels en toch weer afgezwakt als de heren daarop aandrongen.

Het relaas van Thapa en Uphadya is dus vertaald, afgezwakt en besproken. Eerst de observaties van Thapa; Upadhya komt later aan bod.

Van Thapa aan Tineke

Blokzijl, *augustus 1995*

Iedereen is erg aardig. Heel fijn dat ik kan logeren bij de ouders van Liesbeth. Upadhya woont bij de ouders van Frits. Jammer dat Liesbeth al weg is naar Nepal. Interessant zo'n boerderij; wat een machines zeg. Ongelooflijk, ze hebben wel tachtig koeien.
Bart, de knecht begrijpt niks van het kastesysteem, want hij vroeg of ik ook even wilde melken, nou ja, zo'n machine aan de uiers van de koe vast maken. Vooruit!, eigenlijk mag ik dat niet doen, maar ver van huis telt dat minder zwaar. Een koe geeft veertig liter melk per dag, thuis in Nepal zes liter. Het moet allemaal met gebarentaal, want Bart spreekt geen Engels, de pa van Liesbeth ook niet, die lacht aldoor heel vriendelijk. De mama spreekt veel Engels en wil alles weten over Nepal. Ik vond boodschappen met haar doen interessant. Niemand probeert voor te dringen.

In Blokzijl zijn geen kasten, maar wel klassen. Rijke boeren zijn geen lage klasse. Je kunt op straat niet zien wie de lagere of hogere klassen zijn. Er zijn geen aparte buurten voor hogere en lagere klassen; ze wonen door elkaar heen. Ik hoorde dat de arts, de veearts, de priester (dominee) en de burgemeester tot de hogere klasse behoren. Maar niemand op de boerderij schiet toe om het portier voor hem open te maken als de dokter het erf oprijdt. Ze pakken zijn jas en hoed niet eens aan. Doen ze wel in Engeland, heb ik in films gezien, maar dus niet in Blokzijl.
In de boerderij wacht het gezin niet met eten tot de man begint. De man gaat wel voor in het gebed. We eten in de keuken. Lijkt me niet zo hygiënisch,

maar alles is wel erg schoon. Nou ja, als ze niet op het land gewerkt hebben houden ze de schoenen aan als ze binnen zijn. Het straatvuil onder de schoenen wordt in een zogenoemde mat geveegd, die niet meteen buiten de keuken gelegd wordt.

De hogere klasse bestaat, zo begreep ik, niet alleen uit de dokter, de veearts, de dominee en de burgemeester, ook uit de notaris, de directeur van de bank en een stuk of vijf rijke boeren en de hoofdonderwijzers van de twee scholen. Alleen hoofdonderwijzers, niet de gewone onderwijzers; die staan een treetje lager.

Wat ze hier verdienen…, dat houd je niet voor mogelijk. Neem als voorbeeld een kok, getrouwd met een verpleegster, in Steenwijk. Het voorbeeld stond gewoon in de krant. Ze zijn zesentwintig jaar. Ze hebben voor hun huis een zitbank gekocht van 1200 gulden. Dat zijn twaalf maandsalarissen voor een Nepalese onderwijzer. Voor de kinderopvang betalen ze 360 gulden in de maand. Dat doen bij ons grootouders of tantes voor niets. Maar familiebanden stellen hier niet zo veel voor. Heel raar eigenlijk. De hypotheek van het huis kost 660 gulden per maand. Ik werd er beduusd van. Ze hebben voor 16000 gulden hun huis ingericht. Daar bouw je bij ons twee gezondheidsposten voor. De dame, die verpleegster geeft 2000 gulden per jaar uit aan kleding. Hun vakantie: 4500 gulden. Hoe kan dit toch allemaal bestaan in één wereld? Zou zoveel rijkdom van gewone mensen wel gezond zijn? We hebben ook heel rijke Nepalezen, maar hier, in Blokzijl is ook de gewone man heel, heel rijk.

Verbazingwekkend, voor mij is dat ze zich hier problemen op de hals halen bij de omgang met andere bevolkingsgroepen. Daarbij komt de gewoonte om elkaar eerlijk de waarheid te vertellen. Dat doe je toch niet, dat is onbeschaafd en onverstandig. Dat is vragen om moeilijkheden. Bij ons is eerlijkheid ten kosten van anderen echt uit den boze en dat is maar goed ook.
Ze hebben in Zwolle en Steenwijk verschillende andersoortige groepen: Marokkanen en Turken. Ik moest er wel even aan wennen en nadenken over de enorme ambities, zoals respect voor elkaar, integratie en begrip. Begrijpen van die andere cultuur? Dat gaat nooit lukken als je van jongs af aan volgegoten bent met andere normen en waarden, andere manieren van kijken en andere gewoonten.
Mijn taal schoot tekort om dit in mijn gastgezin te bespreken. Ik vind het een beetje naïef. Respect voor elkaar? Ik kan echt geen respect opbrengen voor de bevolkingsgroep in ons land die aan vrouwenbesnijdenis doet, voor een

bevolkingsgroep die gasten toestaat door hun keuken te lopen, voor een bevolkingsgroep die allerlei leugens over ons *panchyat* systeem vertelt.

Integratie lijkt me het omgekeerde van wat er moet gebeuren om vreedzaam samen te leven. Daarvoor moet je niet integreren, je kunt toch niet iemand anders worden? Daarvoor moet je van beide kanten accepteren dat je verschillend bent. Daar hoef je niet over te discussiëren, daar moet je mee leven of, nog beter, langs leven. Hoe meer je mensen met andere opvattingen mijdt, hoe minder problemen van samenleven. In het Engels heet dat *agree to disagree*; dat leidt tot realisme in plaats van tot naïeve idealen als integratie.

In het stadje zitten de bewoners op terrasjes een beetje naar me te gluren. Ik ben al tien keer die mooie kerk ingelopen. Helemaal niemand om te bidden (dan doe ik het zelf wel). Bidden doen ze dus blijkbaar thuis?

Over het kastesysteem gesproken: er is hier een boer hoofd van de toeristen organisatie! Het is voor mij heel interessant om al die boten te zien. Je kunt op veel plaatsen in dit land per boot komen. Wie ruimt de rotzooi op in al die wateren? In de vijvertjes in ons dorp in Nepal ligt al veel huisvuil. Waarom zit niet iedereen te vissen in de haven, dat zou toch goedkope maaltijden opleveren?

De inwoners van Blokzijl hebben in het stadje allemaal een toilet en een douche. En nog wel in huis, niet achter in de tuin. Natuurlijk mis ik de waterfles voor een frisse reiniging van mijn billen, veel hygiënischer dan dat papier.

De riolering is ondergronds en onzichtbaar, hebben ze me verteld en komt niet uit op het water, dat ze de kolk noemen. Waar de riolering wel eindigt heb ik niet begrepen.

Er staat een kanon aan het water, dat diende om de boeren van het lager gelegen land te waarschuwen voor overstromingen, vroeger, toen de dijken nog niet zo hoog waren. Want, het is echt waar, ik heb het met eigen ogen gezien. Het water in de zee is hoger dan het land. Zonder dijken zou het hele land onderlopen.

Vlakbij Blokzijl ligt een wereldberoemd dorp, Giethoorn, waar veel mensen komen kijken. De boerderijen staan op eilandjes. Per één of twee boerderijen een apart eiland. Al het vervoer, ook dat van koeien, ging vroeger per boot. Er loopt een pad langs het hoofdkanaal. Daar kun je op fietsen. Iedereen heeft hier een fiets. Je kunt niet eens met een motor op die paden langs het water rijden. Er waren vroeger nog veel meer dorpen zoals Giethoorn. Hoe ik dat weet? Ik heb met veel mensen gepraat.

In dit land is overal water. Net als in Bangladesh. Waarom zijn Nederlanders en de Bangladeshi niet de beste kanovaarders, de beste zeilers en de beste roeiers van de wereld?

Niemand is arm hier, geen bedelaars op straat. Bart heeft nog nooit een bedelaar gezien. In grote steden zie je er wel een paar, zeggen ze. Wie geen werk heeft krijgt een klein inkomen van de staat.
Het is ongelooflijk. Je houdt het niet voor mogelijk. Ik heb het al aan vijf mensen gevraagd. Het is waar: iedereen die niet werkt krijgt wat geld van de staat. Niet een klein beetje geld, wel 650 gulden per maand. Dat verdienen maar heel weinig Nepalezen, hier iedereen. Nou ja, het is ook wel een stuk duurder hier. Bart eet nooit in een restaurant; kan hij niet betalen.

Ik werd uitgenodigd om dia's laten zien in een soort gebouw dat men *Het Nut* noemt. Niet zo veel toehoorders. Ze stelden interessante vragen. Ook vragen die ik helemaal niet verwacht had, zoals of wij een provincie zijn van India. Of de *Mount Everest* in het hele land te zien is, of het waar was dat je overal op straat hasjiesj kan kopen, en of het waar was dat wij in een tempel de lijken verbranden. Tja, natuurlijk doen we dat. We zijn een hygiënisch volk, zei ik. We bleven wel aardig voor elkaar in het Nut. Zou een groep Blokzieligers naar Nepal komen, dan moeten ze vooral niet proberen te integreren. Dan zouden we elkaar niet aardig meer vinden.

9.3 Praktische professionals

Wat heeft Thulo het druk, al is Toos terug en neemt zij het consulaire werk voor haar rekening. Hij wil het gesprek met Bram graag voortzetten, maar heeft er weinig tijd voor. Daarom begint hij meteen na binnenkomst van Bram met een zakelijk voorstel; het klinkt niet onvriendelijk.
'We beperken ons tot jouw antwoorden op de drie vragen, die ik je eergisteren stelde en we staan elkaar geen uitweidingen toe.'
'Prima,' vindt Bram. Hij steekt meteen van wal.
'Eerst over de vraag waarom de hulp soms niet aansluit bij de wensen van de doelgroep. Hulpverleners hebben allerlei vooroordelen over wat de doelgroep wil en denkt.'
'Je hebt vast voorbeelden,' veronderstelt Thulo.
'Jazeker. Veel voorkomende veronderstellingen zijn dat de armen geïnteresseerd zouden zijn in sanitaire voorzieningen, gezondheidscentra zien als prioriteit, dat ze krediet nodig hebben en het geld verstandig zullen investeren, dat ze dekens willen omdat slapen in de kou geen pretje is (en niet om ze te verkopen).

En een stokpaardje van ideologisch te zwaar uitgeruste kantoor-denkers: de kruidenier is een schurk en dus honoreren ze de wens van de armen niet om de enige winkel in hun omgeving een lening te geven (na een aardbeving).
Thulo glimlacht: hij herkent het; 'dit klopt als een bus. Inderdaad een veel voorkomende standaardfout van hulporganisaties.'

'Mijn tweede vraag was waarom de hulpverlener niet meer werk maakt van het bepalen van de wensen van de doelgroep. Dat is niet alleen een morele opdracht, het is ook praktisch, lijkt me. Als de bevolking een voetpad wil aanleggen van het dorp naar de hoofdweg, dan werken ze goed mee. Zo simpel is het toch?'
'Ja,' antwoord Bram, 'aansluiten bij wensen van de doelgroep lijkt jou en mij vanzelfsprekend, maar is niet eenvoudig uit te voeren, vooral niet voor noodhulp. Dan hebben de hulpverleners domweg geen tijd om de behoeften van de doelgroep na te gaan. Want ze moeten dringen om aan de bak te komen. En er speelt nog iets mee. De bevolking zelf heeft ook genoeg van al die lieden die met vragenlijsten langs komen.'

'Er waren ooit bij een noodsituatie in het verre westen meer dan 200 organisaties die hun diensten aanboden en snel resultaten moesten tonen om de belangstelling van de geldschieters warm te houden. Die waren waarschijnlijk al lang blij dat ze ergens een niche hadden gevonden om iets te gaan doen.
Altijd haast dus; het was verleidelijk om de behoeften van de doelgroep gemakshalve te veronderstellen in plaats van die te toetsen. Te meer omdat de hulpverleners behoorlijk overtuigd waren (en zijn) van de juistheid van hun veronderstellingen, waar we net wat voorbeelden van noemden.'

Het antwoord op de derde vraag levert een belangrijk lichtpunt op volgens Bram. 'Waarom leidt opgeklopt beleid en het gebrek aan aandacht voor het realiteitsgehalte van een project niet altijd tot een teleurstellende uitvoering.'
Precies,' zegt Thulo, 'dat hebben we beiden ervaren. Ik ben heel benieuwd naar je antwoord.' Bram gaat op een gedragen toon voordragen.

'Gelukkig staan er soms lieden aan het roer van het project die niet braaf het beleid uitvoeren, die wel raad weten met de gebakken teksten van het hoofdkantoor, die er met gezond verstand en pragmatisme toch iets moois van maken. Goedwillende maar realistische uitvoerders, laten we ze praktische professionals noemen: een buitenlandse of Nepalese vrijwilliger, een Nepalese gezaghebber, een lokale onderwijzer, een consultant, een zendeling, een integere hoofdman, een verstandige projectleider.

De praktische professionals krabben de ideologie af van voorstellen: het is onmogelijk om een weg aan te leggen waar alleen de armen op mogen fietsen en lopen. (Een beetje overdreven voorbeeld, maar toch!). Professionals weten dat veel maatregelen niet haalbaar zijn, zoals irrigatiewater eerlijk verdelen. Deze goedwillende, realistische professionals voelen aan dat je soms de boeven van een dorp beter aan boord kunt houden dan ze buiten spel zetten. Daarom, zo concludeert Bram, is de uitvoering te velde soms van een veel hoger niveau dan je zou verwachten op grond van de ongeloofwaardigheid van de fraai verwoorde beleidswensen van het hoofdkantoor.

'Natuurlijk,' voegt Bram er ten slotte aan toe, anticiperend op het feit dat Wageningers (zoals Thulo) graag de structurele achtergronden van problemen belichten: 'natuurlijk zijn er niet alleen praktische professionals nodig, maar zijn er ook structurele omstandigheden die de ruimte bepalen voor een goede uitvoering'. Bram verontschuldigt zich: 'met mijn eenvoudige onderzoek kan ik dat onderwerp niet aan.'

9.4 De melkboer is een mijnheer

Brief van Upadhya aan Tineke,
(Later, na terugkeer van Upadhya naar Nepal, geredigeerd door Tineke en daarna besproken met Upadhya)

Blokzijl, *augustus 1995*

Alles is zo anders hier. Neem de school. De kinderen staan niet op als de meester binnen komt, ze spreken de meester zelfs tegen. Ik kon het natuurlijk niet verstaan, maar de toon zei genoeg. Jammer dat ze niet in uniform lopen. Toch kun je niet aan de kleding en de schoenen van de leerlingen zien wie rijke en wie arme ouders hebben. De rijke en arme kinderen spelen met elkaar, dat kunnen wij in Nepal niet zeggen. Ze dreunen hier niet klassikaal de tafels op. Vroeger deden onderwijzers dat wel, maar als ze klassikaal de tafels opdreunen weten ze niet wat ze zeggen, zegt de onderwijzer. Ik moest er even over nadenken; als ze zo uit hun hoofd die tafels oplepelen weten ze toch juist wel wat ze zeggen?

De ouders betalen niet voor onderwijs, ook niet onder tafel. Blijkbaar verdienen de leerkrachten dus genoeg. De leerlingen verdoen tijd met wat ze handarbeid noemen. Leren ze dat thuis niet? Ze hebben me wel drie keer geprobeerd uit te leggen waar de naam van de school, de Rolpaal vandaan komt. Als de boot de hoek om moet schuift de boot langs rolpalen een nieuwe richting in, net als de kinderen als ze op school komen.

Sommige mensen wonen op een boot met een zeil. Ik ben erin geweest, in zo'n boot waar ze meer kamers en een keuken hebben. Groter dan je denkt.

Nog iets over tucht op school. Ze hebben in het verleden onderwijzers gehad die leerlingen sloegen. Sommige ouders van kinderen weten het nog. De onderwijzers van de Rolpaal keken raar op toen ik vertelde dat wij onze leerlingen in Nepal natuurlijk ook regelmatig even tot de orde moeten roepen, hardhandig ja. Natuurlijk. Over gezag gesproken: de onderwijzer wordt meneer genoemd, maar de winkelier ook.

Lang niet alles is vreemd en onherkenbaar. Neem nou de sluizen. Wij hebben kleine sluizen bij irrigatie projecten, hier hebben ze grote sluizen in waterwegen. Want het is echt waar, het water staat hoger in de zee dan in sloten en kanalen in het land. De zee is geen zee meer, maar dat is een te ingewikkeld verhaal. De schepen moeten door een sluis naar de lager gelegen wateren varen in het binnenland. Het bedienen van de sluis is een beroep; de man die de sluis bedient, doet dat de hele dag.

Ook het rondbrengen van post is een beroep. Een ander beroep dat wij niet kennen is schipper, de bestuurder van een boot, waarmee spullen vervoerd worden, vrachtschepen. In de omgeving van Blokzijl zijn de vaarwateren te smal voor grotere schepen, maar op brede rivieren en grote meren varen veel vrachtschepen.

Een heel ander onderwerp: godsdienst. Ze houden in Blokzijl niet van katholieken. Dat heb ik niet zo goed begrepen. Katholieken zijn stiekem. Nou ja, bij ons heb je ook verhalen over mensen van andere godsdiensten. Alweer een overeenkomst dus.

Nog iets bekends: de koningin van het land is op bezoek geweest in Blokzijl. Dat is veel jaren geleden, maar ze weten het nog. Dat herken ik. Onderdanen in Nepal vergeten het nooit meer als de koning op bezoek is geweest. De koningin geeft heel veel mensen een hand. Dat doet onze koning zeker niet. Dat is nou zoiets dat moeilijk uit te leggen is. Onze koning is ver verheven boven normale mensen; dat willen wij zo, de koning ook.

Wie is hier eigenlijk de baas? Bij de sluis woonde in een heel groot huis een eigenaar van een fabriek. Het was niet de hoofdman en hij leende geen geld uit aan bewoners om ze in de tang te nemen. Is de burgemeester de baas? Soms wel, zeiden mensen die ik dat vroeg; ze begonnen een beetje te grinniken. Waarom is een boer voorzitter van een zangvereniging? Waarom niet, zeggen ze dan. Op dit punt verschillen we enorm.

Een ander groot verschil is het belang van familie. Familie is hier niet zo belangrijk. De rijken geven geen vast bedrag aan arme familieleden. Ik bedoel *armere* familie, *armen* bestaan niet. Blokzieligers vinden de mensen in het naburige dorp, Vollenhove, geen aardige mensen. Er is bij ons in Nepal, voor zover ik weet minder kinnesinne tussen dorpen.

Tineke, ik zou hier veel langer moeten blijven. Want ik snap nog een heleboel niet. Waarom vervangen ze al die oude kleine huizen aan de rand van de stad niet? Die horen bij het verleden, zeggen ze; die moeten bewaard blijven. Die huisjes waren van vissers, maar dat is geen beroep meer. Waarom niet? Dat heb ik niet begrepen. Overal water; vis genoeg, lijkt me.
Oh ja, de vuilnis wordt opgehaald, die hoef je niet zelf te verbranden. Over het zelf verwerken van vuilnis hebben ze in Blokzijl nog nooit gehoord.

9.5 Uitvoerders horen te gehoorzamen

Thulo heeft nog één vraag voor Bram: 'waarom zijn hier in Summit zo veel trainingsprogramma's?' Bram is zo brutaal geweest om een paar van die trainers van hulporganisaties, altijd zware schoudertassen torsend, aan te spreken. Ze nemen in het restaurant een hele tafel in beslag waar hun papieren, reken- en schrijfmachine op liggen en ze kijken verstoord op als ze iets gevraagd wordt. Ze hebben het druk met belangwekkend werk! Maar ze willen, net als veel hulpverleners, ook graag over hun belangwekkend werk vertellen. Als je ze eenmaal aan de praat krijgt kom je veel te weten. Het is Bram gelukt; hij heeft een antwoord op de vraag van Thulo.

Dit keer spreken de heren elkaar onder de thee in de tuin van Summit – de bergen zijn niet te zien. De lucht is blijkbaar niet helder genoeg. Lekker weer. Rustig. Er staat een exotische plant in bloei die een sterke, pepermuntachtige geur af geeft.

Bram begint een probleem van de Nepalese overheid te schetsen. 'Wat moeten die met al die hulporganisaties? Het zijn er veel te veel, zeker in tijden van noodhulp. Ze terugsturen naar hun thuisland? Nee, want hoe meer presentie van internationale organisaties, hoe minder kans dat India zich overal mee gaat bemoeien. Bovendien wil de Nepalese overheid de relatie met ondersteunende landen en organisaties in stand houden; er komt veel geld binnen.
De Nepalese overheid heeft een slimme oplossing gevonden: laat niet alle clubs naar *het veld* gaan. In plaats daarvan nodigt de overheid ze uit voor een

mooie klinkende taak in Kathmandu en wel …. Je raadt het al, voor het geven van trainingen in hun voortreffelijke expertise.'
'Slim, maar zoveel ambtenaren zijn er toch niet om te trainen?' vraagt Thulo.

'Nee, maar daar hebben ze ook iets op gevonden: de ambtenaren krijgen hoge presentiegelden, dat heeft hun werkgever, de overheid, bedongen. De ambtenaren willen best meerdere cursussen volgen, Franse, Duitse, Amerikaanse cursussen, allemaal even interessant. Dan kunnen dus zo veel mogelijk trainers hun verhaal vertellen. Meerdere cursussen bijwonen kan, want de toehoorders hoeven echt niet de hele les uit te zitten; ze tekenen in het begin, niet na afloop van de les, de presentielijst.'
'Wat een poppenkast,' merkt Thulo op, 'klagen de trainers dan niet over de geringe belangstelling voor hun trainingen?'
'Dat is niet in hun belang. Ze doen met die training iets wat toch een beetje op hun beleid lijkt, dat willen ze vasthouden en een beetje op poetsen. De uitvoerders/trainers rapporteren *niet* naar hun hoofdkantoor dat ze aan het lijntje worden gehouden en worden afgescheept; ze rapporteren *niet* dat de Nepalese overheid ze uit het veld, in de hoofdstad wilde houden en daarom met het verzoek kwam trainingen te gaan doen. Ze rapporteren zeker *niet* dat de te trainen ambtenaren graag een hoge dagtoelage incasseerden.
Nee, ze rapporteren dat de overheid zo enthousiast was over hun ideeën dat ze de eervolle taak kregen om ambtenaren te trainen. Dat was nog eens een succes. Er werd dus net gedaan alsof hun beleid toch keurig werd uitgevoerd.'

'Ik word nog cynischer' waarschuwde Bram, 'ik heb geconcludeerd dat de cirkel rond is. Maar… ik schrik zelf van mijn cynisme: er zijn ook goede uitzonderingen: integere NGO's.'
'Ja, die ken ik ook' zegt Thulo. 'maar ga verder met je verhaal'
'Hoe kom ik aan die conclusie over de cirkel die rond is? Vanwege het welwillend accepteren van de te mooie boodschap door het hoofdkantoor. Ik vroeg het aan die jongens met schoudertassen: 'jullie hoofdkantoren weten toch ook dat er veel te veel organisaties op een noodsituatie afkomen en dat er niet voor iedereen een niche zal zijn?'
'Natuurlijk weten ze dat,' zeiden de Schoudertassen. 'Wij weten het ook tevoren, maar ja, wij zijn uitvoerders en doen wat ons is opgedragen. Dus toch naar Nepal reizen al vermoeden we dat we daar moeten gaan zeuren om iets te mogen doen.'
'Het is niet uitgesloten dat het management van hun hoofdkantoren vermoedt dat die trainingen doekjes voor het bloeden waren. Maar het verhaal klinkt toch goed? Management tevreden. Geen haan die er naar kraait.' Bram komt met zijn conclusie.

'Cirkel rond: beleid kan niet worden uitgevoerd, geeft niet want je kunt altijd
iets doen wat erop lijkt, een beetje oppoetsen wat je dan wel doet; het lijkt
alsof het beleid toch wordt uitgevoerd. Het geheim van wat er niet klopt blijft
binnenshuis.'

'Is het nou echt zo'n theater?' vroeg Thulo zuchtend.
'Nee, zeker niet altijd, we hebben beiden gezien dat Summit vol 'trainers' zit,
maar op het totaal aan hulporganisaties zijn het er ook weer niet enorm veel.
Toch heb ik het genoteerd, want het toont aan hoe ver sommige
hulporganisaties kunnen gaan met de zaak bedotten, zonder daarop te
worden afgerekend. Nepal is ver weg, niemand ziet hoe ze de eindjes aan
elkaar praten. Ik vermoed dat jij ook immer de wenkbrauwen fronst als de
NGO's rapporteren dat ze 136 ambtenaren getraind hebben en 1298 armen
hebben bereikt?'

'Wacht even,' zegt Thulo. 'Jij bent toch journalist? Als jouw onderzoek klaar is
kun je toch dat soort misstanden aan de kaak stellen?'
'Dat is waar, dat ga ik misschien wel doen.'

9.6 De armen blijven buiten beeld

Al in december 1994, verleden jaar dus, heeft de burgemeester van Blokzijl
via zijn vriend Koen onvrede geuit over Thulo. Tette vond het onaanvaardbaar
dat Thulo niet actief ingreep in 'de zaak Frits'. Koen heeft er nog een schepje
bovenop gedaan, het kwam hem goed uit om de directeur van SNV-Nepal in
een kwaad daglicht te stellen, want als 'het avontuur van Frits' zou ontsporen
is Thulo een geschikte kandidaat om de schuld te krijgen.

Vandaar wordt er al geruime tijd door SNV 'een dossier' opgebouwd over
Thulo. Koen heeft dat gedaan weten te krijgen van de ambtenaar van SNV,
die SNV-Nepal in zijn portefeuille heeft. De manier waarop lobbyist Koen dit
voor elkaar krijgt is lastig te volgen; dat is ook de bedoeling. Hij belooft iets,
het liefst vaag: een voordracht voor een functie, een mooie opdracht,
toegang tot een interessant praatgezelschap of tot een netwerk van standing.

Het hoofdkantoor heeft nog een stok gevonden om Thulo aan te pakken. Hij
heeft namelijk in zijn voortgangsrapport kritiek geuit op de doelstelling
armoedebestrijding. Het hoofdkantoor van SNV staat meestal open voor
kritiek van zijn medewerkers, maar, als het zo uitkomt, kan soms kritiek ook
tegen de criticus benut worden, zelfs als het een goedbedoelde constructieve
toon heeft.

Thulo kent het Haagse spel nog niet en denkt dat de vraag van het hoofdkantoor over zijn voortgangsrapport de inhoud betreft. Hij is niet alert op uitspraken waarop hij *gepakt* zou kunnen worden.

Brief van Thulo aan hoofdkantoorvan SNV,
Kathmandu, *augustus 1995*

U valt over mijn opmerking in het jaarverslag dat de armen niet in beeld komen. Het staat er inderdaad wat cru, maar het klopt wel. U wilt een onderbouwing.

In de eerste plaats vinden sommige Nepalezen armoedebestrijding geen goede doelstelling. Ze vinden het niet doelmatig, want armen zijn niet voor niets arm. Het is veel effectiever om de wat beter uitgeruste Nepalezen, de middenklasse of de hogere klasse het voortouw te geven in de ontwikkeling.
Of ze komen met hun Hindoeïstische overtuiging dat de armoede van lagere kasten een religieus gegeven is. Het moet gezegd, er zijn maar weinig Nepalezen die dat stellig en absoluut vinden, maar toch, het leeft nog wel degelijk.

In de tweede plaats wijs ik op de gewoonte van donoren om armoede-overwegingen niet primair aan bod te laten komen bij selectie van projecten en programma's. De organisaties met specifieke doelstellingen die lepra bestrijden zijn een duidelijk voorbeeld. Die stellen niet de vraag of lepra in een bepaalde regio het grootste probleem is voor de armen; ze hebben al op voorhand besloten dat lepra van het grootste belang is zonder een degelijke analyse van de situatie van armen. (In het jargon van u en mij: zonder complete identificatie van het probleem.) Dichter bij huis, ook wij zelf, de SNV heeft andere motieven, naast armoedebestrijding. Als er een aanvraag komt voor de bouw van hangbruggen, gaan we niet bekijken of kleinschalige irrigatie prioriteit heeft voor de armen. Nee, hangbruggen zijn prioriteit voor *ons*, want het zijn spectaculaire projecten. Zo doen wij dat, vaak stilzwijgend.

Ten derde, kijk eens naar de ruimte om ons werk specifiek op armen te richten. Neem de reparatie van irrigatiesystemen. Je kunt in zo'n systeem onmogelijk alleen een deel herstellen dat velden van de armen bevloeit. Dat is technisch onmogelijk, daar zou niemand iets van begrijpen.

Ik ben een groot voorstander van armoedebestrijding. Natuurlijk blijven we proberen vooral in de armere dorpen waterleidingen aan te leggen. Ik ben er ook nadrukkelijk een voorstander van om in realistische proporties over armoedebestrijding te praten, niet te dogmatisch, niet te idealistisch, niet te hoogdravend.

9.7 Een constructief voorstel

Het hoofdkantoor van SNV doet Thulo een voorstel voor een onderzoek.
Het kantoor wil de vete van tafel krijgen tussen Thulo en de lepra-organisatie. Thulo wilde hun aanbod niet accepteren om een groot ziekenhuis op te nemen in een programma voor de bouw van kleine gezondheidsposten. Laten we, zo stelt het hoofdkantoor, een bemiddelaar sturen. Iemand die door beide partijen geaccepteerd zal worden. Boter bij de vis, het hoofdkantoor noemt meteen een naam: Herman Koudstaal, die twee maanden geleden nog bij Thulo langs kwam voor een advies (over de vraag of hij naar een functie bij SNV-Nepal moest solliciteren). Een goede vriend van Thulo.

Aantrekkelijk voorstel, vindt Thulo. Herman is een weldenkend mens, hij snapt meteen dat een te groot ziekenhuis in een afgelegen gebied een grote last wordt in een programma voor de bouw van kleine gezondheidsposten, denkt Thulo.
Het hoofdkantoor stelt een week onderzoek door Herman voor. Hij moet spreken met alle betrokken partijen. De keuze van zijn gesprekspartners wordt bepaald door Thulo en door de lepra-organisatie, *LIO* (lepra in ontwikkelingslanden); beiden stellen een lijst met tien namen op. Klinkt goed; het hoofdkantoor in Den Haag heeft klaarblijkelijk overal aan gedacht.

Niet aarzelen, denkt Thulo. Hij gaat akkoord. Dat is ook weer opgelost…. Denkt hij.

10. Gaan we naar huis?

Augustus – oktober 1995

10.1 Tette is nog niet klaar

Anderhalve maand geleden nodigde Thulo alle Blokzieligers uit voor een afscheidsfeest. Dat moet doorgaan! Al komt het hem slecht uit; zijn hoofd staat er niet naar – de kille verhouding met Toos laat hem niet los.
Het feest was mooi, het is nu stil. Het huispersoneel verzamelt de lege glazen en leegt de overvolle asbakken.

Bram loopt Tette tegen het lijf. Ze vinden een fles rode wijn, een goede rode wijn – bijzonder in Nepal. De heren wassen twee glazen af in de keuken en vinden wat bamboe stoelen op het terras buiten. Nog niet te koud deze tijd van het jaar. Het huispersoneel blijft druk bezig. Ze steken een kaars aan voor de nachtbrakers. De feestgangers zijn naar huis of slapen al op de grote zolder hier, in het huis van Thulo en Toos. De paar overgebleven gasten lijken geen energie meer te hebben om nog herrie te maken. Iemand van de SNV-Nepal staf heeft de platenspeler opgeborgen. Het is al erg laat.

Tette heeft nieuws en brengt dat een beetje baldadig.
'Zeg jongeman, ik blijf nog even in Nepal.' Bram vraagt zich af of hij Tette inmiddels goed genoeg kent om een brutale opmerking aan te durven: Blokzijl kan heel lang zonder burgemeester! Hij zegt het niet. Tette begint er zelf over.

'Heb ik verlof als burgervader van Blokzijl? Nee, maar soms moet een man even uit zijn wereld van verplichtingen stappen. Ik zie wel wat er gebeurt.' Hij neemt een slok, en wacht niet op een reactie van Bram.
'Ik denk dat ze in het gemeentehuis om te beginnen een week bij moeten komen van de schrik. Niet dat de kolk leeg zou lopen, maar omdat ze niet weten wat ze moeten doen met een spijbelende burgemeester. Voor afwezigheid van een burgemeester vanwege ziekte bestaan vaste procedures, niet voor een burgemeester die te kennen geeft nog niet terug te zullen komen, zonder uitleg. Geen precedent, geen houvast over hoe het moet, geen houvast dus geen controle; geen controle, dan gaan ze zenuwachtig zoeken naar schuldigen – dat is niet zo moeilijk deze keer, dat ben ik. En wie gaat iets ondernemen? Iedereen in het gemeentehuis zal naar 'loco' wijzen, die moet wat doen.

De locoburgemeester zal na een paar dagen maar eens met de commissaris van de koningin bellen in Zwolle; vervolgens zullen ze beiden een week druk rondbellen om een vergadering te beleggen over hoe het verder moet en – vooral – om te bespreken wie er aan tafel moet zitten voor dat overleg.

'Ik denk dat de commissaris, nooit zo slagvaardig die goede man, pas na verloop van tijd aan Binnenlandse Zaken zal vragen of er een precedent is en of hij richtlijnen kan krijgen.'

'Tjonge, er zijn dus ondeugende burgemeesters,' zegt Bram met enige bewondering.

'Ik voorspel dat de ambtenaren van Binnenlandse Zaken geen wijsheid paraat hebben en er dus één van die dure Haagse consultants op zetten, die een zogenoemd 'praatstuk' ontwikkelt. Tijdens de studie van de consultant moet een aantal betrokkenen regelmatig geraadpleegd worden, de referentiegroep. Wie moeten daarin? Daar wordt vast een week over gesteggeld.

Het 'praatstuk' moet zogenoemde handvatten krijgen, dat doet dan een andere dure club. Het vervolgstuk heet 'plan van aanpak'. Ik zie het voor me: een andere referentiegroep kijkt mee. Het plan van aanpak wordt aan betrokken partijen gestuurd – welke? Met nadruk wordt commentaar gevraagd - weer een week verder. Ja, zo zal het gaan.

Al die tijd zit ik in mijn nieuwe wereld hier in Nepal onder toezicht van de bergen, werkend aan een ongekende zuivering in de kop.'

Eindelijk is Tette even stil.

Tja, wat zal ik daar op zeggen, denkt Bram. Het werd de hoogste tijd? Is onze band al bestand tegen brutale humor? Kan ik zeggen dat ik hem ten tijde van onze briefwisseling een opgewonden standje vond, toe aan een *lange* vakantie? Dat het dus verstandig is om wat langer te blijven? Bram hoeft niet lang te mijmeren, want Tette neemt weer het woord. Daar is hij heel goed in, in het woord nemen.

'Gelouterd kom ik terug straks. Iedereen opgelucht dat de vastgelopen discussie over hoe het verder moet blijkbaar is opgelost, want ik zit zo maar weer achter mijn bureau. Ik krijg nog betaald ook voor die drie of vier maanden illegaal verlof. Let maar op. De commissaris moet nog wel even boos worden en mij laten weten dat hij dit niet pikt, in de eerste vergadering met alle burgemeesters. Zonder verdere gevolgen, tenminste als ik mijn neiging kan onderdrukken om vrolijk te gaan zitten knipogen met een aantal collega's. Let maar op, zo zal het gaan.'

'Dat is, neem ik aan een optimistische scenario?' vraagt Bram bedeesd.

'Kun je je iets anders voorstellen?'

'Nou ja, ik ken de verhoudingen tussen provinciaal bestuur en de burgemeesters niet, maar ik heb nog nooit gehoord van een burgervader die lang spijbelde. Dus dat ze niet zo goed weten wat ze daarmee aan moeten, dat geloof ik wel.'

'Waarom ik in Nepal blijf? Ik ben nog niet klaar. Ik ben pas tevreden als ik niet meer wakker lig van….van allerlei existentiële vragen.'
'Wel ja zeg, existentiële vragen, je maakt me nieuwsgierig, noem eens zo'n existentiële vraag?'
'Het zijn vragen die met uitzicht op onze kolk in Blokzijl niet eens opkomen, maar die met uitzicht op de besneeuwde bergen zich vanzelf opdringen.'
Bram wacht geduldig op een concrete toelichting, maar die komt niet. Dat verbaast hem niet. Want hij kent dat gevoel wel van een opgeruimde geest, van een bevrijdende mentale herbezinning, maar die *state of mind* is niet makkelijk te duiden. Hij probeert het toch.
'Ik herken het. Het lijkt op een mentale ruimte voor nieuwe kleuren, nieuwe verbanden, voor nieuwe betekenissen van alledaagse beelden, voor een frisse kijk op het leven, voor nieuwe ambities, nieuwe plannen, nieuwe moed.'

'Zo is dat,' zegt Tette. Er valt zowaar een stilte. Tot Tette over het feest begint dat net achter de rug is.
'Alle Blokzieligers waren er. Ook Frits en Harm, helemaal uit Rolpa en Pokhara gekomen. Maar waar was Toos?'
Bram wist dat wel, maar kon het niet zeggen. Tette verwachtte blijkbaar geen antwoord en praatte verder: 'Die Thulo is aangeslagen zeg. Dat is zwak uitgedrukt. Hij heeft het niet meer. Ké garné?'
Het blijft moeilijk voor Bram om hierop te reageren; hij weet dat Thulo en Toos nog steeds bezig zijn met een scheiding, de ene dag zijn ze veel meer gescheiden dan de andere.
Het is zonneklaar dat zijn avontuur met Toos in ieder geval nog niet in Kathmandu bekend is. Althans niet bij de Nederlanders.

Zoals altijd werd Tette erg spraakzaam na wat drank.
'Het was een groot contrast. Thulo gevangen in diep verdriet, de feestgangers in een prima stemming. Alles was anders dan anders. Frits was nota bene vrolijk en druk. Harm was blij dat hij nog even samen was met Liesbeth. Tineke liet nu en dan merken dat ze er voor mij was, haar gebruikelijke geflirt met andere mannen bleef niet helemaal achterwege, maar was niet zo intiem.'
…'Nou ja, wat ze op de dansvloer aan quasi-toevallige aanrakingen met danspartners liet zien, maakte me toch razend jaloers, maar dat was

waarschijnlijk de bedoeling.' Bram had die ontboezeming liever niet gehoord – hij wordt er plaatsvervangend verlegen van.

'Maar iets heel anders, makker!' Makker? Ze kunnen het inmiddels goed met elkaar vinden – de venijnige briefwisseling heeft geen sporen nagelaten. Maar de aanspreektitel makker is nieuw. Tette praat door, terwijl Bram mijmert over zijn goede verhouding met Tette (en met Tineke).
'Misschien ken jij de Nepalese staf van SNV beter dan ik' zegt Tette. 'Die had, denk ik, niet zo goed in de gaten wat er met Thulo aan de hand was. Of wel? Pikken zij vanwege het cultuurverschil de wanhoop van Thulo in gebaren en blikken niet op? Of zijn ze zo razend beleefd dat ze net doen alsof ze het niet zien?'
'Ik denk dat ze beleefd zijn.' Weer zegt Bram niet wat hij denkt: die weten al lang hoe de vork in de steel zit, helaas.
'Weet je trouwens dat Froukje ook langer blijft? Wat een geweldige meid. Ze heeft plannen. Komt goed uit, want wij hebben beloofd haar verder te helpen.' Het is zowaar weer even stil, niet lang.
'Ik heb een roddel gehoord over Thulo,' weet Tette te vertellen. 'Hij is deze week een paar keer naar dat klooster gereden, halverwege de berg Sivapuri. Misschien bereidt hij een wanhoopsdaad voor: alles achter zich laten en intreden in een klooster. Hij heeft de houding, de stemming en de toon van een Boeddhist, vind je niet? – hij gaat dat redden.' Bram vertelt wat hij ervan vindt, maar Tette valt in slaap en heeft Bram niet gehoord.

Het wordt al licht.
Het is steeds weer een geweldige ervaring om de ochtendmist te zien optrekken vanuit de vallei. Tette is ontwaakt en wijst Bram op de bergen.
'Kijk eens naar die verkleuring van de bergen man… Als de zon opkomt, worden de bergen wakker, elke ochtend weer. Grandioos, fenomenaal. Ken je het lied van Cat Stevens over de optrekkende mist boven Kathmandu? Die Stevens heeft vast hier gestaan toen hij dat zag (het huis ligt iets hoger zodat je een mooi uitzicht hebt op de stad). Wat een ervaring om langzamerhand Kathmandu zichtbaar te zien worden. Met die wakkere bergen op de achtergrond, onverstoorbaar en onverschillig voor het ondermaanse.'

'Ik blijf nog wat langer,' Tette is weer weer enigzins wakker. 'Dat zei ik een paar uur geleden al. Wat raakt me hier zo? Ik moet ineens denken aan de ervaring na het kamperen. Kom je thuis, zie je al die meubels die je geen moment gemist hebt, die veel te grote voorraad aan keukengerei, een kapstok, schilderijen, de hele handel. Je herkent vast wel de gedachte: eigenlijk heeft een mens dat helemaal niet nodig.'

'Bovendien, het leek wel of er zonder al die spullen meer ruimte is voor zaken die er echt toe doen.'
Bram vraagt waar hij op doelt.
'Lees een willekeurig boek over de pelgrimstocht naar Santiago del Compostella. Tijdens de wandeling ben je veel bezig met de essentie van die dag: waar eet ik, hoe laat kom ik aan. Zou ik ergens kunnen slapen. Het zijn geen zorgen, het zijn tamelijk relaxte gedachten; het komt altijd goed. Het is essentieel, het gaat ergens over; je bent bewust bezig met je basisbehoeften. Zoiets.' Tette is nog niet uitgepraat.

'Ontspannen leven is toch veel gezonder dan je druk maken over achterklap, politieke spelletjes, opgeklopte urgentie, noem maar op. . . Ik las dat je tijdens de tocht naar Santiago als vanzelfsprekend opgenomen wordt in een gemeenschap van pelgrims, ongeacht je opleiding of je positie. Er worden geen vragen gesteld of je dat wel verdient, er is geen toelatingsexamen. Je moet er wel uitzien als een wandelaar, met wat van die gepaste parafernalia en de intentie uitspreken om Santiago te halen en je bent al lid van die *community*.'
'Je wordt dus geaccepteerd omdat je meedoet, niet vanwege je status. Naar burgemeesters wordt geluisterd al hebben ze niks te vertellen; er wordt om ze gelachen, ook als niet leuk zijn. Dat vond ik altijd zo gênant.' Tette kijkt Bram aan en ziet dat hij het snapt. Hij praat verder.
'Hier in Nepal kom ik los van mijn positie, van geforceerde verplichtingen, van drukkende dagelijkse toestanden. Dat is het.' Het blijft even stil.
'Zullen we op zoek gaan naar koffie?' oppert Bram. Nee, Tette gaat verder.
'Over los komen gesproken, weet je wat ik hier gedaan heb? Ooit voor mogelijk gehouden dat een Nederlandse burgemeester, met een uiterst degelijk voorkomen, met post van Maoïsten zonder enig probleem alle Nepalese politieposten passeert? Van Rolpa naar de vertegenwoordiger van *de Movement* in Pokhara, een geheim adres natuurlijk. Dat deed ik dus.' Er volgt een gulle, luide lach.
'Ja, dat deed ik, sta je van te kijken hè? Mijn taak was heen en weer wandelen, met post. Nou overdrijf ik een beetje, want ik deed het maar één keer; het beviel me enorm. Uitermate bizar voor een burgervader, maar je mag toch één keer in je leven iets buitenissigs doen; dat vind jij toch ook? Ik heb acht dagen lang gelopen. Heen en weer, net als een veerman.'
Ze zitten in het zelfde patroon als tijdens hun gesprek van vannacht. Tette heeft geen antwoorden nodig om door te gaan met oreren. Ook nu niet.

Bram vraagt iets, het is vragen naar een bekende weg.
'Hoe zit het met je voornemen om Frits op het rechte pad te krijgen?'

Tette geeft geen antwoord op deze vraag, er lijken belangrijkere zaken om te vertellen.

'Als het besturen even te vervelend werd hoopte ik ooit nog eens veerman te worden op een mooie rivier, met als ultiem doel om heen-en-weer te gaan; verder niks, echt helemaal niks. Ik ging hier dus even heen-en-weer, met post van rebellen. En met gedichten van Slauerhoff. Weet je? Frits noemde het *the boom of being alive.'* Dat heeft Frits dus ook aan Tette verteld; 'zo is het maar net. Nee, ik wil nog niet terug!'

10.2 The morning after

De ochtend na het feest is het een enorme rommel in het huis, zoals gebruikelijk. Wat een voorrecht om bedienden te hebben. Twee uur later is alles aan kant en staat het ontbijt op lange tafels klaar voor de gasten die hebben overnacht. Opgebakken broodjes, Nepalese kaas, geen Goudse, maar het kan er zeker mee door. Heel smakelijke lokale honing.

De geur van koffie doet de gasten de lucht op zolder vergeten. De zolder stinkt naar poep van een uil, volgens kenners een kerkuil, al zal die in Nepal geen kerkuil heten. De uil heeft in een hoek van de zolder zijn nest en komt met veel kabaal 's nachts even binnen vliegen om, als er bezoek is, met wilde bewegingen gehaast weer naar buiten te fladderen. Je weet dat het kan gebeuren, maar toch schrik je steeds weer. Voor SNV-ers is dat een klein ongemak. Ze slapen er prima. Er liggen wel twintig matrassen met dunne slaapzakken op die zolder. Ook slapen er stelletjes, die er soms geluidsarm de liefde bedrijven.

Voor Tineke en Tette was een aparte kamer beschikbaar, een voorkeursbehandeling; Tette heeft er alleen gebruik van gemaakt om zich op te frissen na de lange nachtelijke gesprekken met Bram.

Aan het ontbijt zitten Harm en Liesbeth hand in hand. Liesbeth is teleurgesteld in de winkeltjes in Kathmandu en Pokhara; die lijken als richtlijn te hebben: hoe stouw je een grote voorraad van veel verschillende spullen in een te krappe ruimte. Daar kan ze niks mee. Er zijn ook geen warenhuizen met mooie etalages, dus is er geen emplooi voor Liesbeth. Ze gaat straks terneer geslagen het vliegtuig in.

Froukje en Frits zitten ook naast elkaar, maar het botert niet tussen die twee. Dat ziet iedereen, Bram zeker. Froukje wil nog niet naar Blokzijl; ze wil ook niet met Frits mee naar Rolpa. Ze broedt op iets. Ze ziet mogelijkheden om aan de kost te komen in Pokhara. Dat is voor Frits toch dichterbij dan Blokzijl, zou je zeggen. Er is meer aan de hand. Maar niemand stelt moeilijke vragen aan ze; dat is vast onder invloed van de Nepalese omgangsvormen. Froukje en Frits lijken een belegen echtpaar dat uitgepraat is.

Tineke en Tette zitten tegenover elkaar aan die lange tafel. Ook een echtpaar, maar die hebben elkaar *wel* wat te vertellen, veel zelfs, vooral Tette. Hij was in Rolpa. Tineke wist dat nog niet en vond het stoer. Tineke hoort ook voor het eerst dat Tette onaangekondigd weg blijft uit Blokzijl; gisteren heeft hij dat besloten, tijdens zijn gesprek met Bram – ook dat besluit vindt Tineke spannend. Ze denkt geen moment of dat slecht zou zijn voor zijn loopbaan. Dat is nieuw, in Blokzijl was ze voortdurend bezig met de loopbaan, of beter het gebrek aan loopbaanvooruitzichten van Tette.
Tette twijfelt of Pokhara of Kathmandu een paar maanden zijn basis wordt. 'We zullen het zien,' zegt Tette. Het broodje Nepalese kaas smaakt hem goed. Tineke blijft ook en heeft na een reisje langs weeshuizen met Froukje rondom Pokhara nog een programma in Kathmandu. Tineke wil verder praten met een aantal organisaties, zoals *Care, Save the Children* en *Unicef*, over de mogelijkheid om het probleem van de jonge seksslavinnen op de Europese agenda te krijgen. En met ICIMOD en een paar lokale reisbureaus wil ze overleggen over 'het andere toerisme', samen met Thapa en met Bram.

Toos komt alleen naar het ontbijt. Ze deed haar best zich onopvallend te gedragen, maar dat kan ze niet. Toos kondigt geheel onverwacht en met klem aan dat ze met onmiddellijke ingang geen Doos, maar Toos genoemd wil worden. Eindelijk, denken sommige SNV-ers die het maar idioot vonden dat iemand zich aan liet spreken met een koosnaampje. Het hoorde bij het modieuze denken van de kringen van Toos in Nederland om te pas en te onpas het uitgangspunt ik-heb-zoiets-van-dat-moet-kunnen uit de kast te halen. SNV-ers zijn niet zo gevoelig voor mode.
Toos heeft in alle vroegte haar jongens naar school gebracht.

Waar was en is Thulo? De vragenstelster, Tineke ontvangt valse blikken. Geen antwoord - invloed Nepalese omgangsvormen? Iedereen weet hoe het zit tussen Thulo en Toos. Iedereen heeft in de gaten dat Thulo zijn Toos zocht op het feest. Iedereen heeft al gehoord dat Thulo met een kwaaie kop heel vroeg naar kantoor is gegaan. Waar heeft hij geslapen? De *master bedroom* werd bezet door Toos. Nee, Bram sliep daar niet. Te riskant. Thulo ook niet? Niemand weet het. Niemand vraagt het. Zou dat in Blokzijl ook zo gaan: nadrukkelijk zwijgen? Hier in Nepal is dat normaal.

Terug naar Toos? Bram verkeert in grote twijfel; het knaagt aan hem. Toos? Angelique? Gedachten aan Angelique zijn net als een bochel die je ongevraagd voortdurend bij je hebt, mijmert Bram, je kunt hem niet afleggen. En Toos? Is het tijdelijk plezier of gaat het op een ferme verkering lijken? Het is op zijn minst vakantie van het gedoe met Angelique, even niet stroef om-elkaar-heen-draaien per brief. Hoe zou de verhouding met Toos zich de komende weken ontwikkelen? Misschien gaat het gewoon over.

Bram is voor driekwart klaar met zijn onderzoek.
Helaas dienen zorgen over geld zich weer aan. Zijn goed betaalde onderzoek loopt ten einde. Hij verdiende genoeg om een redelijk bedrag over te houden, maar sparen zit niet in zijn genen. Hij heeft enkele artikelen aan Trouw gestuurd, die een klein bedrag opleveren. Het onderzoeksrapport zal, zoals gebruikelijk, door vrijwel niemand worden gelezen, laat staan dat Bram, als hij al een uitgever zou vinden, er iets mee zal verdienen. Kom, dat onderzoeksrapport kan best tot nieuwe opdrachten leiden. Gelukkig komt in Nepal voor niets de zon op en blijft, ook voor niets, de sneeuw op de bergen liggen. Maar ook van mooie uitzichten krijg je honger en dorst. De dichter Kloos zei dat al lang geleden.

10.3 De draad kwijt

Thulo moet de dag na het feest veel werk verzetten. Eerst een gesprek met Shrestha, zijn assistent, de programme-officer.
Shrestha is de draad kwijt. Wie is waar, wat moeten wij nog doen, wat staat ons te wachten. Shrestha moet al vroeg naar Pokhara en zal daar SNV-ers ontmoeten. Als de verbinding per telefoon met Pokhara niet geweldig is, verloopt de communicatie veelal via verhalen en doorvertelde nieuwtjes. Dat levert soms hilarische misverstanden op; Shrestha moet dus goed op de hoogte zijn van wat waar is en wat ten onrechte voor waar gehouden wordt. Daarom nemen ze door wat er speelt, ze hebben nog een uur voor het vertrek van de programme officer.

Thulo begint zijn verhaal met een vaker genoemd en besproken thema. 'Dit gaat niet over jullie nieuwe regering, niet over de voedselcrisis, niet over het traditionele panchyat systeem, niet over de ecologische degeneratie, de toenemende voedseltekorten, de verslechterende betalingsbalans van het land, nee, daar gaat dit niet over, het gaat over een stel bezoekers uit een stadje in Nederland: Blokzijl. En die bezoekers hebben andere zaken aan hun hoofd dan de malaise in de ontwikkelingen in Nepal.
Shrestha heeft al eerder verteld dat het bij de andere organisaties waar hij werkte niet anders was; niet Nepal stond op de agenda, maar het bezoek aan Nepal van een of andere bobo, het tijdig inleveren van het jaarverslag, het

maken van een nieuwe begroting voor de club, noem maar op. Hun zorgen eerst, niet die van Nepal.

Thulo begint met het makkelijkste onderwerp: 'Liesbeth. Teleurgesteld over de leefstijl van onze heren in Pokhara? Ja, maar dat is goed afgelopen. Meer hoeven we niet te weten.
Je weet dat Harm niet om aandacht vraagt maar het wel verdient? Dat geldt voor alle SNV-ers in Pokhara. Ik hoor weinig van ze; hoeft geen slecht teken te zijn.'

Thulo gaat verder met het overzicht.
'Tineke is verkast van het Guesthouse naar het Summit Hotel omdat haar man Tette daar zit. Tineke komt erg vaak langs. Ik vind het een gezellige en onderhoudende dame. Ik heb je verteld dat de idee van een stedenband best nuttig kan zijn, maar dat Blokzijl veel te klein is voor de huidige ambities van Tineke. Toch mogen wij, jij en ik, niet mee gaan doen met het honend commentaar van de SNV-ers over stedenbanden.'
Shrestha houdt zich gedeisd.
'Het plan van Tineke dat mij nog meer interesseert is een vervolg op de bezoeken aan Blokzijl van Dipak Thapa en Rudrinath Uphadya. Dat lijken me schrandere mannen die verrassende waarnemingen deden over Blokzijl en dat nog goed kunnen formuleren ook. Waar ik aan denk? Ik denk nog niet; Tineke moet denken en iets voorstellen.'
En wat moet Shrestha weten over Tette?
'Tette was naar Rolpa om Frits over te halen naar Pokhara terug te gaan; het is maar goed dat zijn gezaghebbers in Nederland dat niet weten. Je weet al dat men in Nederland het Maoïsme maar eng vindt. En dus wil de minister hier geen publiciteit over. Dat verklaart de opwinding rondom Frits in Blokzijl. Wij van de SNV willen ook liever geen openbaarheid over het doen en laten van Frits. Kunnen we iets doen, moeten we iets doen? *Het goed in de gaten houden*, zo heet dat als je niks kan doen zonder dat expliciet toe te geven.
'Froukje? Ze heet de vriendin van Frits te zijn, maar Frits stond niet vrolijk op het vliegveld toen ze aankwam. Dat is onze zaak niet!! Ik heb haar nog niet ontmoet. Misschien kom jij haar tegen en kun je haar iets over de plannen van Frits ontfutselen. En misschien haar eigen plannen bespreken, waar ik nog niks van weet.'

Angelique van Bram is niet gekomen. Bram is naar Zanzibar gegaan om haar te ontmoeten. Bram blijft hier; dat is het enige wat voor ons van belang is. Ik vind de conclusies van zijn onderzoek steeds interessanter worden. Hij zoekt werk hier; zijn onderzoek is klaar. Ik zou het wel leuk vinden als het hem lukt. Heeft jouw vriend bij Unicef geen suggesties?' Thulo wacht niet op een antwoord. Shrestha, weet hij uit ervaring, zal eerst moeten herkauwen op een (eventueel) antwoord.

'Toos? Zoals je weet, die is inmiddels terug uit Pokhara. Daar was ze op vakantie. Heeft ze verdiend.'

Thulo peinst verder over wat spannende kwesties.
Hij ziet een uitdagend ommezwaai voor zich. Het is niet niks wat we doen: hangbruggen bouwen, waterleidingen aanleggen, irrigatiekanalen repareren, landbouwplannen ontwikkelen, bijen houden, maar hoeveel Nepalezen worden daar uiteindelijk mee bereikt? Het is niet niks, maar…… straks raast misschien het grote wereldgebeuren er overheen. Voorbeeld? Internationale recessies, India dat Nepal nog korter gaat houden en wat te denken van de praktijken van China? Wanneer is Nepal aan de beurt?'

Shrestha blijft stil. Hij gedraagt zich volgens de Nepalese cultuur: de ondergeschikte luistert, de baas praat. Thulo mijmert verder. Waarom heeft niemand hem er ooit op gewezen dat hij er iets voor zou moeten doen om Shrestha mee te laten praten.
Thulo blijft aan het woord.
'Misschien is er een heel andere insteek nodig voor SNV-Nepal, een andere sleutel, een andere strategie. Stedenbanden kunnen een begin zijn; maar ik zie meer in toerisme in het kader van stedenbanden. Ze hebben er al een naam voor: stedenbanden-plus. Ze doelen dan op toerisme gekoppeld aan stedenbanden. Ik had het er net al over: de idee van Thapa en Upadhya. Het is toch niet vergezocht om te veronderstellen dat het verdiepen van een groot aantal internationale contacten een betere bijdrage is aan een verantwoord wereldburgerschap? Veel internationale contacten tussen burgers, bijvoorbeeld via een gezond toerisme, zouden wel eens meer kunnen bijdrage aan wereldvrede dan internationale politieke bijeenkomsten en meer dan duizenden hulpprogramma's. Zo simpel is het, volgens mij.
Wat leer je als je je echt gaat verdiepen in Nepal en Nepalezen: je leert om niet te makkelijk te oordelen; je leert je eigen cultuur relativeren – het kan ook anders, bijvoorbeeld net als de Nepalezen niet zoveel waarde hechten aan effectiviteit en efficiency, targets, meer-altijd-maar-meer-van-alles, van gebiedsuitbreiding – ook al heeft dat geen zin –, overbenutting hulpbronnen, machtsuitbreiding, netwerkuitbreiding, zelfuitbreiding.......Ja, dat is niet niks; dat zijn de sleutelbegrippen in het neoliberale denken!! Wat leer je nog meer: anderen de ruimte geven; dat er altijd meerdere percepties mogelijk zijn; rust en reflectie inbouwen; je onder laten dompelen in een oogverblindend landschap is goed voor je lijf en voor je mentale gesteldheid.

En dan maar hopen dat de internationale politiek humaner wordt als er veel meer open, minder hanige en rustiger wereldburgers komen.

We hebben dus een dolende Bram, een burgervader die nog niet klaar is met een frisse ontdekkingsreis, een stoere én een brave Blokzieliger, en wie weet, nieuw denken over paradigmatische veranderingen in de ontwikkelings-samenwerking.
Gelukkig hebben we nog een Nepalese programma-officer die ons behoedt voor wereld bestormende visies waar zijn land niet op zit te wachten. Ons uur is om. Goede reis Shresthazii!'
(Shresta*zii* is een amicalere aanspreektitel dan Shrestha. Zou Nugah Shrestha niet vriendelijker klinken? Nepalezen zijn terughoudender dan Nederlanders in het iemand aanspreken met de voornaam).

10.4 Al weer op weg

Toos. De nieuwe vlam van Bram was Toos! Hoe lang zou het duren? Toos heet wat wispelturig te zijn. Bovendien, Bram is ook geen trouwe minnaar, geen rots in de branding, niet iemand waar je op kunt bouwen.

Toos en Bram hebben goed geluisterd naar enkele ervaringsdeskundigen over de valkuilen van het stiefouderschap. Stiefouder spelen voor oudere kinderen lijkt een onmogelijke opgave. Bovendien hebben Chrisje en Floor een vader, die volgens Toos, gewoon een stevige en leuke vader moet blijven. Bram was een huisvriend, meer niet.
Aanvankelijk bezigden Toos en Bram het begrip huisvriend om de buitenwereld te laten geloven dat ze een fatsoenlijke en seksloze verhouding hadden en, veel belangrijker om Thulo niet te kwetsen. Thulo komt nog nauwelijks thuis en weet niet hoe vaak Bram Toos bezocht, wel dat Bram een goede vriend was of is van Toos. Het begrip huisvriend was de eerste week heel toepasselijk- het dekte de lading. Er was, zeker wat Bram betreft, geen sprake van diepe verliefdheid, maar hij genoot aanvankelijk wel van deelname aan een gezinsleven. Dat genot heeft hij jaren moeten missen. Hij heeft het twee weken mogen meemaken. Al sliep hij meestal in het Kathmandu Guesthouse, zijn koffer stond in het gezinshuis.

Na de eerste week begon het alledaagse samenwonen met een vriendin met kinderen te schuren. Het was een optelsom van kleine irritaties over bijna niks. Als de kereltjes zaten te klieren aan het ontbijt, moest Bram, volgens Toos, niet vol verwachting uitkijken naar haar ingrijpen, dan moest hij er zelf iets van zeggen. Vond Toos; Bram hoefde zich niet met de opvoeding te bemoeien maar had wel rechten als huisgenoot. En het is, aldus Toos, nuttig voor de kids om rekening te leren houden met haar gasten.

Een betrokken huisgenoot, mooi gezegd, maar hij moest eens proberen dat waar te maken. Zodra hij zachtaardig voor de derde keer aan Chrisje vroeg om niet met stukjes brood te smijten naar zijn kleine broer, omdat de huisgenoot even rustig wilde ontbijten, stortte Toos zich met ongewone felheid op hem om te vertellen dat hij wel eens wat verdraagzamer kon zijn en niet voortdurend negatief naar haar zonen mocht kijken en dat hij niks gewend was en niks van ze kon hebben.
'Kinderen klieren nou eenmaal aan eettafels. So what! Wen er maar aan. Richt je chagrijn op je werk, niet op mijn kinderen….' Bram kende de teksten na twee weken uit zijn hoofd.

Hij zag het goed, de kids keken hem bij die uitbarsting van hun moeder triomfantelijk aan. De jongeheren voelden zich sterk en smeten hun servetten naar zijn hoofd. Mag niet van hun moeder, maar ze bezigde slechts vriendelijke boze woorden; zo zou Bram ook graag toegesproken worden door haar. Tja. Dat gebeurde in Pokhara wel, hier in haar huis in Kathmandu niet.

Zegt Toos 's avonds bij een borrel dat Chrisje het in zich heeft om een heel empatisch jongmens te worden.
'Vind je ook niet?' vraagt ze. Bram blijft op zijn hoede en zwijgt.
'Ik vraag je wat,' zegt Toos, nog rustig, 'vind je ook niet?'
Weer geen antwoord… En vervolgens leidt dat alweer tot onaangenaam en overdreven gebrul van Toos. Bram vindt het opgaan in een gezinsleven niet meer aantrekkelijk, pakt zijn koffer maar weer eens in, na de aanvankelijk oprecht gemeende afspraak dat het voor even zou zijn.
'Even rust tussen ons.'
'Ja, sodemieter maar op;' Toos denkt er blijkbaar net zo over: even rust.

Hij heeft nu, een paar dagen later totaal geen zin meer om terug te gaan naar de huiselijke kring van Toos en haar twee etters. Waar wil hij wel naar toe. Naar Tanzania? Nee! Naar Nederland? Nou nee!
Jammer dat hij niet kan scheuren op zijn solex om af te reageren. Solex houdt niet van snelheid maar van *ma non troppo*; kalm aan.
Het liefst wil hij naar het Kathmandu Guesthouse, want… hij is niet ongevoelig voor het charmeoffensief van Frouk, die ook tijdelijk in het Kathmandu Guesthouse verblijft. Frouk? Wat krijgen we nou? Bram heeft toch een verloofde in Tanzania?

Bram ervaart het gezelschap van Froukje als steun voor zijn zelfvertrouwen. Toos heeft kans gezien dat in twee, drie weken genadeloos af te branden. Froukje bouwt het weer op. En dat is voorlopig alles. Hij laat het nog niet toe om hoteldebotel te worden, want dat zou inderdaad een beetje raar zijn. Nog maar vier weken geleden viel hij met passie op Toos en nu meteen op Frouk? Dat voelt niet goed. Froukje voelt het aan, ze hoopt op meer, maar ze is voorzichtig. Stap voor stap een volgend avontuur in.
Ma non troppo! Met de solex en met Froukje!
Bram had zich toch na zijn aanstelling getracteerd op een verblijf in Summit? Ja, maar nu Frouk in het Kathmandu Guesthouse zit vindt Bram dat Summit te duur is.

De solex is niet gebouwd om zware koffers te vervoeren. De omvang van zijn bezittingen slinkt met elke verhuizing. Straks kan hij bijna zonder bezittingen zo het klooster in. Dat zou ook nog kunnen.
Vele mannen zouden graag een tijdje als nomade door het leven gaan; Bram heeft er even spuug zat van! Net de deur uit bij Toos? Weer vrij? Naar het klooster? Naar Nederland? Of toch niet. Nee, nog niet. Want er lonkt een nieuw honk. Met….Froukje. Wie weet?

11. Goede doelen

November - december 1995

11.1 Een brutaal plan

Of Froukje even naar beneden wilde komen, naar de lobby van hotel Annapurna in Pokhara. Daar staat een verlegen jonge Nepalees uit Rolpa van een jaar of veertien, op versleten plastic slippers. Met gebogen hoofd. Armoedig gekleed. Blijkbaar mocht hij van de portier niet naar haar kamer lopen. Hij is duidelijk niet op zijn gemak. Niet gewend aan hotels, denkt de portier, in Rolpa hebben ze geen hotels.

...Rolpa! Froukje wist genoeg. Vast de buurjongen waar Frits eens over vertelde. Hij heeft een brief bij zich.
Froukje bestelt een bord dalbhat voor hem en een flesje cola. Hij lijkt uitgehongerd. Vast het geld voor het eten onderweg opgespaard. Een aandoenlijke jongeman; Froukje kan het niet laten en geeft hem extra geld, voor eten en onderdak voor de terugtocht, al heeft Frits dat ongetwijfeld al gegeven. De portier ziet het; aan zijn lichaamstaal te zien denkt hij er het zijne van. Portiers in hotels zien veel en denken er vaak het hunne van, ook in Nepal. Voordat de koerier weer op pad gaat opent Froukje de brief.

Lieve Frouk,

Bingo! Ik heb een prachtplan. Jij gaat me vast helpen, dan zien we elkaar vaker. Het plan wordt zo nuttig voor de Movement, dat ik vast vaker op verlof mag naar Pokhara of Kathmandu. Ik zou daar zelfs het grootste deel van het werk kunnen doen. Nou weet je nog niks; het raadsel wordt opgelost als we erover kunnen praten, in Pokhara, over drie dagen.

Ik moest een tijdje terug van mijn bazen in Rolpa een paar projectvoorstellen lenen van het kantoor in Pokhara, waar ik nog steeds gewoon binnen kan lopen zonder argwaan te wekken en in de dossierkast kan snuffelen. Daar is het mee begonnen. Mijn bazen wilden blijkbaar zien hoe je een voorstel schrijft voor een project. Ze vonden de geleende voorstellen onbegrijpelijk. Ik ook, maar ik wist wel een beetje waar het over ging. Hoe kan het nou, vroegen ze, dat voorstellen voor een hangbruggetje, een weg, een irrigatieprogramma en een waterleiding zo op elkaar lijken?
Ik ben over drie dagen in Pokhara.

Liefs,

Frits

Froukje is benieuwd; Frits klinkt enthousiast; hij is meestal ingetogen en een beetje somber. Maar nu heeft hij een 'prachtplan?'

Frits komt uit Rolpa, op de afgesproken dag in het eenvoudige Hotel Annapurna waar niet alleen Froukje, maar ook Tineke, Tette en Bram logeren als ze in Pokhara zijn. Veel luxer dan het hotel waar Frits verblijft als hij in Pokhara is. De vrienden (of geliefden?) zoeken een rustig plekje in de lobby van het hotel, veel koeler en aangenamer dan het muffe hotelkamertje van Froukje. Met koud bier – dat is veiliger dan water, al zeggen ze in het hotel tien keer dat ze het water gezuiverd hebben.
'Die projectvoorstellen waar ik je over schreef, Frouk, bevatten veel geklets in een apart taaltje. Het lijkt wel alsof het allerbelangrijkste, de technische details over bruggen, wegen of waterleidingen er het minst toe doen. '
Zoals gebruikelijk laat Frits nu en dan een stilte vallen in zijn betoog. Frouk kent dat; ze wacht geduldig af.
'Dat kan ik ook.'
'Wat?'
'Mijn opdrachtgevers verrassen en dat soort voorstellen voor ze schrijven. Ik laat verboden woorden als Maoïsme eruit en verander de locatie. Ik hoorde van kornuiten in Pokhara dat die gasten van financierende hulpclubs, de NGO's, de NOAD's niet op bezoek komen als je ver weg zit. Er kraait dus geen haan naar als de locatie niet klopt.

Locatie en naam veranderen, wat is er nog meer nodig om de Maoïsten te laten profiteren van de gulle Nederlandse NGO's. Ik ben begonnen met het verzamelen van de juiste woorden. Ik heb er een paar opgeschreven; moet je horen: nieuwe kaders, hinderkracht, interdependentie…' Frits hapert even.
'Wat zou dat zijn, interdependentie' vraagt hij.
'Dat alles met alles samenhangt en onderling van elkaar afhankelijk is,' weet Froukje te vertellen. Frits gaat verder.
'Trendbreuk, gedifferentieerde ontwikkeling, *trickle down*; dat is geloof ik niet goed, dat moet je vermijden; integraal beleid, *self-reliance*, asymmetrische interdependentie – dat alles aangepast, aangepast, aangepast, je hebt zelfs aangepast denken en aangepaste techniek, aangepaste duurzame ontwikkeling. Ik heb meer dan vijftig veel gebruikte woorden.'

Frits heeft nog meer huiswerk gedaan. Hij somt ook voorbeelden op van correcte zinnen. 'Luister: aantasting van het welzijn in brede lagen van de bevolking; de armen staan aan de zijlijn; de meerderheid van analfabeten is vrouw; ontwikkeling is een kwestie van verdeling; het gaat om de structurele uitgangspositie.

Ik heb er meer dan dertig.'

Hij is serieus en degelijk bezig geweest, denkt Froukje, ik voel al waar het heen gaat.

'Ik begrijp wat je wilt zeggen,' merkt Froukje op, 'die taal komt uit een machine, lijkt het wel.'

'Precies,' zegt Frits, waarom gaat het voorstel niet hoofdzakelijk over een hangbrug, een lokale weg of een waterleiding.'

'Eigenlijk is het heel triest,' vindt Froukje, ook hulpverlening komt tegenwoordig uit blik'

'Ja, zegt Frits,' wat is ie spraakzaam vandaag denkt Froukje, 'het is ook merkwaardig dat de activiteiten erg op elkaar lijken. Ze willen én bij projecten voor hangbruggen, én bij projecten voor lokale wegen én bij projecten voor waterleidingen het ownership versterken; *innovative solutions* en alle *appropriate* media vinden *for outreach and dissimination*. Ik heb veel meer materiaal, maar nou weet je het wel.'

'Wacht even,' zegt Froukje, 'wie zijn zij? Jullie, SNV-ers hebben het dan weer over NOADs, dan weer over NGO's, dan weer over particuliere financiers, dan weer over donoren. Ik raak in de war.' Frits licht het toe.

'Je hebt in Nederland meer dan 100 NGO's (*Non-Governmental Organisations*). Dat zijn particuliere organisaties, zoals de NOAD, die jaarlijks een vast bedrag krijgen van de overheid om te besteden aan armoedebestrijding. Ze krijgen daarnaast ook donaties van particulieren. NOAD is de bekendste, helaas. Elke organisatie die projecten of programma's financiert noemen we een donor. De NGO's zijn dus ook donoren. Die donoren voeren niet zelf projecten uit voor armoedebestrijding, maar betalen lokale NGO's in ontwikkelingslanden om dat te doen.

'Onze overheid steunt dus lokale NGO's in ontwikkelingslanden via Nederlandse NGO's. Waarom die omweg?' vraagt Froukje.

'Omdat ze denken dat Nederlandse NGO's beter overweg kunnen met de lokale NGO's; die begrijpen elkaar. Overheden zijn heel anders: niet flexibel, staan ver van de mensen en doen aan politiek, zeggen die NGO's (met veel ex-politici in hun besturen).'

Dat was een heel verhaal, maar Froukje snapt het. Ze heeft ook een idee waar Frits heen wil. Frits heeft nog meer te vertellen. 'De indeling van een voorstel staat mij ook voor ogen; eerst een beschrijving van de armoede, dan de mooie doelstellingen, dan verwachte uitkomsten, veel over middelen en controle en over monitoring en evaluatie en dan de technische paragrafen. Daar kan ik nog veel aan verbeteren; de technische paragrafen zijn slordig. Haastwerk, lijkt het wel.'

'De NGO's zullen smullen van door mij geschreven voorstellen; alles wat ze graag horen zal erin staan. Het geld gaat natuurlijk naar projecten van de Maoïsten.'
'Gelukkig,' denkt Froukje, hoewel het haar erg onwaarschijnlijk leek dat Frits het voor eigen gewin zou willen doen. Frits heeft verder gedacht: 'de Movement zou een stichting op kunnen richten met een prachtige naam, zonder verwijzing naar Maoïsme, *Poverty Reduction in Isolated Area's (PRIA)* bijvoorbeeld. Dat is niet misleidend, in de geïsoleerde gebieden rondom Rolpa moet veel aan armoedebestrijding gedaan worden. *Pria* betekent trouwens *liefje*, mooie naam voor een organisatie.'
Froukje weet wat er gaat komen, denkt ze, maar nee - er komt een verrassende toevoeging.
'En nu komt het: ik maak de voorstellen voor PRIA en jij wordt mijn redacteur van die voorstellen, want jij kunt veel beter en sneller schrijven dan ik. Je wordt betaald door mijn Movement, stel ik voor; ze moeten, vind ik, je salaris opnemen in het budget van de projectvoorstellen als kosten voor PR. Nou jij weer.'
Oei, meestal moeten sprekers op adem komen, nu de luisteraar, Froukje. Ze schrikt van de *verrassing*. Ik wil helemaal niet in dienst van Frits komen, denkt Froukje, maar hoe pak ik het aan om dat te vertellen? Ze krijgt een ingeving en zegt er met Bram over te willen praten. Dat vindt Frits maar niks.
'Heb ik al gedaan. Ik weet dat je Bram hoog hebt zitten; ik zocht zijn steun. Volgens hem zijn die Maoïsten goed bezig; hij denkt dat de armen steunen in Maoïstische gebieden een goede besteding van gelden zou zijn.'
'Had Bram ook bedenkingen?' vraagt Froukje.
'Ja, ja, dat wilde ik net vertellen; Bram vond het moreel gezien niet zuiver.'
'Als je voorstellen schrijft zonder het Maoïsme te noemen belazer je de kluit. Hoe kritisch we ook zijn op die NGO's, dat moet je niet doen.'
'Ik geloof dat Bram moeilijk deed, een beetje de dominee uithing. Ik help de NGO's aan goede voorstellen en ik help de Maoïsten, daar gaat het om. Begrijp jij wat Bram wil zeggen? Ik druk zelf geen geld achterover. Het is goed voor de armen en ik doe de NGO's een plezier met heel correcte voorstellen. Kom op!'
'Hm' antwoordt Froukje, 'ik begrijp wel wat Bram bedoelt. Dominee IJzerman zou zeggen: wat gij niet wilt dat u geschiedt, doe dat ook naar anderen niet. Bovendien blijkt vaak pas bij uitvoering van plannen dat ze toch niet zo simpel zijn als ze op papier lijken.'

Frits vond dat 'geen gezellig standpunt,' zei hij, somber. Hij bleef langer stil dan normaal en leek uit het veld geslagen.

Ké garné, wat nu? Het leek een mooi vooruitzicht. Misschien dat Tette raad weet. Tette wil vast wel iets doen om Froukje aan een inkomen te helpen, wie niet, dacht Frits. Froukje moet *wel* meewerken, anders hoeft het voor Frits niet.

Was hij vandaag eens vrolijk, uitgelaten zelfs en vol rooskleurige verwachtingen, moet hij weer terug naar de stand normaal: somber, in zichzelf gekeerd en een beetje onbeholpen.

11.2 Stedenband anders

Thapa en Upadhya zijn een week terug uit Blokzijl. Hun rapporten zijn al besproken; ze willen een stap verder en hebben een ambitieus plan. De heren vertellen er enthousiast over aan Tineke in de tuin van het Summit Hotel. Op tafel staat een grote pot thee, frisdranken en een schaal momo's, chapati's en *aloe* (stukjes hete aardappel).

Het verhaal van de heren is verre van kort, maar redelijk gestructureerd; Tineke laat dat zo en neemt niet de regie in handen; ze laat haar gasten graag praten. Fijn dat het bezoek aan Blokzijl blijkbaar veel verhalen oproept.

Thapa: 'we hebben iets bedacht. Iets groots…Hou je vast, want het klinkt een beetje naïef: zou het niet ontzettend goed zijn als alle mensen in alle landen van de wereld elkaar beter leerden kennen en ….respect voor elkaar zouden opbouwen?'

'Maar, we moeten erbij vertellen hoe we dat voor elkaar krijgen,' zegt Upadhya gehaast, 'want dan klinkt het niet zo hoogdravend.'

'Hoe pak je dat aan? Nou, denk eens aan de enorme stroom wereldreizigers: de toeristen. Je hoeft niets te betalen, ze financieren zelf hun reis en verblijf. We hebben het over miljoenen mensen. Die bereik je nooit allemaal, maar je moet denken aan een olievlekwerking na een bescheiden begin. In toeristenland aapt men elkaar na. Als wij ze mooie voorbeelden zouden laten zien gaat het vanzelf lopen.'

'Wacht even,' zegt Tineke, 'wat bedoel je, noem eens zo'n mooi voorbeeld.'

Thapa legt uit.

'Toerisme en respect liggen nu nog heel ver uit elkaar. Toeristen zijn niet geïnteresseerd in mensen. Hooguit een beetje; ze vinden het interessant om *namasté* te zeggen en *kasto cha* (hoe gaat het met u?). Maar dat heeft niets met warme en begripvolle belangstelling voor mensen te maken. Toeristen kijken naar plaatjes. Ze zien afbeeldingen van gebouwen, tempels

bijvoorbeeld. Ze zien wat er in de boekjes staat of wat de gids zegt. Ze lezen iets over de beelden van *Hanuman* en *Vishnu*. '
'En jullie willen dat toeristen meer over Hanuman en Vishnu horen?'
'Nou nee,' Thapa, hoopt dat Upadhya het uit zal leggen, want Upadhya is een brahman en die heeft meer verstand van godsdienst. Hij kijkt hem aan en ja, Upadhya neemt het woord.

'Natuurlijk zijn die beelden interessant, maar voor ons Nepalezen is een tempel veel meer dan een plaats voor mooie beelden…Een tempel is onmisbaar, net als ons huis, onze fiets en onze keuken. Onmisbaar, want hoe kun je nou ongereinigd door het leven gaan, hoe kun je zin geven aan de dag, hoe kun je je laten beschermen, zonder eerst met de spirituele wereld te praten? Met daarvoor geschikte, vaste, heel oude teksten en geïnspireerd door passende, veelzeggende beelden. De tempel is een reflectie van onze culturele geschiedenis. De voor-voor-voor- voorouders gingen naar de tempel. In de tempel vinden we troost, we bidden, offeren en communiceren met goden. Communiceren? Ja, al praten ze niet terug. Zou ik ook niet doen als ik een god was, al dat geleuter. De tempel is een deel van ons, vult ons leven en geeft betekenis. Dat is toch onnoemelijk veel breder, dieper en van een heel andere orde; de beelden van Hanuman, hoe interessant en mooi dan ook, zijn maar een onderdeel van de tempel'

Interessant, vindt Tineke; 'het is waar: dat zien en weten toeristen niet over tempels, terwijl het essentieel is om Nepalezen te begrijpen.'

Thapa pakt de draad weer op.
'De toeristen zien dus oppervlakkige informatie in reisboeken en horen clichéverhalen van gidsen. Hoe kunnen ze ons dan begrijpen? Heeft ooit een toerist mij gevraagd waarom ik 's morgens voor ik naar mijn werk ga langs de gebedstrommels van de naburige tempel loop en deze ronddraai? Hebben toeristen mij ooit gevraagd waarom we dat goedje dat we een *Thika* noemen op ons voorhoofd laten plakken? Ze willen met me op de foto als ik een mooie, verse Thika op mijn voorhoofd heb, zonder te willen weten wat de betekenis daarvan is. Sommigen laten zelf ook een Thika op hun voorhoofd zetten, zonder enig idee wat dat betekent. Hebben ze besef van het verschil tussen een stupa en een tempel?'

Upadhya heeft het over het toerisme in Giethoorn. 'Het toerisme in Giethoorn is zo herkenbaar voor ons. Toeristen zijn ook in Giethoorn opgesloten in een maalstroom. Ze varen in een file in boten, ze kopen rommel, ze worden gestuurd door opdringerige klop-nog-meer-guldens-uit-hun-zak–agenten, zoals in Nepal.

Die toeristen ontmoeten geen echte mensen, ze komen niet in contact met de Giethoornse bevolking, laat staan dat ze enig idee hebben over wie er ooit in die huizen op de eilandjes hebben gewoond. Ze zitten in een mentale tunnel gegraven door een reisbureau, dat illusies verkoopt. Dus als je iets aan toerisme wilt veranderen moet je de reisorganisaties door elkaar schudden of erom heen gaan.'

De heren hebben hun verhaal goed voorbereid, gestructureerd, zeker op hoofdlijnen.
Upadhya: 'Om die gevestigde lege toeristenwereld heen, dat kan, door stedenbanden het organisatorische raamwerk te maken voor toerisme.'
'Ja,' zegt Thapa, 'laat gezinnen uit Blokzijl logeren in Nepal en daarna komen de Nepalese gastheer en gastvrouw naar die gezinnen in Blokzijl.' Minstens drie weken, zonder gidsen. Niks gids, geen gids, weg met de gidsen. Op pad met de gastheer en gastvrouw.
Van het geld dat jullie land nu steekt in al die projecten in Nepal kun je duizenden Nepalezen naar Blokzijl laten reizen. Blokzieligers, zo noemen de inwoners van Blokzijl zich – ik ben echt ingeburgerd – kunnen de reis hier naar toe zelf wel betalen. Bij een gezin inwonen dus, wat langere tijd. Dan beleef je veel intensiever een andere cultuur. Dan kan er begrip ontstaan. Dan kom je tot de conclusie dat er allerlei gewoonten in andere culturen functioneel en respectabel kunnen zijn. Dan accepteer je de verschillen tussen Nederlanders en Nepalezen.'
Upadhya neemt het over: 'Dat is een andere invulling van stedenbanden dan de brandweer van Kathmandu laten zien hoe de brandweer in Blokzijl erbij zit – het idee dat je laatst in gedachten had. Wat heeft dat nou voor zin? Onze brandweer kan nooit die spullen kopen. Onze mannen zullen afgunstig worden. Gebruik hooguit de focus op de brandweermannen om het eerste contact te leggen, maar de essentie is dat ze elkaar leren kennen door een tijdje bij elkaar te wonen. Gesprekken over de brandweer worden dan een bindmiddel tussen mensen. Er zal veel gelachen worden, veel gezonder dan de overdracht van kennis waar de Nepalezen thuis niets mee kunnen.'

Thapa is al bij de conclusie: 'Kom, we pakken het groots aan, want dan gaat het rondzingen. Ik zorg om te beginnen voor honderd gastgezinnen in Nepal, jij voor honderd Blokzijlse bezoekers die ieder drie weken tot een maand bij een gastgezin willen blijven. Ze mogen kiezen tussen het gezin van een boer, van een journalist, van een burgemeester, van een politieagent. We zien het liefst gastgezinnen met een zelfde beroep, maar we moeten niet te veel gaan dirigeren.
Niks gids, niet per vol geladen bus naar de standaard sites, niks luxe restaurant, niks opgesloten in toeristenkokers.'

'Wat gaan die gastgezinnen doen met de toeristen, sorry, de gasten uit Blokzijl?'

Thapa: 'Als de Blokzieligers die bij gastgezinnen verblijven een *tanka* willen kopen, dan gaan ze niet naar een handelaar, maar bezoeken ze met het gastgezin een schilder in zijn atelier en die vertelt hun gasten wat de essentie van een tanka is. Als de gasten belangstelling hebben voor een bronzen Boeddha, dan gaat de gastheer of gastvrouw mee naar de markt en laten zien wat een goed en wat een waardeloos boeddhabeeld is en vertellen we waarom de Blokzieligers thuis dat beeld niet op de grond moeten zetten. We gaan samen met ze rondom Bodnadh lopen; we leggen uit wat we aan het doen zijn en waarom. Als ze authentiek Nepalees willen eten dan gaan wij, ik bedoel de gastheer en gastvrouw met ze naar een tamelijk schoon restaurant waar geen toerist te zien is.'

Tineke: 'ik zie wat jullie bedoelen, heel interessant, maar jullie geven me ook veel denkwerk. Laat me rustig broeden, laat me er eens over praten met mijn man, met de journalist en met Froukje. We praten over een week verder. Kunnen jullie ondertussen goed nadenken over wat je na drie weken over Blokzieligers geleerd hebt? Wat heb je leren waarderen, misschien zelfs respecteren, wat vind je onzin en kwalijk. En, een beetje lastige vraag, maar probeer die te beantwoorden: waarom zijn jullie nu betere wereldburgers geworden na je verblijf in Blokzijl? Ik zei het al, lastige vraag, maar essentieel.'

De heren willen meteen antwoord geven, maar Tineke zit te vol met gedachtenspinsels. We maken voor over een week een nieuwe afspraak. Op naar de dalbhat, binnen in het restaurant, twintig keer zo duur als de dalbhat in de restaurantjes waar de heren gewoonlijk eten. Nee, geen bier voor de brahmaan Upadhya. (Al dronk hij dat wel in Blokzijl, de smiecht). Cola. Kost net zoveel als een dagloon van een arbeider. De toeristen in Summit zijn veel goedkoper uit bij een gastgezin. Ook dat nog!

Tijdens de maaltijd bedenkt Thapa dat hij nu eindelijk iemand kan vragen waarom die buitenlandse gasten hier allemaal een schoudertas om hebben. In Blokzijl heeft hij niemand gezien met een schoudertas. 'Ja, nou je het zegt' antwoordt Tineke, 'schoudertassen zullen wel mode zijn in de steden in Nederland, niet in Blokzijl. Of misschien hoort een dergelijke tas wel bij de status van de donor-medewerkers; ik weet het niet.' Een volgende vraag van Thapa kan Tineke wel beantwoorden. 'waarom zitten die gasten allemaal op hun schrijfmachines te tikken, zelfs tijdens het eten; als ik ze was zou ik na werktijd de stad ingaan – heel veel te zien daar.'

'Ja,' zegt Tineke, 'wij, vooral mijn Tette, die iedereen die hij tegen komt aanspreekt, hebben gemerkt dat ze liever niet gestoord willen worden. Ze hebben het heel druk. Als je eenmaal toch met ze aan de praat raakt, hoor je dat ze hééél belangwekkend werk hebben. Dat kan niet wachten tot na het eten.'

'Ze weten dus niet eens dat de cola in een tentje net buiten de poort van het hotel veel en veel goedkoper is, 'merkt Upadhya op.

'Nee,' zegt Tineke, 'en wat dacht je van de kapper in dat schuurtje beneden aan de heuvel, vijfenzeventig cent, wist Tette te vertellen. Hier in het hotel betaalt hij ongetwijfeld hetzelfde als in Nederland: vijftien gulden. 'Oh,' zegt Thapa, 'daarom zie je in Nederland nog tamelijk veel jongeren met lang haar.' Tineke legt dat misverstand uit, heel geduldig.

11.3 Een frisse aanpak

Froukje heeft Frits en Tette opgetrommeld. Ze wil het voorstel van Frits bespreken. En wel spoedig. Vanwaar die haast?

Ze logeren alle drie in Hotel *Snowview* – is weer eens iets anders dan Hotel Annapurna - en overleggen met veel bier en momo's in een schaduwrijk hoekje van de tuin met een grandioos uitzicht op de machtige top *Machapuchare*, die wel beklommen, maar nooit bedwongen zal worden. De sfeer is ontspannen. Frits is vol verwachting; al hapte Froukje bij hun eerste gesprek nog niet enthousiast toe, Tette zal praktischer zijn, hoopt hij.

Froukje steekt van wal.

'Tette kwam hier gisteren al; we hebben uitgebreid gepraat. Laten we maar meteen beginnen met onze conclusie; Tette en ik zijn het eens: niet doen, niet die gekunstelde voorstellen schrijven, maar je interessante analyse omzetten in een frisse aanpak.' Wat bedoelen ze daarmee, denkt Frits, het klinkt niet goed.

Tette begint zijn betoog.

'Als jij je van hetzelfde jargon bedient als de NGO's van deze wereld, met die opgeklopte, verplichte frasen, val je in dezelfde valkuil: je draagt bij aan het ontstaan van twee verschillende werelden. De schijnwereld van de ingeblikte teksten op het hoofdkantoor staat immers los van wat er in het veld werkelijk gebeurt?

Je moet je niet verlagen door de NGO's na te spelen. Dit soort clubs investeren in hun targets, niet in mensen. Ze zijn erg met zichzelf bezig. Ze zijn momenteel bijvoorbeeld ondergedompeld in de management-mode van dit jaar: de gezamenlijke personeeluitjes waarbij ze elkaar met verf bekladden, goed voor het *esprit de corps*. Daar moet je niet bij willen horen, daar moet je niets van overnemen.' Frits denkt na; 'ja, dat klopt eigenlijk wel!'

'Mooi dat je het daarmee eens bent Frits,' zegt Frouk en ze schetst een andere aanpak.
'We zeiden het al, je analyse is prima; je constateert terecht dat dat jargon lachwekkend is. Het kan anders. Begin eens niet met die teksten, maar formuleer een voorstel in je eigen woorden, niet in die rare taal.'
'En,' gaat Frouk verder, 'wat willen de Maoïsten en de bevolking. Dat is je uitgangspunt; beginnen waar je moet beginnen, bij de bevolking en de Maoïsten. En geschreven in gewone taal wordt het een frisser voorstel, een eerlijker en doorzichtiger gang van zaken. Dan wordt financiering veel aantrekkelijker, althans voor een geldschieter, die niet meteen van angst onder het bureau kruipt als het over rebellen gaat.'
Frits luistert maar met een half oor; hij is nog niet los geweekt van zijn eigen mooie plan. Tette neemt het stokje over van Frouk.

'HIVOS bijvoorbeeld, maar we hebben er wel meer in Nederland. Tineke is ongetwijfeld bereid om in Nederland te zoeken naar een geschikte geldschieter. Je hebt al aan een uitvoerende organisatie hier gedacht die de Maoïsten zouden kunnen oprichten: *PRIA: Poverty Reduction in Isolated Areas.* Ik neem aan dat je dat aan de Movement hebt voorgelegd. Zo'n naamgeving is natuurlijk belangrijk voor ze.
En als de NGO's toch liever projecten steunen in gebieden rondom, en niet in Rolpa, dan kan dat. Dat willen de Maoïsten vast ook. Die willen toch hun invloedssfeer uitbreiden?'

'Wacht even,' Frits krijgt een ingeving; het wantrouwen van de anarchist speelt op:
'Weg uit Rolpa? Zijn jullie bezig mij los te weken van de Maoïsten.'
Tette reageert resoluut.
'Ja, dat is ook zo, het zou voor ons een zorg minder zijn, we zouden huichelen als we dat zouden ontkennen. Dat speelt wel degelijk, maar bekijk het eens los van die discussie. Bekijk het eens vanuit het belang van de Maoïsten, vanuit het belang van de armen. En je wilt je zelf toch bekwamen in fondsenwerving, anders zou je al die voorbereidingen voor je voorstel niet gedaan hebben.'
'Laat me er niet omheen draaien: jouw verblijf bij de Maoïsten is voor mij geen hoofdpijndossier meer, maar het is waar, wij zouden graag zien dat jij volkomen legaal bezig bent, naar Nederlandse maatstaven. Stel dat een journalist aan de financiers vertelt dat wij Maoïsten steunen, dan zeggen we: hoe kom je daar bij, wij steunen geen Maoïsten, maar de arme bevolking die

in een gebied woont waar ook Maoïsten zijn. Er is overal wel iets wat niet deugt; in het ene gebied worden de armen onderdrukt door de oude feodale machthebbers, in het andere gebied maken Maoïsten de gang van zaken uit. De *bottomline* is dat in het gebied armen wonen, niet of de leiders feodaal of maoïstisch zijn. Je hoeft in de voorstellen niet te reppen over Maoïsme, want dat doet er niet toe. Zo dachten wij ongeveer. Er is veel meer over te zeggen, maar dat is niet nodig. Wat vinden je bazen in Rolpa er trouwens van tot nu toe?'

Als Tette na deze vraag zijn woordenstroom even onderbroken had dan was duidelijk geworden dat Frits nog niet met zijn bazen in Rolpa gesproken heeft. Frits ging en gaat er zonder meer van uit dat de Movement het geweldig zal vinden.

Voor Tette is niet alleen een andere positie van Frits ten opzichte van de Maoïsten interessant, hij wil ook graag zijn belofte aan Froukje nakomen.
'Er is nog een belangrijk punt. Je idee om te proberen Froukje een betaalde functie te geven als redacteur komt als geroepen voor Bram en mij. Wij hebben beiden Froukje toegezegd werk voor haar te vinden als ze afzag van haar plan om als journalist over de Maoïsten te schrijven.
Het salaris van Froukje en van jou zou in het projectbudget kunnen worden opgenomen, maar daar moeten we eerst over praten met De Movement in Rolpa. Die gaat daarover; het worden hun projectvoorstellen.'
Tette ziet ineens een probleem. Als het de projecten van de Maoïsten worden dan zou het er op zijn minst op lijken dat Froukje en Frits betaald worden door de Maoïsten – dat kan niet. Tette ziet een oplossing: 'weet je, ik bedenk ter plekke dat de SNV misschien wel een bruidsschat mee zou willen geven om jullie salarissen van te bekostigen – dat zou ook kunnen.'
'Dat zou pas nieuws zijn,' merkt Froukje olijk op: 'Nederlandse Hulpclub doneert financiële bijdrage aan Maoisten in de Himalaya om ze te mogen helpen.'
Tette: 'dat moeten we inderdaad anders formuleren.' Het moet allemaal so wie so concreter.'
Dit is het juiste moment voor Froukje om iets recht te zetten. Froukje vermoedt namelijk dat Frits nog niet in Rolpa overlegd heeft. En dat kan alsnog. Dat *moet* zelfs alsnog!
'Het moet concreter ja,' vervolgt Froukje, 'maar dat gaan we natuurlijk samen met de Maoïsten verder bespreken. Om te beginnen moet Frits zelf met ze praten. We bedenken morgenvroeg samen de punten waarover Frits moet overleggen, stel ik voor.' Slimme zet van Froukje, vindt Tette, want hij realiseert zich nu ook dat Frits waarschijnlijk nog niets besproken heeft in Rolpa. Tette komt uit een bestuurscultuur waarbij over elk wissewasje erg,

heel erg ruim overlegd wordt. Hij ging er zonder meer vanuit dat Frits vanzelfsprekend alles ruim besproken zou hebben met zijn bazen. Bij nader inzien had hij het kunnen vermoeden: bij Frits is de neiging tot overleg matig ontwikkeld.

Froukje maakt haar voorstel af: 'dan gaan we daarna, als je overeenstemming hebt met de bazen in Rolpa, opnieuw hier in Pokhara van gedachten wisselen. Gezellig dat je nog een nacht blijft trouwens.'
Frits kan het niet verwerken en blijft sip kijken. Hij blijft wantrouwend: zijn gesprekspartners willen hem van de Maoïsten naar de SNV trekken. Hij kijkt met een mengeling van verbazing en verwijt naar Froukje, alsof hij wil zeggen: zit jij ook in het complot? Froukje snapt dat wel en is ook verlegen met de situatie. Tette poogt een ontspannen conversatie op gang te brengen; het humeur van Frits drukt zwaar op de stemming. En nou gaat Frits ook nog in een ander hotel slapen. Froukje kent dat: hij moet zich afzonderen om alles te verwerken.

11.4 Hun thuislanden zijn wel beschaafd

Het overleg van Thapa en Upadhya met Tineke wordt voortgezet, alweer in de tuin van het Summit Hotel aan een tafel in de schaduw vol lekkere, mierzoete Nepalese hapjes en een grote pot thee. Upadhuya wijst Tineke op de sterke geuren van de kruiden in de tuin.
Thapa neemt het woord.
'Waar waren we gebleven? Wat wij beleefd hebben en geleerd in Blokzijl. Noem eens een voorbeeld, vroeg je. Goede vraag. Daar gaan we.

Ik heb van een econoom geleerd dat je altijd moet beginnen met de kern van je bevindingen: we keken na een paar weken anders naar Blokzijl dan in het begin. We zagen de eerste week merkwaardige zaken, maar waren te beduusd om erover na te denken. Bovendien hadden we daar de energie niet voor. Als ik een uurtje door Blokzijl had gelopen zat mijn hoofd vol, en wilde ik herkauwen en de revue laten passeren wat ik had gezien.
Het lukte niet meteen om iets te bespreken. De gesprekken met mijn gastgezin waren niet altijd makkelijk te volgen. Zij en wij moesten in een voor ons vreemde taal spreken. De gebarentaal met Bart liep beter; we werden daar steeds handiger in. En het was lollig; we hebben heel wat afgelachen.

Maar kom, wat zei de econoom ook al weer? Beperk je tot de essentie in het begin van je betoog: we gingen anders en beter kijken *naarmate we langer* in

Blokzijl waren. We durfden meer vragen te stellen aan ons gastgezin en we kregen steeds meer plezier in die gesprekken.'

Uphadhya neemt het over. Tineke heeft zich voorgenomen niet te interrumperen.
'Het is waar, dat *langere* verblijf is essentieel. Ik kreeg in het begin niet meteen een positieve indruk: jullie verspillen waardevol voedsel: vis in de kolk wordt niet gevangen, het lekkere, malse hoge gras langs de kant van wegen wordt niet gegeten door de beesten, de ganzen niet gevangen - wat een grote hoeveelheden lekker vet vlees vliegt daar rond. Jullie laten dus veel natuur onbenut; jullie bezoeken nauwelijks jullie tempels.'
Nog meer kritische indrukken van de eerste dagen.
'Jullie kinderen zijn ongehoorzaam. De jeugd gaat niet voor me opzij als ze in de weg lopen. Zij knikkeren een hele tijd op de markt in plaats van hun moeder te helpen bij het huishouden. Het werk voor de werkelozen ligt voor het oprapen; waarom draagt niemand mijn koffer op het station, waarom lopen er geen verkopers met een draagbare bak snoep en pinda's rond, waar zijn de winkeltjes van de kleermakers. Waarom worden er geen kippen geroosterd en verkocht op straat. Waarom worden in de winkel kapotte koffiemolens niet gerepareerd. Zo kan ik wel even doorgaan.'

Thapa: 'we kregen pas *na verloop van tijd* naast kritiek ook steeds meer begrip voor Blokzieligers. Begrip en waardering.
Armoede? Niet gezien. Bart zit gewoon bij de boer en boerin aan tafel. Bart wordt gevraagd wat hij vindt van het plan een nieuwe tractor te kopen. Bart voelt zich gewaardeerd en werkt hard zonder dat ze hem de hele dag hoeven toe te snauwen wat hij moet doen. Dat is geweldig voor Bart, dat leidt tot andere omgangsvormen. Het is ook goed voor de economie, want Bart neemt zelf initiatief zonder per definitie op instructies van de baas te wachten. Dat is bij ons in Nepal anders en veroorzaakt veel vertraging.'
'Vind je het plezieriger omgangsvormen?' vraagt Tineke? Thapa denkt even na:
'ja, maar als iedereen zijn plaats kent kun je ook heel plezierige omgangsvormen hebben; het is interessant voor ons om te zien dat het ook anders kan.'

Thapa komt nog met een heel ander onderwerp aan: 'Poepen en pissen waar het uitkomt? Niemand haalt dat in zijn hoofd. Nergens afval te zien op de straten in Blokzijl.' Het was buiten het toeristenseizoen denkt Tineke, maar ze onderbreekt het gesprek niet.
'Het openbaar vervoer is goed geregeld. De passagiers klagen al als de bus vijf minuten te laat komt; onvoorstelbaar – oh nee, ik moet positieve

indrukken vertellen. Je hoeft je niet naar binnen te vechten in de bus. Altijd dezelfde, vaste prijs voor een buskaartje naar Steenwijk en Emmeloord. Ik geloof dat de bussen niet door mogen rijden en altijd moeten stoppen. Niet op iedere willekeurige plaats, maar bij een halte, een bushalte – wat een vondst. Niet die bushalte, die hebben wij ook, maar dat de bussen alleen daar stoppen.'

Upadhya heeft vooral op school veel gezien.
'Over brutaliteit van de kinderen op school…'
Tineke onderbreekt hem. Ze voelt aan dat deze observaties nuttig zijn, al ziet ze nog niet voor zich hoe precies.
'Ik kan het niet bijhouden, ik kan niet goed luisteren als ik het moet noteren. Kunnen jullie het ook nog voor me opschrijven?'
Natuurlijk kan dat.

Upadhya praat verder over de leerlingen op school.
'Zij zijn mondig, zij leren voor zichzelf opkomen. Ik zal het nut van voor je zelf opkomen niet ontkennen, maar het kan wel wat minder - die brutaliteit blijft me tegen staan. Ook armere kinderen, het is ongelooflijk, kunnen naar de middelbare school. Dat vind ik *wel* geweldig.
De politie in het stadje noemen ze hun beste kameraad. Die kameraad heeft nog nooit zelf gestolen en verkracht zoals de politie in India.
Iets doen wat niet mag en dan meteen de cel in? Niks daarvan, iedereen heeft recht op een advocaat; die komt ook nog. Zwemles is gratis. Bij de garage hebben ze vaste prijzen. Auto's op straat toeteren niet. Voetgangers hebben voorrang; het is echt waar, voetgangers voorrang. Moet je eens een taxichauffeur in Kathmandu vertellen. Voetgangers voorrang!

Zo kan ik nog wel even doorgaan. Er is dus veel goeds te vinden in de cultuur van toeristen. Thuis zijn ze wel beschaafd.'

Weer een keurige afwisseling: Thapa gaat verder.
'Wat kan Blokzijl van ons leren? Een sterker gemeenschapsleven. Veel meer bij elkaar op bezoek gaan. Er is vast wel een buurman goed in fietsbanden plakken in ruil voor een pan zelf gekookte soep. Lijkt me handig en gezellig. En naar de kerk gaan natuurlijk. Er zijn toch niet alleen maar mensen op de wereld?'

Thapa vindt dat ze steeds dichter bij 'hun punt' komen.
'Als je bij een familie logeert kun je vragen stellen…, veel meer zien …. En het over andere zaken hebben dan een vluchtige toerist. Toeristen blijven te ver

van de mensen in het land. Ik voelde me na anderhalve week al vertrouwd bij het gastgezin waar ik nog steeds niet alles, maar wel veel durfde te vragen.
Ook of ze die kinderen op school niet brutaal vinden. Dan hoor je een antwoord waar ik zelf met mijn Nepalees achtergrond niet op gekomen zou zijn; ze zien het namelijk als het ontwikkelen tot goed burgerschap. Dat gaat me te ver, ik zei het al eerder, maar het zet me wel aan het denken.
Dus langer verblijf, dichter bij de mensen in het land, zelfs logeren bij de mensen in het land, en er komt een ommekeer in de waardering van de cultuur en de mensen in het gastland.'

Het is inderdaad een ommekeer, denkt Tineke, maar ze komt niet aan het woord. Eigenlijk zegt dat ook al veel. Upadhya is weer aan de beurt.

'Onze gastgezinnen werden steeds toleranter naar ons, uitzonderingen daar gelaten. Mijn neus even leeg blazen in de tuin mocht niet. Ik zei bij wijze van grap dat het goede mest was, maar grappen maken in een vreemde taal is lastig.

Wat heb ik geleerd? Ik ben geïnteresseerd geraakt in nieuws over Nederland. Je hebt allerlei Nederlanders en in hun thuisland zijn ze wel beschaafd. Dat zeiden we al, maar ik zeg het nog een keer, het is heel opmerkelijk.
Over een aantal punten ben ik aan het denken gezet. Het blijft me verbazen dat een boer een mijnheer is, dat een boer voorzitter is van de voetbalclub en dat er een boer in de kerkenraad zit. Ik zou zo'n keuze niet maken, maar tegelijkertijd is het sympathiek en interessant dat jullie dat wel doen.'

Tineke is om; ze hebben haar overtuigd. 'Laten we het een stedenband-plus noemen. Een Blokzijls gezin gaat op vakantie bij een gastgezin in Nepal, en omgekeerd. Idealiter wordt het een uitwisseling: het zijn dan dezelfde twee gezinnen die om beurten bij elkaar komen logeren. Maar dat hoeft niet; misschien is het vasthouden aan de uitwisseling organisatorisch te zwaar? Het zou georganiseerd kunnen worden in het kader van een stedenband. De essentie is dat bezoekers geen *toeristen* meer zijn, maar *gasten,* geen *nummers* maar *mensen,* die geen *clichématige toeristenkul* voorgeschoteld krijgen, maar de *authentieke cultuur* beleven. Dan ontstaat openheid, respect, relativering van de eigen cultuur, nodig voor een ander wereldburgerschap. Wat een ambitie, Tineke schrikt ervan, maar toch: *this is the way to go!*
Solifluctie nog aan toe; waar moeten we beginnen.' Ik zet mijn gendertrots opzij, denkt ze, en ga eens praten met Thulo, Bram en Tette. Maar niet zonder Upadhya, niet zonder Thapa.

11.5 Meisjes in de huishouding

Tineke is er nog steeds niet uit. Hoe start je een stedenband-plus? Zijn de ervaringen van Thapa en Uphadya inderdaad bemoedigend? Ze zet de adviezen van Tette, Bram en Thulo op een rijtje. Maar er komt iets tussen waarna de aandacht voor stedenbanden-plus abrupt verdwijnt.

Tineke is namelijk toeschouwer bij een therapeutische sessie met uit India teruggekeerde Nepalese hoertjes van een jaar of twaalf. De meisjes hebben zwaar geleden en zijn afgeschreven. Ze zijn een jaar of vier geleden verkocht door hun vader aan keurige Indiase zakenlieden als meisjes voor de huishouding.

Tineke vindt het verhaal en de sessie schokkend. De ferme, vastberaden Nepalese therapeute, Maria heeft veel geld nodig, heel veel geld voor traumaverwerking. De meisjes worden na terugkeer weer opgenomen in hun gezin en in hun dorp – een waar staaltje veerkracht van de Nepalese samenleving. Maar er wordt gezwegen over wat ze meegemaakt hebben, door de meisjes, de ouders, de tantes, de buren, door het dorp. Misschien wel begrijpelijk, maar zwijgen helpt niet bij het verwerken van hevige trauma's.
Dat snapt Tineke. Geld voor therapie moet, maar daarmee los je het probleem niet op, daarmee verdwijnt deze misstand niet. Het gaat om duizenden meisjes. Maria, de therapeute is het daarmee eens: als we niet verder komen dan therapie blijft het dweilen met de kraan open.

Tineke wil hierover met Tette praten – ongebruikelijk voor haar; dit is al de tweede keer deze week dat ze advies van Tette zoekt. Ze neemt na de sessie een taxi naar het Summit Hotel.

Tette is blij haar te zien, maar ook verbaasd.
'Jij vraagt mijn advies? Dat moet je vaker doen...'
'Ik geef graag toe dat jij meer bestuurlijk inzicht hebt dan ik en dat heb ik hard nodig. Ik weet niet hoe ik verder moet. Want....' Tette laat haar niet uitpraten.
'Ja, ja'.
'Kom jongen, doe niet zo ironisch. Dat gekissebis gaat nergens over. Ik wil het over iets serieus hebben'
'Zullen we er iets bij drinken?'
'Mij best, maar ik begin vast met mijn verhaal. Zelfs het werk aan de opbouw van een stedenband blijft even liggen.' Tineke blijft opgewonden.

'Luister. Ik hoorde al eerder over sekslavinnen, een paar keer zelfs, maar het duurde even voordat het tot me doordrong; het is zo buitenissig dat ik mijn oren aanvankelijk niet geloofde. Dit kan niet waar zijn. Waarom zet niemand de alarmknop aan. Waarom gaat het normale leven gewoon door.'
Gelukkig wel, denkt Tette, maar dat zegt hij niet; hij voelt op zijn klompen aan dat hij serieus moet luisteren.
'In India zijn bordelen.'
Waar niet, denkt Tette.
'Er zijn speciale bordelen in Bombay.'
Dat is ver weg, denkt Tette, maar ook dat zegt hij niet.
'Wij hebben in de Randstad bordelen voor de heel rijken, in Bombay hebben ze speciale bordelen, voor een heel ander soort klanten: de heel armen. Dat zei ik geloof ik al eerder.'
Tette ziet kans twee bier te bestellen, zonder de aandacht te verliezen.

'In de verhalen worden *rickshawdrivers* als voorbeeld genoemd. Die arme, mogelijk vieze klanten komen een bordeel binnen, krijgen een stempel op hun hand gedrukt met de tijd. Daarna rennen ze naar een meisje, komen in *no time* aan hun trekken en rennen terug om af te rekenen. Het tarief varieert met de tijd. Maar stel je even voor wat dat betekent voor de hoertjes. Stel het je even voor; veel te jonge meisjes die besprongen worden door kerels die zo snel mogelijk aan hun trekken moeten komen. Probeer het je eens voor te stellen.'
Waar gaat dit heen? Waar moet ik over adviseren, vraagt Tette zich af.
'Heb je een beeld? Jonge meisjes van 8 tot 12 jaar. Als ze niet meer geschikt zijn voor het werk worden ze terug naar huis gestuurd. Naar Nepal.'

Het begint Tette te dagen, Tineke wil daar natuurlijk iets aan doen en ze weet niet waar te beginnen.
'De meisjes worden geronseld door een netwerk van keurig geklede mannen met aktetassen en, waarschijnlijk met medeweten of zelfs medewerking van Nepalese overheidsdienaren.
De keurige Indiase *opkopers*', heeft Tineke begrepen, 'handelsreizigers eigenlijk, bieden geld aan de arme vader van de meisjes. Cash, niet weinig. En ze beloven dat hun dochter in de huishouding komt bij een gezin in Bombay. Natuurlijk hebben ze foto's bij zich van het aardige gezin en het mooie huis van dat gezin en van het kamertje in hun huis waar hun dochter zal logeren. Natuurlijk wordt ze goed betaald; natuurlijk zal ze geld naar huis sturen; natuurlijk krijgt ze een referentiebrief na afloop van haar contract.'

Tette reageert.
'Een voorschot voor werk in de huishouding, is dat niet naïef?'

'Ja, dat vroeg ik me ook af. Maar mensen die er beroerd aan toe zijn maken zichzelf makkelijk wijs dat hun dochter echt in de huishouding gaat werken. Die andere meisjes die gekocht worden niet, maar hun eigen dochter wel.'
Het blijft even stil, Tineke denkt na; haar bier blijft onaangeroerd. Er waait een koele wind door de fraaie tuin, met schaduwrijke hoekjes. Besneeuwde bergen als wijze en stille getuigen.
'Ze willen het natuurlijk geloven,' vindt Tineke.
'Als je er over nadenkt, liggen de voorbeelden voor het oprapen: de verslaafde die nog een *shot* neemt omdat hij zeker weet dat hij morgen zal ophouden, de andere verslaafden niet, hij wel. De *bloody mamma* van een schurk, die graag gelooft dat haar zoon geen schuld heeft; het zijn de verkeerde vrienden, die hem op het verkeerde pad brachten. Ze gelooft dat soms, soms niet. De kankerpatiënt die ondanks alle statistieken toch naar kwakzalvers stapt. Soms weet hij beter, maar hij wil niet beter weten.
De arme ouders van die dochters werken mee, hun dochters komen echt in de huishouding. Ze geloven het niet, ze geloven het half, ze geloven het wel. De mannen die het voorschot betalen en hun dochter komen halen zijn reuze aardig. Er is een grijs gebied tussen weten-denken-hopen- geloven; we hebben er geen naam voor. Wensdenken misschien ? '

'Hoe weet je dit eigenlijk allemaal?' vroeg Tette.
'Dat heb ik je al verteld. Veel van die teruggekeerde meisjes hebben psychische hulp nodig. Ik ontmoette vandaag de directeur van een stichting die daarmee bezig is, Maria. Maria vroeg, het zal je niet verbazen, of ik wilde helpen met het werven van fondsen en nam me mee naar een sessie met ex-hoertjes. Daar kom ik net vandaan. Ze heeft veel geld nodig.'
Tette, was aan een middagslaapje toe en zei iets over met een collectebus rondgaan in Blokzijl. Tineke reageerde niet en vervolgde haar verhaal.
'Veel geld, snap ik, therapie is ook nodig, maar toch, het raakt niet de oorzaak van het probleem. Luister je eigenlijk wel; ik zeg dit al voor de tweede keer.'

Tette zit in gedachten verzonken en komt met een vraag.
'Waarom doen de overheden van Nepal en India niks?'
'Heb ik gevraagd. Om een lang verhaal kort te houden: de overheden ontkennen die praktijken, ze willen het niet weten, het staat niet op de agenda heet dat. *Mind you*: het staat niet op de agenda.'
De burgemeester valt terug op zijn bestuurlijke reflex: iets op de agenda krijgen, dat klinkt bekend, daar heeft hij verstand van. Hij wordt klaarwakker!
'De eerste prioriteit is dus het op de agenda krijgen, door een Nepalese tegenbeweging die het niet pikt dat overheden hun kop in het zand steken.

De Nepalezen moeten het voortouw nemen, niet jullie als buitenlanders. Straks wordt niet Frits, maar word jij het land uitgezet.'
'Ja, had ik al bedacht' zegt Tineke. 'Er moet internationaal iets bedacht worden, zodat India en Nepal geen onderonsje gaan spelen in ontkenning, zei een Nepalese zegsvrouw, die niet bij naam genoemd wil worden,' merkt Tineke op.

'Nou mijn verzoek om jouw advies. Hoe doen we dat? Kunnen wij daaraan bijdragen? Ik weet het, dit is te groot voor ons, maar kunnen we niet iets op gang brengen, denk eens mee. Waar moeten we beginnen. Dat is alles wat ik je in eerste instantie vraag: denk eens mee.'

In het onbereikbare bergland in de verte zijn geen bordelen, dat is zeker. Maar die vanwaar gekomen gedachte biedt Tette geen houvast voor een zinvol antwoord.
Het begint te donderen en te bliksemen. Net op dit moment. Dat gebeurt dus niet alleen in films, maar ook in boeken.

11.6 Buiten het hof van de hulp

Froukje heeft een vage argwaan tegen goede bedoelingen. Ze heeft verder gekeken dan de hulp en praktisch gedacht: waar zou ik hier in Pokhara op een prettige manier de kost mee kunnen verdienen. Zij wil een uitdagende en zinvolle taak op zich nemen, een bedrijfje opzetten. Dat is zinvol voor haar en als een ander er ook iets aan heeft is dat mooi meegenomen.
Is dat gebrek aan empathie met de Nepalese medemens? Nee, ze heeft een hekel aan ideologische praatjes-voor-de-vaak. Ze heeft veel opgestoken van haar twee onvoltooide studies, geschiedenis en antropologie, zoals het inzicht dat er altijd meerdere waarheden zijn. Frouk houdt niet van mensen die zonder enige twijfel slechts één waarheid omarmen en uitdragen. Ze houdt dus niet van idealisten.

Tineke, de ideale gesprekspartner voor Froukje is weer in Pokhara. Ze besluiten te gaan roeien op het Phewameer- en verder te praten over Froukjes idee voor het opzetten van een bedrijfje.
Je zou verwachten dat Blokzielse dames wel met een roeiboot overweg kunnen; nee hoor! Het levert veel meidenlol op. De giechelende dames vinden pas na een minuut of tien hun slag; *ma non troppo*, kalm aan, ze hoeven nergens heen – de overkant is vier kilometer. Dat halen ze niet, hoeft ook niet. Gericht roeien wordt geleidelijk in willekeurige richtingen peddelen. De zon schijnt, en er is genoeg water aan boord. Als het echt moet, zal ook de

plastic rol met koekjes aangebroken worden. Niet lekker, die koekjes; dat weten de dames.

Als het gesprek van de roeiers over goeddoen zou gaan, dan zou de lol in het gesprek opzij gezet worden. Maar de idee van Froukje hoort niet bij goede doelen en de sfeer blijft jolig, nog wel!

Froukje, Liesbeth en Tineke hebben vlak na hun aankomst uit Blokzijl samen weeshuizen in Pokhara bezocht. Tineke haalt hardop haar herinneringen naar boven; ze blijkt goed op de hoogte. 'Dat schiet op,' zegt Froukje, 'ik hoef je blijkbaar niks over weeshuizen te vertellen, dan kan ik het over de kern van mijn plan hebben.'

'De jonge dames die hier tijdelijk in het weeshuis komen werken zouden erg gebaat zijn bij een goede selectie van die weeshuizen en bovendien bij onderhandelingen vooraf over, noem het maar arbeidsvoorwaarden. Nou, en dat ga ik doen,' zegt Froukje alsof het niks is.

'Ik heb met Bram 100 flyers gemaakt om naar directeuren van 'Hogere Onderwijs instellingen' te sturen met een begeleidende brief. Liesbeth gaat in Nederland adressen van scholen zoeken en postzegels kopen (en voorschieten).' Froukje blijkt al begonnen met de voorbereiding.

'Ik heb waarschijnlijk een geschikt huisje gevonden en kan een kantoor aan huis openen. Ik schreef in de begeleidende brief bij de flyers naar de directeuren van Hoge Scholen over de risico's van werken in weeshuizen hier; dat zullen ze ongetwijfeld aan hun avontuurlijke leerlingen vertellen – het zijn een beetje goede herders toch, die directeuren?'

'Maar zoveel weeshuizen zijn er niet,' oppert Tineke.

'Nee, inderdaad, niet genoeg voor een redelijk inkomen voor mij, maar daar hebben we iets op bedacht, Bram en ik.'

Alweer Bram, Tineke stelt een brutale vraag.

'Bram komt weleens langs hier?' Klinkt er enige jaloezie door?

'Waarom vraag je dat,' wil Frouk weten.

'Wat?'

'Of Bram hier vaker komt'.

'Nou, wat is het antwoord?'

'Ja en nee. Het is een heel verhaal, komt later. Frits heeft overigens na een lange nacht met veel alcohol, toegegeven, dat hij wel eens verwend wordt door een taallerares in Rolpa. Meer weet ik er niet van en wil ik ook niet weten.' Is deze mededeling, denkt Tineke, een voorbode; wil Frouk zeggen dat ze haar handen vrij heeft? Tineke vergeet dat ze aan het roeien is en laat bijna de roeispaan los. Ontstaat er iets tussen Bram en Froukje? Bram...moet die niet even rustig bijkomen van mislukte relaties met andere geliefden?

'We hadden het over mijn bedrijf; we moeten naast het bemiddelen nog iets doen. Weet je, Bram en ik dachten dat het de wereldreizende jongedames niet zo veel zal uitmaken wat ze gaan doen tijdens hun verblijf hier van twee, drie of soms vier maanden. We hebben meer avontuurlijke taken in gedachten Er zijn ziekenhuizen en veel scholen. Is werken in een ziekenhuis avontuurlijk?' vraagt Tineke.
'Nou ja, spannend,' antwoordt Frouk.
'En onderwijs? Wat moeten die vakantiehulpen dan onderwijzen?'
'Engels natuurlijk. Iedere student met VWO, HBO of universiteit kan hier Engels onderwijzen. Zeker als ze het als vrijwilliger doen. Voor de schoolleiding is elke hulp meegenomen – die zal niet *te* veeleisend zijn.'

De boot ligt stil, het gesprek wordt steeds serieuzer; praten en roeien gaat niet meer samen.
'SNV,' licht Froukje toe, 'zet professionele vrijwilligers in, met een inkomen, een omschreven taak en ambitieuze doelstellingen.'
'Inderdaad,' zegt Tineke. Eigenlijk zijn SNV-ers geen vrijwilligers, maar die discussie hoeven we nu niet te voeren.' . Froukje maakt haar toelichting af.
'SNV moet een vraag van een Nepalese gastorganisatie om een professionele vrijwilliger voor drie of vier jaar rigoureus oppakken, moet overleggen over doelstellingen en moet degelijk selecteren.'
'Ja, merkt Tineke op, een veel te zware procedure.' Froukje vervolgt haar verhaal.
'Ik hoef die *echte vrijwilligers*, zo ben ik ze gaan noemen voor de korte duur van hun verblijf niet het hemd van hun lijf te vragen en ik hoef ze zeker niet lang te laten wachten. Wat men bij SNV *de procedure* noemt, kan veel sneller.'

'Ja,' zegt Tineke, en wat dacht je van de pappies en mammies van de jonge dames, die hebben wel wat over voor de hulp aan hun kwetsbare dochters in een eng land. Er is vast vraag naar je aanbod.'
Froukje neemt weer het woord; 'ik heb maar vijftig klanten nodig, vrijwilligers als weeshuishulpen en vrijwilligers voor de scholen en ziekenhuizen. Met 100 klanten kan ik er zo goed van leven dat ik jaarlijks naar Nederland kan. Die vijftig haal ik, of het er 100 kunnen worden weet ik nog niet.' Tineke krijgt ook tekst en uitleg over het financiële plaatje. Froukje heeft nog meer bedacht:
'En wat dacht je van reisbureaus op weg helpen en zakenlieden uit Nederland begeleiden hier?'

'Dat is geen wild idee meer; ik heb al gescoord met het op weg helpen van zakenlieden. Mijn simpele poster hing pas twee dagen in een paar hotels en ja hoor, er meldden zich verleden week spontaan twee vrolijke vrouwelijke vertegenwoordigers van een bedrijf in België dat kruiden inkoopt in Nepal. Niet alleen kruiden ook zeepnoten, waar zeep en shampoo van kan worden gemaakt. De zeepnoten groeien gewoon aan de bomen, *sapindus.* 'Toe maar,' zegt Tineke.

'ja, ik heb goed opgelet,' licht Froukje toe, de *sapindus mukorossi.*

'Leuk idee' vindt Tineke. 'Zeep die aan de bomen groeit! En jij weet inmiddels hoe een sapindus, als ik dat goed zeg, eruit ziet?'

'Ja, die dames,' zegt Froukje, 'maakten een korte trip in de omgeving op zoek naar boeren die zeepnoten verzamelen. Dat is gelukt; ik heb ze dus gezien.'

'Wat wilden de dames van je,' vroeg Tineke?

'Ze zochten iemand die Nepalees spreekt, de weg hier kent en ze waarschuwt voor onveilige situaties (wat hier totaal niet speelt).'

'Spreek jij nu al Nepalees?' vroeg Tineke verbaasd.

'Ik ken wel 150 woorden; voeg daar een beetje bluf bij en ik red me aardig. Gelukkig wisten dames zelf hoe een zeepboom heet in het Nepalees.

Het allerbelangrijkste vond ik dat het een aangename tocht was. De dames genoten zichtbaar. Ze hadden een warme belangstelling voor de Nepalezen waar ze waarschijnlijk zaken mee gaan doen. En ze genoten van het adembenemend landschap en het zo authentieke dorpsleven. Het was aanstekelijk, een genot ze te vergezellen.'

De boot vaart weer een beetje.

'Bovendien…. ik zal tijd over houden voor mijn eigenlijke passie, de journalistiek. Ik moet volgens Bram antropologische *cases* gaan schrijven voor weekbladen in Nederland, bijvoorbeeld over het leven van een schoenmaker, hoe de dag van een arme boerin er uit ziet en waar schoolmeisjes van dromen.'

'Ja, waar zouden de schoolmeisjes van dromen?' De dames laten even speels hun fantasie de vrije loop. Dat leidt tot onbedaarlijke lachbuien.

Het lachen, zal ze spoedig vergaan.

Tineke vond het wel heel veel wat Froukje van plan is.

'Ma non troppo, kalm aan.'

'Ik wist dat je dat ging zeggen en ja, daar heb je gelijk in. Stap voor stap. Eerst me concentreren op de weeshuishulpen. Over twee, drie maanden zouden de eerste inkomsten binnen kunnen komen. In die maanden leen ik geld en spullen van zowel Frits als van Bram. Niet veel hoor. Ik heb al wel een tweedehands motor geleend van de SNV, een werkeloze motor zogezegd.

Ongevraagd; Thulo mag het nog niet weten. Ik ga het ding over een paar maanden kopen, dus ik doe niks verkeerds.'
'Oh ja, ik krijg een visum voor een jaar. Hoe Bram dat voor elkaar kreeg weet ik niet. Hij moest toch voor zichzelf ook een werkvergunning en visum regelen. Ik weet dat Thulo hem geholpen heeft. Toch wel een goede jongen, die Thulo.'

Het gesprek komt op Bram; het lijkt onvermijdelijk.
'Was Bram niet met Toos? Hoe zit dat?' Tineke krijgt geen direct antwoord, maar hoort wel als eerste interessant en geheim nieuws over Froukje! En wat voor nieuws! Frouk had het niet willen zeggen, maar het ontsnapte haar toen ze te hard aan haar spaan trok, achterover van het bankje in de boot viel en pijnlijk klem kwam te zitten tussen twee bankjes.
Froukje kijkt geschrokken op, ze zit flink klem en komt met heel veel moeite overeind.
'Niks aan de hand hoop ik,' vraagt Tineke. 'Het leek wel alsof je in de knoop zat. Ik kon je niet helpen, want dan zou de boot omgeslagen zijn.'
'Nee, het gaat wel, maar ik ben zwanger,' roept ze spontaan. Dat had ze niet willen zeggen, laat staan roepen.

Zwanger. Ze wist welke vraag daarop zou volgen, ze wist dat ze daar geen antwoord op kon geven.
Ze is zwanger? dacht Tineke verbaasd. 'Zwanger? Van wie?' Dat wil Froukje niet kwijt; ook niet na nog eens vragen en zelfs aandringen. Tineke vraagt desondanks heel schuchter wat ze in ieder geval heel graag wil weten, of sterker, wat ze moet weten:
'van Tette soms?' Froukje gaf geen sjoege. Dat zegt genoeg, denkt Tineke. Ze raakt in de war, een beetje overstuur zelfs. Want wat nog niemand weet is dat Tineke in het geheim bezig is met het adopteren van kinderen, in Pokhara. Moet ze daarmee doorgaan, wil ze dat? Wat kan er toch veel gebeuren in korte tijd. Het lijkt wel alsof ik in een achtbaan zit, vindt Tineke. Met razendsnelle wisselingen van perspectief terwijl allerlei ongekende krachten je heen en weer slingeren. Tineke kon zich niet meer concentreren op het gesprek over het professionele plan van Froukje. Froukje zelf ook niet. Het onderwerp lijkt bagatel geworden. Er valt een gespannen stilte tussen de vriendinnen. De meidenlol lijkt lang geleden. Ze proberen beiden te vermijden dat er in het geheel niet meer wordt gesproken.

Froukje heeft zo haar best gedaan om het nieuws over haar zwangerschap lang voor zich te houden, want het bekend maken zal, zo besefte Frouk, vervelende consequenties hebben.

Ze roeiden in een straf tempo terug naar de aanlegsteiger. Het zou mooi zijn als het nu zou gaan onweren met donder en bliksem om de plotselinge verandering in sfeer te begeleiden.

11.7 Een bestuurder tuigt een stichting op

Tette had een voorbeeld moeten nemen aan de vele schippers in de geschiedenis van Blokzijl. Die bouwden pas een schip als de boot een duidelijke functie had, als er perspectief was op een zeker aanbod van te vervoeren goederen of passagiers, na uitvoerige selectie van geschikte tuigage, om maar een paar overwegingen te noemen. Tette gaat bij het optuigen van de *Stichting Blokzijl helpt Nepal* veel minder degelijk te werk.

Bram is een beetje in de war en luistert maar half. Tegenover hem zit Tette in de fraaie tuin in Summit, in de schaduw. De *Ganesh Himal* is goed te zien. Het is windstil. Gemaaid gras ruikt hier net zoals in Blokzijl. Hoe groot zou de afstand tot de bergen hemelsbreed zijn, denkt Bram? Veertig kilometer? Hij neemt zich voor dat eens uit te zoeken. Bergen, koud bier, schaduw. Het leven lijkt verrukkelijk, maar er is iets dat aan hem blijft knagen. Hoe moet hij verder met Angelique, met Toos en Thulo en met Froukje en... met Tineke? Gelukkig voor Bram doet de solex het weer. De reparatie kostte een schijntje; er moesten nieuwe onderdelen worden gesmeed; in Nepal kunnen monteurs dat. Gelukkig, per solex door Kathmandu rijden is veel waard – het dempt zijn getob.

Tette merkt niks van de onrust van Bram. De burgervader gaat met veel passie, uithalen en omwegen op in een monoloog over een plan. Bram doet zijn best aandachtig te luisteren. Ze bespraken het voorlopige plan eens in Pokhara; het enige wat Bram goed onthouden heeft is dat er een baan voor hem in het vooruitzicht werd gesteld. Tette steekt van wal.

'Wat een woelige maanden beste vriend. Beste vriend? Dat hadden jij en ik niet verwacht toen we een vinnige correspondentie voerden, ik vanuit Blokzijl, jij opportunistisch en slim vanuit Nepal. Ik vind dat mooi; we zijn dichter bij elkaar komen te staan. Je moet wel je charmes even opbergen als je in de buurt van mijn Tineke komt. Jullie lijken beiden veel op tortelduifjes in elkaars gezelschap. Echt ongerust ben ik niet, Tineke zit stevig in elkaar.'
Dat is maar goed ook, Bram zegt het niet, hij denkt het. Want de duifjes, Tineke en hij, hadden soms moeite om het tortelen binnen de perken te houden. Tette heeft ook nog nieuws.

'Als ik goed geïnformeerd ben word je momenteel ingepalmd door Froukje; daar zal je het druk genoeg mee krijgen.' De burgemeester heeft een manier van praten die het lastig maakt hem te onderbreken. Bram krijgt geen kans te reageren. Tette praat verder.

'Tineke komt trouwens gauw naar Kathmandu. Ik ben benieuwd wat ze vindt van mijn plan om *de Stichting Blokzijl helpt Nepal* op een ander spoor te zetten ...'

Oh ja,.... Bram houdt al weer zijn gedachten voor zich: een ander spoor? Een veel interessantere vraag is of de in de steigers staande organisatie wel nodig is. Waarom moet dat, die organisatie, die stichting? Het lijkt Bram typisch voor bestuurders, die willen altijd coördineren, ook als dat nergens goed voor is. Ze willen afstemmen, verbinden en als het even kan iets oprichten.

Bram blijft belangstelling veinzen, niet vanwege de merites van het plan van Tette, maar omdat hij graag nog enige tijd in Nepal zou blijven. Toch blijft zijn scepsis over het plan van Tette door zijn hoofd spoken; moet hij alweer omwille van een baan principes over boord zetten? Moet hij in een organisatie stappen waar hij niet in gelooft, zelfs daar de coördinator, zeg maar de chef, van worden? Hij heeft deze overwegingen even weggelegd voor later.

'Ter zake.' Tette wordt bloed serieus. 'Ik moet terugkomen op eerdere afspraken. We waren het tijdens onze ontmoeting in Pokhara eens over jouw rol in een club die we voorlopig nog *Stichting* Blokzijl helpt Nepal noemen. Een beetje verwarrend want jouw salaris en andere PR-kosten komen uit *Het project* Blokzijl helpt Nepal. We zullen een andere naam voor de Stichting vinden.

Het doel is, zo bespraken we, op langere termijn het bevorderen van internationale betrokkenheid op het niveau van burgers. Niet van overheden, dat gebeurt al. NGO's? Nou nee, de meeste daarvan geven hulp als eenrichtingsverkeer; dat is te beperkt.' Tette ziet Bram instemmend knikken en praat verder.

'De Stichting Blokzijl helpt Nepal, nogmaals, het is een voorlopige naam, heeft vijf pijlers; die ken je: Frits gaat traditioneel ogende, maar betere, effectieve hulp geven in een gebied rondom de Maoïstische regio; Thapa en Upadhya gaan een andere vorm van toerisme op poten zetten; Froukje gaat bemiddelen tussen weeshuishulpen en weeshuisdirecteuren; Froukje neemt ook de portefeuille 'meisjes in de huishouding' over van Tineke. Tineke gaat in Nederland (met Koen) bezien hoe we internationaal een actie op gang kunnen krijgen en een geldschieter zoeken voor Frits. Er zouden dus activiteiten in Kathmandu en Blokzijl komen. Jij zou coördinator in Kathmandu worden, zo dachten we, Tineke in Blokzijl. Thapa en Upadhya worden programme-officers, hadden we bedacht, Ik zou voorzitter van het bestuur worden – dat kan ik verenigen met mijn burgemeesterschap. Zo zagen we het voor ons, toen in Pokhara.'

Veel tekst, vindt Bram. Maar hoe zit het met die baan? Wat bedoelt Tette met *dachten we*? Hij denkt nu iets anders blijkbaar.
'Maar toen beste Bram'… o jee, daar gaan we weer, vreest Bram …. , 'ik kom terug op onze voorlopige afspraak in Pokhara.'
Bram kijkt verlangend naar zijn solex die voor de lobby van het hotel geparkeerd staat. 'Thapa en Upadya hebben goed rond gekeken in Blokzijl en ze hechten aan gelijkwaardigheid. Om kort te gaan, ze vinden dat Tineke in Blokzijl directeur moet worden en één van hen hier in Kathmandu. Bram wordt onze programma-officer, zeiden ze. Dat willen ze graag, hebben ze me verzekerd.' Tette kijkt Bram nadrukkelijk aan; zou hij erg teleurgesteld zijn? Niks te zien aan hem; hij gaat verder met zijn betoog. Dat de Nepalezen Bram graag als programma-officer wilden is een klein leugentje, maar vooruit, die kwestie schuift Tette even voor zich uit.

'Eigenlijk Bram, hebben ze groot gelijk. Het gaat om gemeenschappelijke belangen, dat heb ik ook van je geleerd. Daarbij horen gelijkwaardige posities in de organisatie. Maar voor ik verder met ze praat wil ik weten wat jij ervan vindt.' Bram kijkt naar de bergen, nee, de afstand is geen veertig kilometer, minder nog denkt hij. Bram wil om te beginnen een groot glas koud bier. Geen ober te zien; hij gaat het zelf halen in de bar, ook een glas voor Tette. Ze praten verder.

'Wat ik hier van vind? Ik moet dit even laten bezinken,' zegt Bram. Tette legt nog eens omstandig uit waarom hij deze ommezwaai verstandig vindt. Bloedserieus; waarom wordt de humor onder geschoffeld zodra het over goede doelen gaat?' Wie merkte dat ook al weer op? Tette!
Bram vraagt Tette met nadruk en gespeeld ontspannen: 'Zullen we het eerst eens over gewichtige zaken hebben? Blokzijl heeft verloren van Vollenhove, de waterstand in de Weerribben is te laag en de boeren hebben het zwaar. Niet alleen vanwege de te lage waterstand, de prijs van de melk gaat alweer niet omhoog.

Het werd toch nog gezellig. Geen woord meer over het optuigen van de Stichting. De heren voelden aan dat ze het onderwerp even met rust moesten laten. Ze praten verder over voetballen. Waarom zijn de voetballers in Blokzijl niet meer opgewassen tegen die van Vollenhove? Straks verliezen ze ook nog van Markenesse en Kuinre.
De prachtige berg Ganesh Himal blijft onverstoorbaar bij het nieuws over de waterstand, de melkprijs en het voetballen in de Kop van Overijssel.

 Het dorpje Ghandruk, met trots schoongeveegd (foto: Bayon/Dreamstime).

Yak op de brug (foto: Daniel Prudek/Dreamstime).

Lukla Airport, een hachelijke onderneming, de korte landingsbaan eindigt bij een ravijn, iets verder een hoge bergwand (foto: Noamfein/Dreamstime).

Landslide bij Tatopani, vervoer over de weg kan ook een hachelijke onderneming zijn (foto: Allesandro Zappalorto/Dreamstime).

Puinruimen na een landslide, in de buurt van Pokhara (foto: Radim Strobi/Dreamstime).

De machtige Machapuchare (Fishtail), een dominant onderdeel van het Annapurna massief, 6993 meter hoog. Als ze boos is gromt en bromt ze (foto: Sushil Chettri/Dreamstime).

Kathmandu, met de tempel Swayambunath voor de heuvels, en daarachter de Ganesh Himal. Uitzicht vanuit het Summit Hotel (foto Sushil Chettri/Dreamstime).

Het Summit Hotel (foto: Boyko Blagoev, Creative Commons).

Een drukke straat nabij Patan Durbar Square, Kathmandu Vallei. Er is in steden en stadjes altijd een tempel in de buurt (foto: Serazahmed99/Dreamstime).

Tempels zijn ook rustplaatsen voor ontspannen verpozing (foto: Venemama/Dreamstime).

Maha Shivaratri Festival, Pashupatinath Tempel, Kathmandu Vallei, Feest
vieren kunnen ze als geen ander in Nepal
(foto: Jerryway/Dreamstime).

Ontwikkelingswerkers nemen afscheid van een Nepalese counterpart te
Simikot. Soms moesten SNV-ers drie dagen of meer lopen naar hun werkplek,
soms konden ze vliegen (foto: Nena Driehuijzen/Studionunu).

12. Veel leven op twee fronten

November 1995

12.1 Kloosterling met liefdesverdriet

De ontwikkelingen in de liefde verlopen niet bij iedereen zonder slag of stoot. Na de analyses van Bram over de hulpverlening regent het nieuwe vragen binnen SNV-Nepal. Thulo hoort intensief betrokken te zijn bij beide fronten, maar is vooral bezig met zijn relatie met Toos; het wordt een obsessie. Hij probeert op zijn minst een beetje betrokken te blijven bij het tweede front, de discussies over de Hulp.

Thulo woonde al weer een paar weken samen met Toos in Kathmandu, na haar terugkeer uit Pokhara en na de verhuizing van Bram naar het Kathmandu Guesthouse. Het was te doen, al verliep het stroef.
Maar …. onlangs ging Toos toch weer terug naar Pokhara. Het is niet waar; alweer? Ja, een paar dagen maar, zei ze. 'Een paar dagen,' dat ken ik, dacht Thulo en veronderstelde dat het langer zou gaan duren...
Nee, nee, nee, niet nog een keer; Thulo was toe aan rust en heeft de terugkeer van Toos niet afgewacht. Kinderen zijn ondergebracht bij vrienden en hun papa ging in het klooster. Hij zag zijn kinderen elke dag.
Tette heeft het voorspeld: hij heeft wel iets van een monnik, die Thulo.

Tette zit op de kamer van kloosterling Thulo te wachten; hij heeft een afspraak. Didi heeft een pot thee gebracht. Zou het Didi niet opvallen dat de gasten geen koekjes eten? Ze brengt weer een bord vol oude koekjes. Op de tafel in het zithoekje een stapel kranten, minstens een maand oud. De temperatuur begint aangenaam te worden; een koel briesje brengt verse lucht in de kamer. Tette heeft uitzicht op de tuin; de hond zit weer op de pilaar van het hek.
Hoe zou het gesprek verlopen? Recht op het doel af, een SNV-contract voor Froukje? Waarom zou SNV haar niet steunen? SNV is vast bereid haar vleugels uit te slaan, haar versleten mandaat te verbreden en andere wegen te bewandelen, al is het maar op experimentele basis. Zou het plan van Froukje niet een eerste stap kunnen zijn?
Nee, het gesprek moet anders. Niet meteen beginnen met mijn idee over plannen van Froukje, bedenkt Tette; het lijkt me beter om Thulo ruim te laten meedenken. Ja, dat probeer ik eerst, neemt Tette zich voor: Thulo moet meedenken over SNV en Froukje. Dat wordt straks de strategie van het gesprek.

Thulo verontschuldigt zich; hij komt twintig minuten te laat op de afspraak. Hij woont, vertelde hij, tijdelijk in een klooster nabij Kathmandu, Budhanilkanta, halverwege de berg Shivapuri en hij was wandelend de weg kwijt geraakt naar het punt waar hij zijn auto heeft geparkeerd. Hij kan wel wat dichter bij het klooster komen met de auto, maar vindt dat ongepast. Thulo doet er niet geheimzinnig over, maar vertelt.
'Ik woon nu al meer dan een week in een klooster.' Er klinkt veel enthousiasme door in zijn verhaal. Hij laat zelfs een regel van een gezang horen dat hij net heeft geleerd.
Namo tasso arahatto, samma sambusassa.

Ik word geen monnik, want dan zou ik niet meer kunnen werken. Maar ik mag op de achterste rij wel meedoen aan gezangen, of gebeden van de monniken; ik weet niet eens wat ik zing of bid, maar deze monotone, serene klanken geven me rust in het hoofd. Overdag mag ik naar het werk.'
'Dat is dus een heel liberaal klooster,' vindt Tette,
'Nou ja, het is waar, gewoon blijven werken strookt niet helemaal met een verblijf in een klooster, maar een abt is maar een mens en ook een abt is gevoelig voor status. Een blanke Thulo Manche in zijn klooster.'
'Ik ben er geweest,' zegt Tette, 'ik zag meer blanke monniken.'
'Ja, die zijn ingewijd als monniken, die hebben minder vrijheid.'
'Hoeveel vrijheid heb je, kun je je zonen daar ontvangen?'
'Ja hoor, eergisteren kwamen de jongens er voor het eerst eten en slapen. Ze vonden het fantastisch. Met monnikjes voetballen. Er zijn boeddhistische stromingen die dat veel te aards vinden, kindermonniken die voetballen op het grasveld voor het klooster: in Nepal zijn de boeddhisten niet zo streng in de leer. Maar streng of niet, het klooster voldoet aan mijn behoefte aan een paar maanden stilte (na het werk). Ik denk dat ik wat zaken op een rijtje kan zetten en energie krijg om opnieuw te beginnen. Me even afsluiten van de bekende buitenwereld. De dagelijkse routine doorbreken, dat kan heel verfrissend zijn, verwacht ik.'

Tette begint zijn betoog over het werk van Froukje. Tette was in Pokhara, vertelt hij …de vrolijke stemming van de parttime kloosterling zakt weg als sneeuw voor de zon. Pokhara – daar is Toos. Tjonge, mijmert Thulo, Tette kent natuurlijk het hoogstwaarschijnlijk nieuwe, jongere vriendje van Toos, die ongetwijfeld interessant uit zijn ogen kijkt, vast heel originele taal brabbelt en haar, Toos, een andere wereld binnen leidt. Thulo hoort het haar zeggen: 'wat een bevrijding, ik wist niet wat ik meemaakte.' Zal hij er Tette naar vragen? Nee, toch niet, dat is niet professioneel. Of toch wel? *Love hurts, it hurts*, uit welk lied komt dat ook al weer; het is ondraaglijk. Weg met die last van het lijden. Even vragen? Nee, toch niet, hij hoeft niet van Tette te weten hoe dat nieuwe uilskuiken van Toos heet. Laat maar.

Tette orakelt verder over Froukje. Hij heeft geen moeite met een onverstoorbare monoloog, al had hij zich nog zo voorgenomen Thulo eerst mee te laten denken. Thulo mijmert verder. Ik ben in de ogen van mijn Doosje een saaie man die zich laf laat opeten door plichtbesef en die nooit eens van het leven kan genieten en die haar en de jongens meezuigt in zijn smalle leventje binnen de gevestigde kaders van fatsoen, zoiets en dat in het kwadraat. Het zal wel. In het klooster tel ik wel mee. Op mijn werk ook, maar dat is niet zo moeilijk.

Thulo wordt gestoord in zijn mijmeringen, want Tette noemt nu de naam Toos. Hij hoort niet precies wat Tette over Toos zegt, maar hij kan het wel raden. En hij wil er niet omheen draaien - Tette is ongetwijfeld al op de hoogte.
'Ik ben niet de enige met liefdesverdriet,' mompelt Thulo.
Waar slaat dat nou op, denkt Tette; ik heb het over een gesprek tussen Froukje en Toos in Pohara en Thulo begint over zijn liefdesverdriet te kakelen. Ik dacht al dat het niet tot hem doordrong…Thulo praat gewoon door.

'Goeddoeners zijn geen heiligen. Ze ondergaan aangename en onaangename spanningen in relaties. Je weet dat Bram nog steeds doormoddert met zijn geliefde in Tanzania, we hebben een Blokzieliger hier, je weet vast wel wie, die vergeefs probeert zijn verkering met zijn vriendin te verankeren, we hebben een burgemeester die een wat onconventionele verhouding heeft met zijn vrouw, of mag ik dat niet zo zeggen? … En Toos is dus ook van de leg.'
Wat?... Tette vermoedt dat Thulo niet beseft dat die burgemeester tegenover hem zit. Dit gaat te ver, vindt Tette, mijn relatie met Tineke gaat hem niks aan.
Maar laat hem maar even, hij is duidelijk van slag.

'Al die heisa hoort bij het *expat* leven. We hebben het vaak besproken hier. Het klimaat maakt leven buiten mogelijk, in patio's, op het balkon, op de veranda. Met veel whisky's, bier en gin-tonics. Dat werkt geestverruimend - alles moet kunnen, komt en laat ons dansen en springen. Maar ook norm overschrijdend - alles moet mogen.' Interessant betoog, vindt Tette en doet een duit in het zakje. 'Er zijn veel feesten hier, dat speelt ongetwijfeld mee.'
'Ja' vult Thulo aan. 'Waarom veel meer dan in Nederland? We verdienen behoorlijk, het geven van een feest is niet zo belastend als in Nederland vanwege de hulp van onze bediendes. Bovendien, we zoeken elkaar op, houden elkaar vast, kennen elkaar. Maar er zijn andere oorzaken. *Expatriates*

worden te rijk, bestookt door verveling, raken te verwend om hun lusten in te dammen en worden niet geremd door sociale controle van goede vrienden of familie.'
Tette herkent een gereformeerd trekje in deze redenering. Hij is het er wel mee eens. Thulo praat verder.
'Ze zijn buiten zichzelf, net als de vakantiegangers. Ga in een tent wonen en je bent binnen een week een ander mens. Ga met een bootje door Friesland varen en je ontwikkelt binnen een week een andere blik op de wereld. Ga naar Nepal en je raakt onvermijdelijk onder indruk van de majestueuze bergen, van de trotse tempels, van de nieuwe en vreemde straatbeelden; je komt los van je opvoeding, van je normen en zeden en je mag overal aan zitten, vinden sommigen. Toos komt graag aaiende flierefluiters tegen, ze trekt ze denk ik aan.
Laat mij maar even in het klooster. Het is voor een tijdje een goede keuze.'

Tette kwam om hem mee te laten denken over een mogelijke verbintenis van Froukje met SNV. Opnieuw beginnen? Nee, denkt Tette, Thulo is niet in de stemming.
'Laten we een nieuwe afspraak maken, als het kan snel, want ik heb je advies nodig over mooie plannen van Froukje.' Dat vindt Thulo prima. Hij was geen ideale gesprekspartner, dat beseft hij wel en is blij met het voorstel van Tette: opnieuw beginnen, een andere keer.

Als het zo doorgaat, denkt Tette, wordt een voorzichtig herstel in het aanzien van Thulo binnen SNV-Nepal weer teniet gedaan. Tette weet dat Thulo volgens het hoofdkantoor van SNV nog steeds op de schopstoel zit. Als hij hier bij SNV-Nepal ook krediet verliest ziet het er slecht voor hem uit.

12.2 Dat is ons beleid!

Hulpclubs raadplegen zelden wetenschappers. Waarom zouden ze; ze hebben de waarheid toch al in huis. Gelukkig is Thulo wel bereid om – alweer – de bevindingen van Bram over de (nood)hulp aan te horen, in bijzijn van Tette.
Dat ging niet vanzelf. Thulo heeft inmiddels vernomen van zijn jongens dat oom Bram een tijdje geleden soms bij het ontbijt aanwezig was in het gezinshuis van Toos en hem. Thulo weet dat de roes van te intieme affiniteit tussen Bram en zijn Toos verleden tijd is, maar toch, het liefst zou Thulo de hypocriete ex-geliefde van zijn Toos willen mijden. Helaas, Tette drong erg aan op deze bijeenkomst.

'We gaan het in deze vergadering nog niet over Froukje hebben,' zei Tette vooraf tegen Bram. 'Wat je me vertelde hield een aanklacht in tegen onpraktische ideologie en een warm applaus voor gezond verstand. Het zou mooi zij als Thulo daarbij aan Froukje denkt, zonder dat jij hem dat expliciet in de mond legt. Laat *mij* die koppeling met de plannen van Froukje maar leggen, later.' Hier spreekt een bestuurder die op zijn klompen aanvoelt dat de SNV-directeur geen warme gevoelens koestert voor Bram. Dus kan hij beter later, alleen met Thulo spijkers met koppen slaan over een mogelijke SNV-inzet van Froukje. Het verhaal van Bram moet voorzetten opleveren voor dat gesprek, heeft Tette bedacht.

Ze hebben een uur de tijd, zitten in de grote kamer van Thulo, waar de Didi weer haar grote pot thee komt brengen. De directeur heeft blijkbaar geen opdracht gegeven om ons niet te storen. Dat is tekenend. Af en toe komt iemand binnenlopen zonder kloppen.
Er hebben voor ons veel mensen in deze ruimte gezeten – Thulo heeft het in de gaten en zet alle ramen open. De muffe lucht verdwijnt.

Bram begint met de toelichting dat zijn speurtocht meer weg had van willekeurige impressies opdoen dan van onderzoek. Dat interesseert zijn gesprekspartners weinig, maar hij wil het toch gezegd hebben. Bram vervolgt zijn verhaal met algemene opmerkingen over projecten van SNV-Nepal.
'Slechte berichten over de hulp doen het goed. Goede projecten en programma's zijn geen nieuws. Daarom wil ik met nadruk vertellen dat ik veel SNV- projecten heb gezien die me goed en nuttig lijken. Hangbruggen bouwen bijvoorbeeld. De Nepalezen aan beide kanten van een soms wild stromende rivier zijn er gelukkig mee. Ik zou bovendien een vlammend betoog kunnen houden over het aanleggen van waterleiding, al gaat ook daar niet alles goed. Het werk van Harm en Egbert is in mijn vorige verslagen een beetje onderbelicht; het is voorbeeldig werk en bewonderenswaardig dat ze zich niet uit veld laten slaan door tegenvallers.' Bram blijft aan het woord.

Hij zag ook slechte projecten van SNV-Nepal. Bram is vast van plan zich aan zijn voornemen te houden: niemand houdt van te lange monologen weet hij, dus gaat hij voort met drie kanttekeningen in, zo hoopt hij, niet meer dan 20 minuten.
'Slechte projecten. Laat me beginnen met het makkelijkste voorbeeld: projecten hebben weinig kans van slagen als ze ontworpen zijn op basis van wat *wij* denken dat *zij* willen'
'Wacht even, niet te snel, zeg het nog eens,' vroeg Tette.
'Misschien moet ik voorbeelden noemen, dan wordt het duidelijk. Wij denken dat de doelgroep ook vindt dat ze het geld van een lening moeten

investeren, en niet gebruiken voor consumptie en dat de doelgroep net als wij ook vindt dat geboortebeperking belangrijk is, dat sanitaire voorzieningen essentieel zijn voor de gezondheid, dat de macht van de hoofdman gecontroleerd moet worden en dat onderhoud doelmatig is.

'Dat heb je toch al eerder verteld,' merkt Thulo op, een beetje kribbig! Maar Tette is wel geïnteresseerd.

'Wacht even,' zegt Tette,' dus als armen in een kredietprogramma onverantwoord met geleend geld omgaan, moeten wij dat programma toch steunen omdat dat nu eenmaal is wat de armen willen?'

'Nee, nee, nee, we zijn Gekke Henkie niet. Zij moeten een activiteit willen, maar het is net zo belangrijk dat wij dat ook willen.'

'Alle betrokken partijen moeten een project *willen*, en... al die partijen moeten het ook *kunnen*. Die simpele voorwaarden zijn de basis om tot kwaliteit te komen'

'Daar-gaan-we-weer' merkt Thulo op. Bram geeft toe dat het een stokpaardje van hem is. 'Maar Tette heeft het nog niet gehoord' zegt hij gedecideerd.

'En het is zo essentieel. Telkens als ik ideologische *mooipraa*t aan hoor, besef ik .... Hij wordt onderbroken door Thulo:

'Ja, maar we weten het al!' De directeur anticipeert meteen op de volgende zet van Bram.

'En beleidsmakers worden vooral gestuurd door wat ze willen, en nauwelijks door wat ze kunnen. Dat kan ik beamen, volgende punt graag.' De eerste mogelijkheid voor Bram om een vergelijking te maken tussen ideologie, 'mooipraat', en gezond verstand gaat voorbij; Thulo laat hem niet uitpraten. Bram besluit verder te gaan met zijn volgende punt.

Waarom zijn projecten waar we niets van verwachten, soms *toch* zinvol? Dat vindt Thulo interessant, hij vergeet dat ook dit al eerder besproken is. Bram weet dat wel, maar vertelt het voor Tette en vanwege het doel van dit gesprek.

'Het komt er op neer,' Bram probeert het kort te zeggen, 'dat ondeugdelijk beleid niet altijd wordt uitgevoerd. Een uitvoerder met *gezond verstand*, die de ideologie afpelt, de ambitie terugschroeft en bovenal, de problematiek centraal stelt, kan er toch nog iets van maken. Volgens mij is dat de reden waarom de kwaliteit van projecten in het veld soms heel erg meevalt. Daar hebben we het eerder over gehad.'

'Ja,' zegt Thulo, 'je valt weer in herhalingen.'

'Waar hebben jullie het over, geef toch maar een voorbeeld,' vraagt Tette. Bram doet alsof hij even nadenkt. Tette hoort gelukkig het sleutelwoord: *gezond verstand*. Hij werd een beetje ongerust; het leek er even op dat Bram, zoals vaak gebeurt met wetenschappers, zo in de ban raakt van zijn eigen redenering dat hij het doel van hun verhaal vergeet: het toeredeneren naar het nut van *gezond verstand,* niet gehinderd door de *ballast van ideologie.*

'Een voorbeeld dus. Jullie weten dat aanleg van visvijvers in de mode is en dat het gezamenlijk beheer van die vijvers de solidariteit in de gemeenschap zou bevorderen. Een Duitse vrijwilliger, verantwoordelijk voor de uitvoering van visvijverprogramma's hoorde van de lokale onderwijzer dat die veronderstelling over solidariteit niet klopte: gezamenlijk management van een grote visvijver kwam neer op uitbreiding van de macht van de lokale machthebbers, die vervolgens onder één hoedje speelden met de handelaren in vis op de markt.
De vrijwilliger vond een oplossing. Hoe? Heel simpel. Hij bracht, gesteund door de onderwijzer, een essentiële verandering aan. Er werden geen grote visvijvers per dorp meer aangelegd, maar meerdere kleine visvijvers, één per groep huishoudens. Een groep huishoudens was machtig genoeg om de hoofdman buiten spel te houden bij de onderhandelingen met de opkoper van vis.
Dus de ideologie over solidariteit werd genegeerd en de aanleg van visvijvers gebeurde net iets anders.'
'Dat is niet zo moeilijk te begrijpen,' zegt Tette opgelucht.

Het uur is om, maar zijn twee toehoorders staan toe dat Bram nog een laatste punt ter sprake brengt, een punt dat hem heel hoog zit.
'Een stroeve gang van zaken en een geringe voortgang zijn altijd te wijten aan de doelgroep, die het niet goed begrepen heeft en nog eens goed voorgelicht moet worden. Het ligt nooit aan weeffouten in het projectontwerp. Soms vragen de hulpverleners zelfs aan de doelgroep om hun wensen aan te passen aan het ontwerp van het project omwille van de voortgang.' Dat is een lastige, Thulo wist meteen waar Bram op doelde, Tette wilde opnieuw een voorbeeld en hoopte dat Bram nog met een aanknopingspunt zou komen voor zijn toekomstige gesprek met Thulo over Froukje.

'Voorbeelden te over. Bij reparatie van irrigatiekanalen na een aardverschuiving wilde de doelgroep geen irrigatiecomité oprichten, een wens van de donor. De verdeling van het irrigatiewater was geen probleem, het onderhoud ook niet en iedereen was het ermee eens wanneer de sluisjes open of geblokkeerd moesten worden. Waarom zou je dan een comité oprichten? Alles wordt al geregeld door een groepering belanghebbenden, die geen comité zijn, geen naam hebben en ook geen baas, wel veel praten, maar niet formeel vergaderen.
De hulpclub bleef drammen: irrigatie moet georganiseerd worden.
Dat gebeurt al! vond de doelgroep, daar hebben we geen comité voor nodig.

Thulo speelt boosheid.

'Houd eens op met die denigrerende duiding van een hulporganisatie: hulpclub. Een keer is leuk, maar nou weet ik het wel. Je hebt het over mijn collega's.'

'Je hebt gelijk,' zegt Bram, 'waar waren we, oh ja, de boeren betoogden dat een irrigatiecomité overbodig was. En toch, vond de geldschieter, moest het er komen.

Allemaal goed en wel, aldus de hulpclub, oh sorry, de hulporganisatie, maar wij herstellen *geen* irrigatiekanalen als er *geen* comité is.

Dat is nu eenmaal ons beleid!'

Met andere woorden: of de doelgroep zich maar aan wil passen aan beleid, bedacht in een land 9000 kilometer hier vandaan en 2500 meter lager.

'Een schoolvoorbeeld van bestuurlijke arrogantie!' zegt Tette. Hij begint dat toe te lichten en wil naar de stelling toe dat de ideologie en het beleid de hulp danig in de weg kunnen zitten. Hoe doe ik dat zonder al te drammerig over te komen, denkt Tette, want we hebben het al een paar keer gezegd.

Maar plotseling gaat de telefoon. Of Thulo maar naar de gevangenis wilde komen.

Thulo legt Bram en Tette uit waarom hij dat meteen moet doen. 'Er komt waarschijnlijk een Nederlandse gevangene vrij. Nu is de directeur van de gevangenis er nog en misschien kunnen we meteen zaken doen. 'Ik wil graag mee naar de gevangenis, dat wil ik wel eens meemaken,' zegt Tette.

'Ik ook,' roept Bram enthousiast.

'Nee, nee,' zegt Thulo gedecideerd tegen Bram, 'één introducee meenemen is meer dan genoeg.'

'Dan ga ik volgende keer wel mee'

'Ik dacht het niet, 'antwoordde Thulo, 'er zijn te veel mensen in Kathmandu die weten dat jij een journalist bent. Een journalist binnen smokkelen? Dat kan ik niet maken.'

'Tette is van de Nederlandse overheid en mijn superieur; dat hoeft hij niet eens te spelen, zo gedraagt hij zich al,' zei Thulo een beetje plagend. 'Ik heb hier een stropdas en een colbertje hangen; trek het aan Tette– je moet er uitzien als mijn Grote Baas'

Thulo richtte zich tot Bram; 'waarom wacht je niet even, dan gaan we over een half uur of driekwartier verder. Het duurt meestal niet zo lang.'

Dat kwam Bram goed uit, want hij had Shrestha, de programma officer alleen in zijn kantoortje zien zitten; een mooie gelegenheid om zijn bevindingen eens met een Nepalese insider te bespreken. Dat wil zeggen, als hij binnen komt bij Shrestha. Als journalist werd hij meer dan eens buiten de deur gehouden, maar als wetenschapper is het helemaal bar en boos. Een klein leugentje helpt.

'Ik wil u niet storen meneer Shrestha, maar de directeur vroeg of ik even met u wilde praten.'

12.3 Op het Achtvoudige Pad

Thulo is maar één keer in de gevangenis geweest en weet nog niet precies hoe en wat. Hij heeft briefpapier van het consulaat bij zich en drie stempels, daar kom je een heel eind mee. In de auto praat Thulo meer dan Tette, voor het eerst sinds ze elkaar kennen. Consulair werk, dat is zijn terrein. Daar heeft Tette geen tekst over.

'Een beetje merkwaardig dat je mee kunt? Dat is nou het leuke van Nepal. Ik word hier aangestoken door de soms hele losse omgang met voorschriften en protocollen. De Nepalezen gaan echt niet in de reglementen kijken of jij mee mag komen. Ze vinden het waarschijnlijk wel gezellig. En zo gaan ze ook om met buitenlandse gevangenen. Bij zware misdrijven doen ze *wel* moeilijk, dat snappen we. Maar in dit geval is er sprake van kleine criminaliteit; onze landgenoot heeft zijn paspoort verscheurd en is daar trots op, want de boeddhistische filosofie leerde hem zich te onthechten van dit leven. Dat nam hij erg letterlijk: hij wil geen identiteit meer, geen nationaliteit en geen nieuw paspoort aanvragen, vertelde hij de politie. Dat is nog eens consistent, als je het mij vraagt, maar de politie dacht er anders over.'

'Ik kom niet zo vaak in de gevangenis, maar ik hoor van collega's dat soms snelle oplossingen mogelijk zijn met weinig formaliteiten. Andere keren wordt er onnodig heel moeilijk gedaan over vrijlating of over begeleid transport naar het vliegveld. De collega's kunnen het moeilijk voorspellen.
Willen de Nepalezen een gevangene kwijt als hij lastig wordt?
Als de directeur van de gevangenis een goede bui heeft?
Als de gevangene gewond is geraakt bij arrestatie en de directeur van de gevangenis moeilijke vragen verwacht?
Of als de gevangene bij binnenkomst flauw valt als hij de viezigheid ziet en de benauwdheid ervaart?
Of als de rechter geen duidelijke uitspraak gedaan heeft?
Mijn collega's weten het niet precies. Ik verwacht,' Thulo blijft achter elkaar aan het woord, 'nu een soepele gang van zaken. Het *laissez passer* van onze naïeve boeddhist is in orde, zijn ticket ligt klaar en er vertrekt vanavond een vliegtuig naar Delhi (gevolgd door een overstap in een vliegtuig naar Nederland). Ik denk dat de directeur graag van hem af wil, omdat hij en zijn

staf niet weten wat ze met hem aan moeten. Gelukkig staat het gevangenispersoneel in dit land niet meteen klaar met een aframmeling om hem in het gareel te brengen.'

Het wordt een merkwaardig bezoek. Eerst worden ze in het benauwde kantoor van de gevangenisdirecteur getrakteerd op een betoog over het recht dat zijn beloop moet hebben, over het uitgangspunt dat Nederlanders zich niet met Nepalees recht hebben te bemoeien. *'I couln't agree more,'* antwoordt Thulo en hij draait ook nog de verplichte riedel af dat de vrijlating een teken is van de goede verstandhouding tussen onze landen.

Toen kwam de aap uit de mouw. Of Thulo straks naar het vliegveld wil komen om vlak voor het passeren van de douane een verklaring te tekenen dat de gevangene in bezit van zijn spullen en in goede gezondheid vrijgelaten is, op het vliegveld. In goede gezondheid, dat werd met nadruk herhaald. Zou hij toch, dacht Thulo, tegen de gewoonte in klappen hebben gekregen en gewond zijn?
'Mogen we nu even met hem praten,' vraagt Thulo. Nee, dat kan niet. De directeur zit niet te wachten op klachten van zijn lastige gevangene; dat zou een soepele gang van zaken in de weg kunnen staan. Thulo vermoedt al zoiets; hij schermt vriendelijk met internationale afspraken: 'degene die uitgezet wordt, heeft op elk moment recht op onderzoek van een dokter en van de Nederlandse vertegenwoordiger in het land. Dus ik kom zo terug met een dokter.' Dat was bluf; het werkte.
'Ga dan maar even,' zegt de directeur geagiteerd, 'maar een dokter is echt niet nodig.'

Tette en Thulo worden naar de cel van Piet geleid. 'Kijk uit dat je niet in het open riool stapt,' zegt Thulo. Ze lopen langs hokken met meerdere gevangenen in smoezelige kleren die door de tralies gluren naar de gasten, met een mengeling van nieuwsgierigheid en angst.

Piet, geen boeddhistische naam, een aardige jongen, een beetje in de war, vertelt ons in zijn cel dat niemand hem begrijpt; hij is onderweg op het Achtvoudige Pad naar verlichting, het Nirwana, of, in ieder geval, naar een tussenstation op weg naar het Nirwana.
'Ze denken dat ik knotsgek ben maar ik ben pas gek geworden in de gevangenis en vannacht ga ik nog harder huilen en schreeuwen, want ik kan hier de Juiste Concentratie niet opbrengen, de Juiste Omgeving niet creëren en ik krijg niet het Juiste Voedsel, zo raak ik van Het Pad af.'
'Maar sommige Nepalezen zijn toch boeddhisten,' oppert Tette 'en die snappen het toch wel?' Piet kijkt hem vragend aan; Thulo geeft antwoord,

want hij zit in het klooster en hoort er iets van te weten. 'Het is ingewikkeld Tette; voor zover het boeddhisten zijn, hebben ze een andere idee over boeddhisme dan Piet; minder filosofisch, meer pragmatisch. Dus ze begrijpen het waarschijnlijk echt niet.'
'Ze begrijpen er niks van,' voegt Piet klagerig toe.

'Onschuldige jongeman, die Piet, op weg op het Achtvoudige Pad. Daar leent de omgeving zich ten enen male niet voor, dat klopt als een bus, maar daarom is hij nog niet ziek,' vindt Thulo. 'En er niks geheimzinnigs of geks aan dat Achtvoudige Pad, het heeft veel overeenkomsten met het *Smalle Pad* van de protestanten in Nederland.'

Het is duidelijk: Thulo kan de directeur bij het afscheid bedanken: de gevangene lijkt goed behandeld. 'Moet ik nog naar het vliegveld komen, of kunnen we hier meteen de zaak afhandelen?' 'Nee, komt u maar naar het vliegveld vanavond. Ik wil graag dat u getuige bent als hij gezond en tevreden de grens over gaat.'

Thulo begreep pas later wat er speelde. De directeur was bang dat deze onvoorspelbare schreeuwlelijk, want zo zagen de directeur en zijn staf hem, toegang geweigerd zou worden in het vliegtuig. Met de consul in de buurt zal hij waarschijnlijk kalm blijven.

'Nou snap ik,' zei Tette tijdens de terugrit, 'dat gevangenen bij binnenkomst in de gevangenis soms flauwvallen. Ik zou het daar nog geen twee uur uithouden.'

12.4 Een voortreffelijke samenvatting

Terug op het kantoor. Het bezoek aan de gevangenis heeft bijna anderhalf uur geduurd, in Nepal is één uur te laat komen redelijk acceptabel.

Bram wil naar aanleiding van zijn gesprek met Shrestha een idee kwijt over welke projecten meer of minder kans van slagen hebben en daarna wil hij ingaan op het allerbelangrijkste uitgangspunt voor de Hulp. Niet meer dan 10 minuten, denkt hij.
Maar Tette heeft een andere vraag:
'Wat is nou het verschil tussen de kleinschalige particuliere initiatieven, bijvoorbeeld de activiteiten waar Blokzieligers mee aan de gang zijn, en de professionele, gevestigde particuliere organisaties, de hulpclubs zoals jij ze noemt?'

Bram ziet een behoorlijk verschil.

'Sommige van die gevestigde NGO's lijken een beetje op een geheim genootschap, niet open voor kritiek van buitenstaanders, maar kleinschalige particuliere goeddoe-projecten zijn nog erger. Zij vinden dat elke vraag naar doelmatigheid of effectiviteit klinkt als vloeken in de kerk. Een voorbeeld?'

Voor Tette is dat niet nodig, hij herkent het.

Ook Thulo beaamt zijn analyse en doet een duit in het zakje:

'goeddoeners hebben een onaantastbaar gelijk. Het is de keerzijde van de passie; ze zijn zo bezeten van wat ze doen, dat ze heel ongelukkig worden van tegenspraak. Ze zijn niet bereid om de context van hun doen en laten onder ogen te zien, ook niet om kritisch naar hun ideeën te kijken, ze willen het niet, lijkt het wel.'

'En om het ingewikkelder te maken,' zegt Bram, 'daar zijn ook weer uitzonderingen op, heel mooie zelfs.'

'Dat is ook waar,' voegt Thulo eraan toe.

Bram zou meer willen zeggen over die uitzonderingen, over de voordelen van het kleinschalig goeddoen, maar dat onderwerp slaat hij over. Anders komt hij niet aan zijn interessante nieuwste inzicht toe, vers van de pers, net besproken met Shrestha: nog een verklaring voor wat voor soort projecten door de bank genomen goed zijn en welke niet!

'Je doelt op de *smart practitioners* , veronderstelt Tette, het voorbeeld van de visvijvers?

'Precies. Maar dat bespraken we al eerder; ik wilde nog iets anders aan de orde stellen. Ik zie namelijk een patroon, net besproken met Shrestha, die het met me eens was. Shrestha en ik begonnen met een vraag: wat is het grote verschil tussen het bouwen van hangbruggen en het versterken van lokaal bestuur, de nieuwe mode? Waarom zijn de hangbrugprojecten een succes en lijkt dat verbeteren van bestuur een onmogelijke opgave?' De heren denken even na. Bram geeft zelf het antwoord:

'Het bouwen van hangbruggen vergt nauwelijks *culturele* aanpassingen. Alleen die verplichting van geregeld onderhoud is een beetje vreemd.

Met het verbeteren van het lokaal bestuur raak je *wel* het hart van de cultuur: opvattingen over omgangsvormen tussen hogere en lagere mensen, zoals *het natuurlijke* recht van bepaalde kasten en *het natuurlijke* gebrek aan rechten van andere kasten.'

'Dus hoe meer interventie in de cultuur, hoe minder goed het project loopt en omgekeerd,' concludeert Thulo. 'Daar zit wat in,' vindt Thulo en hij komt maar weer eens met de Chinezen op de proppen.

'Als de Chinezen ons in Nederland straks komen helpen bij onze ontwikkeling en ze gaan de dijken verhogen, dan vinden wij dat prima. Maar als ze ons proberen over te halen om hooguit één kind per gezin te accepteren, dan vinden wij dat ongewenste inmenging in onze cultuur.'

Bram neemt het woord weer. Eindelijk komt hij toe aan zijn meest essentiële punt, al moet hij het kort houden.
'Ik heb nog één, het allerbelangrijkste uitgangspunt, echt mijn laatste punt: *het doel* moet centraal staan en blijven staan, niet een bijzaak worden in een web van andere belangen, hobby's, vooroordelen, eenzijdige focus op beeldvorming, scoringsdrift, mannetjesmakerij.
Dat is niet zo ingewikkeld, zou je zeggen. Toch moet het steeds weer gezegd worden. We horen dezelfde klachten in alle sectoren. Onderwijs in Nederland zou veel meer gericht moeten zijn op het leren door leerlingen; in de Gezondheidszorg zouden patiënten centraal moeten staan, bij Natuurorganisaties is het helaas niet vanzelfsprekend dat het om de natuur gaat. En in de hulpsector gaat niet om geweldig beleid, om targets, om vlagvertoon, om roem, om belangen, alles zou gericht moeten zijn op ontwikkeling van de armen of beter, de doelgroep (want uitsluitend en alleen op de armen zal nooit lukken).'

'Wat een mooie afsluiting,' zegt Thulo, 'al is het laatste punt niks nieuws!'
Tette weet de sneer van Thulo te neutraliseren door de 'lessen van Bram' bondig en in een positieve toonzetting samen te vatten.
'We hebben dus één basisregel: beide partijen moeten willen en kunnen. We moeten geserreerd omgaan met culturele veranderingen, we moeten toejuichen dat *smart practitioners* het beleid soepel en pragmatsich interpreteren en we hebben een allerbelangrijkst uitgangspunt waar alle politieke partijen in Nederland het op papier mee eens zijn. Elke verkiezingscampagne roepen ze het weer: het gaat om de belangen van mensen, nergens anders over. En de hulp gaat over arme mensen!'
Thulo moet vanavond naar het vliegveld om Piet uit te zwaaien en wil de heren de deur uit hebben: 'deze bondige samenvatting van Tette is een nog mooiere afsluiting.'

12.5 Besturen in Blokzijl

Bram en Tette komen de volgende dag terug op het overleg met Thulo. Nu zonder Thulo. Weer in een schaduwrijk hoekje in een tuin, dit keer van Hotel Summit onder de bloeiende paarse Jacaranda. Weer met koud bier. Weer met adembenemend uitzicht op machtig berglandschap, het einde van de wereld!

'Weet je dat ik bij jouw verhaal van gisteren steeds moest denken aan besturen in Blokzijl?'
Bram was verrast. Van een les met praatjes blijft doorgaans weinig hangen. Nu wel dus? Ja, Tette wist ook nog 'dat we geen projecten moeten ontwerpen op basis van wat wij denken dat zij willen. Dat is nou precies wat ik tegen een wethouder van sociale zaken heb, die bedacht had dat Blokzijl meer een gemeenschap moest worden. Blokzijl is toch al een gemeenschap?'
'Wat heeft die wethouder dan gedaan?' wilde Bram weten.
'Hij had een geweldige idee: het mooie, grote, oude postkantoor in Blokzijl herinrichten als een gemeenschapscentrum. Gelukkig is het uiteindelijk niet doorgegaan.'

'Je opmerking over dat voorlichten was al heel tekenend. De plannenmakers zoeken nooit de fout bij hun plannen maar bij de mensen – zo noemen ze de gunstelingen van hun plannen. De mensen begrijpen het niet, die moeten beter voorgelicht worden. Inderdaad, volgens de wethouder hadden de Blokzieligers het niet begrepen, daarom waren ze niet enthousiast. Een consultant kreeg de opdracht om met allerlei belangengroepen te gaan praten en uit te leggen wat de bedoeling was. Alle verenigingen en clubs zouden gratis kunnen vergaderen in het gemeenschapscentrum. De tafeltennisclub kon er oefenen, de damclub dammen de klaverjasclub kaarten, de zangkoren zingen. De mantra van de wethouder: samen de schouders eronder.'

'Helaas voor de wethouder en voor de consultant, de klaverjasclub vond het zo gezellig om te kaarten in Sluiszicht. De reactie van de wethouder: de klaverjasclub hield vooruitgang tegen, want straks zitten we met een leeg gemeenschapscentrum. Als het aan de wethouder had gelegen had de klaverjasclub dus hun wensen en voorkeuren ondergeschikt gemaakt aan de plannen van de wethouder.
Dat bedoelde jij dus met die moeilijke zin van je: hulpverleners vragen de doelgroep hun wensen aan te passen aan ontwikkelingen waar ze nooit om gevraagd hebben.'

'Tjonge Tette,' zei Bram,' en ik maar denken dat je zat te slapen. Je hebt heel goed geluisterd. Dat doet me goed.' Tette gaat verder.
'Kritiek is vloeken in de kerk. Dat heb ik ook onthouden. Het is waar, als je onze wethouder voorhield dat dat gemeenschapscentrum misschien niet zo'n goed idee was, werd hij onaangenaam kwaad. Hij bood geen enkele opening voor discussie of tegenspraak.

Ten slotte wees je op projecten die eigenlijk een ander doel dienen, bijvoorbeeld bijdragen aan naamsbekendheid. Ik hoor het onze wethouder nog zeggen: ik mag me toch wel een beetje profileren?'

'Dat zijn boeiende overeenkomsten,' zei Bram, behoorlijk onder de indruk en verrast. Hoe zou dat komen?' Tette liet hem niet verder denken.
'Ik heb nog meer. Ook je conclusies uit je vorige rapporten kon ik zo invullen. Ik heb ze genoteerd in mijn schriftje.
Hier staat het: 'begin bij een bestaand probleem volgens de belanghebbenden, niet bij een idee daarover van een wethouder of raadslid.' Dat hebben we zojuist besproken. Wat simpel eigenlijk. Net als de tweede, ook zo simpel: 'draai de volgorde eens om, bezie eerst wat je kunt, wat anderen al doen of zouden kunnen doen en bedenk daarna pas een plan.' Niet het beleid, het bedenksel, de intenties, maar de uitvoering is bepalend voor de kwaliteit. Die les neem ik zeker mee terug naar Blokzijl.'

'Lastiger voor een bureaucratisch bedrijf is de vrome wens: 'hoed u voor jargon dat op hol is geslagen, voor pleidooien die los gezongen lijken van de werkelijkheid. Daar is geen beginnen aan.'

'En, nou ja, nog één dan, ook onderstreept in mijn aantekeningen: 'verval niet in de routine van taakgroep- werkgroep-commissie-referentiegroep – consultant; wees alert op deskundigen die nooit in de spiegel kijken en zich nooit eens afvragen of ze echt wel zo deskundig zijn.'
'Ik snap het, ben het er helemaal mee eens, maar voor ambtenaren is het aantrekken van een consultant heel veilig (en gemakkelijk). Die gewoonte krijg je er niet zomaar uit.'

Zijn presentatie is blijkbaar niet voor niets geweest, bedenkt Bram nogmaals, nog steeds verrast. Wat zijn de redenen zijn van die overeenkomsten tussen besturen van projecten hier en in Blokzijl? Daar is hij nog niet uit. Of is er een heel makkelijke verklaring voor: stellen veel bestuurders in Blokzijl en veel hulpverleners in Nepal graag zichzelf centraal? Ja, dat zal het zijn! Ze blazen hun ego nog eens extra op !

Het doet Bram denken aan een mislukt gesprek met Toos over de opvoeding van haar jongens, toen hij daar nog iets over mocht zeggen. Het zijn tegenwoordig kleine prinsjes, die gewend zijn in het middelpunt te staan, die leren zich groot te maken, zich te profileren, zich 'te ontwikkelen', hun rechten te claimen en hun plichten te relativeren, vaardigheden nodig om jezelf centraal te stellen, zich extra op te blazen dus.

250

Toos wist niet waar hij het over had. Het zijn gewoon lieve jongens, die wel moeten leren van zich af te bijten. Dat is ook waar, maar … hij richt zich weer op zijn gesprek met Tette.

Ze worden het eens: de besproken kenmerken van besturen hebben als oorzaak dat bestuurders zichzelf centraal stellen en niet de zaak waar ze voor staan.
'En we gaan de bestuurswereld verbeteren,' roept Tette, schaterlachend, niet vandaag, want ik wil meer bier, maar in het nieuwe jaar.'

12.6 Een idioot briefje

Brief van Toos aan Angelique
Kathmandu, *november 1995*

Wat krijgen we nou? Je schrijft nieuwsgierig te zijn hoe het met Bram en mij verder gaat; je sluit een apart kaartje in voor Bram en feliciteert hem met onze nieuwe relatie. Wat is dit voor gekkigheid? Jullie hebben elkaar toch gezien in Zanzibar? Is die felicitatie een erkenning dat je niet verder wilt met Bram? Waarom schrijf je dat via mij en niet direct aan Bram? 'Gefeliciteerd met je nieuwe relatie' - is dat nou alles wat je Bram te vertellen hebt? Dat doe je toch niet zo? Als je niet een heel goede vriendin was zou ik je brief verscheuren. Je bent behalve mijn vriendin ook een gecompliceerde trut!
Dat briefje van je met felicitaties voor onze nieuwe relatie is ofwel vals, ofwel goed bedoeld maar idioot, ofwel een uiting van ongecontroleerde emotie. Ik verbrand het in de open haard. Het is 's avonds soms een beetje kil hier.

Nee, ik schrijf je niet meer als de nieuwe vriendin van jouw Bram. Onze wederzijdse genegenheid is snel gedoofd; het heeft nog geen twee maanden geduurd. Blijkbaar was er spanning voor nodig om van die relatie te genieten, de spanning van niet-mogen, niet samen gezien willen worden, onopvallende aanrakingen bij het elkaar passeren in gezelschap van collega's in Pokhara. In de rust van de huiskamer hier in Kathmandu verdampte de spanning, ebde de wederzijdse nieuwsgierigheid naar elkaar weg, werd fysieke liefde plichtmatig. Wat kan dat snel gaan zeg.
Bram denkt dat het mijn zonen waren die ons parten speelden – natuurlijk accepteerden die geen plaatsvervanger van hun vader in huis. Het was volgens mij veel eenvoudiger: gewoon uitgedoofde spanningen. Ik schreef het een paar regels terug al.
De jongens speelden wel een hoofdrol bij de hereniging met Bert na het vertrek van Bram. Ik wist niet hoe snel ik mijn Bert terug moest halen,

vanwege het geluk van de jongens. Ik heb geen hekel aan hem, hij is een goede vader, het huis is groot genoeg voor *living apart together*, voorlopig. Dat deden we al eens in Wageningen in een veel kleiner huis. En...... Bert is, of speelt, dat hij Bram dankbaar is omdat hij mij *opgevangen* heeft en veronderstelt dat Bram en ik een platonische relatie hadden. Komt dat even goed uit! Een beetje goed bedoeld jokken mag wel bij dit soort perikelen, al was het maar om de schade te beperken, maar idiote briefjes mogen niet!

Wat was dat voor relatie die ik met Bram had? Het ging ergens over, het was niet zo maar een bevlieging, dacht ik, toen we nog in Pokhara verbleven. Wel dus, ik was enorm toe aan verandering en toen kwam Bram op de proppen. Het had ook een Jan, of Freek kunnen zijn. Maar ja, dat weet je dan allemaal niet. We, Bram en ik hebben er totaal geen behoefte aan om dat te gaan analyseren. Het is gebeurd, basta! Het gaat zoals het gaat. Ke garné. Dat betekent wat te doen, in ieder geval *ma non troppo*, niet te hard van stapel lopen met mijn Bert. En Bram is beschaafd – die gaat mij en Bert echt geen briefje sturen 'gefeliciteerd met het opbloeien van jullie relatie.' Ik heb inmiddels geleerd zo trouw mogelijk te blijven aan mijn goede vriendinnen, maar je stelt me enorm op de proef.

12.7 Een gezellig verhoor

De Blokzieligers hebben Bram gevraagd om in de vergaderzaal van de SNV hun plannen te bespreken, ook met enkele SNV-ers, waaronder Thulo en zijn directe assistent, Shrestha. Het gezelschap bestaat uit twintig personen. Thulo hoopt op stevig weerwerk van de SNV-ers op het betoog van Bram; SNV-ers houden niet van geleerde betweters, dus het zou wel eens kunnen gaan schuren, hoopt Thulo. Hij poogt professioneel te blijven, maar hij gunt Bram, de ex- vriend van zijn vrouw geen succes. De wrok blijft hangen.

Bram houdt een korte inleiding, na door Tette, de voorzitter van de bijeenkomst, met enige ironie te zijn voorgesteld als *de Chef* van het onderzoeksproject 'Blokzijl Helpt Nepal'. Bram was toch journalist, geen onderzoeker? Het ontlokt bij de aanwezigen ofwel gegiechel, ofwel verbazing.
Een beetje flauw van Tette, maar ja, enige ijdelheid is hem niet vreemd – aandacht naar zich toe trekken hoort daarbij. Chef van het onderzoeksproject Bram kan het weinig schelen welke functie hij krijgt toebedeeld.

Het betoog van Bram ter inleiding: er lijkt een wereld van verschil tussen de gevestigde hulporganisaties en de particuliere initiatieven van een aantal

Blokzieligers. De goeddoeners uit Blokziel leggen geen uitgebreid dossier aan met rechtvaardigingen voor hun plannen, nemen geen kennis van evaluatierapporten, hun activiteiten zijn veel minder omvangrijk dan die van de professionele hulp en zij zoeken doorgaans geen advies van deskundigen – nu wel dus.

Er zijn volgens Bram ook overeenkomsten: zichzelf centraal stellen; niet beginnen bij het probleem; onvoldoende rekening houden met de feitelijke *ruimte* voor uitvoering van mooie plannen.

Na deze korte inleiding zouden, zo was het plan, vijf projectvoorstellen besproken worden, één van een professionele vrijwilliger, Frits en vier van goeddoeners uit Blokzijl. Wat een woord, goeddoeners, Bram stelt voor ze *echte* vrijwilligers te noemen en de SNV-ers *professionele* vrijwilligers. Dat onderscheid heeft hij overgenomen van Froukje.

Het eerste te bespreken plan is het wilde idee van Frits om *slimme* projectvoorstellen te schrijven ten behoeve van de Maoïsten. Bram heeft zich voorbereid op een milde toon in zijn kritiek. Hij vermoedt dat Frits binnenkort Froukje kwijt zal raken, en straks wordt ook nog zijn mooie droom afgepakt geld te gaan verdienen voor de opstand? Dat zal een harde dobber worden!

Bram heeft geluk, hij hoeft niet zelf Frits met kritiek te confronteren. De managers van de Maoïsten hebben hun technische assistent uit Blokzijl al een duidelijke schoffering gegeven; Frits vertelt met horten en stoten, zoals gebruikelijk, maar wel heel openhartig over de reactie van zijn bazen. Al is de openhartigheid meer een gevolg van een matig taalvermogen, dan een bewuste keuze.

'Ze willen geen geld uit het buitenland, ze willen hun kosten laten betalen door belasting te heffen, vooral van de rijken in Nepal. Geld uit het buitenland zou een verkeerde incentive zijn. De bazen waren kwaad omdat ik ze niet eerst geraadpleegd had.'

Frits denkt na, wat wilde hij nog meer vertellen. 'Oh ja: ze waren ook erg teleurgesteld omdat ik niet zelf had bedacht dat ze juist geen geld van buiten wilden; ik had blijkbaar nog maar weinig begrepen van waar ze mee bezig waren.' Het is een kenmerk van het oude Nepal, hebben ze Frits uitgelegd, om met zich te laten sollen door buitenlandse hulpverleners. 'De Movement gaat dat zeker anders doen!'

Daarmee kan in één klap het plan van Frits om project-schrijver te worden de vuilnisbak in. Frits kan niet nalaten om te memoreren dat Tette en Froukje in hun gesprek over zijn eerste geschreven voorstel hem gestimuleerd hadden door te gaan met zijn plan. Dat klopt niet, Tette heeft wel degelijk aangeraden om eerst eens met zijn bazen te praten, maar ook Tette wil Frits sparen en laat het hierbij.

Ook Bram blijft mild en houdt zijn conclusie voor zich: Frits is niet de eerste hulpverlener die zijn eigen wereld creëert en dan raar op kijkt als de gunstelingen van zijn mooie plannen geen belangstelling hebben. Een veel voorkomende fout, welke begint met de valkuil om niet eerst met de ontvangers van hulp te praten en een eigen pad te volgen.

Het tweede plan: het optuigen van een *Stichting Blokzijl helpt Nepal*. Dat gaat volgens het oorspronkelijke plan veel verder dan *het project Blokzijl helpt Nepal*; dat project is niet veel meer dan een pot met geld waaruit Bram betaald wordt. Verwarrend? Ja, maar dat wordt geen probleem, want *de Stichting* met de naam *Blokzijl helpt Nepal* zal over vijf minuten opgeheven worden. Want de kritiek van Bram op dit tweede plan, het op poten zetten van de Stichting, was fnuikend. Bram had zijn commentaar al in de week gelegd bij Tette, de kwade genius achter het idee. En weer hoeft Bram niet de kastanjes uit het vuur te halen, want Tette begint zelf met het etaleren van snel voortschrijdend inzicht.

'Met het oprichten van een eigen organisatie (Stichting Blokzijl helpt Nepal) beginnen we aan de verkeerde kant.' Die zin, dacht Bram, raakt meteen de kern van het probleem.

'Alles wat we hier willen doen moet toch in het belang zijn van de bevolking van Nepal?

Was onze wens om een organisatie op te richten gestoeld op een analyse van problemen in de ontwikkeling hier?' Tette kijkt rond en geeft zelf het antwoord.

'Welnee, dacht ik bij nader inzien, het idee was om alle plannen en projecten van Blokzieligers in één Blokzielse winkel bij elkaar te brengen. Gemakkelijk. Overzichtelijk.'

En bovendien, denkt Bram, kon Tette zijn neiging te besturen niet voor zich houden, ook als er niet bestuurd hoeft te worden. Bestuurders houden van plannen maken en organisaties en stichtingen oprichten.

Tette heeft nog meer voortschrijdend inzicht.

'Wat zouden de voordelen voor Nepal zijn van *SBN* (Stichting Blokzijl helpt Nepal)? Ze hebben hier al zoveel organisaties.'

'Ik zie wel voordelen' zegt een SNV-er, 'want als de Blokzijlenaren onder de SNV-ers door SBN gesteund zouden worden bij hun werk, dan heeft Nepal daar toch ook iets aan?'

'Dat zou kunnen,' zei Tette, 'maar daar is de SNV toch voor?' Dat had hij beter niet kunnen zeggen, want dit biedt de SNV-ers een mooie kans om gal te spuien over SNV-Nepal. Het leidt af van het doel van deze bijeenkomst. Tette ziet kans de regie weer naar zich toe te trekken.

'Je moet je ook afvragen wat een tijd en werk het kost om een organisatie op te zetten. Eerst moeten we de doelstellingen precies formuleren. Dan hebben we consultants nodig om een strategie op te stellen en… een organogram. Vervolgens zouden we *'teambuildinkje'* moeten spelen. Met dat alles komen we geen centimeter dichter bij de opdracht om Nepal te ontwikkelen. We zouden met ons zelf bezig zijn. Verkeerde ingang.' De zaal moet even bijkomen. Tette voelde dat goed aan: pauze!

Thulo is even beducht dat Bram het niet kan laten een schot voor open doel in te schieten. Want kijk eens naar SNV-Nepal: die is toch ook met zichzelf bezig, die begon toch ook twaalf jaar terug met een verkeerde ingang en zat Nepal daar wel op te wachten? Bram houdt zich gedeisd.

In de pauze komen vragen op als 'hoe komt dit nou ineens?' En er klinkt ongenoegen: 'had Tette dat niet meteen kunnen bedenken.' Ook de Blokzieligers hadden een SBN wel spannend gevonden. Bram niet, al raakt hij een mogelijkheid voor een lucratieve baan kwijt; hij was informeel immers al benoemd tot coördinator, *whatever that may be!* Maar Bram gaat er ook prat op dat hij niet om die reden zijn kritiek op SBN voor zich hield.

Na de pauze komt het onderwerp van Tineke aan bod: het drama van de seksslavinnen. De toehoorders zijn gespannen, want aan deze afgrijselijke misstand moet toch iets gedaan worden. Helaas moet Bram een heel aardse vraag op tafel leggen: wat kunnen we daaraan doen?
Tineke zat aanvankelijk vast in haar passie en haar sterke overtuiging dat er zo snel mogelijk gehandeld moest worden, maar ze heeft zich toch over laten halen om met Bram en Thapa eerst eens een bezoek te brengen aan de veldkantoren in Kathmandu van grote zogenoemde NGO's (*Non-Governmental Organisations*): *Safe the Children* en *Unicef.*
Tineke doet kort verslag:
'er gebeurt al van alles achter de schermen bij een aantal internationale organisaties.'
'Nooit iets van gemerkt,' zegt Froukje een beetje venijnig. Bram reageert:
'Nee, dat klopt, de VN-organisaties houden niet van flink optreden als de politiek in het gastland daar zenuwachtig van zou worden.'
Tineke is na de bezoeken aan de NGO's nog steeds huiverig om een vergadercircuit van de gevestigde organisaties in te worden gezogen. Maar ze heeft geaccepteerd dat Blokzijl te klein is, zelfs Nederland is te klein om een in Nepal en India stevig gevestigde groep aan te pakken. Die groep opkopers van jonge meisjes lijkt op een gesloten geheim genootschap, met ongetwijfeld heel machtige Indiërs en Nepalezen. Ze gaan bovendien geweld

niet uit de weg. Een *undercover* cineast in een bordeel in Bombay is afgetuigd.

Tineke kondigt aan dat ze haar vertrek naar Blokzijl een week uitstelt om nog eens te overleggen hier in Kathmandu met de NGO's over haar rol in Nederland. Dat deed ze al eens, maar niet concreet en uitgebreid.

'Wat stel je je daarbij voor, wat kunnen wij, Blokzijl of Nederland, dan doen? Helemaal niks?' De vraag komt van Froukje. Blijkbaar hebben de vriendinnen Frouk en Tineke hier nog niet samen over gesproken.

'Jawel,' zegt Tineke, 'natuurlijk hoort een tegenbeweging vooral hier in Nepal thuis, maar er moet ook steun van buiten komen. Het zou enorm belangrijk zijn als bijvoorbeeld *Safe the Children* gesteund zou worden door de EU, niet met meer geld maar met politieke steun. Dan staan ze veel sterker in onderhandelingen met de VN-organisaties. En Nederland kan dat aankaarten. Ik ken iemand in Den Haag die goede contacten heeft op het Ministerie van Buitenlandse Zaken, waar ook de Internationale Hulp onder valt.'

Er wordt gegniffeld door sommige insiders die Koen kennen, of weten wie dat is.

Tineke schets een perspectief.

'De strategie is om India internationaal aan de schandpaal te nagelen; dat gaat ze geld kosten: handel, investeringen en export zijn niet gebaat bij een negatief imago van een land. Dat risico is hoogstwaarschijnlijk een sterker motief voor India om de misstand aan te pakken dan een moreel appel.

Hoe breder de internationale coalitie hoe beter. Ik zou dus een formele handlanger kunnen worden in Nederland van de clubs die hier in Nepal bezig zijn, met als doel om het probleem seksslavinnen via Nederland op de Europese agenda te krijgen.'

Froukje: 'maar die clubs hier hebben toch hoofdkantoren? Is het hoofdkantoor van Safe the Children in Londen dan geen beter thuishonk voor lobby werk dan Blokzijl?'

'Goede vraag, 'zegt Tineke,' is uitgebreid besproken; het wordt én-én. Ik zit dichter bij de Nederlandse politiek.'

'Ja, ja,' zegt Tette, 'Tineke moet er voor zorgen dat het probleem meisjeshandel in Nepal niet onderin de Haagse of Brusselse stapels blijft hangen, want zo gaan die zaken, zeker omdat Nepal ver weg ligt.'

Tineke kent een toneelgezelschap uit Rotterdam, Het Waterhuis, dat al bezig is om een indrukwekkend toneelstuk op de planken te krijgen over de handel van meisjes in Nepal. Ze hebben de titel al: *de meisjes van Aboke.* Dat zou kunnen helpen om politiek draagvlak in Nederland te versterken.

De discussie wordt steeds vager. Het politiek draagvlak in Nederland ligt heel ver weg. De politiek in Nederland boeit het gezelschap niet, *de meisjes van Aboke* kennen ze niet. Voorzitter Tette voelt dat aan en sluit de discussie af.

Thulo deelt mee dat het ambitieuze plan dat *stedenbanden plus* is gaan heten niet nu besproken kan worden, want de voortrekkers van dit idee, Thapa en Upadhya zijn er niet.

'Zijn ze wel uitgenodigd?' vraagt Shrestha.

'Jazeker,' zegt Thulo,' nadrukkelijk.' Tette voegt nog een kanttekening toe.

'Er moet trouwens wel om *stedenband-plus* handen en voeten te geven een kleine organisatie opgezet worden, maar die wordt veel eenvoudiger dan de net ter ziele gedragen stichting Blokzijl helpt Nepal. We moeten daar nog over nadenken, maar beginnen bij de inhoud en zullen deze keer wel de belangen van Nepal als uitgangspunt nemen'.

De bespreking van de plannen van Froukje wordt eveneens uitgesteld, voegt Thulo er aan toe. Niemand vraagt waarom. Froukje vertelde Thulo voorafgaand aan de bijeenkomst dat ze haar ideeën liever in een klein groepje bespreekt – ze is niet zeker van haar zaak en zit niet te wachten op kritiek van SNV-ers die niet verder kijken dan het reguliere werk van SNV.

De bijeenkomst is anders verlopen dan Bram had verwacht. Niet zo kritisch, eerder gezellig en vriendelijk. Hij vindt het jammer dat hij geen bagagedrager met een zitje op de solex heeft. Misschien zou Froukje dan wel naar het Kathmandu Guesthouse gebracht willen worden.

12.8 Het is je meisje of het is je meisje niet

Frank veronderstelt ten onrechte dat de nieuwe (al weer gedoofde) vlam van zijn vriend Bram, Doos, zoals Bram haar in zijn laatste brief noemde, een Nepalese is; het is niet duidelijk hoe hij daarbij komt. Frank denkt graag en vaak aan oosterse prinsessen, misschien is zijn fantasie met hem op de loop gegaan.

Leiden, *november 1995*

Beste Bram,

Geraaskal uit Tanzania? Ach, ja oude reus, juffers zien ook altijd meer dan de dokter. Juffers zien meer dan er is. Daar moet je aan wennen.

Trouwens, begin nooit iets in dat vreemde land wat in NL voortgezet moet worden, want transculturele verschillen kunnen gigantische problemen opleveren. Of ben je zover nog niet. Weet je, neem een pilletje. Ritalin helpt fantastisch. Besluiten moeilijk? Wel nee. Het gaat maar om één vraag: is die dame in diep Afrika nou je meisje of is het je meisje niet. Zo nee, dan etter je maar even door in Nepal (denk aan de pil, ook aan die andere), zo ja, dan even flink zijn en ophouden met het avontuur met je prinses in je bergland.

Ik ben helemaal niet rechts. Ik heb wat rechtse meningen en zou erg graag daarnaast linkse gevoelens willen hebben, maar dat gaat niet bij een dichter. Het is bij mij nog niet zo erg als bij J.C. Bloem die eigenlijk het liefst van het algemeen stemrecht af wilde en streefde naar een hiërarchische half feodale orde.

Gebeurt er nog wat in Nederland? Ik heb Rock & Roll gezongen bij de VPRO. Een mij onbekende begeleidende muzikant zei: je hebt gewonnen (van al die andere zingende schrijvers). Ik heb er een bandje van. Je weet niet wat je hoort (misschien kan ik met dit bandje op zak toch nog wel een meisje krijgen).

Gebeurt er nog meer in Nederland? Wat er aan de macht is gekomen is niet de verbeelding, maar een vreselijke hoeveelheid sociologen en andere beroepsouwehoeren zoals in mijn vak, al die agogische lieden, visselippensabbelend aan een koffiebekertje. Gelukkig kregen wij beiden op den duur een gezonde afkeer van hippiedom en andere verworvenheden van de jaren zestig en gelukkig leerden we tevens en intussen gewoon een vak. Ook zijn onze helden altijd tot in het perverse toe solitaire en anti-collectivistische hyper individualistische figuren geweest of deze nu in de mode waren of niet

Weet je hoe ze in België vogeltjes vangen? Nee? Ze werpen een poes in de lucht. Heb ik niet zelf bedacht. Als Schierbeek het vertelt is het leuk. Gisteren kwam de krant. Ik zit van mijn troost te eten.

Een antwoord op je vraag over directieve therapie. Elke therapie is een der mogelijke therapieën. Goddank bestaat 'de therapie ' niet. De kern van de zaak wordt slechts geraakt door religie, de kunst en de liefde en nooit door een therapie, zelfs niet of juist niet door 'de' therapie. Ik geloof dat ik je dat al eens eerder schreef.
Jij hebt niks aan therapie. Hooguit om die, die therapie, zelf te geven als je werkeloos terug komt. Klanten heb ik genoeg voor je. Je noemt je dan antropologisch-cultureel consultant. Je kunt het al. Je lult maar wat en het gaat bijna altijd goed en als het niet goed gaat zeg je dat de cliënt er nog niet aan toe is of dat de weerstand tegen de behandeling te groot was of dat de patiënt te star is. Mooi is dit allemaal niet maar de mensen zijn ook niet mooi, zeg nou zelf. Want hoe herdenken ze Leopold. Bedenk dat het

onomstreden is dat H.J. Leopold de allergrootste dichter is van deze eeuw. Ik heb laatst een patiënt – een verloederde alcoholist – bezocht die in de H.J. Leopoldstraat woont en ik heb nog nooit zo'n teringtyfusstraatje gezien. Bouw: jaren vijftig. Kleur: door 30 jaar vooruitgang aangeslagen baksteen. Gordijnen: merendeels oude lappen plus de onvermijdelijke antieke koffiemolen in de verveloze vensterbank. En een oranje bordje van oranje macramé naast de bel die het niet doet. Dat doet de socialistische republiek Rotterdam voor zijn dichters. Je snapt zeker wel dat het standbeeld van Erasmus tijdens een liberaal interregnum is neergezet. En Leopold verdient absoluut een standbeeld. Zie Prediker 1: 12-18

Heeft het overigens zin om jou dingen te sturen die daar niet te krijgen zijn? Bij de Bijenkorf kun je voor 12,59 zestig (!) kaarsen kopen, ik begreep dat jullie die altijd nodig hebben. Ik zou die kunnen sturen behalve natuurlijk als je zeker weet dat ze bij de grens onder hoera-geroep onder de beambten verdeeld zullen worden (het zijn allemaal wilden zei mijn opa over Iran en hij heeft gelijk).

De titel van de bundel wordt niet 'wit licht', maar 'zwaluwstaartjes'. Lucebert (die de omslag maakte) vindt dat een goede titel. Verder wilde ik mijn eigen maar zo snel mogelijk opknopen, maar dat kan niet 'voor de kinderen'. Zou deze in de categorie passen van een mooie recensie in de Volkskrant: dichter Koenegracht doet achteloos veel met weinig woorden? Ik kan dus niet naar Nepal komen. Daar zeg ik wel heel veel mee, met weinig woorden. Schenk dus nog niks voor me in.

Terug naar je probleem: het valt volgens mij allemaal erg mee. Volgens psychologen zijn er een paar omgevingsfactoren die uit de pas lopen. Ga niet naar een psycholoog. Vertrouw op mij. En op Nescio: 'en hij stopte een verse pijp'. Eerst antwoord op de vraag waar alles om draait: het is je meisje of het is je meisje niet . Dat zei ik al, zo simpel is het.

Voordeel van Oosterse dames is wel dat ze wat kruiperiger zijn en zonder morren het hak- en snijwerk doen. Wat ik me nu al jaren afvraag is: verbouwen ze ook knoflook in Nepal? Zojuist ben ik teruggekomen van de markt en kocht daar een zak kuit, die nog lekkerder is dan kaviaar. Het regent op de Leidse honden. Korte regen op een kleine stad. Voor de deur, in de singel, zijn twee futen aan het violen. Ik rook een pijpje. Het is geen zondag, maar woensdag is het wel. Samuel Johnson schreef aan een schrijver: *Your manuscript is both Good and Original; but the part that is Good is not Original and the part that is Original is not Good.*

Denk daar eens aan ouwe reus. Het ene meisje heeft dit, het andere dat! Herinner je maar dat wij aan de Rijnsburgerweg hier in Leiden luisterden naar John Wesley Harding en de tekst min of meer uitlepelden op verborgen wijsheid. Waar ik zelf nooit uitgekomen ben zijn de regels: *there must be some way out of here, said the joker to the thief*. Je kunt het denk ik zien als een metafoor voor het leven zelf. The way out begint met de vraag: is het je meisje of is het je meisje niet.

12.9 De magie van besturen

GéJé en Tette schreven elkaar al langer, ongeveer eens per maand – het waren vriendelijke, speelse brieven, met de wederzijds gewaardeerde vriendschap als ondertoon. Tot zijn verbazing ontving Tette sinds enige tijd ook brieven van Koen, zonder verwijten, zonder in te gaan op zijn ongenoegen over Frits, zonder het enthousiasme van Tette over de Baba belachelijk te maken, hij schreef zelfs niet over 'die journalist'– Bram... Tette vatte het op als een gebaar van toenadering. Daar was hij blij mee, oude, vertrouwde vrienden zijn waardevol.

Koen en Tette schreven over een onderwerp waar ze in de jaren zeventig veel mee bezig waren. Als studenten in de politieke wetenschappen, actief in een vooruitstrevende politieke partij raakten Koen en Tette, soms ook GJ niet uitgepraat over de noodzaak van radicale veranderingen in de politieke agenda. En ook het bestuur en de politieke praktijk moesten op de schop, want politieke praat is niet genoeg– dat hadden de vrienden al snel in de gaten.
Verregaande veranderingen dus. Waar? In de hele wereld natuurlijk, want solidariteit, één van de opdrachten van hun politieke partij moest internationaal. De gangbare veronderstelling over maakbaarheid won het ruim van realiteitszin. Het resulteerde in hemelbestormende, opzienbarende nieuwe visies. De congressen van de partij bleven applaudisseren. Koen stond immer vooraan als er lof toegezwaaid werd; Tette had daar vrede mee, GJ zeker.

Langzamerhand gingen de scherpe kantjes er steeds meer af. In hun werk stuitten de vrienden onvermijdelijk op de grenzen van de maakbaarheid, zeker in de advocatuur waarin GJ terecht kwam. In de openbare bestuursfuncties, de eerste banen van Tette en Koen mogen medewerkers nog wel een beetje doortoeteren over de noodzakelijke veranderingen in de wereld, mits gedoseerd en niet allemaal tegelijk.

Hoe meer ervaring in de praktijk van besturen Koen en Tette opdeden hoe meer het inzicht groeide dat de kwaliteit van bestuur afhangt van een ogenschijnlijk onontwarbare kluwen van factoren; alles hangt met alles samen. Op dat moment kan cynisme toeslaan: er is toch niks aan te doen. Of gelatenheid: ké garné.

Koen en Tette herkenden dat cynisme bij seniore partijgenoten en namen er ferm stelling tegen. Dat laten wij niet gebeuren, beloofden ze elkaar. Besturen mag dan moeilijk zijn, het heeft zelfs iets van magie, maar gij zult nooit de handdoek in de ring gooien; we blijven zoeken naar verbeteringen. Want cynisme leidt tot onverschilligheid over ontwikkelingen in de wereld, vonden de vrienden.

Dat nooit; wij accepteren niet de straatwijsheid dat niks helpt, niet de opvatting dat de elite nu eenmaal gestuurd wordt door een kaste van griezelige, louche figuren, al zijn we verre van blind voor de sluwe sferen achter de dikke gordijnen op het toneel van internationaal overleg. Voor dat je het weet leidt cynisme en onverschilligheid tot processen van uitsluiting, discriminatie en racisme. Cynisme vernietigt beschaving. We dromen helaas niet meer van internationale solidariteit, maar een wereld, slechts geregeerd door hebzucht, machtswellust en eigen belangen zal leiden tot huiveringwekkende ontwikkelingen.

Tette keek goed rond in Nepal en sprak diverse bestuurders en politici. HIJ schreef zijn bevindingen op en dat werd de aanleiding voor Tette en Koen om in hun briefwisseling de discussie over besturen weer op te pakken. Er zijn opmerkelijk veel overeenkomsten, schreef Tette.

Ook in Nepal slagen bestuurders er niet altijd in om de belangen van mensen centraal te stellen, schreef Tette in een sombere bui in een brief. De loyaliteit aan hun partij en de verplichtingen aan hun netwerk wegen zwaarder dan hun beloften aan kiezers.

We hebben hier, net als in ons laagland, slechterikken die overal mee wegkomen. Het bestuur heeft daar net als bij ons geen antwoord op, maar zal dat nooit openlijk toegeven. Politici en bestuurders zullen nooit de grenzen van hun kunnen openbaren.

Ook hier in Nepal is de glimmende buitenkant belangrijk: je moet als je als politicus gezien en gehoord worden en een mooie auto zien te regelen van een UN-organisatie.

Ook in Nepal heeft de politiek moeite om de meedogenloze expansiedrang van de rijken aan banden te leggen, want wil de politiek iets voor elkaar krijgen, dan hebben ze die rijken nodig.

Ik zie zelfs overeenkomsten in details, schreef Tette aan zijn vrienden Koen en GJ, bijvoorbeeld hoe macht wordt bevestigd en onderdanigheid wordt erkend. Ik zie namelijk flemende onderdanen aandachtig luisteren naar hun bazen.

'Lachen de onderdanen hier ook,' vroeg ik aan een collega-burgemeester, 'als de baas een mop vertelt die helemaal niet leuk is?'

'Ja, oh, dat herken je?' vroeg mijn gesprekspartner. Je hebt hier dus ook mekkerende volgzame schapen onder het corps der ambtenaren.

Het is toch fascinerend, schreef Tette aan Koen en GJ, dat er zoveel overeenkomsten zijn in besturen in landen die bijna 9000 kilometer van elkaar liggen. Sta er eens even bij stil, suggereerde Tette meerdere malen in zijn brieven, ondanks de enorme afstand , de ogenschijnlijk verschillende culturen en geografische omstandigheden, de verschillende geschiedenis toch zoveel treffende overeenkomsten in politiek en bestuur. Het is niet te verklaren, het is magie.

Maar dat betekent toch, schreef GJ terug, dat besturen onderhevig is aan wetten die nu eenmaal inherent zijn aan dat besturen? Jullie verhandelingen over bestuur lijken wel een *revival* van een werkgroep politicologie uit onze studietijd. Soms moet ik zelfs aan een congres van onze partij denken; daar gaan ze hemelbestormende vergezichten niet uit de weg. Dat zal nog steeds wel zo zijn, want de overschatting van de maakbaarheid van de maatschappij is nog niet ingedamd en de liefde voor in ferme bewoordingen gestelde symboolpolitiek is nog even groot. Bezoekers van een congres denken nooit eens: hou je grote waffel eens even dicht. Nee, ze willen meer-en-meer stoere welluidende intenties, of ze nou uitvoerbaar zijn of niet.

De ironie van GJ weerhield Koen en Bram niet van een verdere zoektocht naar de magie van het besturen. Al lijken bestuurlijke vraagstukken futiele bijzaken in het licht van de overdonderende natuur; over magie gesproken.

12.10 Betweter of goede vriend ?

De lepraorganisatie LIO (Lepra bestrijding in Ontwikkelingslanden) heeft een luxe ziekenhuis in aanbouw. Het is bijna klaar. Een onvoorziene tegenvaller: de lepra-club dreigt de vaste kosten te moeten betalen als het ziekenhuis gaat draaien. Ze hadden verwacht alleen de bouw te financieren; eenmalige kosten. Iedereen die Nepal kent weet dat dit een naïeve veronderstelling is; Nepalezen anticiperen erop dat de donor uiteindelijk ook de lopende kosten zal betalen.

Tegelijkertijd loopt er een ander gezondheidsproject, betaald door de Nederlandse overheid, waar Thulo verantwoordelijk voor is. Dat is verre van luxe, in tegendeel; het belangrijkste doel van het project is de bouw van vijftig simpele gezondheidsposten, verspreid over het land.

Het lepra ziekenhuis zou een zinvol onderdeel kunnen worden van dat gezondheidsprogramma, vindt LIO; wie is er nou tegen coördinatie: het ziekenhuis zou een welkome verbreding zijn van het gezondheidszorg programma van de Nederlandse overheid. Dat is het betoog van LIO. Thulo ziet het als afwentelen van fout beleid van die organisatie op de Nederlandse overheid. Want die zou dan de lopende kosten voor haar rekening moeten nemen.

De hoofdkantoren van SNV en LIO in Den Haag raakten betrokken bij het geharrewar. Er werd een bemiddelaar gestuurd: Herman Koudstaal, de vriend van Thulo die wellicht voor SNV-Nepal zou komen werken en daarover een paar maanden geleden met zijn vriend Thulo sprak.

Thulo verwachtte dat zijn vriend en geestverwant Herman zijn standpunt meteen zou begrijpen.

Herman ging ter plekke, in Manang, de plaats waar het hospitaal gebouwd werd poolshoogte nemen, sprak met betrokken partijen en kwam daarna, terug in Kathmandu om Thulo te bevragen.

De toon van Herman tijdens hun gesprek in het SNV-kantoor was kritisch, tot verrassing van Thulo - het stond hem niet aan. Herman leek wel een inspecteur. Om de sfeer wat joliger en informeler te maken vroeg Thulo of Herman eindelijk had besloten om zijn benoeming voor een post als vrijwilliger te accepteren.

'Kom nou Herman, zo ingewikkeld is het niet. Werken en wonen hier in Nepal is een Groot Voorrecht, dat is toch zonneklaar?' Thulo probeerde hem uit de tent te lokken.

'Maar Bert – zijn Nederlandse vrienden noemen hem geen Thulo - , dat hebben we al uitgebreid besproken toen ik verleden week aankwam?'

'Ja, maar je kunt toch nieuwe inzichten opdoen als je hier door het land reist?'

'Ja, maar ik wil me nu op mijn opdracht concentreren; we moeten even serieus van gedachten wisselen.'

De eerste zet van Herman: 'voor ik het vergeet, wat is je reactie op de kritiek dat je SNV-ers ingeschakeld hebt om de bevolking rondom Manang te polsen? Ik hoorde zelfs dat je SNV-ers inschakelt voor consulaire zaken. Klopt dat?'

'Jezus Herman, ik heb zo genoeg van dat verhaal. Het is zoeken naar overtredingen.
Ja, SNV-ers worden soms ingezet, alleen als het een duidelijke meerwaarde heeft. *So what?*'
'Een duidelijke meerwaarde? Het zijn toch geen gedragswetenschappers?'
'Herman, laten we de zaak even in juiste proporties zien. Ik heb mijn standpunt ingenomen op allerlei gronden, één van de argumenten was het bericht van een SNV-er over de mening van de bevolking. En weet je dat die Nepalees spreken, in tegenstelling tot de lepravertegenwoordigers?'
'*OK, you made your point*, ik heb nog een vraag, en leg die maar meteen op tafel, dan zijn we er snel mee klaar: ben je niet veel te principieel bezig Bert?'
Herman laat een pauze vallen en onderbouwt vervolgens zijn vraag.
'Je hebt groot gelijk. De standpunten in Den Haag hebben niks te maken met de kwaliteit van de gezondheidszorg in Nepal; die is namelijk niet gediend met een luxe ziekenhuis in een project voor basis-gezondheidszorg vanuit simpele gezondheidsposten. Het enige *zorgpunt* in Den Haag is een soort solidariteit tussen hoofdkantoren (van LIO en SNV) in stand houden. Het gaat jou om het principe dat Nederlandse belangen, dat Haagse zorgpunt bijvoorbeeld, niet altijd de boventoon mogen voeren. Je wilt op dat punt een gebaar maken.'
'Ja!'
'Maar Bert, wat heb je nou aan principieel correct gedrag als je de strijd toch niet wint, of sterker nog, juist vanwege je principiële aanpak niet wint. Denk je dat SNV of LIO er wakker van liggen als jij aankaart dat Nederlandse belangen niet de boventoon mogen voeren? Ik denk dat SNV je zal vragen wie jouw salaris betaalt, Nederland of Nepal. '
'Ja, maar dat is het nou net. Ze betalen mijn salaris om Nepalese belangen te dienen'
'Ben jij niet ook nog consul? Je gevecht tegen de lepra-organisatie vanwege dat principe zal niet worden begrepen en niet worden geaccepteerd. Dat zal leiden tot de opdracht aan jou om mee te werken, die je uiteindelijk niet zult kunnen weigeren. Je zult verdrinken in je verontwaardiging zonder dat het iets oplevert. Je draaft door Bert. Zie zo, ik heb gezegd!' Maar Herman heeft nog niet alles gezegd; hij heeft ook een andere belangrijke vraag:
'Waarom zitten we trouwens hier in je kantoor en niet in Summit – dan zou dit gesprek misschien veel vriendschappelijker worden. En waar blijft de thee?'
Thulo belt het secretariaat om Didi te sturen.

Bert moet het even laten bezinken.

'Misschien heb je wel gelijk, misschien draaf ik door, maar je gaat me toch niet vertellen dat ik dat pronkerige, veel te geïsoleerde ziekenhuis moet overnemen?'

'Nee, dat hoeft niet.'

'Hoe doe ik dat dan, zonder op mijn poot te spelen?'

'Door heel pragmatisch te worden, door niks te doen'. Herman licht het toe.

'Je legt een onbetwistbaar uitgangspunt op tafel waar LIO niet omheen kan, waar SNV in Den Haag het ook zeker mee eens is en waar Dixit (de directeur-generaal van het Nepalese ministerie van gezondheidszorg) in hoort te geloven: de toekomst van het ziekenhuis is niet aan LIO of aan jou, maar aan Dixit. Dus jij moet je nergens direct mee bemoeien en consequent LIO verwijzen naar Dr Dixit.' Bert is even verbouwereerd; is het zo simpel, denkt hij. Herman maakt zijn betoog af.

'Je snapt het al? Nee? Hoe lang gaat dat duren Bert, voordat LIO het groene licht krijgt van de Nepalezen en het hospitaal na de voltooiing van de bouw mag overdragen aan een andere donor? '

'Heel lang. Kan zo maar jaren duren, want Dixit vindt het ongetwijfeld een probleem dat de Nederlanders zelf maar moeten uitvechten. Manang is bovendien ver weg; Dixit zal de papieren lang onderop de stapel laten liggen.'

'Dat bedoel ik Bert, LIO zou jaren moeten wachten op een antwoord van Dixit en zo lang kunnen ze hun mooie hospital niet leeg laten staan. Dan heeft de lepra-organisatie geen andere optie meer dan zelf de lopende kosten te betalen. Dat zal dan dus niet ten koste gaan van *jouw* eenvoudige gezondheidsproject. Kat in het bakje. Toch?'

Herman Koudstaal zal het ongetwijfeld ver schoppen; hij begrijpt dat het in het echte leven niet om inhoud gaat, maar om slimme spelletjes en om het opportuun interpreteren van procedures en correcte uitgangspunten.

Bert moet het even verwerken en spartelt nog tegen.

'Je hebt gelijk, maar toch zit het me niet lekker. Wat zijn we nou aan het doen, we hebben het over mandaten, procedures, correcte uitgangspunten, en hebben het niet over de inhoud, niet over belangwekkende principes.'

'Precies, belangwekkende principes leiden niet altijd tot effectief en efficiënt gedrag. Je kunt een mooi einddoel hebben, maar zonder slimme koers kom je daar niet. Dat was mijn punt. Sorry voor de les. Je bent niet de eerste hulpverlener die zichzelf opfokt over principes en uitgangspunten, die soms in de weg staan van verstandig handelen.'

Herman ten slotte: 'ik ga dus tegen SNV in Den Haag zeggen dat je mee wilt werken door het voortouw daar te leggen waar het hoort, bij Dixit. En dat jij je bemoeienis staakt; het te mooie en geïsoleerde hospitaal is hun probleem; LIO moet zelf de kastanjes uit het vuur halen.'

'OK,' zegt Bert,' schrijf het zo maar op.'

Zo, dat was dat, de heren sluiten de vergadering, ze gaan op weg naar de tuin van het Summit voor een gemoedelijker gesprek en een snelle maaltijd; daarna brengt Bert zijn vriend naar het vliegveld.

Het is even wennen: zijn vriend is weg, de naam Bert klonk prettig en vertrouwd, maar hij zal weer Thulo worden genoemd. Op de terugweg naar het klooster slingeren zijn gevoelens heen en weer tussen onrust en onzekerheid.
Onzekerheid: hij had de oplossing van Herman toch zelf wel kunnen bedenken. Het is soms *lonely at the top*; het komt wel vaker voor dat doordraven en vastbijten niet geremd worden door een kritische en constructieve omgeving. Maar deze keer duurde het erg lang.
Nog meer onzekerheid: maar het gaat toch ook over de gezondheid van Nepalezen? Wordt de *doelstelling* niet ondergeschikt gemaakt aan de slimme oplossingen van Herman?
Onrust: zou die slimme strategie wel werken: zou het zo simpel zijn?
Onzekerheid, die gaat ook nog over andere zaken: hij vindt het nuttig en een uitdaging om positief te reageren op de nieuwe kansen voor ontwikkeling, die binnenkort aan bod zullen komen als de plannen van Frouk besproken worden. Heel nuttig en verfrissend voor SNV. Maar hoe zit het met het draagvlak? De koe bij de horens vatten en gewoon uitvoeren? Of eerst discussie met het hoofdkantoor?
Onrust: Thulo voelt voor het eerst sinds zijn verblijf in Nepal de voorheen vaste grond onder zijn voeten wegglijden. Het hoofdkantoor heeft nog niet één stimulerend, positief gestelde brief gestuurd. Zijn verhouding met Bram is lastig geworden. Bram is geen tegenstander, maar hij zal niet langer het intellectuele debat met hem zoeken en hij zal dat missen.
Thulo beseft dat hij zich *niet* heeft opgeworpen als sleutelpersoon in het project Frits, maar langs de zijlijn heeft afgewacht.
Ten slotte: hij heeft een enorme achterstand in de veldbezoeken aan SNV-ers en SNV-projecten; het te lang voortslepende gedoe met Toos houdt hem in Kathmandu.
Een onverwachte meevaller: zijn relatie met Tette en Tineke is uitstekend.
De grootste tegenslag: hij staat niet vrolijk op, gaat niet vrolijk slapen en zit verre van vrolijk overdag achter zijn bureau. En dat in het mooiste land ter wereld; dat hoeft niet. Er moet iets veranderen, maar wat? Hij begint met een paar vrije dagen om het kloosterleven intensiever te volgen; misschien schept dat ruimte en inspiratie voor verstandige vervolg zetten.

13. Verrassingen

November 1995

13.1 Een bekende Nepalese fuik

Dieper in de cultuur duiken, bij een gastgezin verblijven, ander toerisme, ecologisch toerisme; wederzijds toerisme in het kader van een stedenband. Ideeën over herziening van toerisme leven! De reisbranche is er mee bezig, ICIMOD ook; er wordt veel over geschreven in Nepal.
Tineke wil de ronde doen; waar zijn diverse organisaties mee bezig, wat voor plannen hebben ze. Eerst met de Nepalese partners praten, met Upadhya en Thapa dus. Dat hebben Tineke en Bram verleden week van Bram geleerd. 'Bovendien is het essentieel dat Thapa of Upadhya mee gaan met de rondgang langs andere organisaties,' zegt Tineke heel correct.

Volgens Tette moeten ze niet te veel praten, maar op experimentele basis beginnen en pas na een half jaar ervaring de discussie entameren over doelstellingen en de meest geschikte koers. 'Tot die tijd zetten we grote woorden als wereldvrede en verantwoord wereldburgerschap in de kast.'
Volgens Tineke moeten die ambities juist meteen onderstreept worden in een affiche:
'Daarmee trek je meteen geschikte klanten.'
Ze zijn het dus nog niet eens over de strategie. Wat zou de visie van de Nepalese partners Thapa en Upadhya zijn?

Tineke en Tette ontmoeten Thapa en Upadhya in een kantoortje in het SNV-gebouw. Didi komt een grote pot thee brengen. Er wordt over koetjes en kalfjes gepraat. Tineke vraagt na een tijdje of de heren de ontmoeting van verleden week vergeten zijn, het gesprek van SNV-ers met Bram over de plannen van de Blokzieligers.
'Nee,' zei Upadhya, 'we hadden het te druk met het voorbereiden van dit gesprek.' Raar, dachten Tineke en Tette, moeten we dat geloven? Het echtpaar heeft geleerd om gesprekspartners waar ze het goed mee kunnen vinden de ruimte te geven voor onschuldige onwaarheden. In Nederland doen we dat ook, denkt Tette. Minder dan in Nepal? Tette heeft geen tijd daarover te mijmeren, want het gesprek moet worden opgepakt.
'Jullie zijn dus goed voorbereid, komt dat even goed uit' zei Tette,' dan hebben jullie vast al antwoorden op onze vragen. Wat vinden jullie van het begrip *sustainable tourism development*. Daar zijn een paar organisaties mee bezig. Ik vraag me af, moet dat nou? Ik word er niet gelukkig van om ons plan

te belasten met zware woorden als *sustainable tourism development*, wereldvrede, wereldburgerschap. Wat vinden jullie daarvan?'

Thapa en Upahya willen eerst over de organisatie praten. Ze waren het eens met de eerder met Tette besproken schets: het opzetten van een afdeling in Blokzijl geleid door Tineke en een afdeling hier in Kathmandu, geleid door Upadhya, met Thapa als waarnemend directeur en 'oh ja, Bram als programme-officer.' Het waarnemend directeurschap is niet eerder besproken, dat komt nu pas uit de hoge hoed, maar vooruit! De Nepalezen willen die organisatie nader invullen.
'Wacht even,' zegt Tette, 'op die bijeenkomst waar jullie helaas niet bij konden zijn heb ik uitgelegd waarom ik de oprichting van een Stichting Blokzijl Nepal bij nader inzien een slecht idee vindt. Ons eerder gesprek over die schets voor *SBN* is dus van de baan. Er moet wel een veel kleinere organisatie komen voor het opzetten en uitvoeren van een *stedenband-plus*. Hoe die eruit komt te zien? Dat hangt af van wat we, hoe willen gaan doen. Daar moeten we het eerst over hebben!'
'Maar ook die kleinere organisatie moeten we toch invullen?' vindt Upadhya.
'Het is op dit moment nog toekomstmuziek, 'zegt Tette, 'want, nogmaals, we moeten diep nadenken over het realiteitsgehalte, de doelstelling en de omvang van de ambities, om maar iets te noemen. Wat willen we met *stedenband-plus*, wat verwachten we. Misschien kunnen we daar nu over praten?'

Vanaf dit moment vallen Tineke en Tette van de ene verbazing in de andere.
'Ja,' antwoordt Upadhya, 'een afdeling in Blokzijl en één in Kathmandu, het wordt dus een internationale organisatie, met internationale salarissen — anders worden we door niemand serieus genomen. In Nepal kun je je niet profileren zonder auto's, daar hebben we er twee van nodig, met chauffeurs. We beginnen bescheiden, met maar twee stafmedewerkers, en natuurlijk met een lokale secretaresse en een loopjongen, en we zoeken een geschikt kantoor op stand.'
....'Ik denk dat ik mijn vraag niet goed gesteld heb,' probeert Tette, 'we willen eerst over de doelstellingen van de organisatie stedenband-plus praten en denken aan een veel kleinere opzet.'
'Ja, dat snap ik, zegt Thapa,' maar daar moet je toch meteen een bestuur bij betrekken? Wij hebben al namen van Nepalese bestuursleden, geen goedkope heren, maar mensen van aanzien en stand.' Tussen neus en lippen door komt ook nog een aanbieding van een consultant op tafel, ook Upadhya geheten, om de organisatie formeel op te zetten.
Nog geen woord over de doelstellingen, werkwijze, strategie, een plan de campagne, geen woord. Dat viel Tineke en Tette rauw op hun dak.

Het verlanglijstje blijkt nog langer, maar de heren willen beginnen met de invulling van salarissen.
Tette: 'daar zijn we nog lang niet aan toe.'
Tineke: 'we gaan nu niet onderhandelen over salarissen.'

De Nepalese vrienden begrijpen de terughoudendheid niet, 'zonder salarissen, medewerkers, gebouw en bestuur kunnen we niet beginnen,' zei Thapa.
'We kunnen ideeën uitwisselen over de opzet van de organisatie,' meende Upadhya. 'En om geschikte bestuursleden binnen te halen moeten we niet te lang wachten. Eén van de kandidaten, een Rana, die we graag willen hebben, heeft aangedrongen op een voorschot. Jullie weten toch hoe aanzienlijk de Rana's zijn?' vroeg Thapa. 'Alsof jullie in Nederland een prins in het bestuur kunnen krijgen, daar moet je het mee vergelijken.'

Besturen; wij zijn gewend dat dat gratis gebeurt, denkt Tineke. Een voorschot? Gaan we niet op in, denkt Tette.
'Niet nu' zegt hij op een toon welke niet uitnodigt tot tegenspraak.
'De opzet van de organisatie, een voorschot voor een dus blijkbaar betaald bestuur, selectie van bestuursleden, het hangt toch allemaal van de inhoud af? Eerst inhoud: we moeten weten wat we willen, dan de strategie en hoe je daar de organisatie bij aanpast, niet omgekeerd.'

Er wordt heen en weer gepraat; de Blokzieligers blijven van mening dat het te vroeg is om het over de opzet van de organisatie te hebben, de Nepalezen blijven van mening dat het te vroeg is om over de inhoud te praten. Ze komen overeen om het gesprek voorlopig te beëindigen en zich te beraden.

Na een kil afscheid van hun Nepalese partners gaan Tineke en Tette terug naar het Summit Hotel. Ze zoeken een mooi hoekje in de tuin, maar hebben deze keer geen oog voor de bergen, al staan die vandaag heel vastberaden tegen de hemel.
Tineke bestelt wijn, Tette gaat aan de dure whisky, een teken dat er iets bijzonders aan de hand is.
Het leek een voortreffelijk keuze om in zee te gaan met Upadhya en Thapa. Het zijn aardige en meedenkende mensen. We hebben toch veel voor ze gedaan en een reis naar Blokzijl aangeboden, vinden Tineke en Tette Kom daar eens om. De heren leken enthousiast voor het plan. Ze zijn zelf begonnen over een ander toerisme! En toch gaan ze ingewikkeld doen? Een voorschot voor een Rana!

Tineke en Tette besluiten na een half uur, na twee whisky's en twee wijn om eens met Thulo te gaan praten, die heeft ervaring met Nepalese staf.
Het rommelt in de verte; Tette hoopt op een daverend, griezelig, maar ook bevrijdend onweer, maar het komt er niet van.

13.2 Het lukt niet

Froukje heeft een knoop door gehakt. Ze reist helemaal naar Rolpa om het Frits persoonlijk te vertellen. Ze ziet er tegenop. Frits zal nauwelijks iets terug zeggen, dat is het punt niet; het wordt geen twistgesprek. Het is zo moeilijk onder woorden te brengen waarom ze geen partner ziet in Frits. Ze aarzelt niet over haar besluit, maar hoe legt ze het uit? Dat is haar probleem: hoe legt ze het uit?

Frits merkt aan haar afstandelijke begroeting al welke kant het op zou kunnen gaan. Froukje wil niet in de benauwde kamer van Frits zitten. Ze gaan naar buiten. Het door Froukje gekozen mooi plekje voorspelt niet veel goeds. Frits weet nu wat er komen gaat. De mooie plekjes uit het verleden leenden zich voor amoureuze toenaderingen; dit plekje niet, het ligt langs een voetpad.

'Je gaat dit niet leuk vinden. Gelukkig is er een taallerares die op je wacht om je te troosten. Dat doet me deugd. Het is echt waar! Werd ik jaloers toen je vertelde hoe lief ze voor je kan zijn? Nee, totaal niet; eigenlijk zegt dat al genoeg!' Frits zwijgt, kijkt strak voor zich uit. Froukje kent dat.

'Er is niks mis met je. Je spreekt een beetje hoekig, maar dat vind ik prima. Je zit vaak in jezelf gekeerd de ellende van de wereld te overdenken. Nou ja, dat zie ik liever dan iemand die zich daar niks van aantrekt. Je houdt niet van menigten; ik ook niet. Je bent een spannende *lover*, ook niet onbelangrijk. Je hebt moed en bent onverschrokken. Dat vind ik zelfs geweldig. Een beetje humor zou geen kwaad kunnen, maar je kunt niet alles hebben.'
Frits zwijgt, wat gaat er in hem om?

'Waarom raak ik niet verliefd op je?
Je weet dat ik sociale psychologie koos als bijvak op de School voor Journalistiek.'
Frouk weet niet of dat de juiste ingang is voor een verklaring. Deze aanzet was ze niet van plan, ze heeft zelfs een afkeer gekregen van dat woord: sociale psychologie.
'De basis van dat vak zijn sociale relaties tussen mensen, maar daar krijgen ze geen grip op, die zijn niet te meten, lastig te duiden. Daarom krijg je dus

kletskoek! Toch is dat nou net wat ik geleerd heb van dat rare bijvak: je kunt sociale relaties tussen mensen nauwelijks verklaren.'

Het verhaal over haar bijvak komt wel goed uit.
'Weet jij bijvoorbeeld waarom ik Tineke helemaal zie zitten, ondanks dat gedoe om mij in Blokzijl destijds tijdelijk met Tette op te zadelen, zelfs ondanks haar leugentjes daarover?
Frits zegt zo waar iets.
'Heb je het eindelijk in de gaten, ze is niet eerlijk!'
'Kan wel zijn, maar ik mag haar graag. Zelfs al is ze niet altijd eerlijk. Waarom? Dat kan ik niet uitleggen. Het is een mengeling van intuïtie, ervaring, gevoel waar de sociale psychologie geen zinvolle inzichten aan toe voegt; de Engelsen noemen het *tacit knowledge*. Die tacit knowledge bestaat. Wat je daar aan hebt? Het is goed om te weten dat je veel kennis hebt die je niet onder woorden kunt brengen.' Nou denkt die arme Frits vast op zijn beurt: wat een kletskoek…!

Maar ja, hoe moet ik het dan zeggen, het klopt wel. Ik lijk wel een lerares, denkt Froukje; onderwijzen, ook als je dat juist niet moet doen; ja, dat is een eigenschap van leerkrachten. Toch gaat ze door, want ze is goed op weg naar wat ze zeggen wil. Een arend komt een kijkje nemen en zweeft door de helblauwe lucht. Een stralende zon. Het hoge gras lijkt te wuiven. Het struikgewas om hen heen blijft net zo stil als Frits.

Ik ga toch even door, het is zijn eigen schuld, moet hij maar iets terug zeggen, denkt Froukje.
'Harm en jij zullen nooit goede vrienden worden – dat voel ik, dat zal wel *tacit feeling* zijn. Als ik hoor hoe Tette en jij over elkaar praten, dan hoor ik een positieve Blokzieligers-onder-elkaar-sympathie. Hoe weet ik dat? Geen idee. Ook die sociaal psychologen kunnen dat niet onder woorden brengen, ik ook niet.'

'Ik weet het niet lieve Frits, ik weet niet wat het is, ik krijg geen kriebels van je. Laten we het laten rusten, laten we niet eindeloos hierover door blijven kauwen, laten we goede vrienden blijven. Dat kan heel goed.' Ze lopen terug naar het kamertje van Frits, hand in hand. Dat mag misschien helemaal niet in een Maoïstisch dorp. Niet alleen het hoge gras, ook het struikgewas en de bomen gaan nu wuiven in de wind. Een passend decor, vindt Froukje. Het zijn levende wezens, bomen en struiken, maar ze zeggen niks. Ze lijken meer op Frits dan op mij, denkt Frouk.
Het hoge woord is eruit, maar ze blijft gespannen.

13.3 Respect voor andere gewoonten?

Zouden Tineke en Tette de opstelling van Thapa en Upadhya moeten accepteren? Hoort dat bij respect voor andere gewoonten? Of mogen ze het onaangenaam opportunisme noemen? Of is het een verschil in cultuur: in Nepal krijgt een beginnende onderneming momentum door de aankleding te laten blinken; in Nederland begin je met een goed verhaal. (En haal je pas daarna een prinsje of politicus van naam en faam in je bestuur).

Thulo herkent het probleem. Hij ontbijt met Tineke en Tette in het Summit Hotel, niet op het terras, de zon is nog niet doorgebroken. De mist hangt nog in de vallei. Het ruikt in de eetzaal naar gebakken eieren met bacon. Is weer eens iets anders dan dalbhat.

'Het is jullie vast opgevallen dat er erg veel motoren rijden in Kathmandu?'
'Ja,' zegt Tette 'en we hebben ook gehoord dat je een motor niet van een normaal salaris kunt betalen. Die motoristen werken bij buitenlandse hulorganisaties.'
'En ze verdienen veel,' vult Thulo aan, 'want een club als Save the Childen of Unicef, of noem ze maar op, hebben weinig zicht op wat hun Nepalese projectmedewerkers uithalen om hun inkomen op te vijzelen, al ontkennen ze dat. Het is waar: af en toe grijpen ze na een overtreding iemand bij de kladden en dan hopen ze op voorbeeldwerking.
De dagelijkse routine van het *kwestieus bijverdienen* door hun lokale staf is vrijwel onzichtbaar. Al zijn er uitzonderingen; ik geloof niet dat de lokale staf van ICIMOD of onze eigen lokale staf van SNV veel bijverdient ; controle daarop kan dus wel!'

'Wacht even,' Tineke wil daar meer over weten, 'hoe gaat dat dan?'
'Bedoel je dat bijverdienen of die controle,' wil Thulo weten.
'Beide,' zegt Tineke, 'begin maar eens met die fraude.'
'Zullen we dat begrip *fraude* vermijden,' stelt Thulo voor. Want anders komen we in een ingewikkelde discussie terecht. Wat is fraude volgens wie? Wat wij administratief gezien niet legitiem vinden kan ook smeerolie zijn voor een door ons gewenste voortgang van een project. Vergis je niet, donoren plegen ook fraude. Als een donor een Nepalese ambtenaar een auto in het vooruitzicht stelt in ruil voor medewerking, dan noem ik dat het uitlokken van fraude. Ik zou voorbeelden kunnen noemen van *overtredingen* welke wij fraude zouden noemen en welke Nepalezen als *gewoonterecht* zien. En ik ken voorbeelden van kwalijke praktijken van donoren welke zij graag *aangepast management* noemen, maar de Nepalezen als fraude ervaren.

Laten we niet verder ingaan op die discussie; we noemen de bijverdiensten van de lokale staf welke niet in overeenstemming zijn met de richtlijnen *kwestieuze bijverdiensten.'*

'Goed plan' zegt Tineke, 'maar vergeet mijn vraag niet: hoe gaat dat in zijn werk?'

'Heel simpel is de praktijk om ver weg van Kathmandu projectonkosten te betalen aan uitvoerders en ze een aangepaste factuur te vragen. Veel voorkomend is de praktijk om vrienden te benoemen als consultant, daar kun je op allerlei manieren een behoorlijk slaatje uitslaan.' Thulo is nog niet uitgepraat; het wordt weer een heel serieus verhaal – zodra hij in de doceer-modus stapt kan er geen lachje meer af en wordt hij breedsprakig.

'En weet je waarom ze zoveel geld nodig hebben?'

'Om hun familie te steunen' oppert Tineke.

'Ja klopt, maar er speelt nog iets: ze streven naar een Westerse leefstijl. Gebakken eieren met brood zijn veel duurder dan dalbhat, zo heeft een goede kostschool in India de voorkeur boven een lokale school, drinken ze bier in plaats van lokale jenever en wie wil er nou niet naar een particuliere arts. De goed betaalde Nepalezen gaan zelfs naar een sportschool en willen hun eigen hof, zoals de Belg Seppe de Bock van de UN het noemt; je hebt hem vast wel ontmoet.'

'Daar kan ik niet bij,' Tette schudt zijn hoofd, 'dat mensen in dit mooie land die rijke, verveelde cultuur in het Westen verheerlijken.'

'Onze Westerse materiële cultuur wel, maar ze verafgoden zeker niet de westerlingen van de hulpmachine hier,' meent Thulo.' De Nepalezen hebben in de gaten dat de hulpverleners de mond vol hebben van hoe zij zich moeten ontwikkelen en dat ze, naar Nepalese maatstaven, hoge inkomens verdienen. Die hulpbazen mag je rustig een poot uitdraaien. Daar is niks mis mee, in hun ogen.'

Tineke wil naar een praktisch advies toe: 'jij neemt toch ook Nepalese staf aan en hoe reageer je dan op hun salariseisen?'

'Ik leg uit dat ik hun wensen best begrijp: wie wil er geen inkomen waar je een motor van kunt kopen en een uitgebreide familie mee kunt ondersteunen. Maar.... het is toch al heel wat dat wij het dubbele bieden van wat hun eigen land haar ambtenaren betaalt? Dan zit je op zo ongeveer 200,- gulden per maand en ik mag tot 400 gulden betalen voor een beginner. Dat vind ik al aan de hoge kant. Ik begin op 275 gulden, vraag me niet waarom.'

'Als ik ze was,' zegt Tineke, 'dan zou ik antwoorden dat hun vrienden bij UN, CARE, Safe the Children veel meer verdienen.'

'Ja, maar dan kom ik met een maatschappijvisie die ze redelijk zeggen te vinden, misschien ook wel echt vinden: wij doen niet mee aan die inflatie van salarissen, want het leidt tot een ongezonde inkomensongelijkheid in Nepal, tot een enorme kloof tussen de motoristen en degenen die zich 's morgens en 's avonds als vee door de conducteurs in de overvolle bussen moeten laten duwen.'

'Het is dus mogelijk,' vraagt Tette terwijl hij een tweede pot koffie bestelt, om lokale Nepalezen in te huren zonder hoge salarissen te betalen. Maar wat doen wij straks vanuit Blokzijl aan die gewoonte van onze Nepalese vrienden om *bij te klussen*, hoe weten wij of een offerte van een Upadhya niet van een broer komt van onze Uphadya, of een projectauto echt nodig is, of het waar is dat ze om mee te tellen een kantoor op stand moeten hebben?' Thulo zit te peinzen en aan zijn lichaamstaal te zien heeft hij iets bedacht. Hij laat zich er niet over uit. Nog niet.
'Laat me daar over eens nadenken, zegt Thulo, ik kan jullie wel alvast vertellen dat ik jullie strategie verstandig vind om eerst eens zo'n dertig Blokzieligers naar gezinnen hier te krijgen en dertig Nepalezen naar gezinnen in Blokzijl. En pas daarna te bepalen of je daar een uitgebreider programma van kunt maken en of je aan kunt haken bij lopende initiatieven. Misschien zijn er wel idealistische reisbureaus die niet voor groot geld gaan, maar andere motieven hebben. Voor geschikte gastgezinnen hier in Nepal denk ik aan de alumni van Nederlandse universiteiten. Ik wil wel kijken of ik iets voor jullie project kan doen, want ik vind het zelf ook boeiend. En iets doen voor jullie project houdt ook in dat ik met een oplossing kom voor het op afstand, vanuit Blokzijl in de hand houden van *kwestieuze bijverdiensten*. Ik moet nog even broeden.'

De tweede pot koffie was koud en waarschijnlijk gevuld met restanten van oude koffie die al door andere hotelgasten betaald was. Ach, we noemen dat ondernemend; fraude is een veel te zwaar begrip.

Waar zou Thulo mee komen als hij uitgedacht is om de kwestieuze bijverdiensten te managen? Tineke en Tette zijn nog niet gerust op een goede afloop, maar wel minder onthutst over het ogenschijnlijk opportunistische gedrag van hun Nepalese vrienden.

13.4 Het is voorbij

Van Bram aan Angelique,
Pokhara, *november 1995*

Het is over en uit. De liefde is weggefladderd. Ik hoef geen kussen te kopen voor op de bagagedrager van mijn solex.

Ké garné zouden de Nepalezen zeggen. Tja, wat te doen?
We hebben teveel meegemaakt om de deur hard en meedogenloos dicht te smijten. Laten we niet in strijd vervallen, of vluchten in diepe analyses.
Het zal niet meevallen, maar als ons dat lukt zijn we veel beter af.
Ik voel me belazerd, jij waarschijnlijk ook. Ik beschuldig jou van eenzijdige en zwartgallige interpretaties; jij hebt ongetwijfeld een vergelijkbare klacht.
Ik voel me gekleineerd, misschien jij ook wel.

Maar wat heeft het voor zin dit op te rakelen. Er is zoveel wat wij niet kunnen weten. Een Nederlandse dichter, ik ben vergeten wie, vroeg: hoe kunnen wij weten wat alleen de wind weet!
Juist ja, wat heeft het dus voor zin elkaar te belasten met praatjes welke we in een vlaag van overmoed analyses zouden noemen. We gaan niet terugkijken, verklaren, ons gelijk claimen, beschuldigen.
Nee, we moeten zwijgend onze waarheden tegen de borst geklemd houden, die doven vanzelf uit, op den duur. We moeten de goede herinneringen hoog houden.

We gaan ieder ons eigen weg, schrappen de wederzijdse verwijten uit ons geheugen en koesteren de momenten van geluk.
Dat gaat lukken, al zitten we nu nog even te vast in het moeras.

Het ga je goed!

13.5 Nieuwe kaders voor ontwikkeling

In de gezellige bijeenkomst met SNV-ers van anderhalve week terug kwam het gezelschap niet toe aan een bespreking van de activiteiten van Froukje. Die worden vandaag besproken in klein gezelschap. Tette, Thulo, Tineke, Froukje en Bram zitten klaar in een vergaderzaal in het Summit. Hier wordt Thulo niet gestoord. Kaal, muffe geur, ook hier een stoffig vloerkleed, maar alles wat ze nodig hebben is er: stoelen en een grote tafel. De manager heeft het personeel op het hart gedrukt om de thee, koffie en koekjes tijdig klaar te zetten; het gebeurde erg tijdig, de koffie en thee zijn koud, de koekjes zijn ontdekt door de insecten. Buiten is het lekker weer, binnen is het benauwd. Het personeel is vergeten, of vond het niet nodig, de klemmen voor muizen (of ratten?) weg te halen. Gelukkig zijn ze leeg.

Tette en Bram vinden dit gesprek een uitgelezen kans om Thulo te overtuigen van het nut van de activiteiten van Froukje. Eindelijk kunnen Tette en Bram hun belofte van twee maanden geleden aan Froukje inlossen: Froukje zou afzien van een journalistiek artikel over Frits in Rolpa; in ruil daarvoor zouden Tette en Bram een andere aantrekkelijke uitdaging voor haar vinden.

Tette is gespreksleider. Ze hebben het overleg goed voorbereid, Thulo had zelf ook al blijk gegeven van belangstelling voor de plannen van Froukje. Iedereen zit klaar voor een serieus gesprek, daar is de ambiance ook naar in deze steriele kamer.
De sfeer stond Tette blijkbaar niet aan. Hij opent het gesprek met de vraag waarom gesprekken over Goede Doelen vaak zo zijig zijn, zo serieus, zo ambitieus. 'Ik zou graag zien dat er drank op tafel komt in plaats van die koude koffie. Dit gesprek zal beter verlopen als we de goed-doe-ernst wegstoppen en er een vrolijk, lichtvoetig gesprek van maken.'

Over lichtvoetig gesproken. Bram wordt gevraagd een samenvatting te geven van de een paar jaar geleden uitgekomen Nota van Pronk, 'Een Wereld van Verschil,' bijna 500 bladzijden. Bram laat het bij een paar essentiële punten uit de nota.
'Het gaat niet goed in de wereld: het milieu wordt veel te zwaar belast, er is sprake van een hardnekkig analfabetisme, het sleutelproject van de WHO, *health for all* staat zwaar onder druk, de kloof tussen rijk en arm wordt wijder en dieper. De armen zitten nog verder weg van de macht dan voorheen en zijn maatschappelijk gemarginaliseerd. De ondertitel van de Nota van Pronk: Nieuwe kaders voor ontwikkelingssamenwerking.'

'Gaan wij die enorme, veelomvattende problemen allemaal oplossen,' vroeg Tette?
'Nee,' antwoordt Bram, 'dat zal niet lukken, want op grond van deze nota kom ik, let wel, niet de nota, maar *ik* tot een sombere conclusie. Na meer dan vijfentwintig jaar armoedebestrijding zijn de armen armer. De politiek heeft gefaald. De VN heeft gefaald. De grote particuliere organisaties hebben gefaald of hebben op zijn minst onvoldoende effect gesorteerd.
Ook de aanpak van de SNV heeft gefaald.
En daarom moeten we zoeken naar nieuwe wegen voor ontwikkeling, ook, misschien zelfs *vooral* buiten de traditionele Hulp.'

Thulo knikt. Tette is tevreden met zijn laatste zin, die bevat een bruggetje naar het gedachtengoed van Froukje. Tineke neemt het over.

'Wat is er tegen 'kortlopende uitzendingen', welke Froukje wil stimuleren. Dan komen echte vrijwilligers, zoals Froukje ze noemde twee of drie maanden werken op een school, of in een weeshuis, niet op basis van een ideologie, maar vanwege wederzijds belang.'
'De ideologische ballast is weg,' meende Tette, 'de relatie tussen de bezoeker uit Nederland en de ontvanger is veel gelijkwaardiger, de organisatie kan een stuk eenvoudiger; je krijgt veel meer mensen dan de SNV met al die zware vereisten, je kunt allerlei cursussen organiseren voor de echte vrijwilligers over de Nepalese cultuur, je kunt een korte cursus *do's and dont's* organiseren voor kleinschalige initiatieven, als ze het niet kunnen laten goed te doen naast hun werk.'

'Wat is er zo vernieuwend aan' vraagt Bram; hij weet dat Tette een mooi antwoord heeft.
'Beginnen met minder ideologie, meer doelmatigheid en veel minder ambitieuze interventies. Verpleegsters? Ja, en die komen gewoon een handje helpen en worden niet belast met onmogelijk zware doelstellingen als bijdragen aan structurele verbeteringen. Het gaat er niet alleen om wat ze doen, maar ook dat ze hier zijn, in een andere cultuur. In twee of drie maanden kun je wijze levenslessen opdoen, welke – zo hebben we voorzichtig geconcludeerd – bijdragen aan een kwalitatief beter wereldburgerschap. Dat is een bredere, zinvoller doelstelling dan armoedebestrijding, nou ja, op zijn minst even belangrijk en…. veel makkelijker uit te voeren. Toch? De uitzending van één *professionele* vrijwilliger kost net zo veel als het sturen van tien *echte* vrijwilligers.'
 Ze zien Thulo instemmend knikken. Het gaat goed. Tette is de enige die whisky bestelt, de anderen houden het op koffie of thee. Tette herneemt het woord.

'Neem de begeleiding van Froukje van de Belgische dames van het midden- en kleinbedrijf uit de kruidenbranche. Het contact zal wel gelegd zijn via Seppe de Bock, met wie ik op bezoek was bij de Baba van Kaptad; jullie kennen Seppe.
In kringen van de hulp vindt men het bedrijfsleven verdacht. Ik voel aan mijn water dat er iets niet klopt met het wantrouwen naar bedrijven. Ik heb daar nog geen kant-en-klare redenering bij. Ja, ze komen voor hun eigen belang, maar dat geldt toch ook voor de hulpverleners? Natuurlijk ken ik legio voorbeelden van heel foute zakenmensen, maar wat dacht je van heel foute hulpverleners? Die kennen jullie ook.'

Thulo knikt. Tette gaat verder. 'Ik mag van Froukje een bericht aan haar voorlezen van de Belgische dames die ze rond geleid heeft.
'Onze liefde voor Nepal en zijn inwoners is alleen maar gegroeid tijdens de trip. We zijn ons ervan bewust dat we met onze projecten slechts een kleine bijdrage leveren, maar het was hartverwarmend de mensen te ontmoeten voor wie we de laatste jaren een verschil konden maken. We zijn jou dan ook enorm dankbaar voor de steun doorheen ons avontuur en hopen de komende jaren een bijdrage te kunnen blijven leveren aan nog meer Nepalezen.'

Tette verbindt er een mooie conclusie aan. 'Is het niet waarschijnlijk dat de dames eerlijke onderhandelingen met hun Nepalese klanten gevoerd hebben. Dat levert toch zelfvertrouwen op bij die klanten? Een belangrijke voorwaarde om zichzelf te ontwikkelen, aldus inzichten uit de jaren zeventig, met dank aan Bram. Of is dit te ver gezocht?'
Thulo knikt instemmend. Froukje wordt er stil van. Ze doet een emotionele duit in het zakje: 'ik vond de Belgische dames veel plezieriger en belangstellender met de Nepalezen omgaan dan de ontwikkelingswerkers.'
Zo, die zit.

Thulo knikt alweer instemmend, hij zegt ook iets.
'Interessant; mijn hoofd zit vol, zullen we even met elkaar in de tuin wandelen, dat deden we in het klooster ook.'
'Maar daarna richting bar,' sprak Tette luchtig, 'dat is een niet te versmaden voordeel van dit hotel boven een klooster.'

Er werd levendig nagepraat, niet over Grote Oplossingen, of Nieuw Wenkende Perspectieven… Het gesprek werd bewust – dank zij de bestuurservaring van Tette – klein gehouden. De door allen gedeelde conclusie: we hebben geen definitieve antwoorden over het nut van de plannen van Froukje, maar ze hebben potentieel, laten we een experiment niet uit de weg gaan: kort lopende eenvoudige inzetten van echte vrijwilligers in weeshuizen, op scholen en in ziekenhuizen; begeleiden van zakenlieden en ontwikkelen van begrip en belangstelling voor Nepalezen en Nepal; dat alles niet betuttelend, niet te zwaar. Dat moet goed gaan, weet Froukje, verwacht Tette, hoopt Tineke, denkt Bram.
Thulo is een beetje stil, maar loopt te broeden tijdens onze rondgang door de tuin. Hij wil wel!

13.6 Twee nieuwe Blokzieligers?

Brief van Tineke aan Tette,

Pokhara, *december 1995*

Volgens de 'psychopuiten' is het niet goed wat we doen. We hebben het er namelijk niet over. Over mijn verblijf bij Koen, over jouw samenwerking met Froukje. Je weet wat ik bedoel. Volgens de zielenknijpers moeten we uitgebreid palaveren over hoe het zo gekomen is; daarna moeten we jankend in elkaars armen vallen. Het is waar, onze omgang schuurt een beetje, maar kom, we hebben geen moment ruzie. Laat me er niet omheen draaien en meteen schrijven wat ik wil: het liefst zou ik in je armen vallen zonder de methode van die *puiten*, zonder al dat verbale lawaai. Praten leidt soms tot niets, zoveel had het toch ook niet om het lijf, laat het klein blijven, laat het voorbij gaan. Ik weet wel wanneer het niet meer schuurt, jij ook. We gaan elkaar gauw weer zien. Nee, niet in Kathmandu, maar hier in Pokhara – waarom?

Ik zie om me heen twee zielsverliefde Blokzieligers: Bram en Froukje. Frouk is zwanger, maar ze wil niet zeggen van wie. Als iemand weet wanneer je wel en vooral wanneer je niet moet praten is het Froukje wel, dus ik kom het nlet te weten.
Heb jij toevallig enig idee? Het is maar een vraag! Maar stel... in het zeer onwaarschijnlijke geval dat ... zo heb ik besloten…. dan zou ik nog steeds het liefst in je armen vallen.

De verliefdheid tussen Frouk en Bram is niet helemaal nieuw voor me, na aankomst in het Kathmandu Guesthouse vonden die twee elkaar heel makkelijk, de eerste avond al. Te makkelijk, want Bram was toen met Toos, helemaal jofel vond ik het niet. En Frits? Froukje en Frits waren nooit stevig aan elkaar gebakken.

Ik dwaal weer af. Ik zie dagelijks twee smoorverliefden die me aan het denken zetten. Ik wil naar mijn Tette denk ik dan. Dat is het begin van een nieuw hoofdstuk, de erkenning dat ik bij jou hoor; het volgende hoofdstuk begint vanzelf als we elkaar zien. Steeds weer.

En het liefst – hou je vast – het liefst zou ik aan een volstrekt nieuwe periode beginnen: eindelijk kinderen met jou en waarom adopteren we geen twee kinderen uit het weeshuis en nemen ze mee naar Blokzijl?

Een overval? Eigenlijk wel ja, maar *mind you!!!*, hoeveel jaar zijn we al over adoptie aan het praten? Nou ja, je wilt natuurlijk inspraak. Een meisje en een jongetje? Van ongeveer drie jaar? Uit de luiers. Hoe moeten we voorkomen dat ze tijdens het buiten spelen op de zuiderkade niet in de kolk vallen? Hoe doen die andere vaders en moeders in Blokzijl dat?

Ik wilde snel naar Kathmandu komen, zoals ik al schreef, maar ik wil nog liever dat jij naar Pokhara komt en wel meteen. Want ik heb hier twee geweldige kinderen op het oog. Als het juwelen waren zou ik zeggen: ik heb een optie, ik heb ze op zicht. Voor kinderen klinkt dat een beetje kil, maar het zijn wel juweeltjes hoor! Het moet maar eens uit zijn met praten. Praten leidt tot niets. Soms.
Dit vind je een merkwaardige, kwestieuze gang van zaken. Dat is het ook; tien jaar twijfelen en steeds weer uitstellen is nog merkwaardiger. Wacht maar tot je ze ziet. Morgen! Hier, in Pokhara. Te doortastend? Ja! Maar dit is de enige manier; als je erover nadenkt geef je me gelijk!!!

Deze brief gaat mee met Bram, die straks naar Kathmandu vliegt en weet dat hij de brief meteen persoonlijk aan je af moet geven. Ik heb een ticket voor je gereserveerd voor de middagvlucht morgen.

Tette komt de volgende dag naar Pokhara en werd week en aandoenlijk vrolijk toen hij Narayan en Nirmala zag spelen in het weeshuis. Het besluit de kinderen te adopteren was snel genomen.
Na de euforie, de opwinding en de emoties zijn natuurlijk verklaringen, stempels en formulieren nodig om twee Nepaleesjes tot nieuwe Nederlanders te maken. Daar zorgt de consul wel voor. Aan Nepalese kant is er groen licht. De procedures in Nederland om kinderen te mogen adopteren hebben ze jaren geleden al doorlopen.

De nieuwbakken ouders zijn er beduusd van; de kinderen kijken ze een beetje beteuterd aan. Nirmala en Narayan, mooie namen; mooie kinderen, dolgelukkige ouders.

13.7 Sluwe sferen in de hulpclubs

Het is nog maar vijf weken geleden dat Thulo en de bemiddelaar uit Nederland, Herman Koudstaal, vriend van Thulo, het eens waren: overdracht van het veel te grote ziekenhuis van LIO aan de Nederlandse overheid zou in feite neerkomen op het opzadelen van de Nederlandse overheid met fouten van de lepra-organisatie die een veel te mooi en geïsoleerd hospitaal aan het

bouwen was. Dat zou ongetwijfeld leiden tot onevenredig hoge lopende kosten. Wie gaat dat betalen?
Herman had wel commentaar op de manier waarop Thulo 'het gevecht' met LIO gevoerd had; het zou slimmer zijn geweest als hij de Nepalese autoriteiten het voortouw in handen zou hebben gegeven en niet klakkeloos zich had laten voortstuwen door zijn Principiële Gelijk in zijn gesprekken met LIO.

Thulo ontvangt behalve het eindrapport van Herman ook een persoonlijke brief van hem. Hij weet wat erin staat en legt de brief en het rapport terzijde voor later.

Na een paar dagen gaat hij toch eens in dat rapport van Herman kijken. Ongeloof; tot zijn verbazing leest hij dat Herman uitvoerig verhaalt over de onhandige aanpak van Thulo: 'bij het overleg tussen SNV-Nepal met de LIO (Stichting lepra in Ontwikkelingslanden) had enige flexibiliteit betracht kunnen worden. De vastberadenheid van de directeur heeft niet bijgedragen aan het vinden van een compromis, hetgeen alleszins denkbaar was geweest.' Was Thulo te vastberaden? Ja. Maar dat was niet de tekst die Herman op zou schrijven in zijn rapport, zoals besproken in het eindgesprek?
In de persoonlijke brief biedt Herman zijn excuses aan: die nadruk op de tactische fout van Thulo was voortschrijdend inzicht, volgens Herman. Wat Herman niet schrijft is dat hem een mooie functie is aangeboden. Dat hoort Thulo van Tette, die het weer las in een brief van Koen aan hem. Koen schreef: 'Gelukt, de SNV laat de velddirecteur vallen.'
Tette was onaangenaam verrast; hij heeft steeds meer waardering gekregen voor Thulo, maar beseft ook dat hij Koen daarover veel te laat geschreven heeft.

Herman, zijn beste vriend, Thulo kan er niet over uit. Langzamerhand begint hij te beseffen dat er een val voor hem is opgezet. Het hoofdkantoor haalt haar gelijk. En wist dat Herman niet zo onafhankelijk was als Thulo als vanzelfsprekend veronderstelde.
Hij beseft nog niet dat dit incident goed past in een zogenoemd dossier over zijn functioneren. Dat verwacht hij ook niet van een organisatie als SNV waar men immers de mond vol heeft over rechtvaardigheid en over een betere wereld.
Dit is het hoofdkantoor, waar de indruk wordt gewekt dat we allemaal vrienden zijn, verenigd voor het goede doel, waar verre weg het merendeel van de collega's prettig en ontspannen met elkaar omgaat, waar hiërarchie niet als vanzelfsprekend wordt ervaren, waar maar weinig ratten aan de macht zijn, waar de sfeer niet beheerst wordt door listige omgangsvormen.

Thulo begrijpt nu wat een SNV-directeur in een ander land hem ooit vertelde: vergis je niet, ook in zo'n doorgaans prettige organisatie als SNV zitten een paar onhebbelijke personen, noem ze maar gerust rotte appels. En die rotte appels, bedenkt Thulo zullen ongetwijfeld diensten voor machtige organisaties in Nederland, zoals de lepra-club, interessanter vinden dan het belang van de gezondheidszorg in Nepal.

Had Rotte Appel van het hoofdkantoor, de man van de Nepal-desk, tijdens zijn dienstreis naar Nepal een tijdje terug een flinke trektocht gemaakt in het Verre Westen, zou hij dan niet zo'n opgewonden standje zijn, *niet* ontvankelijk zijn geweest voor het aanbod van Koen? Wat voor aanbod? Niemand zal dat te weten komen. Zou dan zijn loyaliteit *niet* gelegen hebben bij de lepra-club, maar zou hij dan het belang van Nepal van primair belang hebben gevonden? Zou hij dan *niet* met behulp van Koudstaal een val voor Thulo hebben opgezet?
Het is niet denkbeeldig. Een primitieve tocht in het Verre Westen leidde vaker tot het omspitten van vooroordelen, meningen en tot betrokkenheid bij de ellendige situatie van de armen.
Het heeft niet zo mogen zijn!

14. Het doet *iets* met je

December 1995

14.1 Nieuwe paden?

Het rommelt in het brein van Bram. Hij wil dolgraag met Froukje verder, maar ziet beren op de weg. Froukje blijft in Nepal. In Nepal heeft hij weinig kans op een redelijk betaalde baan, met zekerheid, en met perspectief. In Nepal zou hij het aanbod van het 'Blokzijl-project stedenband-plus' kunnen accepteren om *programme officer* van Thapa te worden voor een lokaal salaris. Wil hij dat? En zou het kunnen? Met die matig betaalde baan kan hij toch niet rondkomen? Zijn uitkering in Nederland? Die wordt belast met alimentaties, schulden en vaste lasten.

Bram overdenkt zijn professionele loopbaan van de laatste jaren. Het was altijd wat.
Bij Trouw paste hij niet in 'het team'. Het team hield niet van te ijverige collega's met te veel toewijding, zeker niet in deze tijd van eigen-belangen-eerst, daarna een hele tijd niks en dan pas die van de werkgever. Zijn team slaagde erin om hem te *framen* als de sukkel die bij de afslanking van het bedrijf vanzelfsprekend geloosd moest worden. Zijn zwakke chef had hem al gewaarschuwd: 'als je je niet aanpast aan het team gooi je je eigen glazen in.' Zijn chef vroeg hem dus in feite om minder goed zijn best te doen omwille van het team? Die chef had wel met Bram te doen en liet zich lovend over hem uit toen Tette, een kennis van hem, belde met de vraag of hij een geschikte journalist kon aanbevelen.
Bij de Blokzijl-opdracht speelde een ander probleem. Bram was zo euforisch over zijn taak dat hij deze veel te zwaar opnam. Hij begon met het beschrijven van de projecten van de Blokzieligers; dat was veel meer dan hem gevraagd was. Het kostte hem bijna de kop.

Er waren meer oorzaken voor de horten en stoten in zijn loopbaan. Hij had ook last van een te gewetensvolle uitvoering van zijn taken, vond hij zelf. Neem nou een kans die voor het grijpen ligt, een kans op een unieke scoop: een spectaculair artikel over de Maoïstische opstand in een bergland in 1994 en 1995 met bewoner van Blokzijl als huurling. Hij doet het niet, ook nu niet, nu zijn onderzoek klaar is. Hij kan Tineke niet verloochenen. Bij de discussie in Blokzijl destijds over de geschiktheid van Bram heeft Tineke bezworen dat hij niet vroeg of laat opportunistisch een journalistieke kans zou grijpen, zoals Koen toen dacht. Bram weet zeker dat de collega's bij Trouw hem een sukkel zouden noemen. Dat verdomde geweten van mij, overpeinst Bram, weegt wel heel erg zwaar.

Het geweten zat vaker in de weg. Wie is er nou zo stom het plan van Tette te bekritiseren om een organisatie van hulpverleners, *Blokzijl helpt Nepal* op te zetten, een plan dat hem een baan als coördinator van die organisatie opgeleverd zou hebben! Dan had hij een internationaal salaris kunnen bedingen. Heel integer om ten koste van zijn eigen belang toch stelling te nemen tegen dat onzalige plan van Tette om die club op te richten. Maar met integriteit kun je geen boterham beleggen. En je kunt er geen solex van laten repareren. Niet voor het eerst wordt Bram bevangen door twijfel: moet hij zich niet zich aanpassen aan de tijdgeest en de afslag nemen naar het ik-ik-ik-tijdperk?

Soms speelt 'ongecontroleerde praatzucht' hem parten, vindt hij. Vroeg de directeur-generaal van ICIMOD, toen Bram een evaluatie van een project inleverde, 'wat vind je nou echt van onze organisatie?' Moest Bram zo nodig een eerlijk antwoord geven en uitleggen waarom hij geen hoge hoed op had van de ronkende ambities van de club. Onverdroten ging hij door met zijn kritiek, niet te stuiten, al wist hij, terwijl hij aan de praat was al: dit is dus het einde van een mooi perspectief op makkelijke en overbetaalde evaluatie-opdrachten van ICIMOD. Was het onbeheersbare praatzucht of euforie? Hij gooide in ieder geval zijn eigen glazen weer eens in.

Nou is het genoeg, basta, afgelopen, een andere weg inslaan: een vaste baan wil hij, zelfs al moet hij volgzamer worden, zijn woordenstroom wegen, zijn geweten opbergen en meer aan zichzelf denken. Een baan met toekomstperspectief, zonder financiële zorgen; en dus moet hij naar Nederland. Zo'n tweedehands baan onder Thapa, weer een baan met hobbels, materiële in dit geval, nee, dat doet hij niet.

Het grote genoegen in Nepal te verblijven, daar zat Bram toch vol over, komt niet in zijn overwegingen voor. Beren op de weg. Hij heeft het wel erg te pakken!

Het zelfbeklag wordt nog erger als Bram over zijn toekomst met Froukje na denkt. Hij heeft de ene mislukking na de andere achter de rug in de liefde. Moet hij zich wel overgeven aan een nieuwe relatie, terwijl er allerlei obstakels op het pad liggen?
Obstakels? Eigenlijk is maar één obstakel: Froukje weigert te vertellen van wie ze zwanger is.
Nee, het obstakel is niet dat hij misschien niet de vader van haar kind is. Het enige obstakel is dat ze hem niet wil vertellen wie de gulle gever is van haar

kleinood. De sleutel van een goede relatie is eerlijkheid over dat soort zaken. Net dat mystificerend gedoe van Angelique achter de rug, dat gezocht problematiseren, zou hij weer aan het lijntje van een geliefde bungelen. Nee!

Niet alleen bij de keuze van een baan, ook in de liefde wil hij meer aan zichzelf denken. Zou ik daar gelukkiger van worden, denkt hij? Bij Trouw leek het een correcte gedachte om tegen de verdrukking van zijn collega's in de kwaliteit van zijn artikelen hoog te houden. Tijdens de afwikkeling van mislukte relaties bleef hij altijd een heer, zelfs als hij veel rancune voelde. Maar met dat correcte gedrag redde hij het niet, het moet anders. Ik trap niet weer in de val, neemt hij zich voor, ik laat me niet sturen door een uiterst fatsoenlijke gedachte, de gedachte dat het natuurlijk voor alles gaat om de toekomst van het kind van Froukje. Daar gaat het nu eens niet om. Als ik besluit terug te gaan naar Nederland mag Froukje mijn solex hebben – verder ga ik niet! Liefde is maar een vlaag!
En als hij nou zelf toch de vader is? Dan wordt alles weer anders. Oh nee, dat deed er niet toe!

Tobben, piekeren, sukkelen, zwartkijken en wankelen. Zedenpredikers zouden meteen toeslaan: zie je wel dat je niet gelukkig wordt van het vooral aan jezelf denken? Berg die besluiteloosheid op. Zedenpredikers zouden het niet kunnen laten ook nog een cliché-advies te geven: zet eerst eens rustig alles op een rijtje. Dat heeft hij net geprobeerd. Hij wordt er verre van rustig van.

14.2 Een andere zienswijze

Froukje is geen tobber, zoals Bram; doorgaans is ze juist besluitvaardig en stevig. Ze heeft ferme standpunten.
Waarom ziet ze niets in het aanbod van Bram om mee te gaan naar Blokzijl? Ze begrijpt dat Bram dat als een gebrek aan liefde ziet; dat is het ook. Ze heeft Bram verteld over haar treurige vriendinnen in Nederland, die voortdurend vergeefs solliciteren, of genoegen moeten nemen met een baan waarvoor de studie journalistiek niet nodig is.
Ze heeft ook verteld waarom ze in Nederland kansloos is om de eerste ronde door te komen bij een sollicitatie. Ze heeft uitgelegd hoe het aan haar knaagde om steeds te worden afgewezen, een jaar lang. Het vreet aan je zelfvertrouwen, maakt je cynisch en somber, heel somber. Froukje wil dat niet meer meemaken.
'Ik ben weliswaar pas op mijn dertigste afgestudeerd in de journalistiek, maar daarvoor heb ik twee zogenaamd mislukte studies achter de rug. Ik vond die niet afgemaakte studies heel nuttig, maar personeelsmensen zien dat anders.

En er was nog een reden voor het stroeve verloop van sollicitatiegesprekken. Eén tussenjaar scoort positief: ondernemend, avontuurlijk. Maar ik genoot twee keer een tussenjaar; daar kijkt een functionaris van personeelszaken ook anders naar: het is niet dubbel avontuurlijk, niet dubbel ondernemend, maar vrijblijvend en grillig.
Zodra ik op ervaring kan bogen heb ik veel meer kans. 'Bedenk eens,' hield ze Bram voor, 'wat een mogelijkheden ik hier krijg, een baan op het raakvlak van pionieren op ontgonnen terrein, ondernemen en publiciteit.'

Net als Bram is ook Froukje aan het peinzen. Waarom blijft Bram zeuren over wie de vader is? Hij kan me toch wel geloven als ik zeg dat ik me met het eerlijke antwoord op die vraag in de nesten werk? Waarom kan Bram niet bedenken dat het toch geen enorm probleem mag zijn wie de vader is? Misschien moet ik dat eens rustig met hem bepraten, neemt Froukje zich voor.
Froukje is niet uitgedacht. Gelukkig begreep Bram wel waarom ik geen abortus overweeg. Ik weet al jaren dat ik graag kinderen wil, meer dan één kind zelfs; ik ben op de leeftijd waarop dat nog kan.

Bram moet ophouden met dat gezeur over meer inkomen. We hebben het vaak besproken en leken het roerend eens: het consumentisme, het materialisme, het streven naar meer-meer-meer leidt tot een leeg bestaan.
Bram bedenkt ze tegenwoordig waar je bij staat: 'je zou van ons inkomen niet met je zoon of dochter naar Blokzijl kunnen reizen op verlof en je weet dat jouw ouders diep ongelukkig zouden worden als ze hun nakomeling niet kunnen vertroetelen. Dat is een *basic need*, dat mag je ze niet onthouden.'
Froukje denkt met genoegen terug aan haar antwoord: 'je hebt gelijk, het is waar, vandaar dat mijn ouders al heel snel op de stoep zullen staan in Pokhara en minstens een keer per jaar terug zullen komen en hier lang zullen blijven. Mijn zuster en broer ook, evenals alle werkeloze journalisten, waar ik nog veel contact mee heb.'

Froukje weet het zeker: ze zou heel, heel graag verder met Bram door het leven gaan. Ze hoopt dat Brams' liefde voor haar veel zwaarder weegt dan het non-probleem van de onbekende biologische vader. En Bram mag die acceptatie niet als een offer zien. Moet hij het kind dan als een geschenk beschouwen? Dat is te hoog gegrepen, snapt Froukje. Dat komt straks vanzelf.

Hoe zou het verder gaan?

14.3 Penning van verdienste

Thulo is bereid om zowel het project 'stedenband-plus' van Tineke, Upadhya en Thapa een zetje te geven als om een plan van Froukje te steunen: een programma voor eenvoudiger inzetten van *echte vrijwilligers*, die veel korter blijven en niet opgezadeld worden met de zware ambities van de professionele vrijwilligers. Kortere vrijwilligerstaken leiden *ook* tot ervaring met ander culturen. Het argument ging al eerder over tafel: voor de kosten van het uitzenden van één professionele SNV-er kunnen tien echte vrijwilligers betaald worden en dus tien keer meer mensen in contact komen met een andere cultuur.
Thulo hoopt dat *ook* de *stedenband-plus*, het plan van Tineke zou kunnen leiden tot zinvolle internationale contacten, nu eens niet van politici, van medewerkers van hulporganisaties of de internationale VN-machinerie, maar van leken op het gebied van hulpverlening met allerlei achtergronden.

Thulo wil beleidsdiscussies over deze plannen stimuleren, om te beginnen binnen SNV-Nepal. Dat komt goed uit, vindt Thulo, dat soort gesprekken hebben we nodig om de ingesufte SNV wat af te stoffen.
De directeur van SNV-Nepal beseft dat beide plannen nog wel om veel denkwerk vragen. Kloppen de uitgangspunten wel? Leidt bewust kennis nemen van andere culturen door toeristen en echte vrijwilligers inderdaad tot betere wereldburgers? En, als die betere wereldburgers meer open staan voor andere gewoonten en opvattingen, doen ze daar dan iets mee of blijft het bij vrijblijvende riedels? Wat verandert er dan in hun gedrag? Veel? Ten goede? Waarom zijn SNV-ers die over de hele wereld hebben gezeten dan nog steeds geen ideale mensen?

Beide initiatieven, stedenband-plus en het uitzenden van echte vrijwilligers passen niet in het mandaat van SNV, maar het zou Thulo verbazen als SNV dat mandaat niet zou willen uitbreiden. Al zal dat niet op heel korte termijn gebeuren.

Thulo heeft Tineke, Froukje, Tette en Thapa uitgenodigd om zijn besluit toe te lichten. En Bram? Vooruit, Thulo wil professioneel blijven, Bram wordt ook uitgenodigd.
Daar is Didi met de grote pot thee. De ramen staan open; er komen geuren binnen van wilde kruiden in de tuin. De sfeer is prettig gespannen – er wordt goed nieuws verwacht. Thulo heeft op weg naar een oplossing tevoren Tette, Tineke, Froukje en Thapa geraadpleegd. Bram niet, maar die werd al door Froukje bijgepraat; het licht staat bijna op groen.

Thulo biedt gratis een werkkamer aan in zijn kantoor voor het project stedenband-plus. Dat lijkt een eenvoudig gebaar, maar is uiterst handig - de Nepalese afdeling van stedenband-plus heeft immers geen zware aankleding nodig, geen eigen kantoor en geen uitgebreide ondersteunende staf. Het nu en dan 'lenen' van diensten van ondersteunende staf van SNV zal genoeg zijn. Daarmee is het opgepoetste verlanglijstje van Thapa en Upadhya in één klap van tafel. Er zijn nog voldoende fondsen in het stedenbandproject om een jaar de projectkosten te betalen van stedenband-plus, mits de werknemers genoegen nemen met een redelijk salaris. Thapa accepteert de voorwaarden. Upadhya haakt af, in etappes, direct en duidelijk afhaken is niet de gewoonte.

Wat gaat Bram doen? Bram wikt en weegt nog. Thapa wordt de chef, maar dat houdt Bram niet zo bezig. Salaris? Niet onbelangrijk, maar geen breekpunt; hij zou zijn inkomen aan kunnen vullen met journalistiek werk. Gisteren dacht hij er nog anders over. Vanmorgen bedacht hij bij te kunnen klussen als journalist in de regio Zuid-Azië. Vandaag blijft nog het andere, veel zwaardere punt van twijfel: wil hij met Froukje verder? Hij wil met Frouk praten, na afloop van dit overleg, pas daarna beslissen.

Thulo weet dat SNV in Den Haag nog niet bereid zal zijn Froukje een regulier SNV-contract te bieden; misschien over een jaar. Hij mag haar wel zonder raadpleging van het hoofdkantoor een voorlopig lokaal contract aanbieden. Een lokaal contract? Dan moet Froukje heel sober gaan leven. Froukje ziet dat niet als een probleem.
Tette, Tineke en Froukje zijn verrukt. Hun plannen kunnen doorgaan! Froukje krijgt met de ondersteuning van SNV-Nepal veel meer mogelijkheden, nog afgezien van haar inkomen. Een schamel inkomen weliswaar, lokale SNV-ers verdienen veel minder dan de professionele SNV-ers, maar het is een basis en een zeker inkomen.

Wat gaat Thapa doen? Hij begrijpt heel goed dat de gebruikelijke praktijken in de hulpclubmachinerie lastig worden met een meekijkende SNV. Er zal flink aan hem getrokken worden door zijn netwerk van familie en vrienden; hij zal ze moeten teleurstellen. In de eerdere communicatie is dat – heel verstandig – gewoon in zakelijke termen door Thulo besproken met hem. Thapa weet dat hij geacht wordt binnen de normale perken te blijven. Geen gunsten verlenen aan vrienden en familie. Auto mee naar huis? Nee! Hij heeft recht op gebruik van een SNV-auto voor zijn werk als daar een goede reden voor is, net als de rest van de staf.

Tette pakt de rol van burgemeester op: een uitvoerig dankwoord aan Thulo wordt afgesloten met de toezegging dat hij te zijner tijd de penning van verdienste van de gemeente Blokzijl uitgereikt zal krijgen. Applaus! Want het is niet niks wat Thulo de bezoekers uit Blokzijl aanbiedt. Tette gaat hem voordragen zodra hij terug is in Blokzijl. Ook dit zal niet goed vallen in Den Haag, maar dat kan de burgemeester vandaag niks schelen

Er is nooit drank in het SNV-kantoor, een verstandige maatregel. Het project Blokzijl helpt Nepal biedt het gezelschap een borrel en maaltijd aan in het Kathmandu Guesthouse. Tette en Tineke onderstrepen met deze keuze voor het Guesthouse dat het project stedenband-plus het niet breed zal laten hangen.

Het echtpaar heeft nog een fantastische aankondiging voorbereid over hun gezinsuitbreiding met Narayan en Nirmala. Wat een dag! De koks van het Kathmandu Guesthouse zeiden begrepen te hebben wat beschuit is en wat *muisjes* zijn. Ze bakken er niks van, maar het is eetbaar, uniek; de poging wordt zeer gewaardeerd.

14.4 Uit de kooi

Wat doet het met je, werken in Nepal?
Toos kon haar ei in Nepal ook al niet kwijt en is verder weggezakt in zelfbeklag.
Frits is nog meer dan voorheen ervan overtuigd dat de wereld om hem heen niet deugt en tegen hem is....
Voor Bram lijkt het lichtvoetige leven ten einde te komen; hij zoekt een gezin, een inkomen, zekerheid en vastigheid. Dat is blijkbaar belangrijker geworden dan genieten van Nepal.
Froukje zet meerdere stappen tegelijk in haar ontwikkeling.
Harm? Hij lijkt de enige voor wie de hulpverlening aan Nepal meer prioriteit krijgt dan zijn persoonlijke besognes.
Het doet zeker wat met je, een verblijf in Nepal. Tette lijkt bezig met een herhalingsoefening adolescentie. Wat een lol heeft hij in het tarten van gezag: zonder toestemming zijn verlof flink verlengen, koerier spelen voor Maoïsten. Het is voor hem een onschuldig aardigheidje, maar zou natuurlijk enorm opgeblazen kunnen worden.

En Tineke? Het lijkt gelukt; ze heeft zich losgemaakt van het keurslijf van burgemeestersvrouw. Maar zal het moederschap Tineke niet een andere, nieuwe kooi opleveren? Ze is te gelukkig om zich daar nu zorgen over te maken. Tette zal niet zonder slag of stoot een evenredig deel van de zorg voor Narayan en Nirmala op zich nemen, straks in Blokzijl. Tineke geeft het nog niet op. Hoe vaak heeft de burgervader niet geroepen dat het besturen van Blokzijl in een half uur per week moet kunnen?

Eindelijk krijgt en pakt Tineke de ruimte om haar vleugels uit te slaan. En hoe! Ze is officieel benoemd tot ambassadeur voor de organisaties in Nepal die de teruggekeerde seksslavinnen helpen. Ze moet het probleem op de agenda van de Europese politiek zien te krijgen. Dat redt ze niet in haar eentje. Unicef-Nederland en Safe the Children zijn al druk bezig. De Europese coalitie moet breder; ze zal een netwerk op moeten zetten. Goede verhoudingen met Koen zullen essentieel zijn.

'En wat ga je doen als bijvoorbeeld in Zweden, in Nederland of in Engeland de hoofdkantoren van organisaties als Safe the Children hun eigen vlag op die bredere coalitie willen plaatsen en jou buiten spel zetten? 'vraagt Tette.
'Dat doen ze niet, want ik heb unieke relaties in Nepal opgebouwd in de laatste paar weken, dank zij Thapa.'
Tja, mijn Tineke is niet van gisteren, denkt Tette – hij wist dat al lang en geniet van haar zelfverzekerdheid.

Tineke heeft een tweede plan. Ze wil de Blokzijlse afdeling van *stedenband-plus* leven in blazen door om te beginnen dertig gastgezinnen in Blokzijl te enthousiasmeren om Nepalezen kost en inwoning te bieden gedurende drie weken en ze wegwijs te maken in ons land. En, ook geen sinecure: dertig inwoners van Blokzijl overhalen om een ongebruikelijke vakantie te gaan vieren in Nepal, op eigen kosten. Dat zal niet lukken van vandaag op morgen. Wat te doen? Als een jehova getuige langs de deur? Dat is niet haar stijl. Ze denkt nog na. Ze heeft een adres van een geschikt reisbureau in Zwolle, met goedwillende idealisten. Idealisten? Ja, maar beter dat ze Goede Bedoelingen met hoofdletters schrijven dan dat ze Geld verdienen centraal stellen, onder het uitbraken van reisagenten kletskoek.
Koen weet vast een stimuleringsfonds te vinden dat een deel van de reiskosten voor de pioniers uit Blokzijl wil financieren. Hij heeft het vaak gezegd: er zijn overal potjes voor in dit welvarende land.
Tineke zal meewerken aan een evaluatie na een jaar en aan een congres in Kathmandu over de nieuwe vorm van toerisme (in het kader van de stedenband-plus). Ze zal fondsen moeten werven om eventueel na dat jaar verder te gaan.
 GJ en Koen in Nederland zullen verrast zijn met de nieuwe plannen van Tineke. Er is weinig over van haar onzekerheid en volgzaamheid. Ze zal met name Koen hard nodig hebben, omdat Koen de weg in Straatsburg en Brussel kent.

Voor Tineke is enorm veel veranderd. Al is het maar vanwege de nieuwe burgers van Blokzijl, Narayan en Nirmala. Tette heeft in Kathmandu al voor het eerst van zijn leven kinderen aangekleed, toen het kindermeisje verlof had. Het ging als een lopend vuurtje rond onder de staf van het hotel.

14.5 Blijde verwachting

Froukje en Bram blijven in het Kathmandu Guesthouse na de bijeenkomst van de SNV met beschuit met muisjes.

Er is niets meer over van de vrolijkheid van de bijeenkomst. Het ziet eruit als een zwaar en serieus gesprek. In de bar, in een stil hoekje; er kan geen lachje af. Een glaasje rode wijn mag wel. Er komt zelfs een fles op tafel. Kaarsen zorgen voor sfeer en licht. Ze zitten niet naast, maar tegenover elkaar op bamboestoelen met grote kussens. Schijnheilige, veel te zware wierooklucht alom.

Bram begint monter: 'we moeten eruit kunnen komen Frouk, alles zit mee.' Maar tegelijkertijd dringen de overpeinzingen van een paar dagen terug zich op; Bram had zich stellig voorgenomen niet nogmaals een verkeerde afslag te nemen op het pad van de liefde.
Er dreigt een patstelling. Bram vindt dat partners in een relatie geen grote geheimen voor elkaar mogen hebben en dus moet Froukje hem willen vertellen van wie ze zwanger is. Dat zal ze nu toch wel doen?
Nee, Froukje wil zich daar pas over uitspreken als ze honderd procent zeker is dat ze blijvend serieuze partners worden. Dus eerst moet zij zeker weten dat Bram met haar verder wil, niet naar Nederland gaat, en dan wil Froukje pas haar antwoord geven op de vraag wie de biologische vader is.

Het is een lastige situatie; het zit hen beiden dwars dat de verliefdheid, met de daarbij behorende spontaneïteit en emoties blijkbaar moet wijken voor principiële standpunten. Ze raken elkaar geen moment aan, spreken geen hoop uit op een gezamenlijke toekomst; ze zijn een beetje kil.
Merkwaardig, want nu Bram tegenover haar zit, beseft hij weer hoe geweldig het zou zijn met Froukje door het leven te gaan. De sombere gedachtes van een paar dagen geleden zijn bijna verdwenen, veel en veel sneller dan het smelten van de gletsjers van de Ganesh Himal.
Vader van een kind te worden. Een dochter hoopt hij, zonder te weten waarom. Wat wil hij nog meer dan een vaste verbintenis met Froukje, dan de stabiliteit van een stevig gezin, een dochter, en een stevig, vertrouwd

rustpunt. Over een paar jaar naar Blokzijl, elke dag met een broodtrommeltje naar zijn werk. Op de fiets; altijd wind tegen - als dat alles is.

Maar daar is de twijfel weer: hij kan zich toch niet volledig overgeven aan iemand die geheimen tegen haar borst geklemd houdt? Het is wel vijf minuten stil; ze kijken elkaar niet aan.

….Eindelijk breekt Froukje de ban en overwint haar terughoudendheid. Een slok wijn, aarzeling, nog een slok en spanning.
'Het is eenvoudiger dan je denkt: ik kan het niet vertellen, want ik weet het niet.' Het blijft even stil voor Bram aan het woord probeert te komen.
'Maar,…' Bram wil van alles vragen; dat lukt niet, hij wordt vastberaden onderbroken.
'Nee, eerst luisteren…. Besef je wel wat die uitspraak betekent: ik weet het niet?... Als dat in Blokzijl bekend wordt, *zij weet niet wie de vader is*, dan ben ik daar, in Blokzijl voor de rest van mijn leven getekend…. Dat kan ik mijn ouders niet aandoen. Ik zou nog beter kunnen zeggen dat ik denk dat het van Tette is, maar ik ben toch met Bram verder gegaan. Dat is ook vreselijk, maar lang niet zo erg als ik-weet-het-niet.' Dan ben en blijf ik voor Blokzijl mijn hele leven een sloerie.

'Ja, dat snap ik, 'zegt Bram verrast, 'zo had ik het niet bekeken' maar …Froukje onderbreekt hem opnieuw en zegt opgewonden, staccato, emotioneel:
'om te voorkomen dat dit verhaal in Blokzijl terecht komt moet ik aan niemand, helemaal aan niemand vertellen dat ik het *niet* weet. Als ik nog niet heel, heel zeker weet dat wij verder gaan, ook niet aan jou. Aan niemand'
Tja, Bram snapt het en aarzelt geen moment.
'Maar luister nou eens Frouk, wat zitten we moeilijk te doen, ik wil niets liever dan met jou een nieuw leven beginnen.' Froukje twijfelt, is wel een beetje gekalmeerd, maar kan het niet laten: 'aan hoeveel leuke vriendinnen heb je dat in je leven al verteld? En hoe lang duurden die relaties? En nou ga je me natuurlijk vertellen dat het deze keer anders is; hoe vaak heb je dat al verteld?'
Ze vertrouwt hem dus niet, terug bij af? Hij kijkt haar aan, Frouk kijkt hem aan en neemt opnieuw het heft in handen: 'shit, we willen allebei dat het heel goed gaat.. daar gaat het toch om?'

Toch blijven ze ieder op hun eigen stoel zitten. Het is lang stil, na een minuut of vijf poneert Bram zijn degelijk overwogen, stevige standpunt over het vaderschap. Een te verstandelijke reactie, maar het lijkt hem belangrijk. Dat blijkt het ook te zijn.

'Ik zou graag willen dat ik de verwekker van onze dochter ben, maar hoe het ook zit, het wordt *mijn* dochter! En ik ga echt niet zitten kijken of ze de neus van Tette heeft of de oogopslag van Frits.'
Dat ontroert Froukje . Daar heeft ze op gewacht! Dat Bram er blijkbaar van uitgaat dat het een dochter wordt, vindt ze ook ontroerend, zonder te weten waarom.

Het ijs is gebroken. Geen aarzelingen meer, maar een stevig vertrouwen; Bram voelt het, Frouk zegt het.
Paradise regained!!

Ze zijn te beduusd om veel te zeggen tijdens het bescheiden liefkozen, nu wel samen op een bank. Ze bestellen na verloop van tijd een feestdrankje. De zwangere Froukje drinkt ook whisky, een klein beetje, alleen voor heel speciale gebeurtenissen, zegt ze.
'Wat een ontluikend nieuw geluk; ik….' Froukje onderbreekt hem:
'Nieuw? Zo nieuw is het niet, ik viel in Blokzijl al op je, waarom denk je dat ik je zo behulpzaam was bij je artikel. Hoe je binnen kwam, schuchter, afwachtend, verre van dominant. Het was onmannelijk en dat stond mij aan.'
'Ja,' zegt Bram , zonder cynisme of ironie: 'we passen bij elkaar; zachtaardige zwalkende man zoekt rust en stevigheid bij sterke vrouw.' Froukje lacht; een beminnelijk en bescheiden lachje.

Ze gaan naar haar kamer. Ze kunnen niet goed overweg met hun blijdschap en zijn te beduusd voor een opwindend liefdesspel. Rustig en stil naast elkaar liggen en liefkozen is geweldig.

14.6 Teleurstelling en verbazing

Het doet iets met je, een verblijf in Nepal. Helaas niet voor iedereen in positieve zin. Met Frits is het bij de Maoïsten niet goed afgelopen. Praktisch gezien hebben ze Frits hard nodig, maar voor ideologische organisaties zijn principiële uitgangspunten belangrijker dan pragmatisme. Frits moet weg. Frits kan in Pokhara terecht; hij besluit naar Blokzijl terug te gaan, gedesillusioneerd.

Het hing in de lucht: Thulo is ontslagen. Voor Thulo is gedesillusioneerd zwak uitgedrukt; zijn teleurstelling is met geen pen te beschrijven. Frits kan naar zichzelf wijzen en enig begrip opbrengen voor de boosheid van zijn bazen. Thulo snapt niet waarom zulk zwaar geschut ingezet wordt door een doorgaans redelijk hoofdkantoor.

Onlangs heeft Thulo van de burgervader van Blokzijl een erepenning van bijzondere verdienste voor Blokzijl ontvangen, mooi thema voor een cabaret op een bonte avond, maar het deed hem wel iets. Het leven lachte hem toe.

Zit hij op zijn kantoor ontspannen de post door te nemen, ziet hij een gesloten brief van personeelszaken, *persoonlijk!* Er gaat een lichtje branden: hij heeft het hoofdkantoor voor de zekerheid ingelicht over zijn medewerking aan de plannen van Tineke en Froukje; dat zal wel niet in goede aarde vallen – wezenlijke veranderingen in mandaat worden nooit soepel aanvaardt. Helaas, dat blijkt het niet te zijn.

Thulo moet de eerste alinea twee keer lezen. Het gaat niet om een berisping, maar om…. *een ontslag!* Ontslag? Voor de rechtvaardiging van het ontslag is zijn hele dossier gelicht.
Thulo zou de functies van SNV-directeur en consul niet goed kunnen scheiden (het inzetten van SNV-ers voor het consulaat). Thulo zou niet achter de doelstelling armoedebestrijding staan (zijn brief aan het hoofdkantoor met een pleidooi om niet te ideologisch de armoede als doelstelling na te jagen). Thulo zou zich nauwelijks bekommerd hebben om een naar Maoïsten overgelopen SNV-er.
Ook de vlucht van Toos naar Pokhara werd opgevoerd. Hoe weten ze dat? Zou het toeval zijn dat zijn gedoe met Toos besproken werd met Herman tijdens diens bezoek aan Kathmandu? Het werd gepresenteerd als een voorbeeld voor het verwarren van persoonlijke en zakelijke verhoudingen.
Daar wordt nog aan toegevoegd zijn gebrek aan flexibiliteit bij de problemen met het LIO (Leprabestrijding in Ontwikkelingslanden), vastgesteld door een neutrale onderzoeker, Koudstaal. Gebrek aan flexibiliteit? Dat was toch niet zo verwoord in het laatste gesprek met vriend Herman? Herman, wat bezielt hem?

Het klooster heeft van Thulo geen vechtersbaas gemaakt. Hij heeft te weinig werkervaring in Nederland om te weten dat een organisatie niet zonder waarschuwing een medewerker kan ontslaan; hij heeft nooit van UWV gehoord.
Hij kan geen steun verwachten van de SNV-ers. Ze mogen hem wel, hij heeft krediet, maar er is ook kritiek op zijn weifelende start en het schaarse veldbezoek aan SNV- ers. Het feit dat hij Toos steeds de hand boven het hoofd bleef houden ten koste van zijn werk werd hem kwalijk genomen.
In een hulporganisatie in den vreemde is het privéleven moeilijk te scheiden van het werk – men weet veel over elkaar. Daar komt de achterklap bij, die immer door zucht naar sensatie gestuurd wordt. Het weloverwogen

intermezzo van Thulo om een tijdje in het klooster te blijven werd in de achterklap geframed als: hij liet zich door zijn vrouw nog het huis uit sturen ook. Zo gaat dat!

Wat de Nepalezen rondom SNV ervan vinden dat Thulo het veld moet ruimen? Ach, *manche aunchha, manche jaanchha.* Mensen komen en gaan. Vrijer vertaald: daar gaat er weer een.

Volgens Tette is er weinig grond voor ontslag. Er moet meer spelen.
Tette weet dat Koen er achter zit. Hij weet ook dat het *geval Frits* nog steeds een *affaire Frits* kan worden. Het zal Koen goed uitkomen als de verantwoordelijke directeur van SNV eindelijk eens wordt ontslagen. Dan is er immers een schuldige en als er eenmaal een schuldige is waait de affaire Frits over en blijft Koen zelf buiten schot.

Tette stuurde Koen een lange telex met een goed onderbouwd pleidooi om het image van Thulo op te poetsen. Maar Tette vermoedt dat dit bericht te laat is gekomen. Een brief naar de SNV voor het terugdraaien van dit ontslag? De burgervader heeft het wel even overwogen, maar het zou een rare indruk maken. Hij, Tette, is zelf ooit begonnen met klagen over Thulo! Hij is daar nooit formeel op terug gekomen.
Ook burgemeesters op verlof, die los willen komen van de ketenen en de cultuur van de bureaucratie, zijn beducht voor niet te controleren beeldvorming. Tette zou op zijn minst Thulo kunnen inlichten over het arbeidsrecht in Nederland en hem aanraden in beroep te gaan. Is het gebrek aan moed of slimme bestuurlijke intuïtie om zich niet nu op te werpen als beschermheer van Thulo? Ook al geen heilige, die Tette.

Het pleit voor Thulo dat hij ondanks zijn sores denkt aan de afspraken met de bezoekers uit Blokzijl. Die moeten niet door een opvolger teruggedraaid kunnen worden. Hij legt alle afspraken schriftelijk vast in een brief aan Tineke, Tette, Bram, Thapa en Froukje, met kopie aan het hoofdkantoor; hij antidateert de brieven.

Toos kan niet blijven; haar recht op een visum is gekoppeld aan het werk van haar man. Opmerkelijk dat de SNV-ers wel met Thulo te doen hebben, ondanks zijn beperkte krediet, maar niet met Toos. Dat de jongens tijdens het schooljaar tegen hun zin moeten verkassen is voor de mensen achter het ontslag geen enkel punt van overweging. Daar hebben hoofdkantoren een dooddoener voor: wij zijn niet de sociale dienst! Ze zijn zelfs trots op hun flinke daden. Het past naadloos in het neoliberale tijdperk.

Thulo zal de SNV-ers missen. Hij mag de collega's, zelfs als ze graag in te grote auto's rijden. Dat kan hij hebben. Want het zijn toch respectabele mensen, die niet, zoals andere hulpmedewerkers op Het Grote geld uit zijn, niet struikelen over hun ambities, niet voortdurend zichzelf centraal stellen, die veel tegenslagen en ontberingen kunnen incasseren, in staat zijn tot samenwerking met Nepalezen, niet bij elke probleem de baas overladen met klachten, die, zij het soms met moeite, open staan voor andere waarden, normen en gewoonten.

De SNV-ers zijn woest als de mare rond gaat dat Herman Koudstaal de opvolger zou kunnen zijn. Thulo heeft er niet geheimzinnig over gedaan: zijn vriend Koudstaal heeft hem een poets gebakken. SNV-ers houden niet van die spelletjes.

Drie dagen geleden overkwam het Bram, vandaag wordt Thulo overmand door verwijten aan zichzelf. Hij was naïef; ook voor organisaties met goede doelen moet je op je hoede zijn, moet je opkomen voor je Eigen Belangen, zonder consideratie voor anderen als die in de weg zitten. Dat heet jezelf ontplooien, alert zijn op je rechten, bagatelliseren of ridiculiseren van je plichten, altijd focussen op wat je kunt claimen en er niet van uitgaan dat alle mensen deugen, al is dat een prettige illusie. Thulo gaat nooit meer in een klooster wonen. Volgens het denken van de kloosterlingen moet je de Koudstalen negeren, maar, weet Thulo, dit zou gezien worden als een nederlaag, niet in het klooster, maar wel in de wereld waar hij in moet overleven.
Het ontslag voelt als een afgang, het is een afgang. Thulo wordt zelfs overvallen door gevoelens van wraak; hij weet het, die gevoelens staan haaks op zijn prille ontwikkeling in het boeddistisch denken. Wraak? Ja, op SNV, op Koudstaal en...in het vliegtuig terug wil hij naast zijn jongens zitten, niet naast Toos.

14.7 Gelouterd terug naar de dampen van het moeras

Het is twee weken voor kerst. Tette vertrekt morgen naar Blokzijl en pakt zijn koffer. Tineke voert de komende dagen een tiental gesprekken ter voorbereiding op haar taken in Nederland en zal pas thuiskomen als Tette de kerstboom al opgetuigd heeft.

'Wil je niet vergeten een nieuwe piek te kopen?'

Narayan wordt nu al Yan genoemd en Nirmala zal waarschijnlijk verder als Nima door het leven gaan. Nepalezen zullen gniffelen: wie maakt er nou van een Hindoeïstische naam, Nirmala, een Tibetaanse naam: Nima?
De kinderen zijn nu een week bij hun adoptie-ouders. Veel tijd brengen ze door met het kindermeisje. Tette is nog niet in staat de hele dag met de kids bezig te zijn. Tineke heeft het te druk. Ze zijn gelukkig met hun ouderschap, wel is het wennen – ze zijn nog lang niet in de fase dat alles vanzelfsprekend om de kinderen draait. Moet dat dan? Ze zijn daar niet mee bezig; in de zuivere lucht van het berglandschap verschraalt het belang van dergelijke discussies!

Het echtpaar besluit na de vroeg genoten maaltijd, een deftige variant van dalbhat, nog even te verpozen in de zo vertrouwde hoek van de lommerrijke tuin van Summit Hotel. De bergen lichten op in de schemering; over een half uur zijn ze niet meer te zien. Tette wordt weemoedig.
'Dat is voorlopig voor het laatst dat ik *the pulse of the planet* in zicht heb. Zo hoorde ik Nepalezen van ICIMOD het bergland noemen. Theatraal, maar wel mooi, vind je niet? The pulse of the planet. Over twee dagen moet ik het doen met de Weerribben, pracht natuurgebied, maar, *the pulse of the swamp* reikt niet verder dan de regio Noord-Oost Overijssel.'
'Zullen we voor we binnen gaan hier koffie drinken,' suggereert Tineke. 'Het wordt kil, maar met een warme deken is het te doen.'
Tette wordt zo waar poëtisch en spreekt over roerloos bergland aan de einder.

'Iets heel anders,' Tineke neemt het woord, 'ik vergeet het je steeds te vragen, wat heb jij aan de commissaris geschreven? Die wilde toch weten waar je bleef? En wat heb jij met die rare vragenlijst van die consultant gedaan? Idioot, om voor het probleem van een spijbelende burgemeester een consultant in de arm te nemen. Ik zou hem een kaartje sturen met de vraag of hij zijn vragen wil toelichten.'
'Maar Tineke, dat is precies wat ik deed: ik stuurde hem een kaartje. Dat heb ik zelfs de commissaris gemeld. Weet je wat, ik lees je mijn korte briefje aan Jan voor; die arme man weet niet wat hij hiermee aan moet. Het zit hier in mijn map. Luister maar.

'Hoogedelgestrenge Heer, Beste Jan,

Dank voor je brief. Je verzocht mij te schrijven wanneer ik terug dacht te komen; die informatie was dringend nodig om verdere stappen te bepalen. Dat klinkt serieus. Ik stel mij voor die 'te bepalen stappen' constructief te houden. Misschien kan ik je daarbij helpen; als we elkaar spreken zal ik wat bescheiden suggesties op tafel leggen.

Het antwoord op je vraag: ik kom terug, ik weet niet of het nog deze maand zal zijn, maar ik kom terug.

Je hebt een consultant in de arm genomen. Ik kan hem niet verder helpen, want ik begrijp zijn vragen niet. Ik stuurde hem een ansichtkaart tot troost, een mooi zicht op de machtige bergen.

Beste Jan, ik verheug me op onze ontmoeting in Zwolle.'

'Inderdaad,' zegt Tineke, 'ik zie hem peinzen, die arme Jan: hoe moet ik dit begrijpen, wat moet ik hiermee. Wat voor suggesties heb je in petto voor hem?' .
'Dat weet ik nog niet precies. Wat dacht je van het idee dat een verblijf in Nepal het beste medicijn is tegen de moeheid van zelf opgeroepen bestuurlijke drukte, van bestuurlijke stagnatie en bestuurlijke onmacht en een uitstekend medicijn tegen bestuurlijke leegheid, tegen bestuurlijk niks-aan-de-hand-zaken opkloppen? Ik laat hier veel zwaarmoedigheid achter en kom totaal verfrist terug.
Mijn suggestie is simpel: stuur alle vermoeide burgemeesters van Overijssel een tijdje naar Nepal. Het zal ongetwijfeld iets met ze doen. Ze worden ondergedompeld in de overweldigende natuur; ze ontmoeten gelaten, laconieke, ontspannen mensen, nog niet ontkoppeld van de natuur. Dat werkt louterend. Ze worden er bescheiden van, zelfs nederig! Stel je voor zeg!' Tette heeft nog veel meer tekst, zoals gebruikelijk.

'Na een paar weken avontuur in Nepal ligt er een nieuwe wereld open voor de gelouterde burgervaders. Alles kan weer, alles gaat lukken. Net als bij adolescenten. Het is dus een verjongingskuur voor oude knarren. Jij vaart er wel bij Jan, zal ik tegen hem zeggen; jij hebt als commissaris voortaan veel frisse burgervaders die niet problematiseren, maar oplossingen aandragen, die minder gewichtig doen en vrolijke mensen zijn geworden. Stel je voor!
Zoiets, misschien korter, maar het moet overtuigend gebracht kunnen worden, want ik meen het.'
'Ja, dat klinkt goed, maar is dit wel een realistisch scenario? Zal Jan je serieus aanhoren? Volgens mij gaat hij op een bel drukken en om verplegers in witte jassen roepen die je meesleuren naar een gesticht.'
'Tja,… maar zonder drama verandert er niets. De waarheid komt aan het licht in een crisis, trouwens ook bij het wegzinken in mijmeringen geïnspireerd

door de avondkleuren van de bergen. Kijk nou toch eens! Gesticht? Ben je mal, ik heb dekking in Den Haag; Jan weet dat heel goed!'

'En zou Koen nog steeds voor je in de bres springen?'
'Ja, we hebben al drie maanden een onderhoudende briefwisseling, ook met GJ. Ik vertel je er zo meer over. Moeten we niet even naar de kinderen gaan kijken?' Tineke springt op, gaat naar haar kamer en constateert dat het kindermeisje op een stoel naast hun bedjes in slaap is gevallen. Alles goed dus. Ze komt terug en zegt bits tegen Tette: 'zo gaat dat straks in Blokzijl dus niet hè!'
'Wat gaat niet zo, waar heb je het over?'
'Moeten we niet even naar de kinderen kijken,' vraag je. 'En wie staat er op? Ik!!!'
'Dan zou ik beginnen' zegt Tette gevat, 'met dat niet te doen!' Tineke geeft het toe: 'je hebt een punt. Waar hadden we het over. Je briefwisseling met Koen.'

'Ja,' zegt Tette, 'straks, maar eerst onze mooie ervaringen hier. Is dit bezoek aan dit fantastische land voor jou ook een unieke ervaring geweest? Is er ook voor jou een ander leven voor en na Nepal?'
'Nou en of'….Tineke denkt na… en stamelt: 'ja, maar wat dan? … Vooral de kinderen. Eindelijk is het ervan gekomen….' Vraag het me nog eens als ik over anderhalve week terug ben in Blokzijl. Ik zit nu midden in het werk, jij hebt je afscheidsavond en bent in de stemming om terug te kijken, ik nog niet.

En over je briefwisseling met Koen; ik ben nieuwsgierig. En trek geen morsige stropdas aan als je naar de commissaris gaat.'
Tette wil iets anders kwijt: 'Wat mij betreft mag de fanfare straks uitrukken als jij terug komt. Ik was aanvankelijk wat sceptisch over wat Froukje en jij aan het doen waren, maar nu heb ik er belangstelling en respect voor. Het is niet niks, dat ambitieus programma voor ander toerisme, het is een belangwekkend initiatief. Wil je een lievelingsnummer horen van de fanfare?'
Tineke antwoordt niet op deze vraag naar de bekende weg.

'Kom, vertel nou eens over Koehoen'…?' herhaalt Tineke jengelend.
'Verdorie, ik bedoel solifluctie, is Koen nog steeds….' Tineke onderbreekt de vraag van Tette abrupt.
'Doe niet zo flauw, ik wil graag horen dat jullie vriendschap niet wezenlijk is aangetast, dat jullie geen stokken meer zoeken om elkaar te kunnen meppen. Dus waar schrijven jullie elkaar over?'
Tette denkt na, waarmee zal hij beginnen? 'Wij schreven elkaar over de overeenkomsten in bestuurlijke misstanden in Blokzijl en in Nepal. GJ

beweerde dat als die misstanden overal voorkomen het weinig zin heeft ze te bestrijden, dan zijn dat dus onvermijdelijke kenmerken van besturen, waar ook ter wereld. '

'Toen ontstond een interessant kantelpunt in onze briefwisseling. Het wordt koud'
'Houd het dan kort, want nu wordt het echt interessant. Ga door. Kom op, wat bedoel je met kantelpunt?'
'Zowel Koen als ik verweten GJ fatalisme. Daar zijn we te jong voor, dat moeten we niet accepteren. Kantelpunt? Niet ons opsluiten in zelfbeklag, maar actief blijven zoeken naar nieuwe vergezichten, op ons terrein: besturen. Natuurlijk is er iets aan te doen, aan al die ongein in bestuursland.
Begin eens met één grote misstand in besturen aan te pakken, eentje maar – we zijn natuurlijk wel realistisch geworden, dus stap voor stap, ma non troppo. Maar één belangrijke stap: *niet* jezelf zo ontzettend centraal stellen; als we onze grote ego's een toontje lager stemmen, dan zou er heel wat gewonnen zijn.'

'Eindelijk,' zegt Tineke; Tette gaat er niet op in.
'Ik heb dat toegelicht. Het belang van het afpellen van onze grote ego's wordt onderstreept door de ervaringen opgedaan in Nepal.
Denk aan een centrale boodschap van Bram: begin bij de hulp *niet* met wat je *zelf* zinvol vindt.
En wat het landschap met ons doet; niet *wij* zijn the pulse of the planet, maar de natuur, de bergen.
Het thema in de adviezen van de Kaptad Baba komt neer op het weer zoeken van de natuurlijke, menselijke maat. Ik hoor het de Baba nog zeggen: efficiency, effectiviteit, het halen van targets is niet belangrijker dan gezonde en natuurlijke verhoudingen tussen mensen, dan moraal, dan betekenisvolle en liefdevolle menselijke omgangsvormen.
De uitdrukking ké garné toont bescheidenheid en acceptatie, niet jezelf opkloppen en groot maken.
En denk eens aan onze aversie tegen selfies, gevoed door kijk-mij-toch-eens-armoede, waarbij je jezelf heel centraal stelt... Dus niet alleen terug naar de menselijke maat maar ook naar gezonde nieuwsgierigheid, beleving en waarachtige observaties.
Het past allemaal bij elkaar.'
'Ik snap waar je het over hebt,' zegt Tineke.

'Koen en GJ vonden het te abstract. Hoe moeten we dat dan doen, ons ego een beetje afpellen? Kom op vrienden, het is maar één opdracht. Hoe? Ik zie twee mooie mogelijkheden, heb ik geschreven.

Je kunt kiezen: ofwel in je blote kont voor een grote spiegel gaan staan en je afvragen wie je eigenlijk bent, of je maakt een primitieve voettocht in het verre Westen, met mij, onder leiding van Froukje, over een jaar. En raad eens? Daar hebben ze wel oren naar, die voettocht lijkt ze aantrekkelijk. Wie weet, dat zou fantastisch zijn. Nieuwe vergezichten.'

'Maar dat is toch prachtig?' zei Tineke verrast. Het werd stil, tot Tineke verzuchtte: 'het is koud. We gaan naar binnen. Maar ik vind het echt een heel mooi voorstel.'
Op weg naar de kamer; de krekels hadden het ook koud– het was doodstil, op de sfeervolle roep van een uil na. De paadjes in de tuin werden verlicht door olielampjes. Ze schonken binnen de glazen nog eens vol.
'Wat was ons verblijf hier een geweldige ervaring,' vond Tette. 'En zo leerzaam. Het heeft *iets* gedaan met ons, we zijn andere mensen geworden. Dat boek over Blokzijl helpt Nepal krijgt de verkeerde titel:
Blokzijl helpt Nepal.
Dat moet veranderen in: Nepal helpt Blokzijl!'

Epiloog

Nijmegen, *januari 2022*

Hoe zou het verder gegaan zijn met de ex-SNV-ers, met de hoofdrolspelers van het project Blokzijl helpt Nepal, met SNV-Nepal, met de NGO's, met De Hulp, met het toerisme en met de bergen?

SNV-ers uit Nepal blijven na terugkeer in Nederland elkaar opzoeken. Het verblijf in een bijzonder land schept een bijzondere band. Ze hebben uit Nepal de wijsheid meegenomen welke besloten ligt in gelatenheid en een laconieke grondtoon, gevoed door erkenning van natuurlijke en spirituele Hogere Machten.

Harm en Liesbeth zijn gelukkig getrouwd. Liesbeth is moeder van twee volwassen zonen en fulltime boerin. Harm, de vader van de twee jongens werkt de helft van de tijd bij Staatsbosbeheer in de Weerribben en de helft van de tijd op de boerderij. Zonder de Nepal-ervaring had Harm zijn mooie baan met veel verantwoordelijkheid in de Weerribben nooit gekregen. Het echtpaar praat vaak over Nepal en gaat er af en toe op vakantie.

Bart was de laatste boerenknecht in Blokzijl; hij ligt op een rustieke begraafplaats bij Blankenham.

Frits heeft Blokzijl verlaten. Het werd hem te benauwd; er werd over hem gepraat. Wie eerder terugkomt uit Nepal is mislukt, zo simpel is dat.
Hij is getrouwd met een weinig getalenteerde actrice en woont in een mooi, klein oud pand in Zwolle. Er is veel werkgelegenheid voor weg-en-waterbouwers. Dat kwam goed uit, want Frits moest nog al eens van baan wisselen, omdat niet elke werkgever tolerant staat ten opzichte van zijn hobby's, zoals demonstreren tegen alle oorlogen in de wereld, actief steunen van een anarchistisch collectief, besmeuren van olietankers, bevrijden van varkens, loslaten en de straat opjagen van kippen, collecteren voor de Partij voor de Zwerfsteen.

Koen heeft een enorme verandering ondergaan. Tette, GJ en Koen zelf vermoeden dat de driejaarlijkse, zware bergtochten in het verre Westen van Nepal iets gedaan hebben met hem. Zat hij in de jaren negentig onder invloed van de sfeer van het neoliberalisme midden in de maalstroom van steeds meer en-nog-meer, zonder zich te bekommeren om het mogelijke verlies voor anderen, nu werkt hij met inzet bij de stichting Zonnebloem en poogt een empatisch, stimulerend bestuurder te zijn. Hij woont met vrouw en drie kinderen in een oude pastorie in het Groene Hart. Hij gaat eens in de drie jaar op vakantie naar Nepal met Tette en GJ.

GJ is nog steeds advocaat. Geslaagd. Na enkele mislukte relaties verwacht hij de rest van zijn leven vrijgezel te blijven. Hij noemt het een vrolijke beslissing. Bram voerde een interessant gesprek met hem over vriendschap. Waarom blijven Tette, Koen en hij zulke goede vrienden? Het zijn verre van geestverwanten, maar dat telt blijkbaar niet. Wat dan wel? Trouw, aldus GJ; in vele jaren gegroeide en steeds steviger gewortelde trouw.

Upadhya is programma-officer bij een hulporganisatie, en hoort nu bij het legertje motoristen dat elke dag naar kantoor rijdt van hun huis in aanbouw – dat kan tien jaar duren. Hij heeft niet gekozen voor een club die nuttig is voor Nepal – die zijn er wel degelijk – maar voor een organisatie die heel goed betaalt.

Tineke werd woordvoeder ontwikkelingssamenwerking in de Tweede Kamer. Het beviel haar matig. Het lukte niet om het probleem van de seksslavinnen in Nepal op de Europese agenda te krijgen. Nepal ligt te ver weg van Europa. Ze is na haar periode als kamerlid directeur geworden van een alternatief reisbureau en onderneemt een tweede poging om alternatieve vormen van toerisme op de rails te zetten.
Het eerste experiment met gastgezinnen mislukte. Het werd steeds meer een toneelstukje waarbij gastgezinnen in Nepal leerden zich aan te passen aan de belangstelling van hun Blokzijlse gasten: geen achtergrondverhalen, geen beschouwing over de Nepalese cultuur, maar prullaria kopen en selfies maken. Toeristen willen nu eenmaal graag geloven, volgen en besodemieterd worden; ze ervaren een sleetse toeristische tredmolen als authentiek.
Tineke is sterk genoeg zich niet te laten kisten en probeert het nog een keer. Maar wel heel anders; de wereld is op drift en de idealen van de jaren '90 over andere vormen van toerisme lijken inmiddels erg naief.

Tette werd zoals hij wilde burgervader van een stadje in Friesland, ver van Den Haag, niet veel groter dan Blokzijl. Hij bezoekt regelmatig Nepal met Tineke en de kinderen, als toerist. Nima en Yan gedragen zich in Nepal alsof het buitenland voor ze is; ze spreken vloeiend Fries. Ze hebben beiden een HBO-opleiding achter de rug en een Friese partner. Eens in de drie jaar reist Tette naar Nepal met GJ en Koen. Nee, hij bezoekt niet het SNV-kantoor in Nepal; er staan veel te veel grote jeeps in de compound; je kunt nauwelijks bij de ingang komen.

Worden de auto's inderdaad ieder jaar groter en breder? Een chauffeur van de SNV, heel serieus: 'de directeuren worden ieder jaar groter en dikker.'
Tette geeft een paar keer per jaar lezingen aan gemeentebestuurders met adviezen over stedenbanden.
De vriendschap met Koen en GJ blijft bloeien. Ze hebben hun buik vol van de partij en de politiek. Naast de driejaarlijkse vakantie in Nepal gaan de heren graag samen vissen op een meer vlak bij het stadje van Tette, in Friesland. Tette weet te voorkomen dat er een vis aan de haak komt – dat vindt hij zielig.

Thapa voelde op tijd nattigheid. Het toerisme-anders werd langzaam *usual tourism*. Thapa is programme officer geworden bij UNDP. Hij boert goed en heeft een enorm voordeel boven andere programme officers: hij heeft meer feeling voor het bij de westerse cultuur passend gedachtegoed. Wat een kort verblijf in Blokzijl voor effect kan hebben!

Frouk en Bram hebben nog vijf jaar in Nepal gewoond; ze waren er lange tijd heel tevreden. Frouk heeft haar bedrijf staande weten te houden. Bram wilde na het vertrek van Thulo en met de komst van diens opvolger, niet in het SNV-kantoor gaan werken. Hij schreef achtergrondartikelen over Nepal en landen in de regio: Pakistan, Bangladesch, India en Buthan. Het leverde genoeg inkomsten op voor een sober leven in Pokhara. Na vijf jaar hielden ze het toch voor gezien. Ze werden nooit echt geaccepteerd, ze bleven door Nepalezen gezien worden als mensen waarvan je vroeg of laat kunt profiteren – er valt iets te halen. Dat gaat aan je knagen, dat leidde tot irritaties.
In Nederland hebben ze zich in Drenthe gevestigd, die provincie leent zich het best voor het tempo van een solex. Ze zijn beiden freelance journalist en gaan af en toe met hun kinderen op vakantie naar Nepal. Ze staan nog steeds op goede voet met Tette en Tineke.

Koudstaal werd inderdaad opvolger van Thulo in Kathmandu. Hij werd er niet gelukkig. Daar hebben behoorlijk wat mensen aan bijgedragen.

Thulo heeft onderdak gevonden bij kleinere organisaties waar de menselijke maat nog uitgangspunt is. Toos is hem niet gevolgd naar het volgende land. Ze woont in een tehuis voor moeilijk opvoedbare volwassenen. Thulo vond dat geweldig, want de nu volwassen en zelfstandige kinderen zijn lang bij *hem* blijven wonen.

SNV-Nepal bestaat nog steeds. Blijkbaar komen ze er niet aan toe zich op te heffen.

De NGO's bestaan ook nog. Hoe zit dat nou? Er zijn toch vandaag de dag geen makelaars meer nodig tussen financierende organisaties in Nederland en ontvangende organisaties waar ook ter wereld?

En de hulp?
Het lijkt voorbij. Het is mooi geweest. Met een gin-tonic met een schijfje citroen op de veranda, een koele bries, ondergaande zon, keuvelen over de behoeftige medemens, helaas eerder onverschillig dan belangstellend voor hulpverleners. Er bestaan nog wel een paar hulpverleners, maar het zijn niet meer de SNV-ers van 1994 en 1995 – die zaten niet dagelijks op de veranda's.

Is het afscheid van de Hulp inderdaad nabij? Of komt het weer terug? Er dienen zich allerlei nieuwe initiatieven aan.
Nieuwe vormen van hulp zullen pas slagen in een heel andere context, in een heel andere wereld, waarin huiveringwekkende autocraten niet meer aanbeden worden, waarin we langs de stranden van Bali niet meer in plastic zwemmen, waarin de maatschappij veel minder kil wordt dan de beurs, waarin het verdienmodel geen onderhoudend onderwerp van gesprek is. Alleen dan kunnen nieuwe initiatieven voor hulp aan de medemens gedijen.

In Kathmandu schieten momenteel de protserige hotels als paddenstoelen uit de grond. Deze bouwwerken, de nieuwe pakhuizen voor selfie-toeristen, plaatsen de oude pagodes, de Rana paleizen en tempels in een onverdiende schaduw. Die schande is de pagodes vier of vijf eeuwen bespaard gebleven.

Er blijven nog heel veel indrukwekkende andere steden en dorpen te zien. Het landschap blijft verbluffend en louterend. Het water in de bergbeken blijft stromen, en hoe! De kuddes schapen beklimmen nog steeds Himalaya toppen, op weg naar Tibet, met zakjes zout. Dorpjes met tegen de rivier- en heuvelhellingen geplakte huisjes blijven onverschillig voor het wereldgebeuren. De gemoedsgesteldheid van de bevolking blijft er gedicteerd worden door een laconieke gelatenheid.

Gelukkig nog geen uit de toon vallende hotels langs het moeras de Weerribben, nabij Blokzijl; het blijft een paradijs voor kikkers, otters, waterlelies, kanovaarders, natuurbewonderaars en bevlogen biologen, die de rietstengels tellen - goed volk.
Toerisme in het stadje Blokzijl neemt toe, maar na de lessen van Giethoorn weten ze in Blokzijl te bewerkstelligen dat toeristen plezierige en belangstellende gasten worden. De Lemsteraken blijven sierraden in de kolk.

Nog waait elke ochtend frisse berglucht door de Kathmandu vallei.
En de bergen?
De bergen zwijgen.

Woord van dank en verantwoording

Meelezers zijn onmisbaar. Veel dank is de auteur verschuldigd aan Heleen Brulot, Leni Werschkull, Jurr Boer, Bas van Doesburg, Walter de Boeck, Lex Kassenberg, Arend van Riessen, Jan de Wit, Dirk Kruijt, Leny van leeuwen en Peter Hermes. Sommigen kennen de ontwikkelingswereld van nabij, anderen niet. Sommigen waren nooit in Nepal, anderen al meer dan veertig jaar. Maar ook de meelezers zonder ervaring in Nepal raakten niet uitgepraat over de teksten en zienswijzen in dit boek.
Dank ook aan de fotografen; de uitgever en ik hebben de toeschietelijkheid om foto's af te staan erg op prijs gesteld. Het betreft hier fotos van
Lex Kassenberg, Dick Bogaards, Walter de Boeck en Nena Driehuijzen
/Studionunu.

Met Lau Schulpen en Willem Elbers heeft de auteur het boek *De hulp voorbij?* geredigeerd (Radboud Universiteit Nijmegen). Dat boek was een bron van inspiratie.

Het was een bijzondere ervaring om met de jonge uitgeverij *Ciber Brandy Scribblers* in Brighton (UK) samen te werken. De uitgever, Nils Visser, schrijft zelf ook boeken; dat is merkbaar.

Mijn levensgezellin heeft een goede neus voor onvolkomenheden en ongeregeldheden in teksten. Andere redenen voor mijn dankbaarheid zijn persoonlijk.

Over de auteur

Rob Visser verrichte antropologisch onderzoek in een dorp in Thailand, dat werd afgerond met een proefschrift. Daarna werd hij ambtenaar bij het Ministerie van Buitenlandse Zaken, dat ook het departement van ontwikkelingssamenwerking omvat. Rob woonde en werkte twintig jaar in verschillende landen. Van 1980 tot 1984 was hij (de eerste) velddirecteur van SNV-Nepal en tevens consul. Van 2001-2008 bezocht de auteur één of twee maal per jaar Nepal als bestuurder van ICIMOD, een grote onderzoeksorganisatie voor 'Himalaya studies', gevestigd in Kathmandu.

In Nederland was Visser ook parttime wetenschapper. Dat leidde tot een gasthoogleraarschap internationale samenwerking aan de Universiteit van Utrecht.
Voorts was hij actief bestuurder van organisaties op het gebied van natuur en van kunst. Momenteel is Rob Visser als vrijwilliger betrokken bij natuurbeheer.